윌리엄 셰익스피어 **템페스트**
다시 쓰기

★

마녀의 씨

마거릿 애트우드 소설

송은주 옮김

나의 마법사들에게

리처드 브래드쇼, 1944~2007
그웬돌린 매큐언, 1941~1987

"이것 한 가지는 확실하다.
복수를 꿈꾸는 사람은 상처를 절대 잊지 않고 기억한다.
그러지 않으면 상처가 아물고 멀쩡히 살아가게 될 테니까."
프랜시스 베이컨, 「복수에 대하여」에서

"무대 위에는 좋은 사람들도 있지만
머리끝이 쭈뼛 서게 만들 사람들도 있다."
찰스 디킨스

"다른 꽃피는 섬들은
틀림없이 생명과 고뇌의 바다에 있으리라.
다른 정령들이 떠돌다 사라진다
저 만 너머로⋯⋯."
퍼시 비시 셸리, 「에우가네안 언덕에서 쓴 시」에서

차

례

프롤로그

스크리닝

2013년 3월 13일 수요일

객석의 조명이 어두워진다. 관객들은 조용해진다.

대형 평면 스크린: 검은색 바탕에 삐죽빼죽한 노란색 글씨로 다음과
같이 적혀 있다.

윌리엄 셰익스피어의

템페스트

플레처 교도소 극단

스크린: 짧은 자주색 벨벳 망토를 입은 내레이터가 손 글씨로 쓴 팻

말을 카메라 앞으로 들어 올린다. 다른 손에는 깃펜을 들었다.

팻말: 갑작스러운 태풍

내레이터: 여러분의 눈에 보이는 것, 그것은 바로 폭풍우 치는 바다라네.

바람은 울부짖고, 선원들은 부르짖네.

승객들은 그들에게 저주를 퍼붓네, 상황이 더 나빠지고만 있으니.

악몽 같은 비명 소리 들려오네.

그러나 여기 보이는 것이 다는 아니지,

그저 말일 뿐.

씩 웃는다.

이제 연극이 시작된다네.

그가 깃펜을 들어 손짓한다. 다음 장면으로 넘어간다. 토네이도 채널에서 가져온, 깔때기 모양의 구름 속에 천둥과 번개가 치는 광경. 파도치는 바다의 스토크 숏. 비의 스토크 숏. 몰아치는 바람 소리. 물고기가 그려진 파란 비닐 샤워 커튼 위에서 올라갔다 내려갔다 하는 목욕 장난감을 카메라가 줌인으로 잡는다. 밑에서 손으로 흔들어 파도를 일으키고 있다.

검은색 털모자를 쓴 갑판장이 클로즈업된다. 스크린 밖에서 그에게 물을 뿌린다. 그는 흠뻑 젖어 있다.

갑판장: 서둘러서 움직여, 안 그러면 좌초한다!

　　　힘을 내, 힘을!

　　　서둘러! 서둘러! 조심해라! 조심!

　　　잘 해 보자,

　　　힘을 내야 해,

　　　돛을 조정해라,

　　　돌풍과 싸워라,

　　　고래들과 함께 헤엄치고 싶지 않다면!

밖에서 목소리들: 다 물에 빠져 죽겠다!

갑판장: 비켜! 꾸물거릴 시간 없다!

물 한 바가지가 그의 얼굴을 때린다.

밖에서 목소리들: 내 말 좀 들어 봐! 내 말 들으라고!

　　　우리가 왕족인 거 모르나?

갑판장: 빨리! 빨리! 파도가 봐줄 줄 아나!

　　　바람이 몰아친다, 비가 쏟아진다,

　　　눈 부릅뜨고 버티는 수밖에 없어!

밖에서 목소리들: 취했군!

갑판장: 이런 바보 천치!

밖에서 목소리들: 우린 끝이야!

밖에서 목소리들: 침몰한다!

파란색 수영모와 무지갯빛 스키 고글을 쓰고 얼굴 아래쪽 절반은
파란색으로 화장한 아리엘Ariel의 얼굴이 클로즈업된다. 무당벌레,
벌, 나비가 그려진 투명한 비닐 우비를 입고 있다. 왼쪽 어깨 뒤로
이상한 그림자가 보인다. 그는 소리 없이 웃으며 파란 고무장갑을
낀 오른손으로 위쪽을 가리킨다. 번개가 번쩍이고 천둥이 울린다.

밖에서 목소리들: 기도합시다!

갑판장: 무슨 소리야?

밖에서 목소리들: 가라앉는다! 빠져 죽을 거야!

　　　　다시는 왕을 보지 못하겠네!

　　　　배에서 뛰어내려, 해변으로 헤엄쳐 가!

아리엘이 고개를 뒤로 젖히고 신나게 웃어 댄다. 파란 고무장갑을
낀 손에 고출력 손전등을 들고 껐다 켰다 한다.
스크린이 확 꺼진다.

관객들 속에서 목소리: 뭐야?

또 다른 목소리: 정전이네.

또 다른 목소리: 눈보라가 치나 보군. 어딘가 전력선이 끊어진 거야.

완전한 어둠. 방 바깥에서 어지러운 소음. 고함. 총성이 울린다.

관객들 속에서 목소리: 무슨 일이야?

방 밖에서 목소리들: 감방 폐쇄! 감방 폐쇄!

관객들 속에서 목소리: 여기 책임자 누구야?

총성 세 발 더.

방 안에서 목소리: 움직이지 마! 조용히! 고개 숙여! 움직이지 말
고 그대로 있어.

제1부
어두운 과거

1장
바닷가

2013년 1월 7일 월요일

필릭스는 이를 닦는다. 그런 다음 다른 이, 그러니까 가짜 이를 닦아서 입안에 넣는다. 분홍색 접착제를 발랐는데도 이는 썩 잘 맞지 않는다. 어쩌면 그의 입이 쭈그러들고 있는 것인지도 모른다. 그는 미소를 짓는다. 아니, 미소의 환영이라 해야 할까. 억지로 꾸며 낸, 가짜 미소. 그러나 누가 알랴?

예전 같으면 치과 의사에게 전화를 걸어 예약을 잡고 호사스러운 인조가죽 의자에 앉아 구강 청결제의 박하 향을 풍기는 걱정스러운 얼굴을 마주하고서 반짝이는 기구들을 휘두르는 숙련된 손으로 처치를 받았을 것이다. **아, 그래요, 뭐가 문제인지 알겠습니다. 걱정 마세요, 우리가 고쳐 드릴 테니.** 정비를 하려고 그의 차를 가져가듯이. 이어폰에서 흘러나오는 음악과 약한 마취제까지 즐길 수 있었을 것이다.

그러나 이제는 그렇게 전문적인 처치를 받을 여유가 없다. 그가 받고 있는 치과 치료는 싸구려라, 이가 시원치 않아도 어찌할 도리가 없다. 안타깝지만 틀니만 녹아내리면 이제 얼마 남지 않은 그의 피날레도 완성이다. **우리의 연회도 이제 끝났도다. 우리의 배우인 치아여……**. 그러면 그의 굴욕도 완전해질 것이다. 그 생각을 하면 수치심이 뼛속까지 파고드는 듯하다. 단어들이 완벽하고, 음의 높낮이가 정확하고, 억양이 정교하게 맞춰지지 않으면 주문은 힘을 잃는다. 사람들은 자리를 옮겨 다니기 시작하고, 기침을 하고, 막간에 집에 가 버릴 것이다. 그것은 죽음이나 다름없다.

"미-마이-모-무." 그는 부엌 개수대 앞에서 치약이 튄 거울을 보며 말한다. 눈을 내리깔고 턱만 내민다. 그러고는 씩 웃는다. 분노 약간, 위협 약간, 실의 약간씩이 뒤섞인, 궁지에 몰린 침팬지의 웃음이다.

그는 이렇게 몰락했다. 이렇게 움츠러들었다. 이렇게 왜소해졌다. 이 헐벗은 존재를 누덕누덕 기워 맞춰, 잊혀진 구석에서 무시당한 채, 가축우리 같은 곳에서 살고 있다. 반면 자기 홍보에 일가견이 있는, 가식적인 쪼그만 재수탱이 토니는 고위층 인사들과 어울려 신나게 쏘다니며 샴페인을 들이켜고 캐비어와 종달새 혀를 게걸스레 먹어 치우고 돼지고기를 빨아 먹고 파티에 참석하고 측근과 아첨꾼, 알랑쇠들의 찬사를 누리고 있다.

한때는 필릭스의 아첨꾼이었던 자들.

그것이 그의 마음을 괴롭힌다. 곪게 한다. 복수심을 키운다. 만약에…….

됐다. **어깨 죽 펴.** 그는 거울에 비친 자신의 잿빛 모습에 명령한다. **받아들여.** 보지 않아도 배가 점점 나오고 있다. 이러다가는 복대를 해야 할지도 모르겠다.

신경 쓰지 마! 배에 힘주고! 해야 할 일이 있다. 계획을 세워야 한다, 사기를 쳐야 한다, 악한들을 꾀어내야 한다! **혀끝, 이 끝. 강낭콩 옆 빈 콩깍지는 완두콩 깐 빈 콩깍지이고, 완두콩 옆 빈 콩깍지는 강낭콩 깐 빈 콩깍지이다.**

그렇다. 한 음절도 틀리지 않는다.

아직 할 수 있다. 어떤 장애물이 있어도 해내고 말 것이다. 먼저 그들을 매혹시켜야 한다. 그 결과를 보고 즐기고 싶어서가 아니다. 그가 배우들에게 말하듯이, 그들을 경탄으로 열광시켜야 한다. **마법을 부리자!**

그리고 그 비뚤어진 사기꾼 개자식 토니한테 똑똑히 보여 주자.

2장
고차원의 마법

그 비뚤어진 사기꾼 개자식 토니를 만든 것은 필릭스 자신이다. 아니면 그가 만든 것과 다름없거나. 지난 12년간 한두 번 자책한 것이 아니었다. 그는 토니에게 너무 많은 기회를 주었고 통제는 하지 않았다. 토니의 딱 맞는 가는 세로줄 무늬 양복에 싸인, 패드를 댄 어깨를 눈여겨보지 않았다. 뇌가 반밖에 없더라도 두 귀가 있으면 누구나 잡아냈을 실마리를 잡아내지 못했다. 그보다 더 나쁜 것은, 그 사악하고 출세욕 강한 마키아벨리적인 아첨꾼을 믿었다는 사실이다. 연기에 홀랑 넘어갔다. **그런 일은 제가 대신 해 드리겠습니다, 그건 저한테 맡기세요, 저한테 대신 보내 주세요.** 얼마나 바보였는지.

유일한 변명거리는 당시 그가 슬픔으로 제정신이 아니었다는 것이다. 그는 하나뿐인 아이를, 그것도 끔찍한 방식으로 잃었다. 그가 알기만 했더라면, 모르기만 했더라면, 알고 있었더라면……

아니, 여전히 너무 고통스럽다. 그 생각은 하지 말자고. 그는 셔츠 단추를 채우며 스스로에게 다짐했다. 그 일은 멀리 치워 두자. 영화일 뿐인 척하자.

생각하지 않기로 한 그 사건이 일어나지 않았더라도 결국은 뒤통수를 맞았을 것이다. 그는 토니에게 공연 실무에 관련된 일을 전적으로 맡겨 버렸다. 토니가 계속해서 그에게 상기시켰듯 어쨌거나 필릭스는 예술 감독이었고, 권력의 정점에 있었다. 공연 리뷰에서 계속 그런 얘기가 나왔다. 그러므로 그는 더 높은 목표에 신경을 써야 한다.

그래서 그는 정말로 더 높은 목표에만 집중했다. 이제껏 없었던 가장 멋지고, 가장 아름답고, 가장 경탄스럽고, 가장 독창적이고, 가장 신비스러운 연극 실험을 만들어 내기 위해. 기준을 달까지 높이 끌어올리기 위해. 매 공연마다 출연했던 사람 누구든 결코 잊지 못할 경험을 만들어 내기 위해. 다 같이 헉 하고 숨을 들이쉬었다가 다 같이 탄식을 내뱉게 만들기 위해. 공연이 끝난 후 관객들이 취한 듯 약간은 비틀거리며 자리를 뜨게 만들기 위해. 한 수 아래의 모든 연극 축제들이 메이크시웨그 축제를 기준으로 삼도록 만들기 위해.

오직 그런 고결한 목표뿐이었다.

그 목표들을 달성하기 위해 필릭스는 자신이 구슬릴 수 있는 가장 유능한 스태프와 함께 일했다. 그는 최고를 고용했고, 최고에게 영감을 주었다. 혹은 그가 돈을 지불할 수 있는 선에서 최고를. 최고의 기술진과 조명 디자이너, 음향 기술자들을 신중하게 골랐다. 그가 설득할 수 있는 이들 중에서 당대 가장 존경받는 무대와 의상 디자이너들을 스카우트했다. 그들 모두가 그 분야에서는 으뜸이거나 그 이상이어야 했다. 가능하다면.

그래서 돈이 필요했다.

돈을 구하는 일은 토니의 몫이었다. 돈은 부차적인 것에 불과했다. 목적, 탁월해져야 한다는 목적을 위한 수단일 뿐이었다. 둘다 그 사실을 잘 알고 있었다. 필릭스는 구름을 타고 다니는 마법사이고, 토니는 땅에 발을 디딘 잡역부이자 금을 찾는 사람이었다. 그들 각자가 지닌 재능을 생각하면 적절한 역할 배분인 듯했다. 토니 본인도 말했듯이 각자 자기가 잘하는 일을 해야 했다.

바보 같은 놈. 필릭스는 자신을 나무란다. 그는 아무것도 이해하지 못했다. 권력의 정점에 있었지만 정점은 언제나 불길하다. 정점에서는 내려가는 길 외에는 없다.

토니는 칵테일파티에 참석한다거나, 광고주와 후원자들에게 아부를 한다거나, 이사회를 상대한다거나, 다양한 규모의 정부 보조금을 따낸다거나, 효과적인 보고서를 쓰는 것 따위의 필릭스가 싫어하는 의례적인 일들로부터 그를 해방시켜 주는 데 지나칠 정도로 열과 성을 다했다. 그렇게 해서 필릭스는—토니의 표현을 빌리자면—통찰력 있는 대본과 최첨단 조명, 그가 정말 기막히게 잘 이용했던, 반짝이는 색종이 조각들을 때맞춰 정확히 뿌리는 일 등 정말로 중요한 일에 집중할 수 있었다.

그리고 물론 연출도 했다. 필릭스는 매 시즌마다 희곡 한두 편은 직접 연출했다. 가끔 끌리는 것이 있으면 주요 배역을 맡기도 했다. 율리우스 카이사르Julius Caesar. 타타르 왕The tartan king. 리어Lear. 티투스 안드로니쿠스Titus Andronicus. 그 역할들 하나하나가 그에게는 승리였다! 그리고 그의 작품 하나하나가 다 그러했다!

연극 애호가나 후원자들조차 가끔 불평을 하지만, 적어도 비평가들에게는 승리를 거두었다. 〈티투스〉에서는 나체에 가까운 모습으로 피를 줄줄 흘리는 라비니아Lavinia가 지나치게 사실적이라는 불평이 나왔다. 필릭스가 원작을 보면 타당성이 있다고 주장했지만 소용없었다. 왜 〈페리클레스〉 무대에 돛단배와 외국 대신 우주선과 외계인을 올려야 한단 말인가? 왜 달의 여신 아르테미스Artemis가 버마재비 머리를 쓰고 나타난단 말인가? 충분히 생각해 보기만 하면—필릭스가 위원회에 자신의 입장을 변명했듯이—그런 연출이 전적으로 어울리는 걸 알 수 있는데도 그러했다. 그리고 헤르미오네Hermione가 〈겨울 이야기〉에서 뱀파이어로 되살아난 것도 그렇다. 실제로 관객들의 야유가 쏟아졌다. 필릭스는 오히려 기뻐했다. 효과가 그만이군! 나 말고 누가 이런 시도를 해 보았겠는가? 야유가 있는 곳에 삶이 있다!

그러한 무모한 장난들, 허황된 짓들, 그 승리들은 초창기 시절 필릭스의 아이디어였다. 승리감에서, 행복한 활기에서 나온 행동이었다. 토니가 쿠데타를 일으키기 바로 직전, 모든 것이 바뀌었다. 그것들은 어두워졌다. 너무 갑자기 어두워졌다. **울부짖음, 울부짖음, 울부짖음······.**

그러나 그는 울부짖을 수가 없었다.

그의 아내 나디아가 결혼한 지 1년도 채 안 돼 제일 먼저 그의 곁을 떠났다. 그에게는 만혼이었고 예상치 않았던 결혼이었다. 자신이 그런 사랑을 할 수 있는지 미처 몰랐다. 출산 직후 아내가 급성 포도상구균 감염으로 죽고 나서야 비로소 그녀가 얼마나 훌륭한 사람이었는지 깨닫게 되었다. 정말로 그녀에 대해 알게 된 것이다. 현대 의학도 이런 일을 막지는 못했다. 그는 여전히 아내의 모습을 떠올리려, 한 번만 더 자신을 위해 그녀를 생생히 되살려 보려 애썼지만, 세월이 흐르면서 그녀는 오래된 폴라로이드처럼 희미해지며 서서히 그에게서 멀어져 갔다. 이제 그녀는 윤곽 정도만 남았다. 그가 슬픔으로 채우는 윤곽선.

그래서 그는 갓 태어난 딸 미란다와 단둘이 남겨졌다. 미란다. 엄마를 잃고 중년의 딸 바보 아버지와 남은 여자 아기에게 달리 어떤 이름을 붙여 줄 수 있었겠는가?* 딸은 그가 혼돈 속으로 가라앉지 않도록 붙잡아 준 존재였다. 그는 아주 좋다고는 못 해도

---

* 미란다Miranda는 셰익스피어의 희곡 『템페스트』에서 동생에게 지위를 찬탈당하는 밀라노 대공 프로스페로Prospero의 딸이다.

쓸 수 있는 최선의 방법을 동원해 자신을 유지해 왔지만, 그래 봤자 가까스로 버티는 정도였다. 물론 그는 도와줄 사람을 고용했다. 아기 돌보기의 실질적인 면에 있어서는 아는 것이 전혀 없었으므로 여자가 필요했다. 그는 일 때문에 항상 미란다의 곁에 있어 줄 수는 없었다. 그러나 시간이 나면 늘 미란다와 함께 보냈다. 남는 시간이 그리 많지는 않았지만.

그는 처음부터 딸아이에게 완전히 마음을 빼앗겼다. 아이 주위를 맴돌면서 경탄을 금치 못했다. 아이의 손가락, 발가락, 눈, 모든 것이 너무나 완벽했다! 이렇게 기쁠 수가! 아이가 말을 할 수 있게 되자 극장에 데려가기까지 했다. 아이는 너무나 영리했다. 두 살이 채 안 된 보통의 아이들과 달리 자리에 앉아 몸을 꼬거나 지루해하는 법도 없이 연극을 고스란히 흡수했다. 그는 이런 계획을 세웠다. 아이가 더 크면 같이 여행을 다닐 것이다. 딸에게 온 세상을 보여 줄 수 있을 것이고, 아주 많은 것을 가르쳐 줄 수 있을 것이다. 그러나 딸이 세 살이 되었을 때⋯⋯.

고열. 수막염. 사람들은 그에게, 그 여자들에게 연락을 취하려 했으나 그가 절대 방해하지 말라는 엄명을 내리고 리허설 중이었기 때문에 도리가 없었다. 마침내 그가 집에 도착했을 때는 온통 눈물바다였다. 병원으로 차를 달렸지만 너무 늦었다, 너무 늦었다.

의사들은 할 수 있는 것은 다 했다. 온갖 진부한 말을 늘어놓고 갖은 변명을 다 늘어놓았다. 그러나 아무것도 소용이 없었고 딸아이는 숨을 거두었다. 흔히 하는 말처럼 떠나갔다. 하지만 어디로 떠나갔을까? 딸이 그저 우주에서 사라져 버렸을 리는 없다. 그렇게 믿고 싶지 않았다.

라비니아, 줄리엣Juliet, 코델리아Cordelia, 페르디타Perdita, 마리나Marina.✦ 다 잃어버린 딸들. 하지만 그중에는 다시 되찾은 이들도 있었다. 왜 그의 미란다는 안 된단 말인가?

이 슬픔을 어쩌면 좋을까? 그것은 수평선 위로 뭉게뭉게 피어오르는 거대한 먹구름 같았다. 아니, 눈보라 같았다. 아니, 그가 언어로 표현할 수 있는 어떤 것과도 비슷하지 않았다. 그는 그것을 똑바로 마주할 수가 없었다. 다른 형태로 바꾸거나, 적어도 뭔가로 둘러싸기라도 해야 했다.

애처로울 만큼 작은 관으로 장례식을 치른 직후, 그는 〈템페스트〉에 몰두했다. 그것은 회피였다. 그때도 자신에 대해 그 정도는 알고 있었다. 그러나 그것은 또한 일종의 환생이기도 했다.

미란다는 잃어버린 적 없는 딸이 될 것이다. 물이 새는 배를 타고 검은 바다를 표류할 때, 추방당한 아버지의 기운을 북돋워 주는 수호천사인 딸. 죽지 않고 사랑스러운 소녀로 자라난 딸. 그가 실제 삶에서는 가질 수 없었으나 그의 예술을 통해서는 여전히 찾아낼 수 있는 존재. 곁눈질로 언뜻 볼 수 있는 것.

✦ 각각 『티투스 안드로니쿠스』, 『로미오와 줄리엣』, 『리어왕』, 『겨울 이야기』, 『페리클레스』에 등장하는 딸들의 이름이다.

그는 자신이 빚어내고자 하는 이 되살아난 미란다에게 딱 어울리는 배경을 만들기로 했다. 배우이자 연출가로서 전에 없는 능력을 발휘할 것이다. 모든 한계를 뛰어넘을 것이고, 탕 하고 튕길 때까지 현실을 비틀 것이다. 오래전 그의 그러한 노력에는 열에 들뜬 절망이 있었지만, 최상의 예술은 다 그 핵심에 절망을 품고 있지 않던가? 언제나 죽음에 대한 도전이 아니었던가? 심연의 가장자리에서 도전적으로 치켜든 가운뎃손가락이 아니던가?

그는 죽마를 탄 복장 도착자에게 아리엘 역을 맡기고 중요한 순간들마다 거대한 반딧불이로 변신하게 하기로 결정했다. 칼리반Caliban은 옴투성이 노숙자, 흑인이나 인디언으로 할 것이다. 또한 하반신마비여서 아주 큰 스케이트보드를 타고 무대 위를 움직일 것이다. 스테파노Stephano와 트린큘로Trinculo? 그들에 대해서는 아직 계획을 다 세우지 못했지만, 중절모와 삳에 차는 주머니가 필요할 것이다. 그리고 저글링도. 트린큘로는 오징어처럼 마법의 섬 해변에서 주울 수 있는 것으로 저글링을 할 수도 있다.

그의 미란다는 누구도 따르지 못할 만큼 훌륭할 것이다. 야성적인 인물일 것이다. 그녀가 겪었을 일들을 생각하면 그래야 이치에 맞았으니까. 배가 난파되고, 그 후로 20년 동안 아마도 거의 맨발로 온 섬을 뛰어다녔을 것이다. 그녀가 신발을 어디에서 구하겠는가? 그녀의 발바닥은 장화 같았을 것이다.

젊기만 하고 예쁘기만 한 여자들을 퇴짜 놓는 진 빠지는 탐색 끝에, 그는 북미선수권대회에서 은메달을 따고 국립연극원에 들어간 전직 어린이 체조 선수를 캐스팅했다. 이제 갓 피어난, 비쩍 말랐지만 강인하고 유연한 아이였다. 아이의 이름은 앤마리 그린랜드였다. 그녀는 너무나 열성적이고 에너지가 넘쳤다. 이제 갓 열여섯 살이었다. 연극 훈련은 거의 받지 않았으나, 그는 자신이 그녀에게서 원하는 것을 잘 끌어낼 수 있으리라 믿었다. 너무나 신선해서 심지어 연기가 아닌 연기. 연기가 현실이 될 것이다. 그녀를 통해 그의 미란다가 되살아날 것이다.

필릭스가 직접 그녀의 사랑하는 아버지 프로스페로가 될 것이다. 자식을 보호하는 아버지, 어쩌면 지나칠 정도로 보호하는 아버지가 되겠지만, 그것은 어디까지나 딸에게 가장 이로운 쪽으로 행동하기 때문이다. 그리고 현명한 아버지, 필릭스보다 현명한 아버지가 될 것이다. 현명한 프로스페로조차 어리석게도 자기와 가까운 이들을 너무 신뢰했고, 마법사로서의 능력을 완벽히 닦는 데에만 지나치게 관심을 쏟기는 했지만.

프로스페로의 마법 의상은 동물들로 만들 것이다. 진짜 동물은커녕 그 비슷한 것도 아닌, 다람쥐, 토끼, 사자, 호랑이, 곰 여러 마리 등 봉제 인형 껍데기를 꿰매 붙인 것이다. 이 동물들은 프로스페로의 초자연적이지만 자연적인 힘의 근원적인 본질을 환기시켜 줄 것이다. 필릭스는 그의 망토에 생기와 의미의 깊이를 더해 주도록 털북숭이 동물들 속에 엮어 넣을 가짜 나뭇잎과 스프레이로 칠한 금색 꽃, 야하게 염색한 깃털도 주문했다. 그는 골동품 가게에서 찾아낸 단장을 휘두를 것이다. 꼭대기에 은으로 된 여우 머리가 달려 있고 눈은 옥 같은 것으로 된 에드워드 시대의 우아한 지팡이였다. 마법사의 지팡이치고 그리 길지는 않았지만, 필릭스는 그런 점이 화려함과 병치되어 마음에 들었다. 이러한 80대의 소도구는 중요한 순간에 아이러니한 효과를 낼 수 있었다. 연극 마지막에 프로스페로의 에필로그가 나오는 동안 위에서 눈처럼 떨어지는 반짝이는 색종이 조각들로 일몰 효과를 낼 계획이었다.

이 〈템페스트〉는 정말 근사할 것이다. 지금껏 그가 만든 연극들 가운데 최고의 작품이 될 것이다. 이제야 깨달았지만 그는 그 연극에 병적으로 사로잡혀 있었다. 그것은 사랑하는 이의 넋을 기려 세운 화려한 영묘 타지마할이나 값을 헤아릴 수 없는 보석으로 꾸미고 재를 담은 관과도 같았다. 그러나 실은 그 이상이었다. 그가 만들어 내는 마법의 거품 속에서 그의 미란다가 다시 살아날 것이므로.

그래서 그것이 무너져 내렸을 때 그에게는 더 치명적이었다.

3장
찬탈자

리허설이 막 시작될 즈음 토니가 드디어 본심을 드러냈다. 12년이 지났는데도 필릭스는 여전히 그 만남을 하나도 빠짐없이 다 기억할 수 있다.

대화는 화요일 오후 정기 회의에서 평상시와 다름없이 시작되었다. 이런 회의에서 필릭스는 토니에게 해야 할 일들의 목록을 주었고, 토니는 필릭스가 주의를 기울이거나 서명을 해야 할 것이 있으면 알려 주고는 했다. 토니는 아주 유능해서 진짜로 중요한 문제들은 이미 다 처리해 놓았기 때문에 그런 일들은 대개 많지 않았다.

"빨리 해치우자고." 필릭스가 여느 때처럼 말문을 열었다. 그는 토니의 붉은 넥타이에 번갈아 찍힌 토끼와 거북 무늬가 마음에 들지 않았다. 틀림없이 재치 있게 보이려는 의도였다. 토니는 작지만 비싼 것을 좋아하는 경향이 있어서 점점 더 멋을 부렸다. "오늘 내 리스트야. 첫 번째, 조명 담당을 교체해야겠어. 그 녀석은 내게 필요한 것을 못 주고 있어. 게다가 마법 의상 말인데, 필요한 것이……."

"죄송합니다만 나쁜 소식이 있습니다, 감독님." 토니가 말했다. 그는 말쑥한 새 양복을 입고 있었다. 평소에는 이사회 회의가 있다는 의미였다. 필릭스는 회의를 자꾸 빼먹는 습관이 들었다. 의장인 로니 고든은 점잖지만 지겨운 인간이었고, 이사회 나머지는 무조건 하자는 대로 하는 허수아비들이었다. 그러나 토니가 그들에게 잘 맞추어 주었기 때문에 그는 그들에게 그다지 신경을 쓰지 않았다.

"응? 뭔가?" 필릭스가 물었다. 나쁜 소식이라면 보통은 불만을 품은 후원자가 보내온 사소한 항의 편지 정도였다. 리어가 꼭 옷을 다 벗어야만 했습니까? 혹은 피가 튀는 장면에서 앞줄에 앉았다가 원치 않는 참여를 하게 된 관객이 보낸 드라이클리닝 청구서일 수도 있었다. 피에 젖은 맥베스Macbeth의 머리가 무대에 너무 거칠게 내던져지거나 글로스터Gloster의 눈알이 눈을 파낸 사람의 손에서 미끄러져 꽃무늬 실크 프린트에 떨어져서 아주 빼기 힘든 극도로 불쾌한 젤리 자국을 남겼다거나.

토니는 이런 신경질적인 불만들을 다루었고, 아주 잘 처리했다. 과도한 아부에 소량의 적설한 사과를 섞어서 처방했다. 그러나 극장 뒷문에서 불유쾌한 부류와 맞닥뜨리게 될 경우를 대비해서 필릭스에게 일단은 다 알려 주려 했다. 토니는 필릭스가 비판을 받으면 상스러운 형용사들을 잔뜩 써 가며 과도하게 반응한다고 지적했다. 필릭스는 자신이 항상 경우에 딱 맞는 말만 쓴다고 응수했고, 토니는 물론 그렇지만 후원자의 관점에서는 결코 적절하지 않다고 말했다. 게다가 기록으로 남을 수도 있다.

"불행히도," 토니가 입을 열더니 잠시 뜸을 들였다. 그의 얼굴에 기묘한 표정이 떠올랐다. 미소는 아니었다. 미소를 짓고 있지만 그 밑으로는 입꼬리가 내려가 있었다. 필릭스는 목덜미의 털이 쭈뼛 서는 것을 느꼈다. "불행히도," 드디어 토니가 더없이 정중한 목소리로 말했다. "이사회에서 투표를 한 결과, 감독님과의 계약을 종료하기로 결정했습니다. 예술 감독으로서요."

이제 필릭스가 말문이 막힐 차례였다. "뭐라고? 농담이지, 그렇지?" 그들이 그럴 리 없다고 생각했다. 내가 없으면 축제 전체가 불타 사라져 버릴 텐데! 후원자들은 달아나 버릴 것이고, 배우들은 일을 집어치우고, 고급 레스토랑과 선물 가게와 숙박 시설들은 장사를 접게 될 것이고, 매년 여름 그가 기막힌 실력을 발휘하여 구해 주었던 메이크시웨그 마을은 예전처럼 잊혀진 상태로 다시 가라앉고 말 것이다. 축제가 아니고서야 기차를 갈아타는 곳이라는 것 외에 이 동네에 무슨 볼일이 있겠는가?

토니가 말했다. "아닙니다. 유감이지만 농담이 아니라고요." 다시 침묵. 필릭스는 마치 처음 보는 사람처럼 토니를 뚫어져라 쳐다보았다. "아시겠지만 그들은 감독님이 예전 같지 않다고 생각합니다." 그러나 다시 침묵. "감독님이 따님 일로 충격을 받아서 그렇다고 설명했습니다. 최근의 비극을 겪은 후로요. 하지만 극복하시는 중이라고 말했습니다." 너무도 야비한 일격에 필릭스는 숨이 턱 막혔다. 어떻게 감히 그들이 그런 구실을 내세운단 말인가? "저로서는 최선을 다했습니다." 토니가 덧붙였다.

그것은 거짓말이었다. 둘 다 알고 있었다. 의장인 로니 고든은 결코 이런 반란을 시도할 사람이 아니었고, 이사회의 다른 멤버들은 있으나 마나 한 사람들이었다. 가려 뽑은 사람들, 토니가 고른 사람들이었다. 그리고 그들 중에는 가려 뽑은 여자들도 둘 있었다. 예외 없이 전부 다 토니가 추천한 사람들이었다.

"내가 예전 같지 않다고? 빌어먹을 내 능력이 어쨌다고?" 필릭스가 말했다. 지금껏 그보다 더 뛰어난 사람이 누가 있었단 말인가?

"저, 감독님의 현실 인식 말입니다. 그 사람들은 감독님이 정신적으로 문제가 있다고 생각합니다. 저는 그 정도는 이해해 드려야 한다고 말했습니다. 감독님의 처지를 고려하면……. 하지만 그들이 그런 사정을 다 알 수는 없는 거지요. 동물 가죽 망토는 좀 지나쳤습니다. 이사회가 스케치를 보았습니다. 감독님 때문에 동물 권리 운동가들이 벌 떼처럼 덤벼들지 않을까 우려하더군요." 토니가 말했다.

필릭스가 버럭 화를 냈다. "말도 안 되는 소리. 그건 진짜 동물이 아니잖아. 아이들 장난감이라고!"

"잘 아시겠지만 그건 중요하지 않습니다." 필릭스가 참을성 있게 달래는 투로 말했다. "어쨌거나 동물로 보이니까요. 그리고 문제는 망토만이 아닙니다. 이사회는 칼리반을 하반신마비로 그리는 것에도 반대합니다. 악취미 정도가 아니라는 겁니다. 사람들은 감독님이 장애를 웃음거리로 만들고 있다고 생각할 겁니다. 공연 중에 자리를 박차고 나가 버릴 수도 있습니다. 휠체어를 밀고 나가 버릴지도 모릅니다. 우리 관객 중 상당수는…… 통계를 보면 30대 이하 젊은 층이 아닙니다."

필릭스는 분통을 터뜨렸다. "이런 빌어먹을! 정치적 올바름을 따지는 것도 정도껏 해야지! 원문에 기형이라고 나와 있다고! 오히려 요즘 같은 시대에는 칼리반이 최고로 인기 있는 인물이야, 모두가 그를 응원한다고. 난 단지……."

"저도 이해합니다. 하지만 문제는 보조금을 받는 만큼 객석을 채워야 한다는 겁니다. 최근 리뷰들은…… 반응이 가지각색이었어요. 특히 지난 시즌에요." 토니가 말했다.

"가지각색이라니 무슨 소리야? 지난 시즌 리뷰들은 그야말로 극찬 일색이었다고!"

"나쁜 것은 감독님께 말씀드리지 않았습니다. 실은 부정적인 리뷰도 아주 많았어요. 보고 싶으시다면 여기 제 서류 가방 안에 있으니 보세요."

"숨겼다고? 왜 그런 짓을 했지? 내가 어린애인 줄 아나?" 필릭스가 말했다.

"나쁜 리뷰를 보면 화를 내시니까요. 그 짜증을 스태프에게 퍼부으시고요. 사기에 좋지 않습니다."

"난 절대 화내지 않아!" 필릭스가 소리 질렀다. 토니는 못 들은 척했다.

"여기 계약 종료 통지서입니다." 그가 재킷 안주머니에서 봉투를 하나 꺼냈다. "이사회는 투표를 통해 감독님께서 오랜 세월 헌신해 주신 데 대한 감사의 뜻으로 퇴직금을 드리기로 했습니다. 제가 좀 더 혜택을 받으시도록 손을 썼습니다." 그는 분명 능글맞게 실실 웃고 있었다.

필릭스는 봉투를 받아 들었다. 제일 먼저 봉투를 갈기갈기 찢어 버리고픈 충동이 치밀었지만, 그는 어찌 보면 마비된 상태였다. 일을 해 오면서 심각한 의견 대립을 겪은 적은 있었지만 잘린 적은 한 번도 없었다. 쫓겨나다니! 차이다니! 버려지다니! 그는 그야말로 감각을 상실했다. 그가 말했다. "하지만 내 〈템페스트〉는 그대로 진행되겠지?" 이미 그는 애걸하고 있었다. "적어도 그것만큼은?" 그가 만든 최고의 창작품, 그의 경이로운 보물이 박살 났다. 바닥에 짓밟혔다. 지워졌다.

"유감이지만 그렇지 않습니다. 우리는, 그들은 깨끗이 중단시키는 게 좋겠다고 판단했습니다. 제작은 중단될 겁니다. 감독님 물건은 사무실에서 차로 내가시면 됩니다. 어쨌거나 준비가 되시면 저한테 감독님의 출입증을 주셔야 합니다." 토니가 말했다.

"이 문제를 문화유산부로 가져가겠네." 필릭스가 힘없이 말했다. 하지만 그래 봤자 가망이 없다는 것을 알고 있었다. 그는 샐 오닐리와 동창이었지만 그때부터 이미 그들은 라이벌 관계였다. 연필 도난 사건으로 충돌이 있었고 필릭스가 이겼다. 샐은 분명 그 일을 잊지 않았다. 그는 여러 건의 TV 인터뷰에서 필릭스를 겨냥해 메이크시웨그 축제에서 노엘 카워드의 희극이나 앤드루 로이드 웨버 작품 등 뮤지컬을 더 많이 올려야 한다는 의견을 피력했다. 필릭스는 뮤지컬에 반대하지는 않았다. 그는 학생 시절 〈아가씨와 건달들〉을 무대에 올리면서 연극인으로서의 경력을 시작했다. 하지만 온통 뮤지컬만으로 채우는 것은⋯⋯.

〈사운드 오브 뮤직〉,〈크레이지 포 유〉. 탭댄스. 샐은 보통 사람들이 이해할 수 있을 만한 것들이어야 한다고 말했다. 그러나 보통 사람들도 필릭스의 접근법을 아주 완벽하게 이해할 수 있었다! 전기톱을 든 맥베스가 어려울 게 뭐란 말인가? 시사성이 있다. 직접적이고.

"그 점으로 말씀드리자면 문화유산부도 전적으로 같은 의견입니다." 토니가 말했다. "당연히 샐이, 그러니까 오닐리 장관님이 최종 투표를 하기 전 옳은 길을 가고 있다고 확인해 주어서 우리가 이런 결정을 내릴 수 있었던 것입니다. 죄송하게 됐습니다, 필릭스 감독님." 그가 무성의하게 덧붙였다. "물론 충격이겠지요. 우리 모두에게도 정말 힘든 일이고요."

"자네는 나를 대신할 사람을 곧 떠올릴 것 같군." 필릭스가 애써 목소리를 침착하게 유지하고 말했다. 샐이라. 이름으로 부르는 사이라 이거군. 그러니까 일이 그렇게 된 것이다. 그는 냉정을 잃지 않을 것이다. 마지막 남은 품위라도 지킬 것이다.

"실은 그렇습니다. 샐이…… 이사회가 저에게 대신 맡아 달라고 요청했습니다. 물론 임시지요. 적합한 역량을 지닌 후보자를 찾을 때까지만입니다." 토니가 말했다.

임시 좋아하네. 필릭스는 생각했다. 이제 모든 것이 분명해졌다. 비밀, 사보타주. 뱀 같은 속임수. 엄청난 배신. 토니가 선동자였다. 그가 앞장서서 필릭스의 숨통을 끊으러 나선 것이다. 그는 필릭스가 가장 취약한 상태에 이를 때까지 기다렸다가 공격했다.

"이 비뚤어진 사기꾼 개자식." 그가 소리쳤다. 그 말은 그에게 얼마간 만족감을 주었다. 모든 것을 고려해 본다면 사소한 만족감에 불과했지만.

4장
의상

그때 보안 팀 직원 두 명이 방으로 들어왔다. 문밖에서 신호를 기다리고 있었던 것이 틀림없었다. 그 신호는 아마도 필릭스의 고함 소리였을 것이다. 지금 와서 생각해 보면 너무나도 뻔한 전개였다.

토니는 보안 팀 직원들을 미리 연습시켜 놓았던 것이 틀림없다. 그는 뭐든지 최고의 효율을 따지는 인간이니까. 한쪽은 흑인이고 다른 한쪽은 갈색 피부인 보안 팀 직원들은 무표정한 얼굴로 필릭스의 양쪽에 한 명씩 서서 근육질의 팔을 꼈다. 새로 고용된 사람들이었다. 필릭스는 모르는 얼굴들이었다. 더 중요한 것은, 그들 역시 필릭스를 모르니 그에게 충성할 일도 없으리란 점이다. 토니의 짓이었다.

"이렇게까지 할 필요는 없네." 필릭스는 이렇게 말했지만 그때쯤 토니는 굳이 답을 하는 수고조차 하려 들지 않았다. 어깨를 약간 으쓱하고 고개를 까닥할 뿐이었다. 권력의 으쓱거림, 권력의 까닥거림이었다. 필릭스는 양 팔꿈치 옆을 맴도는 무쇠 같은 손과 함께 정중하지만 단호하게 주차장까지 호위를 받고 나갔다.

그의 차 옆에 종이 박스가 쌓여 있었다. 그가 아직 빠르고 날렵한 기분이었던 시절, 중년의 반항심에 사로잡혀 중고로 샀던 빨간색 머스탱 컨버터블이었다. 미란다가 태어나기 전과 미란다가 없는 때. 처음 샀을 때조차도 녹이 슬어 있었고, 그 후로 더 심하게 녹이 슬었다. 그는 보상 판매로 다른 차, 좀 더 칙칙한 차를 살 계획이었다. 그 계획은 이제 접어야 했다. 고용계약 해지를 알리는 서류 봉투는 아직 열어 보지 않았지만, 최소한의 것만 들어 있으리라는 점은 뻔했다. 이런 중고차에 물 쓰듯 쓸 수 있을 만큼의 돈은 아닐 것이다.

부슬비가 내렸다. 보안 팀 직원들이 필릭스를 도와 그의 녹슨 머스탱에 종이 박스들을 실었다. 그들은 아무 말도 하지 않았고 필릭스도 침묵을 지켰다. 무슨 말을 하겠는가?

박스들이 비에 푹 젖었다. 속에 뭐가 들었을까? 서류, 수집품, 누가 알겠는가? 그 순간 필릭스는 전혀 개의치 않았다. 전부 다 주차장에 쌓아 놓고 확 불을 질러 버릴까 하는 거창한 제스처도 생각해 보았다. 하지만 무엇으로? 가솔린이나 뭔가 폭발성 물질이 있어야 할 텐데, 그에게는 둘 다 없었다. 하여간 토니에게 그를 공격할 구실을 조금이라도 더 줄 필요가 뭐가 있겠는가? 소방

서에 전화를 하고, 경찰을 부르고, 필릭스는 횡설수설하고 고함을 질러 대며 묶인 채 끌려 나간다. 토니가 돈을 내고 정신 질환 전문가를 데려온다. 진단이 내려진다. 보셨지요? 토니가 이사회에게 말할 것이다. **과대망상증입니다. 정신병자라고요. 극장에서 미쳐 날뛰기 전에 제때 쫓아낼 수 있었으니 천만다행이지요.**

세 사람이 마지막으로 젖은 박스를 필릭스의 차에 싣고 있을 때, 통통한 인물 하나가 주차장을 가로질러 느릿느릿 걸어왔다. 축제 이사회 의장인 로니 고든이 숱이 듬성듬성한 머리 위로 우산을 받쳐 들고 지팡이 비슷한 것을 넣은 비닐봉지와 죽은 흰 고양이가 위에 올라앉은 스컹크 한 무더기처럼 보이는 것을 손에 든 채 다가오고 있었다.

못 믿을 영감탱이 같으니라고. 필릭스는 그를 쳐다보지 않으려 했다.

터덜터덜, 뒤뚱뒤뚱, 철벅철벅 웅덩이를 지나서 뚱뚱한 로니가 바다코끼리처럼 쌕쌕거리며 다가왔다. "정말 미안하게 되었네, 필릭스." 그가 차 뒤편까지 와서 말했다.

"말 같지도 않은 소리 집어치워." 필릭스가 쏘아붙였다.

"난 아니었어. 반대쪽에 투표했다고." 로니가 서글프게 말했다.

"개똥 같은 소리." 필릭스가 대꾸했다. 지팡이는 여우 머리가 달린 그의 단장이었고, 죽은 고양이는 그의 가짜 프로스페로 턱수염이었다. 스컹크들은 지금 보니 그의 마법 의상이었다. 그의 마법 의상이 될 뻔했던 것이었다. 스컹크는 젖어서 털이 후줄근

했다. 수많은 플라스틱 동물 눈들이 모피 속에서 반짝이며 그를 응시했고, 수많은 꼬리들은 축 처져 있었다. 잿빛 햇살 속에서 그것들은 허접해 보였다. 그러나 나뭇잎을 섞어 넣고, 금색 스프레이를 뿌려 강조해 주고, 금속편으로 돋보이게 완성해서 무대에 올렸더라면 훌륭했을 것이다.

"나도 자네가 이렇게 돼서 속상하다고. 자네가 이걸 원할지도 모른다는 생각이 들어서." 로니가 이렇게 말하더니 여전히 옆구리에 손을 올리고 쏘아보고 있는 필릭스에게 망토와 턱수염, 지팡이를 내밀었다. 어색한 순간이었다. 로니는 정말로 괴로워하고 있었다. 그는 감상적인 늙은 바보였다. 비극의 결말에 울고 있었다. 그가 애원했다. "제발. 자네가 한 모든 작업의 기념품이라 여기고 받아." 그는 물건들을 재차 내밀었다. 흑인 보안 직원이 그것들을 받아서 상자 위에 쑤셔 넣었다.

"자네가 마음 쓸 필요는 없었는데." 필릭스가 말했다.

"그리고 이것도." 로니가 비닐봉지를 내밀었다. "자네 대본이야. 〈템페스트〉 말이야. 자네가 쓴 주석집도 있어. 그러면 안 되는 줄 알지만 내가 좀 보았네. 근사했을 텐데 말이지." 그는 떨리는 목소리로 계속해서 말했다. "언젠가 그게 쓸모가 있을지도 몰라."

"자네는 뭐가 뭔지도 모르고 있어. 자네와 그 악마 같은 토니가 내 경력을 망쳐 놓았어. 자네도 알겠지. 차라리 나를 끌어내서 총으로 쏘는 편이 나았을 텐데." 필릭스가 말했다. 그 말은 과장이었지만, 한편으로는 다른 누군가에게 자신의 불행에 대해 싫은 소리를 할 수 있어서 위안이 되었다. 토니와는 달리 부드러운 마음과 약한 등뼈를 가지고 있어서 싫은 소리에 예민한 사람.

"아, 분명 자네는 잘될 거야. 누가 뭐래도 그런 독창성과 그런 재능을 가졌으니……. 틀림없이 다른 자리가 많이 있을 걸세. 새 출발을……." 로니가 말했다.

"다른 곳이라고? 제기랄, 내 나이 쉰이야. 새 출발을 하기에는 이미 퇴물이라고. 그렇지 않나?"

로니가 침을 꿀꺽 삼켰다. "나도 자네가……. 다음 이사회 회의에서 자네에게 감사의 뜻을 전하기 위한 안건을 올릴 거야. 그러니까 동상이나 흉상, 아니면 자네 이름을 딴 분수 같은 것을 만들자는 제안이 있네."

독창성. 재능. 업계에서 가장 남용되는 두 단어라고 필릭스는 쓸쓸하게 생각했다. 그리고 세상에서 가장 쓸모없는 세 가지가 바로 신부의 물건, 수녀의 젖꼭지, 그리고 진심 어린 감사 결의이다. "자네 흉상이나 만들어." 그가 쏘아붙였다. 그러나 이내 그도 수그러들었다. "고맙네, 로니. 자네 마음은 잘 알아." 그는 손을 내밀었다. 로니가 악수를 했다.

지나치게 붉은 뺨 위로 흘러내린 것은 진짜로 눈물이었을까? 턱 아래 늘어진 살이 떨린 것일까? 로니 역시 책임자가 된 토니를 조심해야 할 거라고 필릭스는 생각했다. 특히 그가 이렇게 눈물을 흘리며 죄책감을 계속 내보인다면. 토니는 아무런 거리낌도 없을 것이다. 어떤 반대든 부숴 버리고, 망설임에 벌을 주고, 건달들을 주변에 불러 모으고, 마른 가지는 쳐 낼 것이다.

"추천서가 필요하면 언제든지 기쁘게……. 음…… 내 생각에는…… 아마 휴식을 좀 취하고 나서……. 자네는 일을 너무 많이 했어. 자네, 그, 자네가 끔찍하게 슬픈 일을 겪고 나서 말이야. 정말 마음 아팠네. 너무 심했어. 아무도 그래서는 안 되는데……." 로니가 말했다.

로니는 두 번의 장례식에 왔었다. 나디아의 장례식이 먼저였다. 그는 미란다의 일로 몹시 가슴 아파했다. 조그만 무덤 속에 작은 분홍색 월계꽃 다발을 던져 넣었다. 필릭스는 그의 태도에 감사했지만 그 당시 생각하기로는 다소 신파스럽다 싶었다. 그때 로니는 감정을 주체하지 못하고 완전히 무너져서 식탁보만 한 흰 손수건에 대고 딸꾹질을 했다.

토니도 그때 장례식에 왔었다. 당시에 이미 쿠데타 계획을 다 세워 놓았을 테지만, 교활한 생쥐처럼 검은색 넥타이를 매고 슬픈 얼굴을 하고 있었다.

"고맙네." 필릭스가 로니의 말을 끊고 다시 말했다. "난 괜찮을 거야. 그리고 고맙네." 그는 두 보안 직원에게 말했다. "도움이 되었소. 고마워요."

"운전 조심하세요, 필립스 씨." 둘 중 한 사람이 말했다.

"네." 다른 한 사람도 말했다. "저희 일이라서 어쩔 수 없네요." 그것은 일종의 사과였다. 그들은 해고된다는 게 어떤 것인지 알고 있을지도 몰랐다.

필릭스는 마음에 들지 않는 자기 차에 올라타고 주차장을 빠져
나와 남은 인생 속으로 차를 몰았다.

5장
초라한 방

그의 남은 인생. 그 시간이 예전에는 얼마나 길게만 느껴졌던
지. 얼마나 빨리 지나가 버렸는지. 그중 얼마나 많은 부분을 허비
했는지. 얼마나 빨리 끝나 버릴지.

주차장을 나오면서도 필릭스는 운전을 하고 있다는 자각이 없
었다. 운전을 하는 게 아니라 마치 폭풍에 날려 가듯 차가 저절로
굴러가는 듯한 기분이었다. 이제 부슬비는 멎고 해가 뜬 데다 히
터까지 틀었는데도 추웠다. 충격에 빠진 상태인가? 아니었다. 그
는 떨고 있지 않았다. 차분했다.

극장은 곧 펄럭이는 깃발들과 물을 뿜는 돌고래 분수, 야외 파
티오, 보기 좋게 꽃을 심은 주변 풍경, 축제 분위기에 젖어 아이
스크림을 핥고 있는 관객들과 함께 사라졌다. 값비싼 레스토랑

과 고풍스러운 시인, 돼지들, 르네상스 시대 여왕과 개구리, 난쟁이와 수탉 머리로 치장한 술집들, 켈트풍의 모직 제품 전문점, 이누이트 조각품 상점, 영국 자기 부티크들이 늘어선 메이크시웨그 중심가를 지나자 숙식을 제공한다는 팻말을 간간이 내건 근사한 빅토리아풍 노란 벽돌집들도 사라지고 약국과 구두 수선점, 태국 네일샵들로 바뀌었다. 신호등을 두어 개 더 지나치자 외곽 쇼핑센터의 카펫 전문점 창고들과 멕시코 음식점과 햄버거 가게들도 사라지고 필릭스는 표류 상태가 되었다.

여기는 어디일까? 알 수가 없었다. 주위로는 온통 완만하게 경사진 밭, 부드러운 초록빛의 봄 밀밭과 더 짙은 초록빛의 콩밭만 펼쳐져 있었다. 섬처럼 모인 나무들이 오래된 농가들, 잿빛이 되었지만 여전히 쓸 만한 나무 헛간, 수평선에 딱 맞춰 서 있는 사일로들 주위로 깃털 같은, 혹은 반짝이는 이파리들을 내밀었다. 길은 이제 울퉁불퉁 고르지 않은 자갈길이 되었다.

속도를 줄이고 주위를 둘러보았다. 그가 아는 사람도, 그를 아는 사람도 없는 굴속 같은 은신처를 간절히 바랐다. 몸을 추스를 수 있는 조용한 곳. 이제 그는 자신이 얼마나 심하게 상처 입었는지를 스스로 인정하기 시작한 것이다.

하루 이틀이나 길어야 사흘 후면 토니는 신문에 거짓 이야기를 실을 것이다. 필릭스가 다른 기회를 좇아 예술 감독직을 사임했다고 할 것이다. 그러나 그런 이야기는 아무도 믿지 않을 것이다. 그가 메이크시웨그에 남아 있다면 악의를 품은 기자들이 그의 냄새를 맡으면서 강자의 몰락을 즐길 것이다. 그에게 전화를 걸고, 숨어서 기다리고, 그가 어리석게도 그런 수에 넘어오기를 기대하며 동네 술집에서 그에게 다가올 것이다. 벌컥벌컥 성질을 잘 낸다는 그의 평판을 알고 있으니, 그가 성난 고함을 지르기를 바라며 하고 싶은 말이 있느냐고 물을 것이다. 그러나 고함을 질러 봤자 숨만 낭비하는 셈이다. 그래서 얻을 게 무엇이겠는가?

해가 지고 있었다. 햇살이 이울고, 점점 더 노랗게 변해 갔다. 거기에 얼마나 오래 있었을까? 거기가 어딘지는 몰라도, 그는 계속 차를 몰았다.

길에서 조금 떨어진 곳, 인적 드문 좁은 길 끝에 기묘한 건물이 있었다. 앞쪽 벽을 제외한 나머지는 땅에 가려서 야트막한 비탈 속에 지은 것처럼 보였다. 창문이 하나 있고, 문이 열려 있었다. 벽에서 금속 굴뚝 파이프가 튀어나와 위쪽으로 올라가다가 끝에는 양철 뚜껑이 씌워져 있었다. 빨랫줄이 있고 빨래집게 딱 한 개에 행주가 매달려 있었다. 필릭스가 도착지로는 꿈에도 생각해 본 적 없을 장소였다.

보는 정도야 해될 것이 있을까. 그래서 필릭스는 보았다.

그는 길가에 차를 세우고 걸어갔다. 젖은 잔디와 잡초가 바짓가랑이에 스쳤다. 문을 더 밀어 열자 끼익하는 소리가 났지만 경첩에 기름 한 방울만 치면 말짱해질 것이다. 기둥으로 대들보를 만들어 받친 천장은 낮았고, 예전에 회칠을 했지만 이제는 거미줄투성이였다. 내부에서는 그리 불쾌하지는 않은 흙냄새와 나무 냄새가 났고, 희미하게 재 냄새도 풍겼다. 쇠로 된 난로에서 나는 냄새였다. 버너 두 개와 작은 오븐이 있었는데 녹은 슬었지만 말짱했다. 방 두 개는 안방과 침실이었던 듯했다. 천창이 있었다. 새것 같은 유리가 끼워져 있고, 걸쇠를 걸어 잠근 옆문이 있었다. 필릭스는 걸쇠를 풀고 문을 열어 보았다. 잡초가 무성한 길이 있고, 변소가 있었다. 고맙게도 변소를 파는 일까지는 안 해도 될 것이다. 누군가가 그를 위해 해 놓았다.

침실의 묵직한 낡은 나무 장식장과 붉은색에 은색의 소용돌이 무늬가 있는 포마이카 상판의 주방 식탁이 가구의 전부였다. 의자도 없었다. 마루에는 폭이 넓은 널빤지가 깔려 있었다. 적어도 흙바닥은 아니었다. 수동 펌프가 있는 개수대까지 있었다. 전구도 있었고, 기적같이 불이 들어왔다. 누군가 꽤 최근까지 여기서 살았던 게 분명했다. 적어도 1830년대 이후부터는.

그 집에는 기본적인 것들만 최소한으로 갖추어져 있었지만, 주인을 찾아내 협상을 잘 해서 손을 좀 본다면 그럭저럭 살 만할 것 같았다.

이 판잣집과 그에 따라올 궁핍을 선택함으로써 세상을 향해 성난 티를 내는 셈이다. 그는 거친 옷을 입고 자신을 채찍질하며 고행하는 은둔자가 될 것이다. **고통받는 내 모습을 보라.** 그러나 그의 연기를 봐 주는 관객은 자기 말고는 아무도 없을 것이다. 유치하고 고집스럽게 혼자 우울에 잠겨 있는 꼴이었다. 그는 아직도 철이 덜 들었다.

그러나 그가 달리 어떤 선택을 할 수 있을까? 평판이 땅에 떨어져 다른 일자리를 찾을 수도 없었다. 비슷한 지위나 그가 원하는 자리로 가기란 불가능했다. 게다가 보조금 금고를 틀어쥔 샐 오낼리가 높은 자리는 죄다 은밀하게 막을 터였다. 필릭스가 어디든 다른 좋은 자리로 가면 메이크시웨그 축제를 능가할 수도 있으니 토니는 라이벌을 원치 않을 것이다. 토니와 샐은 분명 이미 그랬듯이 손발을 맞추어 그의 머리를 확실하게 물속에 계속 처박아 두려 할 것이다. 그러니 부질없는 시도로 그들에게 만족감을 줄 필요가 있겠는가?

그는 왔던 길 그대로 차를 몰아 메이크시웨그로 돌아가서 최근 시즌 동안 재임대했던 작은 벽돌집 앞에 차를 세웠다. 그 상상도 할 수 없을 만큼 긴 시간 이후로…… 가족을 모두 잃은 이후로, 그는 집을 갖지 않는 쪽을 택했다. 다른 이들의 집을 빌렸다. 침대, 책상, 램프, 나디아와 함께 벼룩시장에서 골랐던 낡은 나무 의자 등 아직 가구 몇 점이 있었다. 개인적인 장식품들. 한때는 완벽한 삶이었던 것에서 남은 것들.

물론 그의 딸 미란다의 사진도 있었다. 그는 항상 그것을 가까운 곳, 어둠 속으로 미끄러져 들어가면서 볼 수 있는 위치에 두었다. 미란다가 세 살이 다 되어 갈 무렵 그가 직접 찍은 사진이었다. 처음 그네를 탔을 때였다. 머리를 뒤로 젖히고 있었다. 신이

나서 웃고 있었다. 허공을 날고 있었다. 작은 주먹은 그넷줄을 꼭 잡고 있었다. 아침 햇살이 머리에서 후광처럼 빛났다. 액자 틀은 은색으로 칠해져 있었다. 은색 창틀이었다. 그 마법의 창 너머에서 딸은 여전히 살아 있었다.

그리고 이제 그녀는 유리 뒤에 갇힌 채 남아 있어야 할 것이다. 그의 〈템페스트〉가 파괴되었으므로 새로운 미란다, 그가 창조하려 했던, 혹은 되살려 낼 수도 있었던 미란다는 물속에서 죽었다.

토니는 그에게 스태프, 기술 지원 팀, 배우들을 만나도록 허락해 줄 정도의 아량도 베풀지 않았다. 작별 인사도 허락하지 않았다. 그의 〈템페스트〉를 공연하지 못하게 된 쓰린 마음을 전하지도 못하게 했다. 그는 죄인처럼 황급히 떠났다. 토니와 그의 수하들은 그가 두려웠던 것일까? 전체의 반란, 역습이 두려웠을까? 진심으로 필릭스에게 그 정도 힘이 있을 거라 생각했을까?

그는 이사 업체에 전화를 걸어 얼마나 빨리 와 줄 수 있는지 물었다. 사정이 아주 급하다고, 최대한 빨리 모든 짐을 싸서 보관해야 한다고 말했다. 비용을 더 지불하겠다고도 했다. 집주인에게 임대 기한의 잔금을 수표로 써 주었다. 은행에 가서 토니가 준 형편없는 전별금을 넣고 담당 직원에게는 곧 다른 주소로 옮길 예정이며 우편으로 알려 주겠다고 했다.

다행히도 예금이 좀 있었다. 당분간은 세상에 모습을 드러내지 않고 지낼 수 있었다.

다음으로 할 일은 언덕 집의 주인을 찾는 것이었다. 그는 다시 차를 몰고 자갈길을 되돌아가서 제일 가까운 농가부터 찾아가 보았다. 한 여자가 문가에서 대답했다. 중년의 보통 외모, 중키에 중간색 머리카락을 뒤로 모아 하나로 묶었고, 청바지에 추리닝 상의 차림이었다. 그녀 뒤의 리놀륨 타일 바닥에는 아이의 플라스틱 장난감이 있었다. 필릭스의 심장이 쿵 하고 약간 내려앉았다.

여자는 팔짱을 낀 채 문가를 막고 섰다. "당신 차, 본 적 있어요. 저기 판잣집에서요."

"그러셨군요." 필릭스는 최대한 매력적인 태도로 말했다. "궁금한 게 있어서요. 그 집 주인이 누구인지 아십니까?"

"왜요?" 여자가 되물었다. "우리는 아니에요. 그 집에 대해 세금을 내고 있지 않아요. 아무 가치도 없는 낡아 빠진 집이에요. 개척자나 뭐 그런 사람들이 버려두고 떠났어요. 돈을 벌기 전에요. 버트한테 오래전에 태워 버렸어야 할 집이라고 말했는데."

아, 필릭스는 생각했다. 거래해 볼 만하겠군. "제가 몸이 좀 아파서요." 그가 말했다. 순전히 거짓말은 아니었다. "시골에 쉴 곳을 찾고 있는데 이곳 공기가 저한테 좋을 것 같군요."

"공기라." 여자가 코웃음을 쳤다. "공기라면 이 주변에 차고 넘치죠. 원하시는 게 그거라면야. 내가 아는 한으로는 공짜예요. 맘껏 드세요."

"그 작은 집에서 좀 살고 싶은데요." 필릭스는 선량한 미소를 지으며 말했다. 그는 약간 모자라는 사람 같은, 그러나 너무 모자라지는 않는 듯한 인상을 주고 싶었다. 약간 괴짜 같지만 미치광이는 아닌. "물론 집세는 내야죠. 현금으로요." 그가 덧붙였다.

그 말을 꺼내자 상황은 순식간에 바뀌었다. 여자는 필릭스에게 안으로 들어와 주방 식탁에 앉으라고 권했고, 그들은 곧 본격적으로 협상에 착수했다. 여자는 돈을 원했고, 그런 속내를 숨기지도 않았다. 남편인 버트는 알팔파 농사로는 그다지 재미를 보지 못해서 수지를 맞추기 위해 프로판가스 배달을 하고, 가외로 겨울에는 진입로 청소도 했다. 아내에게 모든 일을 다 처리하도록 맡겨 두고 집을 비우는 일이 많았다. 그녀는 다시 한 번 코웃음을 치며 고개를 홱 쳐든다. "모든 일" 속에는 필릭스 같은 괴짜들을 상대하는 일도 포함돼 있었다.

그녀가 말하기를 여러 사람들이 그 판잣집에서 살다 나가곤 했는데, 가장 최근에 살았던 이들은 "히피 두 명으로, 남자는 화가이고 여자는 뭐라 불러야 좋을지 모르겠지만 그 화가와 살림 차린 여자"였다고 했다. 1년 전 일이었다. 그 전에는 그녀의 불쌍한 삼촌이 살았다. 그 전에는 약간 모자라는 버트의 숙모가 살다가 정신병원에 들어갔다. 그 이전은 그녀가 오기 전이었으므로 그녀도 알지 못했다. 그 작은 집에 귀신이 붙었다고 떠드는 이들도 있지만, 그런 소문은 전혀 신경 쓸 필요 없다고 경멸조로 말했다. 그런 사람들은 무식해서 그런 것뿐이고 사실이 아니라는 것이었다. 그녀는 사실이라고 생각하는 게 분명했다.

필릭스가 그 집에서 살면서 원하는 대로 고쳐도 좋다고 합의가 이루어졌다. 버트가 겨울에 길을 치워 줄 테니 필릭스는 눈 속을 헤치고 걸어 다니지 않아도 될 것이다. 아내인 모드가 매달 첫날에 봉투에 든 현금을 받아 가기로 했다. 누가 물어본다 해도 필릭스가 그녀의 숙부이고 공짜로 그곳에 살고 있다고 대답할 테니 아무 문제 없을 것이다. 그녀와 버트가 난로에 땔 나무를 해다 주기로 했다. 부부의 10대 아들이 트랙터로 날라다 줄 것이다. 그녀는 벌써 그 비용도 포함해서 계산해 놓았다. 필릭스가 원한다면 그의 빨래도 가외로 해 줄 수 있다고 했다.

필릭스는 그녀에게 고맙다고 한 뒤, 일단은 두고 보자고 했다. 그는 자신에 대해 아무에게도 발설하지 말아 달라는 조건을 달았다. 남의 눈에 띄고 싶지 않다고 했다. 그럴 만한 이유가 있지만, 범죄와 관련된 것은 아니라고 덧붙였다.

그녀는 곁눈질로 그를 살폈다. 범죄와 무관하다는 그의 말을 믿지는 않았지만, 그런 것은 아무래도 상관없었다. "그 점은 나를 믿어요." 그녀가 말했다. 이상하게도 그는 정말로 그녀를 믿었다.

두 사람은 문 앞에서 악수를 나누었다. 그녀는 남자보다도 더 세게 손을 꽉 쥐었다. "이름이 뭐예요?" 그녀가 물었다. "그러니까, 만약을 위해서, 무슨 이름으로 불러 줄까요?"

필릭스는 망설였다. **당신이 상관할 바 아니오**라는 말이 목구멍까지 솟구쳤다가 들어갔다. "듀크✦입니다." 그가 말했다.

✦ '듀크Duke'는 남자 이름으로 흔히 쓰이지만 '공작' 혹은 '대공'이라는 의미도 가지고 있다. 『템페스트』에서 프로스페로의 본래 지위는 밀라노 대공이다.

6장
시간의 심연

사라지는 것이 쉬운 일이었음을, 그의 실종이 세상으로서는 가볍게 견뎌 낼 정도의 일이었음을 깨닫기까지는 오랜 시간이 걸리지 않았다. 그의 갑작스러운 부재가 메이크시웨그 축제라는 천에 남긴 구멍은 금세 메워졌다. 정말로 토니에 의해 메워졌다. 쇼는 변함없이 계속되었다.

필릭스는 어디로 사라졌을까? 수수께끼였지만 누구도 애써 풀 생각까지는 하지 않는 듯한 수수께끼였다. 그는 사람들이 뭐라고 입방아를 찧어 댈지 상상할 수 있었다. 신경쇠약에 걸린 거 아닐까? 다리에서 뛰어내렸나? 어린 딸이 그렇게 비극적으로 죽었을 때 그가 얼마나 슬퍼했는지, 그리고 그 직후 솔직히 말도 안 되는 〈템페스트〉에 얼마나 집착하고 매달렸는지 생각해 보아야 했다. 그러나 그리 오래 생각할 필요는 없었다. 생각해 보는 모든 이들에게 더 급한 다른 문제들이 필릭스가 떠나면서 남긴 빈자리 속으로 밀려들었을 테고 소문의 파도는 금세 잔잔해졌을 테니까. 다들 자기 경력을 쌓고, 기억할 것을 기억하고, 기술을 갈고닦아야 했다.

미치광이 늙은이를 위하여. 그는 그들이 토드 앤드 휘슬이나 킹스 헤드나 임프 앤드 피그넛이나, 그 밖의 어디든 배우와 축제 잡역부들이 휴식 시간에 잔을 기울이는 곳에서 건배사를 외치는 모습을 상상할 수 있었다. **거장을 위하여. 필릭스 필립스를 위하여, 그가 어디에 있든 간에.**

필릭스는 두 도시 떨어진 윌멋의 지점으로 은행 계좌를 옮겼고, 거기에 자신이 쓸 사서함도 빌렸다. 누가 뭐래도 그는 아직 살아 있었다. 소득 신고서 따위를 보관하기 위해서라도 필요할 것이다. 고분고분 순응해야 하는 패배자로서 세금만큼 신속하게 그의 뒤를 추적하는 것은 아무것도 없을 것이다. 이런 것이 지구 표면을 밟고 돌아다니면서 여전히 숨을 쉬고 먹고 싸는 특권에 지불해야 하는 최소한의 대가라고 그는 삐딱하게 생각했다.

그는 F. 듀크라는 이름을 필명이라 주장해서 두 번째 계좌를 열었다. 은행에 자기가 작가라고 설명했다. 우울한 과거를 품지 않은 또 하나의 자아를 갖게 된 것이 기분 좋았다. 필릭스 필립스는 쓸려 갔지만 F. 듀크에게는 여전히 기회가 있을 수도 있었다. 무엇에 대한 기회인지는 아직 말할 수 없었지만.

그는 세금을 낼 용도로 본명을 그대로 두었다. 그편이 더 간단했다. 그러나 모드와 버트, 그리고 필릭스를 어린아이 잡아먹는 사람으로 여기는 게 분명한 우거지상의 어린 딸 크리스털과 무뚝뚝한 10대 아들 월터에게 그는 "듀크 씨"였다. 월터는 앨버타에서 일하려고 서쪽으로 이주하기 전까지 몇 년 동안 정말로 필릭스의 누추한 거처에 가을마다 땔감을 몇 짐씩 날라다 주었다.

한동안 필릭스는 자기만의 〈템페스트〉, 즉 그의 머릿속의 〈템페스트〉에 모드를 파란 눈의 노파인 마녀 시코락스Sycorax로, 월터는 나무를 날라 주고 접시를 닦는 괴물 칼리반으로 캐스팅해 즐겨 보기도 했지만, 그것도 오래가지는 못했다. 아무것도 들어맞지 않았다. 남편 버트는 악마가 아니었고, 통통하고 작달막한 어린아이 크리스털을 요정 같은 미란다로 상상하는 건 불가능했다.

그리고 이 가족에는 아리엘이 있을 자리가 없었다. 도구를 잘 다루는 버트가 필릭스에게서 수고비를 받고―틀림없이 불법이겠지만―이미 전부터 그 집에 있던 전선에 추가로 전선을 이어서 자기네 농가에서 전기를 끌어다 쓰게 해 주었지만. 그것으로 추운 날에는 작은 히터를 쓸 수 있었고, 냉장고와 2구짜리 핫플레이트도 쓸 수 있었다. 정전이 일어나기 때문에 그것들을 한꺼번에 쓸 수는 없었지만. 그는 전기 주전자도 샀다. 모드는 그가 전력을 얼마나 쓰는지 따져서 추가 요금을 물렸다. 모드 가족이 〈템페스트〉에서 뭔가 역할을 맡을 수 있다면, 그리 대단치는 않아도 힘의 근원인 4대 원소의 작은 요정들 정도는 될 거라고 그는 스스로에게 농담을 했다.

필릭스가 매달 첫째 날 모드의 거칠어진 주먹에 쥐여 주는 현금 봉투를 제외하면, 그는 집주인들과, 물론 그들이 집주인이라 친다면, 접촉이 거의 없었다. 모드 가족은 자기네 일로 바빴다. 그리고 필릭스에게는 그의 일이 있었다.

그렇지만 그의 일이 무엇이었을까?

그는 극장과 관련된 뉴스를 피하려 했고, 연극에 관해 읽거나 생각하는 것도 피했다. 너무 고통스러웠다. 그러나 그의 시도는 거의 성공하지 못했다. 그는 그 지역신문은 물론이고 인근 도시들에서 나온 것까지도 사서 리뷰를 훑어본 다음 찢어서 불쏘시개로 썼다.

이 애도와 사색의 초기 기간 동안 그는 투박한 거처를 개선하는 일로 관심을 돌렸다. 그런 일에는 치유 효과가 있었다. 그는 내부 공간을 깔끔하게 정리하고, 거미줄을 쓸어 없애고, 짐 보관소에서 몇 가지 물건들을 가져다 놓았다. 기름을 약간 치고 마중물을 붓고 새 고무 개스킷을 끼우자 수동 펌프가 작동했다. 변소에는 아무런 문제도 없었다. 쓸 만했고 냄새도 그리 심하지 않았다. 그는 변소에 딱 좋다고 광고하는 갈색 알갱이 물질을 한 봉지 사서 주기적으로 조금씩 부어 주었다. 침실 바닥에는 깔개를 깔았다. 침실용 테이블도 놓았다. 신이 나서 웃고 있는 미란다의 사진이 그 위에 환히 자리를 잡았다.

살 만한 곳으로 만들어 보려는 애처로운 노력에도 불구하고, 그는 깊은 잠을 이루지 못하고 자주 깼다.

그는 월멋의 철물점에서 망치와 큰 낫을 샀다. 판잣집 앞의 잡초를 베고, 창문은 물론이고 믿기지 않겠지만 천창까지 닦았다. 정원을 파서 토마토나 다른 채소들을 좀 심을까도 생각했다. 실행에 옮기지는 않았다. 그건 너무 나간 일이었다. 하지만 그는 쉬지 않고 움직였다. 그렇게 바쁘게 지내려고 애썼다.

그것으로 충분치 않았다.

그는 도서관에 가서 책을 빌렸다. 이 기회를 이용해 젊은 시절 결국 끝까지 읽지 못한 고전들을 읽을 생각이었다. 『카라마조프가의 형제들』, 『안나 카레니나』, 『죄와 벌』……. 그러나 읽을 수가 없었다. 너무 많은 진짜 삶이 있었다. 너무 많은 비극이 있었다. 고전 대신 행복한 결말을 맺는 아이들 소설에 저도 모르게 이끌렸다. 『빨간 머리 앤』, 『피터 팬』. 동화도 있었다. 『백설 공주』, 『잠자는 숲속의 미녀』. 죽은 줄 알고 유리로 된 관이나 기둥 네 개 달린 침대에 눠두었던 소녀들이 사랑의 손길을 받고서 기적같이 되살아났다. 그것이야말로 그가 간절히 바라는 바였다. 운명의 반전.

"손자가 있으신가 보네요." 친절한 사서가 그에게 말을 건넸다. "손주들에게 책을 읽어 주시나 봐요?" 필릭스는 미소 지으며 고개를 끄덕였다. 그녀에게 사실대로 말해 봤자 아무 의미 없는 짓이었다.

그러나 얼마 지나지 않아 이런 오락거리들도 바닥이 났다. 그는 부끄러울 만큼 많은 시간을 그늘 아래, 벼룩시장에서 찾아낸 줄무늬 접의자에 앉아 허공을 바라보며 보내기 시작했다. 한참을 그러고 있노라면 엄밀히 말해서 거기 있지 않은 것들이 보이기 시작했지만 그는 놀라지 않았다. 구름 속의 모양들, 나뭇잎 속의 얼굴들. 그것들을 보면 덜 외로워졌다.

침묵이 그를 괴롭히기 시작했다. 정확히는 침묵이 아니었다. 새소리, 귀뚜라미 우는 소리, 나무를 스치는 바람 소리였다. 변소에서 대위법적으로 윙윙대는 파리들. 듣기 좋은 소리. 마음을 달래 주는 소리. 가끔씩 이어지는 반#음악에서 빠져나오기 위해 그는 점점 부실해져 가는 차에 올라 월멋으로 가서 철물점에서 뭔가를 샀다. 단지 보통 인간의 목소리를 듣기 위해서였다. 몇 년이 지나자 순간접착제가 쌓이고 풀림 나사, 낚싯바늘, 그림 걸이가 작은 쓰레기 더미를 이루었다. 그의 걸음걸이가 비틀거리기 시작했을까? 사람들은 그를 아무 해도 끼치지 않는 동네 괴짜라고들 생각했을까? 그를 두고 입방아를 찧었을까? 아니, 그에게 관심을 갖는 사람이 있기는 했을까? 그가 신경이라도 썼을까?

그리고 신경 쓰지 않았다면, 그는 무엇에 신경을 썼을까? 한때는 그토록 연극계를 움직이고 뒤흔드는 인물이 되기를 바랐던 열정으로 무언가를 원할까? 이제 그의 목표는 무엇이었을까? 무엇을 위해 살아야 했을까? 그는 직업을 잃었고, 필생의 사랑도 잃었다. 그가 사랑했던 두 사람. 그는 산 채로 썩어 갈 위기에 처했다. 모든 에너지를 다 잃었다. 무기력에 굴복했다. 그나마 불행 중 다행으로 주류 판매점이나 술집을 드나들지는 않았다.

그는 로맨티시즘의 덫을 지나, 야심을 지나, 세상 여기저기를 방황하는, 그런 목표 없는 늙은 중년 남자들 중 한 명이 될 수도 있었다. 여행을 떠날 수도 있었다. 어느 정도는 그럴 여유가 있었다. 하지만 그런 여행을 아주 많이 다니지는 못할 것이고, 흥미롭지도 않을 것이다. 어디로 가고 싶겠는가? 외로운 여자를 만나서 가볍게 즐기고 둘 다 비참해질 수도 있었다. 가족을 새로 만드는 것은 도저히 불가능했다. 그 누구도 잃어버린 이들, 사라진 이들의 자리를 메울 수는 없었으므로. 브리지 동호회나 카메라 동호회, 수채화 동호회에 가입할 수도 있었다. 그러나 그는 브리지를 싫어했고, 더는 사진을 찍고 싶지 않았고, 자기 삶을 구하기 위해 그림을 그릴 수도 없었다.

그러나 그가 자기 삶을 구하고 싶었을까? 그게 아니라면 무엇을 구하고 싶었을까?

목을 맬 수도 있었다. 총으로 머리를 날려 버릴 수도 있었다. 그리 멀지 않은 휴런호에 몸을 던질 수도 있었다.

쓸데없는 생각들이었다. 진지하게 따져 보지는 않았다.

그렇다면?

그는 초점, 목표가 필요했다. 접의자에 앉아서 거기에 많은 생각을 쏟았다. 결국 그에게 남은 것이 두 가지 있다는 결론을 내렸다. 여전히 그에게 만족감을 줄 수 있는 두 가지 프로젝트였다. 시간이 좀 지나자 그 실체가 좀 더 분명히 보이기 시작했다.

먼저 자신의 〈템페스트〉를 되찾아야 했다. 어떻게든, 어디에서든 무대에 올려야 했다. 그렇게 해야 하는 이유들은 연극과 관련 없는 것이었다. 그의 평판이나 경력과는 아무 상관이 없었다. 아주 단순하게, 그의 미란다를 유리 관에서 풀어 주어야 했다. 그녀에게 생명을 주어야 했다. 하지만 어떻게 그 일을 할까, 어디에서 배우들을 찾을까? 판잣집 주위에는 나무들이 울창했지만 배우들은 나무에서 자라지 않는다.

두 번째로, 복수하고 싶었다. 복수를 간절히 원했다. 복수하는 공상에 잠겼다. 토니와 샐은 고통을 받아야 한다. 지금 그가 겪고 있는 통탄스러운 상황은 그들이 만든 것이었다. 전부는 아니라 해도 상당 부분은 그러했다. 그들은 그에게 부당한 짓을 했다. 하지만 어떤 식으로 그런 복수를 할 수 있을 것인가?

그가 원하는 것은 그 두 가지였다. 날이 갈수록 점점 더 간절해졌다. 하지만 어떻게 그 일에 착수해야 할지는 알 수가 없었다.

7장
비밀 연구에 빠져

달리 좋은 수가 없으니 그의 〈템페스트〉는 때를 기다려야 할 것이다. 그에게는 자금이 없었다. 그러므로 먼저 복수에 집중할 것이다.

어떻게 복수할 것인가? 아몬틸라도 술통을 보여 주겠다는 약속으로 토니를 눅눅한 지하실로 꾀어내 벽 속에 넣고 벽돌로 발라 버릴까?[*] 그러나 토니는 식도락가가 아니었다. 고급 음식과 술 자체에는 그다지 관심이 없고, 오직 지위의 상징으로만 즐겼다. 게다가 그는 필릭스의 정당한 분노를 잘 알고 있는 만큼, 무장한 경비들 두엇을 동반하지 않고서는 절대로 멍청하게 필릭스를 따라 어두운 곳으로 들어가지 않을 것이다.

---

[*] 에드거 앨런 포의 단편 「아몬틸라도의 술통」에 나오는 내용.

필릭스가 토니의 아내를 유혹하면 어떨까? 아니, 그보다 어느 젊은 종마가 그녀를 유혹했다고 슬쩍 흘리는 편이 더 낫지 않을까? 하지만 토니의 아내는 그야말로 얼어붙은 설화석고 그 자체였다. 사람이라기보다는 로봇 같아서 도저히 유혹할 수 없었다. 그리고 설령 그녀의 정조대가 깰 수 있는 것이라 해도, 그게 누가 되었건 죄 없는 젊은 종마에게 왜 못할 짓을 한단 말인가? 이제 토니는 젊은이의 경력을 박살 낼 무기를 휘두를 힘을 갖고 있는데, 어떻게 젊은이를 토니의 분노 앞에 노출시킨단 말인가? 젊은 종마들은 일찍 시들어 버리는 법이어서, 아직 즐길 시간이 있을 때 수영장과 향기로운 유부녀의 시트에서 전성기를 누리게 해 주어야 마땅하다. 시들어 가기 전에, 기력이 쇠하여 집중할 능력이 사라지기 전에.

토니의 집과 사무실, 그가 좋아하는 레스토랑에 몰래 숨어들어 토니의 점심 식사에 치유할 수 없는 병에 걸리게 하거나 길고 고통스러운 죽음으로 이끌 독극물을 탈까? 그러고 나서 필릭스는 의사로 변장하고 토니의 병실에 나타나 고소해하는 것이다. 그는 희생자가 수선화 구근을 먹고 죽었다는 살인 사건 이야기를 읽어 줄 것이다. 구근은 양파 수프로 위장되었다.

아니, 아니다. 공상일 뿐이다. 그런 복수는 너무 멜로드라마 같은 데다, 어쨌거나 그의 능력을 벗어나는 일이었다. 더 교묘해야 한다.

너의 적을 알아야 한다고 모든 최고의 권위자들이 충고했다.

그는 토니의 움직임을 추적하기 시작했다. 그가 어디에 가는지, 무엇을 하는지, 그의 발표, TV 출연. 그의 업적들의 목록. 토니는 업적 쌓기를 좋아했고, 그것들이 인정받을 수 있도록 주의를 기울였다.

처음에는 이러한 간접적인 스토킹이 어렵지 않았다. 그저 메이크시웨그 신문을 보기만 하면 되었다. 그 당시에는 연극란과 동정란 두 가지를 보았다. 당시 토니는 파티와 기금 모금 행사에 나가는 일이 많았고 인터뷰에도 곧잘 응했다. 필릭스는 그가 올해의 예술 사업가상과 학술 지원상을 수상한 것을 알고 이를 갈았다. 토니가 주변 지역에서 아이들을 버스로 실어 와 아이들이 〈햄릿〉을 보며 무대 위에 시체들이 쌓여 가는 동안 수군거리고 킬킬대게 놔두는 축제 프로그램을 만든 공으로 받은 상이었다. 그것은 필릭스의 아이디어였다. 사실 토니에게 상을 안긴 아이템들 대부분이 원래는 필릭스의 머리에서 나온 것들이었다.

필릭스가 유배 생활을 시작한 지 5년째 되던 해에 토니는 또 다른 상을 받았다. 온타리오 훈장이었다. 대단하시구먼. 필릭스는 혼자 으르렁거렸다. 옷깃에 달 것이 또 하나 생겼군. 사기꾼 같으니!

6년째 되는 해, 토니는 방향을 바꾸었다. 축제에서 손을 떼고 공무를 수행하면서 얼굴을 알린 메이크시웨그시의 공직으로 진출해, 지방의회에 의석을 얻어 높으신 분이 되었다. 문화유산부 장관은 여전히 샐 오닐리여서, 이제 둘은 같은 둥지 안에서 보나마나 깃털 장식을 하기에 바쁠 것이다. 둘에게 얼마나 아늑한 곳일지.

머지않아 토니가 실룩거리며 내각에 입각할 거라고 필릭스는 생각했다. 그는 벌써 유력한 차기 인사로 거론되고 있었다. 그의 사진에서 장관의 분위기가 풍겼다.

기술이 필릭스의 빈약한 정탐용 무기에 새로운 망원경을 추가해 주었다. 바로 염탐꾼 그렘린인 구글이었다. 필릭스도 한때 컴퓨터를 갖고 있었지만 축제 주최 측 소유라 일을 그만두면서 빼앗겼다. 한동안 월멋의 인터넷 카페에 숨어서 가능한 한 최선을 다해 토니의 뒤를 쫓았다. 그는 축제를 떠나면서 업무용 이메일 계정을 폐쇄했다. 위로를 전하는 위선적인 메시지들을 받기가 너무 짜증이 났다. 하지만 이제 하나는 자신, 또 하나는 신용카드도 두 장 발급받은 듀크 씨의 이름으로 계정 두 개를 다시 만들었다. 그는 듀크 씨의 운전면허증을 만드는 것도 생각해 보았으나 그건 좀 지나친 것 같았다.

그는 월멋 카페에서 자기가 너무 눈에 띄는 듯한 기분이 들었다. 포르노물을 보고 있다는 의심을 받고 있을지도 몰랐다. 그래서 싼값에 중고 컴퓨터를 샀다. 모드네 집에서 판잣집으로 전화선을 끌어와 다이얼 접속을 이용했다. 그러다 얼마 안 있어 그의 집 뒷길을 따라 케이블이 설치되어 에더넷 커넥션과 라우터로 업그레이드했고, 속도나 보안 면에서 한결 나아졌다.

어떤 사람에 대해 인터넷으로 얼마나 많은 것을 알아낼 수 있는지 놀라웠다. 잊혀진 구석에서 홀로 구글 알람을 읽고 있는 필릭스가 있고, 미행자, 감시자, 기다리는 사람, 인터넷 스토커가 있는 줄은 꿈에도 모르고 온 세상을 싸돌아다니는 토니와 샐이 있었다.

필릭스는 무엇을 기다리고 있었을까? 그로서도 잘 알 수가 없었다. 우연한 기회나 행운? 대결의 순간으로 가는 길? 힘의 우위가 그에게로 오는 순간. 도저히 바랄 수도 없는 일이었지만, 억누른 분노가 그를 지탱해 주었다. 분노와 정의를 향한 갈망.

그는 자신의 정탐 행위가 아주 심하다곤 할 수 없어도 정상 범주를 벗어나는 일이라는 것을 알았다. 그러나 그의 삶에서 또 다른 공간이 서서히 열리고 있었고, 그것이야말로 완전한 광기에 가까웠다.

그것은 미란다가 살아 있었다면 몇 살이 되었을지 헤아리면서 시작되었다. 다섯 살, 여섯 살일 것이다. 이제 유치가 빠졌을 것이다. 글쓰기를 배우고 있을 것이다. 그런 것들. 처음에는 아쉬움에 찬 백일몽.

그러나 아쉬움에 찬 백일몽이 그녀가 보이지 않을 뿐 여전히 그와 함께 있다는 절반의 믿음으로 바뀌기까지는 그리 오랜 시간이 걸리지 않았다. 그것을 기발한 발상, 변덕, 연기, 뭐라고 불러도 상관없었다. 그는 진심으로 그렇게 믿지는 않았지만, 이 비현실을 마치 진짜처럼 받아들였다. 그는 윌멋 도서관에서 아이들 책을 빌리던 습관으로 돌아갔다. 이제는 저녁에 책들을 큰 소리로 읽어 주기 위해서였다. 어느 정도는 그 일을 즐겼다. 그의 목소리는 여전히 전과 다름없이 좋았고, 그렇게 계속 연습을 했다. 그러나 어느 정도는 자신이 만들어 낸 환상을 만끽하고 있었다. 그에게 귀 기울이는 어린 소녀가 있었을까? 아니, 실제로는 없었다. 그러나 있다고 생각하면 마음에 위안이 되었다.

미란다가 다섯 살, 여섯 살, 일곱 살이 되자 그는 딸의 학교 공부를 도와주었다. 물론 아이는 홈스쿨링을 했다. 그들은 포마이카 테이블을 앞에 두고 낡은 나무 의자에 앉았다. "6 곱하기 9는?" 그가 아이에게 물었다. 아이는 정말 똑똑했다! 실수를 거의 하지 않았다.

그들은 같이 밥을 먹기 시작했다. 그러지 않으면 그는 종종 밥 먹는 것을 잊어버렸기 때문에 좋은 일이었다. 딸은 그가 너무 적게 먹는다고 부드럽게 나무랐다. 접시에 있는 건 다 드세요. 딸이 그에게 말하곤 했다. 아이가 제일 좋아하는 것은 마카로니 앤드 치즈였다.

딸이 여덟 살이 되자 체스를 가르쳤다. 아이는 빨리 배웠고, 곧 세 번 중 두 번은 그를 이기게 되었다. 그녀가 혼자 방법을 터득해서 땋은 긴 머리의 끝을 씹으며 얼마나 진지하게 체스 판을 연구하던지. 딸이 이기면 그는 낙담한 척하면서도 속으로는 크게 기뻐했다. 그러면 아이는 그가 속이는 것을 알아채고 깔깔 웃곤

했다. 그가 진짜로 낙담했다면 아이는 안쓰러워했을 것이다. 그렇게 남의 마음을 깊이 헤아리는 아이였다. 그는 그의 분노, 토니를 향해 쌓아 올린 분노, 샐에 대한 분노를 아이에게는 절대 내보이지 않으려 애썼다. 그런 분노를 보면 아이가 혼란에 빠질 것이다. 그는 아이가 방에 없을 때만 인터넷에서 그들의 괴상한 짓들을 쫓으며 혼자 큰 소리로 중얼거렸다.

낮이면 아이는 자주 밖으로 나가 집 옆의 밭이나 뒤편의 숲에서 놀았다. 종종 초원에서 날아오르는 나비 떼가 보이곤 했다. 아이가 나비들을 놀랜 것이 틀림없다. 큰어치나 까마귀가 숲에서 소란을 떨면 그는 미란다가 걸어가고 있는 거라고 결론지었다. 다람쥐들이 그녀에게 재잘거리고, 뇌조는 아이가 다가오면 쌩하고 날아갔다. 어스름이 깔리면 반딧불이가 아이의 길을 밝혀 주고, 부엉이들이 낮은 울음소리로 아이를 맞아 주었다.

겨울이 되어 눈발이 길 위에 흩날리고 바람이 몰아치면 아이는 두 번 생각할 틈도 없이 밖으로 빠져나갔다. 그가 장갑을 끼라고 아무리 잔소리를 해도 옷을 단단히 챙겨 입지 않았지만, 그래도 아무 일 없었다. 감기 한번 걸리지 않았다. 사실 아이는 아빠와는 달리 전혀 병을 앓지 않았다. 그가 병이 나면 아이는 걱정스러운 듯 발끝으로 살며시 그의 주위를 맴돌았다. 그러나 그는 아이에 대해 전혀 걱정할 필요가 없었다. 무엇이 아이에게 해를 가할 수 있겠는가? 그녀는 해칠 수 없는 존재였다.

딸은 그에게 그들이 어떻게 그곳에서 함께 지내게 되었는지,

왜 다른 이들로부터 멀리 떨어져 판잣집에서 살게 되었는지 한 번도 묻지 않았다. 그도 이야기하지 않았다. 자기가 존재하지 않는다는 것, 적어도 남들과 같은 방식으로 존재하지는 않는다는 것을 알게 되면 아이는 충격을 받을 것이다.

어느 날 그는 창문 바로 밖에서 아이가 노래하는 소리를 들었다. 그가 반쯤 백일몽을 꾸듯 늘 하는 공상이 아니었다. 기발하지만 절망감에서 꾸며 낸 거짓이 아니었다. 진짜 목소리를 들었다. 그것은 위로가 되지 않았다. 오히려 그를 겁에 질리게 했다.

그는 스스로를 향해 엄하게 말했다. "이건 좀 심했어. 기운을 내, 필릭스. 정신 차려야지. 감옥에서 나와. 진짜 세상과의 연결이 필요해."

8장
무리를 데려오다

그리하여 추방된 지 9년째 되던 해, 미란다가 열두 살이 되었을 때, 듀크 씨는 일자리를 구했다. 대단한 자리는 아니었지만 필릭스에게 잘 맞았다. 그는 세간의 이목을 피하고 싶었다. 그러면서도 세상으로 돌아가고, 사람들과 다시 이어짐으로써 현실로 돌아가기를 바랐다. 그는 이제 자신이 오랜 은둔 생활로 약간 이상해졌다는 것을 깨달았다. 너무 오래 홀로 슬퍼하며 시간을 보내고, 너무 오래 자신의 불만을 곱씹으며 시간을 보낸 것이 그를 갉아먹고 있었다. 그는 길고 우울한 꿈에서 깨어난 기분이었다.

일은 지역 인터넷 신문 중 한 곳을 통해 구했다. 인근 플레처 교도소의 문학 독해 수업 고교 과정을 맡고 있던 교사가 갑자기 병이 났다. 알고 보니 치명적인 병이었다. 급히 빈자리를 채워야 했다. 임시직이었다. 경험도 좀 필요했다. 필릭스가 생각하기에 그리 많을 필요까지는 없어 보였다. 관심 있는 사람은······.

필릭스는 관심이 있었다. 그는 듀크 씨의 이메일 계정으로 지원 의사가 있음을 알리는 메일을 보냈다. 그런 다음 서스캐처원의 잘 알려지지 않은 학교들의 수십 년 전 추천서들을 위조하여 가짜 이력서를 대충 만들었다. 그 추천서에 서명한 교장들은 아마도 지금쯤 다 죽었거나 플로리다로 이주했을 것이다. 서류를 확인하는 일은 절대 없을 거라 90퍼센트는 확신했다. 어쨌거나 그는 임시 교사일 뿐이다. 그는 첨부한 편지에 얼마 전 은퇴했지만 많은 것을 받고 살아왔으니 이제 공동체에 되돌려주고 싶다는 생각이 들었다고 썼다.

메일을 보내자마자 면접을 보러 오라는 답장이 왔다. 다른 지원자가 없었으리라 짐작할 수 있었다. 훨씬 더 잘된 일이었다. 그쪽은 마음이 급할 것이고, 그는 힘들이지 않고 일자리를 얻게 될 것이다. 이쯤 되자 그는 정말로 그 일자리를 얻고 싶어졌다. 그 일을 하라고 자신을 설득했다. 가능성이 있어 보였다.

그는 몸을 깨끗이 씻었다. 그 전에는 그냥 지저분하게 하고 살았다. 월멋의 마크스 워크 웨어하우스에서 평범해 보이는 진녹색 셔츠도 새로 샀다. 턱수염까지 다듬었다. 그동안 그는 턱수염을 길렀다. 이제 회색에서 거의 흰색으로 바뀌었고, 그에 어울리게 긴 눈썹도 하얗게 세었다. 그는 자신이 현자처럼 보이기를 바랐다.

면접은 플레처 교도소가 아니라 근처의 맥도널드에서 있었다.

면접관은 치장에 꽤나 공을 들인 듯한 마흔 살쯤의 여자였다. 회색빛 도는 금발 몇 가닥을 분홍색으로 염색하고, 반짝이는 귀걸이를 달고, 손톱도 신경 써서 손질하고, 유행하는 은색으로 차려입은 그녀는 에스텔이라고 자신을 소개했다. 친구가 되고 싶다는 뜻이니 이름을 알려 준 것은 긍정적인 신호였다. 그녀는 자기가 플레처에서 일하지는 않는다고 설명했다. 그녀는 겔프 대학의 교수였고 원격으로 플레처의 수업을 감독했다. 또한 정부를 위한 다양한 자문 위원회에도 참여했다. 법무부. 그녀가 말했다. "할아버지가 상원 의원이셨답니다. 그 덕분에 저도 연줄이 생겼던 거고요. 저는 말하자면 요령을 좀 안답니다. 문학 독해 과정은 뭐랄까…… 제 특별한 자식 같다고 말씀드려야겠네요. 그것 때문에 정말 열심히 로비를 했답니다!"

필릭스는 존경스럽다고 말했다. 에스텔은 다들 자기가 해야 할 몫을 하는 것뿐이라고 겸손하게 대꾸했다.

죽은 선생은 아주 좋은 사람이었다고 그녀가 말했다. 많은 이들이 그리워하고 있고, 너무 갑작스럽고 충격적인 일이었다고 했다. 그는 정말로 플레처에서 애를 많이 썼고, 많은 일을 해냈다. 주어진 상황에서 최선을 다했다. 아무도 그 이상을 기대할 수는 없을 것이다.

필릭스는 고개를 끄덕이며 적절한 곳에서 동의를 표하고 눈을 맞추며 공감하는 모습을 보여 주었다. 그에 화답하듯 에스텔의 미소도 잦아졌다. 모든 것이 순조롭게 잘 흘러갔다.

사전 설명이 끝나고 에스텔은 본격적인 면접으로 들어갔다. 그녀가 심호흡을 했다. "저, 당신이 누구인지 알 것 같아요, 듀크 씨." 그녀가 말했다. "턱수염을 기르셨지만 단언컨대 아주 유명한 분 같아요. 필릭스 필립스 씨 맞죠? 그 유명한 연출가? 어릴 때 그 축제에 가 봤어요. 할아버지가 저희를 데려가 주셨지요. 프로 그램도 엄청 많이 모아 두었답니다!"

제2의 자아는 이쯤에서 접을 때가 되었다. 필릭스가 대답했다. "그렇습니다. 하지만 저는 이 자리에 듀크라는 이름으로 지원하는 겁니다. 그편이 덜 위협적일 거라 생각해서요."

"알겠어요." 좀 더 머뭇거리는 미소. 무기도 없는 나이 든 연극 연출가가 위협적이라고? 피도 눈물도 없는 플레처 교도소의 수감자들에게? 정말로?

"고용 담당 부서에 있는 사람이 제가 누구인지 알게 되면 제 자격이 넘친다고 할 겁니다. 이 자리에 있기에는 너무 전문적이라고요." 더 활짝 웃는다. 에스텔은 이 말이 더 납득이 갔다. "그러니 이건 우리 둘만의 비밀로 하지요." 필릭스가 테이블 위로 몸을 숙이며 목소리를 낮추었다. "저와 비밀을 공유하는 친구가 되는 겁니다."

"오, 정말 재미있겠네요!" 그녀는 마음에 들어 했다. "비밀을 나누는 친구라니! 왕정복고 시대 연극 같아요! 『도시의 상속녀』★라

★ 영국의 소설가 겸 극작가인 애프라 벤이 1682년 발표한 희곡.

든가, 또…….."

"애프라 벤이 썼지요." 필릭스가 말했다. "비밀 친구가 도둑이
었다는 게 문제지만." 그는 깊은 인상을 받았다. 그가 연출해 본
적 없는, 잘 알려지지 않은 희곡이었다.

"어쩌면 저는 늘 도둑이 되고 싶었는지도 모르겠어요." 그녀가
웃음을 터뜨렸다. "하지만 진심으로 드리는 말씀인데, 정말 영광
이에요! 전 선생님의 연극을 거의 다 봤을 거예요. 메이크시웨그
에 계실 때요. 선생님의 〈리어왕〉을 정말 좋아했어요! 그 작품은
너무나도, 너무나도……."

"본능적이었지요." 필릭스가 더 열광적인 리뷰들 중에서 표현
하나를 인용했다.

"맞아요." 에스텔이 동의했다. "본능적이었어요." 그러고는 잠시
말을 멈추었다. "하지만 이 자리는……. 제 말은, 선생님은 당연
히 자격이 넘치세요. 아시겠지만 이건 파트타임 일자리에 불과해
요. 1년에 석 달이에요. 선생님께 어울리는……."

"아니, 아니에요. 원래 주시는 보수면 충분합니다. 전 은퇴했어
요. 예전 같지 않을 겁니다." 필릭스가 말했다.

"은퇴라고요? 오, 아직 은퇴하기에는 젊으세요." 그녀가 반사적
으로 찬사를 건넸다. "그건 큰 손실이에요."

"친절한 말씀이군요."

잠시 대화가 끊어졌다. "여기가 감옥이라는 점을 분명히 알고
계셔야 해요." 마침내 그녀가 입을 열었다. "유죄 선고를 받은 범

죄자들을 가르치시게 될 거예요. 이 수업의 목표는 그들의 기본적인 독해력을 향상시켜서, 사회로 복귀하게 되었을 때 공동체에서 뭔가 의미 있는 자리를 찾을 수 있도록 해 주는 거예요. 선생님께서 그런 일을 하시는 건 낭비가 아닐까요?"

"도전이 되겠지요. 전 항상 도전을 즐겼습니다." 필릭스가 대답했다.

"우리 솔직해지기로 해요. 그들 중에는 분노 조절이 안 되는 사람들도 있답니다. 행동이 거칠어요. 제가 걱정하는 건 선생님이……." 그녀는 분명 필릭스가 수제 날붙이에 목을 찔리고 피 웅덩이 속에 누워 있는 모습을 눈앞에 떠올리고 있었다.

"친애하는 부인," 필릭스가 귀족적인 무대용 악센트를 빌려 말했다. "연극 초기에는 배우들을 범죄자와 크게 다를 것 없는 존재로 여겼답니다. 그리고 저는 많은 배우들을 알고 지냈습니다. 배우들이 다 그렇지요, 행동이 거칠어요! 무대 위에서 분노를 쏟아내죠. 그런 것을 다룰 방법이 있습니다. 그리고 저와 공부하다 보면 그들도 틀림없이 자제력을 좀 더 배우게 될 겁니다."

에스텔은 여전히 망설이고 있었지만 이렇게 말했다. "선생님께서 기꺼이 해 보시겠다면야……."

"제 방식대로 해 보겠습니다." 필릭스는 과감하게 밀어붙였다. "재량껏 할 수 있게 해 주세요." 때마침 학기 초였고 죽은 선생이 본격적으로 수업을 시작하기도 전이었기 때문에, 그의 뜻대로 끌고 갈 여지가 있을 터였다. "이 과정에서 보통 뭘 읽습니까?"

"음, 지금까지는 『호밀밭의 파수꾼』을 주로 썼어요. 아주 많이요. 그리고 스티븐 킹의 단편들도요. 수강생들이 좋아하거든요. 『한밤중에 개에게 일어난 의문의 사건』도요. 동일시하는 사람들이 많고 읽기 쉽거든요. 문장이 짧고요."

"알겠습니다." 호밀밭의 망할 파수꾼 좋아하시네, 하고 그는 생각했다. 사립 초등학교 아이들이나 읽을 진부한 책이다. 그곳은 중급에서 최고 수준까지 이르는 보안 시설이었다. 그 사람들은 성인이고, 한도를 넘어서까지 자신들을 몰아붙이는 삶을 살아왔다. "저는 좀 다른 방침을 취해 보려고 합니다."

"어떤 방침인지 여쭈어 봐도 될까요?" 에스텔이 장난스럽게 고개를 외로 꼬고 말했다. 그를 그 자리에 받아들이고 나니 그녀는 농담을 던질 정도로 긴장이 풀어졌다. 네 처지를 생각해, 필릭스. 그는 자신을 꾸짖었다. 그녀의 손가락에 결혼반지가 없어. 그러니까 넌 그저 만만한 상대일 뿐이라고. 끝낼 수 없는 일은 애초에 시작하지를 마.

"셰익스피어, 그게 방침입니다." 필릭스가 말했다.

"셰익스피어라고요?" 몸을 앞으로 숙이고 있던 에스텔이 의자에 몸을 기댔다. 그녀가 생각을 다시 하고 있는 것일까? "하지만 그건 너무…… 어휘 수도 너무 많고……. 사람들이 좌절할 거예요. 좀 더 수준에 맞는 것으로 고르셔야 할 것 같은데……. 솔직히 말하면 그중에는 글을 거의 못 읽는 사람들도 있어요."

"셰익스피어의 배우들이 책을 많이 읽었다고 생각하십니까?"

필릭스가 물었다. "그들은 장인들이었어요. 말하자면……." 나쁜 예일지도 모르지만 허공에서 예를 하나 잡아챘다. "벽돌공 같은 사람들요! 그들은 자기 힘으로는 희곡을 결코 다 읽지 못했어요. 자기 대사와 자기에게 연기하라고 지시하는 신호만 암기했지요. 또 즉흥 연기를 많이 했습니다. 텍스트는 신성한 대상이 아니었지요."

"네, 저도 알아요. 하지만……." 에스텔이 말했다. "하지만 셰익스피어는 고전이잖아요."

그들에게는 과분하다, 그녀의 말뜻은 그것이었다. "셰익스피어에게 고전을 만들겠다는 의도 같은 건 전혀 없었습니다!" 필릭스의 목소리에 분노가 묻어났다. "그에게 고전이란, 그러니까 베르길리우스, 헤로도토스, 그리고……. 그는 그저 가라앉지 않으려 애쓰는 배우이자 극장 지배인에 불과했어요. 우리가 셰익스피어를 갖게 된 건 순전히 운이란 말입니다! 셰익스피어가 죽을 때까지 출간된 것조차 하나도 없었어요! 그의 옛 친구들이 조각조각 흩어진 희곡들을 이어 붙였던 것이죠. 그가 죽고 난 뒤 지친 배우들이 자기들이 말했던 것을 애써 기억해 냈다고요!" 확신이 서지 않을 때는 그냥 계속 떠들어. 그는 속으로 말했다. 무대 위에서 얼어붙었을 때 써먹는 오래된 수법이었다. 아무것이나 근사하게 들리는 대사를 내뱉어서 프롬프터가 진짜 대사를 찾아 줄 시간을 버는 것이다.

에스텔은 혼란스러운 표정을 지었다. "아, 네, 하지만 그게 무슨 상관이……."

"전 직접 해 보아야 한다고 믿습니다." 그는 최대한 위엄 있게
말했다.

"뭘 직접 해요?" 에스텔이 이제는 정말로 놀란 얼굴로 되물
었다. "그들의 개인적인 공간을 존중해 주셔야 해요. 그러시면
안……."

"우리는 공연을 할 겁니다. 그게 제 계획입니다. 희곡을 상연할
겁니다. 배역 속으로 진짜로 들어가려면 그 길뿐입니다. 아, 걱정
마세요. 전 무엇이건 간에 정해진 기준은 따를 겁니다. 그들은 숙
제를 하고 에세이를 쓰고 그런 것들을 다 하게 될 겁니다. 제가
채점할 거고요. 필요하다고 생각합니다." 필릭스가 말했다.

에스텔이 미소를 지었다. "너무 이상주의적이시군요. 에세이라
고요? 저는 정말이지……."

"산문들이죠. 우리가 하게 될 연극에 대한 거예요." 필릭스가
대꾸했다.

"정말로 그럴 생각이세요? 그들이 그런 것을 하게 만드실 수
있다고요?"

"저에게 3주만 시간을 주세요. 그때까지 잘 진행이 되지 않으면
『호밀밭의 파수꾼』을 하겠습니다. 약속하죠." 필릭스가 말했다.

"좋아요, 그렇게 하세요. 행운을 빌어요." 에스텔이 말했다.

인정하건대 처음 두어 주는 조금 힘들었다. 필릭스와 셰익스피

어는 가시밭길을 헤치며 언덕을 힘겹게 올라가야 했다. 필릭스는 자신의 내면이 생각했던 만큼 준비되어 있지 않았다는 걸 깨달 았다. 권위를 내세워야 할 때도 있었고, 어디까지 받아들일 수 있 는지 한계를 정해야 했다. 언젠가 한번은 그만두고 떠나라는 협 박을 받기도 했다. 중도 탈락자들도 있었지만 남은 사람들은 진 지했다. 결국 플레처 교도소의 셰익스피어 수업은 성공을 거두었 다. 대단치는 않아도 나름대로 활력소가 되었다. 필릭스는 자신 의 학생들에게 그 용어에 대한 세심한 설명을 덧붙여서, 아방가 르드적이기도 하다고 말해 주었다. 근사했다. 첫 시즌이 끝나자 지원자가 줄을 섰다. 놀랍게도 그들의 읽기와 쓰기 점수는 평균 적으로 15퍼센트쯤 올랐다. 수수께끼의 인물 듀크 씨는 어떻게 이런 결과를 얻은 것일까? 놀라움에 고개를 흔들며 엉터리 결과 라고 의심하는 이들도 있었다. 그러나 아니었다. 객관적인 테스 트가 그를 뒷받침해 주었다. 결과는 진짜였다.

에스텔은 바깥에서도 널리 공로를 인정받게 되었다. 학자들이 모여들고 학회가 열리고 이론들이 나오고 각 부처에서 예산을 승인했지만 필릭스는 그녀를 시기하지 않았다. 그는 너무 바빴 다. 그는 극장으로 돌아왔다. 그러나 새로운 방식, 이전의 삶에서 는 결코 예상치 못했던 방식이었다. 누군가 그에게 감방 안에서 사기꾼들을 모아 놓고 셰익스피어를 공연하게 될 거라 말했다면 그는 꿈꾸는 소리 한다고 대꾸했을 것이다.

그곳에서 일한 지도 이제 3년이 되었다. 그는 희곡들을 신중하게 골랐다. 『율리우스 카이사르』로 시작해서 『리처드 3세』를 거쳐 『맥베스』로 옮겨 갔다. 권력투쟁, 반역, 범죄. 그의 학생들은 나름대로 그런 분야의 전문가였기 때문에 이런 주제들을 금세 이해했다.

그들은 등장인물들이 어떻게 하면 자신들의 일을 더 잘 수행할 수 있었을지에 대해 많은 의견을 내놓았다. 마르쿠스 안토니우스Marcus Antonius가 카이사르의 장례식에서 연설을 하게 놔두다니 그렇게 멍청할 수가! 그에게 기회를 주면 그다음에는 어찌 될지 뻔한데! 리처드Richard는 너무 나갔다. 그렇게 다 암살해 버리면 어떡하나. 그러면 때가 되었을 때 아무도 그의 싸움을 도와주지 않게 될 텐데. 중심인물이 되고 싶으면 동맹이 있어야 한다. 그렇게 당연한 사실을 모르다니! 맥베스로 말하자면 그 마녀들을 믿지 말았어야 했다. 그 탓에 자신감이 과해졌고, 그건 정말 큰 잘못이었다. 누구나 자신의 약점에 늘 유의해야 한다는 것이 첫째 가는 원칙이다. 잘못될 가능성이 있는 일은 꼭 잘못되는 법이니까. 우리도 다 아는 건데, 안 그래? 다들 고개를 끄덕인다.

필릭스는 현명하게 그러한 의견들을 글쓰기 주제로 내주었다.

그는 낭만적인 희극은 피했다. 이런 무리들에게는 너무 가벼운 데다, 섹스 문제로 들어갔다가는 자칫 골치 아파질 수도 있기 때문에 좋은 생각이 아니었다. 『햄릿』과 『리어왕』도 다른 이유로 논외였다. 그것들은 너무 우울했다. 플레처에서는 최근에도 자살

시도가 적잖이 일어나고 그중 일부는 성공했다. 그가 지금까지 다룬 세 편의 희곡도 전부 떼죽음으로 끝나기는 하지만, 각 작품이 누가 되었건 이긴 사람의 모습으로 새로운 시작을 제공했기 때문에 허용할 수 있었다. 나쁜 행동, 심지어 멍청한 행동까지도 처벌을 받고 미덕은 어느 정도 보상을 받았다. 그가 애써 보여 주려 하듯이 셰익스피어 작품은 항상 어느 정도는 그런 식이었다.

그의 교습 방법은 희곡마다 다 똑같았다. 첫째, 모두 그가 축약해 준 텍스트를 미리 읽고 온다. 그는 또한 플롯의 요약본과 주석, 고어들을 설명한 주석도 주었다. 거기까지 통과하지 못한 사람들은 보통 떨어져 나갔다.

다음으로 그는 일단 학생들과 만나면 핵심을 정리해 주었다. 이 연극은 무엇에 관한 것인가? 항상 적어도 세 가지 핵심이 있었고, 그가 말하듯이 셰익스피어는 교묘하기 때문에 그 이상인 경우도 종종 있었다. 셰익스피어 작품에는 겹겹이 수많은 층이 있었다. 그는 커튼 뒤에 뭔가를 숨겨 놓았다가 짠! 하고 사람들을 놀래 주기를 좋아했다.

그의 방법들 가운데 중요한 것은 다음 순서였다. 그는 수업에서 사용할 수 있는 욕설에 제한을 두었다. 학생들은 사용할 욕설의 목록을 선택할 수 있지만, 희곡에 나오는 것 중에서만 고를 수 있었다. 그들은 이런 점을 좋아했다. 게다가 그 덕분에 학생들이 텍스트를 아주 꼼꼼히 읽게 되었다. 그런 다음 경쟁을 시작하게 했다. 욕설을 잘못 쓰면 점수를 깎는 식이었다. 희곡이 『맥베스』

라면 이렇게만 말할 수 있었다. "이 망할 검은 악마 놈, 얼굴이 허옇게 질린 미치광이 같으니." 이를 어기면 점수를 잃었다. 끝에 가서는 필릭스가 몰래 숨겨 들여온 담배라는 귀한 상을 받았다. 그런 면이 큰 인기를 끌었다.

교육 과정의 다음 순서는 주요 등장인물들에 대해 수업에서 하나씩 깊이 있는 연구를 진행하는 것이었다. 무엇이 그들을 진드기 같은 인간으로 만들었을까? 그들은 무엇을 원했을까? 왜 그런 짓을 했을까? 열띤 토론이 벌어지고 대안이 제시되었다. 맥베스는 정신병자였을까, 아니면 뭐였을까? 맥베스 부인은 애당초 완전히 미쳐 있었던 것일까, 아니면 죄의식으로 그렇게 된 것일까? 리처드 3세는 타고나기를 냉혹한 살인자였을까, 혹은 죽이지 않으면 죽어야 하는 그의 시대와 대가족을 모두 빼앗긴 경험의 산물이었을까?

아주 흥미롭군. 필릭스는 이렇게 말하곤 했다. **좋은 지적이야.** 그러고는 셰익스피어에 관한 것이라면 대답은 결코 딱 하나가 아니라고 덧붙였다.

다음으로는 배역을 정하고 프롬프터, 대역, 의상 디자이너 등 각각의 주요 등장인물을 지원할 팀을 꾸렸다. 팀들은 등장인물의 대사를 자신들의 말로 다시 써서 더 현대적으로 만들 수 있었지만, 플롯을 바꾸는 것은 허용되지 않았다. 그것이 규칙이었다.

그들의 마지막 숙제, 극을 공연하고 난 뒤에 마치게 되는 숙제는 자기가 맡은 등장인물이 여전히 살아 있다고 가정해서 이후의 이야기를 만들어 내는 것이었다. 또는 그가 땅속에 묻히고 연극이 끝났을 때 다른 인물들이 죽은 사람을 어떻게 볼지에 관해 쓸 수도 있었다.

텍스트를 비틀어 연습하고, 사운드트랙 작업을 하고, 소도구와 의상을 마무리하면 필릭스가 밖에서 필요한 것들을 모아 플레처로 들여왔다. 물론 제한은 있었다. 날카로운 물건이나 폭발성 물질, 피우거나 주사할 수 있는 것들도 금지되었다. 포테이토건*도 허용되지 않았다. 그는 가짜 피도 안 된다는 것을 알았다. 진짜 피로 오인될 우려가 있고 자극제 역할을 할 수도 있다는 것이 공식적인 이유였다.

그런 다음 그들은 연극을 한 장씩 공연했다. 진짜 관객 앞에서 할 수는 없었다. 관리자들은 폭동을 우려해 죄수들을 한곳에 모으는 것을 경계했다. 게다가 그만한 크기의 강당도 없었다. 그래서 그들은 각 장을 비디오로 촬영해 디지털 편집을 했다. 필릭스는 확인할 필요가 있는 곳에 여러 가지 형식으로 "습득한 최신 기술"을 확인해 볼 수 있었다. 또 비디오를 만드니 배우가 대사를 틀려도 당황할 필요가 없었다. 다시 찍으면 그만이었다.

비디오가 완성되고 특수 효과와 음악까지 넣고 나면, 감방에 있는 폐쇄 회로 TV로 플레처의 모든 이들이 보았다. 비디오가 상영되는 동안 필릭스는 교도소장의 사무실에 교도소장과 여러 높

✦ 공기를 압축해서 총처럼 발사하게 만든 어린이용 장난감.

으신 분들과 함께 앉아서 감시용 인터컴을 통해 감방에서 들려오는 환호와 박수갈채와 논평에 기운이 나는 것을 느꼈다. 죄수들은 격투 장면을 특히 좋아했다. 당연하지 않겠는가? 격투 장면은 누구나 다 좋아한다. 그래서 셰익스피어가 그것을 넣은 것이다.

공연은 조금은 투박했을지도 모르지만 진심이 배어 있었다. 필릭스는 과거로 되돌아가 자기 전문 인력들한테서 그 반만큼의 감정이라도 짜낼 수 있었더라면 좋았을 거라고 생각했다. 각광이 어두운 구석을 반짝하고 아주 잠깐 비추었지만, 그래도 비추기는 비추었다.

상영 후에는 필릭스가 우겨서 진짜 극장에서처럼 포테이토칩과 진저에일로 출연진들의 파티를 열었다. 필릭스는 담배를 나누어 주었고, 다들 하이파이브를 하고 주먹을 맞부딪치며 크레디트 롤이 올라가는 비디오의 마지막 부분을 다시 보기도 했다. 작은 역할을 맡았더라도, 대역이었더라도, 수업에 참여한 모두가 빛 속에서 자신의 무대 이름을 볼 수 있었다. 그리고 그들은 프롬프터 없이 진짜 배우들이 하는 대로 했다. 즉 다른 누군가의 자아를 받쳐 준 것이다. "어이, 악랄한 브루투스Brutus!" "진짜 끝내줬어, 리치 보이Ritchie Boy!" 씩 웃고, 감사의 뜻으로 고개를 끄덕이고, 수줍게 미소를 짓는다.

다른 누군가를 연기하는 자기 모습을 바라보는 그 수많은 얼굴들에서 필릭스는 기이한 감동을 발견했다. 그들은 그들의 삶에서 이번 한 번만큼은 스스로를 사랑하게 되었다.

수업은 1월부터 3월까지 이어졌고, 그 석 달간 필릭스는 활기가 넘쳤다. 그러나 온종일 돼지우리 같은 자기 집에 처박혀 있는 가을 겨울이면 다시 의기소침한 상태에 빠졌다. 필릭스처럼 빛나는 경력을 자랑하던 사람이 마약 거래상, 좀도둑, 살인자, 사기꾼, 협잡꾼들을 데리고 감방에서 셰익스피어를 공연한다니 이렇게까지 몰락할 수가 있는가. 이런 식으로 후미진 곳에서 점점 작아지다가 끝나고 마는 것인가?

그는 혼잣말을 하곤 했다. "필릭스, 필릭스, 누구를 속이고 있는 건가?" 그는 대답했다. "이건 목적을 이루기 위한 수단이야. 목표가 보이잖아. 그리고 적어도 거기는 극장이야." "무슨 목표?" 그는 대답하곤 했다.

물론 한 가지 목표가 있었다. 복수의 'ㅂ' 표시를 해 놓고 바위 아래 어딘가에 숨겨 둔, 열지 않은 상자. 그는 자신이 어디로 가고 있는지 확실히 알지 못했지만, 그럼에도 어딘가로 가고 있는 중이라고 믿어야만 했다.

9장
진주로 된 눈

2013년 1월 7일 월요일

이제 플레처 교도소 연극반도 4년째다. 오늘은 이번 시즌 첫 수업이 열리는 날이다. 첫날이면 늘 그렇듯이 필릭스는 살짝 긴장한 상태다. 물론 지금껏 프로그램을 잘 이끌어 왔지만, 사고, 실수, 반란은 언제나 일어날 수 있다. 예상치 못한 일. **혀끝에서 맴돌다 나오지 않는 말. 조개처럼 꼭 다문 입. 우는소리는 그만.** 그는 자신의 생각을 나무란다. **준비를 하라고.**

이를 닦고 끼운 다음 머리를 손질한다. 다행히도 아직 숱이 많다. 그런 다음 삐져나온 턱수염 몇 가닥을 잘라 낸다. 턱수염을 12년째 계속 기르고 있는데, 이제는 모양이 제대로 잡혔다. 그러나 무성하거나 과하지 않고 끝이 뾰족하지도 않다. 끝이 뾰족하면 악마

같이 보일 수 있다. 그의 목표는 권위 있게 보이는 것이다.

작업복을 입는다. 청바지, 등산화, 진녹색 마크스 워크 웨어하우스 셔츠, 낡은 트위드 재킷이다. 넥타이는 매지 않는다. 플레처에서 친숙해진, 상냥하지만 권위 있는 퇴직 교사이자 연극통, 조금은 별스럽고 순진하지만 개선의 가능성을 믿기에 너그럽게도 자신의 시간을 기부하는 괜찮은 사람으로 보일 필요가 있다.

음, 정확히 말하자면 기부는 아니다. 보수를 받고 있으니까. 그러나 꼭 쥐꼬리만 한 돈 때문에 그 일을 하는 것은 아니다. 학생들은 그의 진짜 동기가 뭘까 의심한다. 본인들 역시 수많은 진짜 동기를 갖고 있으니까. 그들은 다른 이들의 탐욕을 못마땅해한다. 자신들로 말하자면, 마땅히 자기들 몫인 것을 원할 뿐이다. 뿌린 대로 거둔다. 필릭스가 이미 알고 있듯이 많은 싸움이 그런 식으로 일어나게 된다.

그는 그들의 개인적인 논쟁에는 끼지 않으려 한다. 그런 허튼소리는 수업에 끌고 오지 않도록 해요. 그는 그들에게 그렇게 말한다. 누가 당신 담배를 훔쳤는지는 내가 상관할 바 아닙니다. 난 연극인이에요. 여기 들어왔으면 평소의 자신은 벗어 버려요. 빈 석판이 되는 겁니다. 그런 다음 새 얼굴을 그려 봐요. 여러분이 아무도 아니라면, 다른 누군가가 되지 않는 한 아무도 될 수가 없어요. 그는 그들에게도 익숙한 이름인 메릴린 먼로의 말을 인용한다. 그리고 여기서는 우리 모두 아무도 아닌 사람이 되는 것으로 시작하는 겁니다. 그래요, 나도 마찬가지고요.

  그러면 그들은 비로소 입을 다문다. 수업에서 쫓겨나고 싶지는 않다. 사실 선택할 수 있는 것이 많지 않은 세계에서, 그들은 자신의 의지로 셰익스피어 수업에 참가한 것이다. 아마 귀에 못이 박이도록 들었을 테지만, 그들에게 그것은 특권이다. 바깥에는 필릭스가 그들에게 주고 있는 것을 위해 살인까지 할 사람들도 있을 것이다. 필릭스는 절대 그런 말을 입 밖에 내지 않았지만, 그가 하는 말 한 마디 한 마디에 그런 암시가 배어 있다.

  "나는 돈 때문에 이 일을 하고 있는 게 아니야." 필릭스가 큰 소리로 외친다. 그가 몸을 돌린다. 1월이 오고 봄 학기가 막 시작될 참이라, 미란다는 그를 자주 보지 못할 것을 우려해서인지 약간은 침울해진 얼굴로 테이블 앞에 앉아 있다. "절대로 그런 적 없어." 그가 덧붙인다. 그 말이 사실이라는 것을 잘 아는 미란다는 고개를 끄덕인다. 고귀한 이들은 돈 때문에 일하지 않는다. 돈을 가지고 있을 뿐이다. 그들이 고귀해질 수 있는 것은 그 때문이다. 그들은 진짜로 돈에 대해 그리 많이 생각할 필요가 없다. 나무가 잎을 틔우듯 자비로운 행동을 싹틔운다. 그리고 미란다의 눈에 필릭스는 고귀하다. 덕분에 필릭스도 그 사실을 알 수 있다.

  이제 미란다는 열다섯 살의 사랑스러운 소녀가 되었다. 그의 침대 옆 은색 액자 속에 여전히 담겨 있는 그네를 탄 천사에서 훌쩍 자랐다. 이 열다섯 살 버전은 안색이 약간 창백하지만 날씬하고 다정하다. 예전에 그랬듯이 좀 더 자주 밖으로 나가서 들판과 숲속을 뛰어다닐 필요가 있다. 그러면 뺨에 장밋빛 홍조가 돌 것이다. 물론 지금은 겨울이고 눈이 쌓였지만, 그녀가 그런 것을 신경 쓴 적은 없었다. 쌓인 눈 위를 스치듯 새처럼 가볍게 달려갈 수 있었다.

미란다는 그가 수업을 하는 기간 동안 집을 많이 비우는 걸 싫어한다. 짜증도 낸다. 그가 지치는 것도 싫다. 힘든 하루를 보내고 돌아오면 그들은 차 한 잔을 나눠 마시며 체스 게임을 한 다음, 마카로니 앤드 치즈, 때로는 샐러드를 먹는다. 미란다는 전보다 건강에 신경을 써서 푸성귀를 먹어야 한다고 고집하고, 그에게 케일을 먹인다. 그가 어릴 때는 케일 같은 것은 아무도 들어본 적도 없었다.

미란다가 살아 있었다면 천방지축 10대 단계에 들어섰을 것이다. 남을 무시하는 말을 함부로 내뱉고, 그를 향해 눈을 치켜뜨고, 머리를 염색하고, 팔에 문신을 했을 것이다. 술집에서 노닥거리거나 그보다 더 나쁜 짓을 했을 수도 있다. 그런 이야기는 숱하게 들었다.

그러나 그런 일은 단 하나도 일어나지 않았다. 그녀는 여전히 순박하고 순진하다. 그녀는 더없는 위안을 준다.

그러나 최근 들어 미란다는 뭔가를 곰곰이 생각하고 있었다. 사랑에 빠진 걸까? 물론 그는 아니기를 바랐다! 하지만 만약 그것이 사실이라면 그녀가 사랑에 빠진 상대는 누구일까? 나무를 베어다 주던 월터 녀석도 이미 오래전 떠났고 주변에는 아무도 없다.

"돌아올 때까지 얌전히 있으렴." 그가 딸에게 말한다. 딸이 힘없이 미소를 짓는다. 얌전히 있는 것 말고 달리 그녀가 무엇을 할수 있겠는가? "자수라도 하렴." 그 말에 그녀가 얼굴을 찌푸린다. 그가 고리타분한 소리를 했다. "미안하다." 그가 말했다. "좋아. 그럼 고등수학이라도." 어쨌거나 그 말이 딸을 웃겼다.

그는 딸이 집에서 멀리 벗어나지 않으리라는 것을 알고 있다. 멀리 벗어날 수가 없다. 뭔가가 그녀를 억누르고 있다.

앞으로 그는 바깥의 눈에 용감히 맞서 추위 속으로 뛰어드는 시련을 매일 감당해야 한다. 차가 시동이 걸릴까? 겨울에는 길 위쪽에 주차를 해 놓는다. 이제 그의 차는 머스탱이 아니다. 그차는 몇 해 전 너무 낡아 못 쓰게 되었다. 듀크 씨가 플레처에서 보수를 받게 되자 그는 크레이그리스트*에서 파란색 중고 푸조를 샀다. 길 위의 눈을 치워도 안심할 수는 없고, 봄에는 진흙탕이 된다. 그래서 비가 오지 않는 계절에만 차를 쓰는데, 그때가 여름과 가을이다. 제설차가 옆길로 지나가면 창문에 덮인 얼음과 지나가는 차들 아래에서 튄 얼어붙은 갈색 진흙 덩어리를 긁어내야 한다. 이 길은 그가 판잣집으로 이사 온 후로 포장이 되어서 더 길다워졌다. 프로판가스 트럭이 그 길을 이용한다. 페덱스 밴

✦ 상품이나 부동산 거래, 구인 구직 따위를 중개하는 웹사이트.

도 들어온다. 스쿨버스도.

깔깔대는 아이들로 가득 찬 스쿨버스. 스쿨버스가 지나갈 때면 그는 눈을 돌린다. 미란다도 저 나이가 되었더라면 스쿨버스를 탔을지 모른다.

필릭스는 문 뒤의 고리에서 겨울 외투와 벙어리장갑, 소매 속에 뭉쳐 넣은 털모자를 가져온다. 스카프가 필요한데 한 개 있다. 격자무늬이다. 어딘가에 놔두었는데 어디였더라? 미란다가 침실의 낡은 큰 장식장이라고 부드럽게 일깨운다. 이상하다. 평소에는 거기 두지 않는데.

문을 열어 본다. 한때 썼던 여우 머리 달린 단장, 마법사의 지팡이가 있다. 그의 마법 의상도 구석에 처박혀 걸려 있다. 그의 패배의 망토, 익사한 자아의 죽어 버린 겉껍질.

아니, 죽은 게 아니다. 바뀌었을 뿐이다. 어둠 속에서, 박명 속에서 저절로 변모하며 천천히 살아났다. 그는 잠시 그런 생각에 잠긴다. 이제는 먼지가 좀 내려앉은 줄무늬와 황갈색, 얼룩무늬와 검은색, 파란색, 분홍색, 초록색의 동물 봉제 인형의 가죽들이 있다. 수많은 구슬 눈알들이 수면 아래 어둠 속에서 그를 향해 눈을 반짝인다.

그는 10년 전 그 박역과 분열의 시간 이후로 한 번도 망토를 입지 않았다. 그러나 내버리지도 않았다. 계속 때를 기다리며 보관해 두었다.

  아직은 입을 때가 아니다. 아직은 그 순간이 아니다. 하지만 그
는 곧 때가 오리라고 거의 확신한다.

제2부

멋진 왕국

10장
상서로운 별

2013년 1월 7일 월요일

필릭스는 제설차가 집 앞 좁은 도로를 지나가면서 차 위로 쌓아 올린 눈 더미를 삽질해 치운다. 이 짓을 더 하다가는 몸이 결딴날 거야. 그는 혼잣말을 한다. 너는 이제 스물다섯 살이 아니야. 심지어 마흔다섯도 아니라고. 어쩌면 이제는 은둔자 노릇 따위 그만두고 낡아 빠진 콘도나 한 채 빌려서 개를 끌고 네 또래의 다른 노인네들처럼 동네나 어슬렁거리고 돌아다녀야 할지도 몰라.

두어 번 차의 시동이 걸리지 않아—블록히터를 가져와야 하는—부아가 치미는 순간을 넘긴 후, 필릭스는 플레처 교도소로 출발한다. 요정과 도깨비들아, 내가 왔다. 그는 차 안에 소리 없이 알린다. 준비가 됐건 말건!

　그리고 그는 준비가 되었다.

　한 달 전인 12월 중순쯤 필릭스는 에스텔로부터 이메일을 한 통 받았다. 그에게 전해 줄 굉장한 소식이 있는데, 직접 만나서 얘기하고 싶다는 것이었다. 점심, 혹은 저녁이라도 괜찮으니 같이 식사나 하지 않겠냐고.

　필릭스는 점심을 택했다. 지난 3년간 에스텔과는 점심 식사만 했다. 저녁 식사는 길어질 수도 있고, 술을 한잔하게 될 수도 있다. 그러다 보면 에스텔이나 그에게 감정이 생기지 않을까 우려했다. 그렇다, 그는 홀아비지만 그렇다고 누군가를 만날 생각은 없다. 그녀에게 매력이 없는 것은 아니다. 실은 눈길을 사로잡는 점들도 있었다. 하지만 그에게는 보살핌이 필요한 아이가 있고, 그런 의무들이 먼저다. 당연히 에스텔에게 미란다 얘기를 할 수는 없지만. 에스텔이 자기가 환각에 시달린다고 생각하는 것은 원치 않았다.

　그들은 플레처 교도소 근처 맥도널드에서는 절대 점심을 먹지 않는다. 에스텔은 플레처 직원들이 휴식 시간에 그곳을 너무 많이 찾아서 듣는 귀가 너무 많다고, 남들이 자기들을 가십거리로 삼을까 봐 싫다고 말한다. 대신 그들은 에스텔의 제안에 따라 월 멋의 더 고급스러운 장소를 택했다. 식당 이름은 '제니스'로, 특별한 제철 요리를 잘하는 곳이다. 그들이 점심을 먹기로 한 날에는 크리스마스 메뉴를 미리 내놓고 있어서, 차디찬 창틀에 장식을 하고 장난감을 만들고 얼음꽃을 칠하느라 바쁜 요정들 무리가 창가에 놓여 있었다. 다행히도 술은 파는 식당이었다.

"자!" 에스텔이 그의 맞은편 구석 자리에 앉아서 외쳤다. "선생님이 정말로 파장을 일으키셨어요!" 그녀는 필릭스가 전에는 한 번도 본 적 없는 반짝이는 목걸이를 걸고 있었다. 그가 틀리지 않았다면 모조 다이아몬드였다.

"애쓰고 있어요." 필릭스가 자기 비하의 암시를 적절히 섞어서 말했다. "다 제 힘은 아니지만요. 아시다시피 모두들 온 힘을 다해 주어서 그렇지요."

"제가 왜 의심했는지 저도 모르겠다니까요. 선생님이 그 사람들을 데리고 이런 기적을 이루었는데!" 에스텔이 말했다.

"아니, 기적은 무슨." 필릭스가 커피 잔으로 시선을 떨구며 말했다. "하지만 발전이라면, 맞아요. 그건 인정할 수 있을 것 같군요. 당신이 도와주어서 큰 힘이 되었어요." 그는 사려 깊게 덧붙였다. "당신이 없었다면 할 수 없었을 겁니다."

에스텔은 찬사에 얼굴을 붉혔다. 조심해야 했다. 그녀를 유혹하고 싶지는 않았다. 그랬다가는 두 사람 모두에게 해로울 수 있다. "저, 선생님이 일으키신 파장이 어떤 결과를 가져왔는지 보세요! 2주 전에 오타와에 갔거든요. 세가 참여하는 위원회의 일들 중 하나였는데, 거기서 몇몇 사람들과 얘기를 좀 했어요. 제가 선생님을 위해서 어떤 일을 성사시켰는지 믿지 못하실걸요." 그녀의 호흡이 약간 가빠졌다. "분명히 기뻐하실 거예요!"

그녀는 뒤에서 신중하게 움직이며 몇 년간 그에게 적잖은 호의를 베풀어 주었다. 필요한 기술 지원을 받고, 의상과 소도구를 만드는 재료에 쓸 돈을 지불할 수 있었던 것도 그녀의 영향력 덕분이었다. 그녀는 수업을 위해 추가 예산을 조금 더 받을 수 있게 해 주었을 뿐 아니라, 그가 교도소장을 만날 수 있도록 길을 터 주었고, 교도소장은 보안 문제를 그에게 편하도록 바꾸어 주었다. 그녀는 분명 그를 기쁘게 해 주고 싶어 했다. 그리고 그는 자신의 기쁨을 숨김없이 드러냈다. 너무 과하지는 않기를 바랐지만.

"뭔데요?" 필릭스가 수염을 쓰다듬고 눈썹을 까딱거리며 물었다. "어떤 기막힌 일을 해 주셨습니까?" 어떤 기막힌, 격식을 벗어난 일입니까? 이것이 그의 어조가 암시하는 바였다.

"선생님을……." 그녀는 거의 속삭이듯 목소리를 낮추더니 말을 잠시 멈추었다. "장관님이 선생님을 찾아올 거예요! 그게 다가 아니에요. 장관님 두 분이라고요! 한 번에 두 명이라니, 웬만해서는 없는 일이에요! 어쩌면 세 분까지 오실지도 몰라요!"

"정말입니까? 어떤 장관님들이 오신다는 거죠?"

"한 분은 법무부 장관님이에요. 그분 관할권이니까요. 그리고 선생님이 그…… 선생님 학생들과 어떤 진전을 이루어 냈는지 차관님께도 소개했답니다! 교정 시설에서 전혀 새로운 접근법을 위한 모델이 될 수도 있어요!"

필릭스가 말했다. "근사하군요. 잘 하셨습니다! 법무부 장관이라니! 그럼 샐 오넬리겠군요." 샐의 당이 지방선거에서 져서 그는 연방 정치계 쪽으로 옮겨 갔다. 그는 선거에서 이기지 못해 자리를 잃었다. 그러나 곧 경험과 연줄, 그리고 빠뜨릴 수 없는 요건인 자금 조달 능력으로 다시 한 번 내각에 들어갔다. 이번에는 더 높은 자리였다. 이제 그는 소왕국을 가졌다.

"맞아요. 정부가 처음 들어섰을 때는 문화유산부 장관이었다가 잠시 외교부 일을 맡아보았지만 지금은 법무부로 옮기셨어요. 보통 이리저리 계속 돌리기를 좋아하잖아요. 그분은 '범죄에 엄정히 대처'한다는 방침을 내세웠지만, 선생님이 해 온 일을 보러 직접 여기까지 온다는 것만으로도 그분이 일부 사람들의 평가보다 훨씬 더 열린 자세를 갖고 있다는 것을 알 수 있죠." 에스텔이 말했다.

"그렇다면 우리가 내놓는 변변찮은 연극을 즐겁게 감상해 주었으면 좋겠군요. 그럼 두 번째 장관은 누굽니까?" 그는 모르는 척 물었다. 그는 샐이 보여 준 모범을 따라 토니 역시 연방 정치계로 들어간 것을 이미 알고 있었다. 그쪽이 주워 먹을 것도 더 많고 사교 모임의 수준도 더 높다.

"이제 막 임명된 분이에요. 그분은 연극 쪽에서 일하셨답니다! 선생님도 분명 아실걸요. 앤서니 프라이스요. 오래전 선생님과 메이크시웨그 축제에서 일하지 않았나요?" 그녀는 위키피디아에서 앤서니에 대해 찾아본 것이 틀림없었다.

"아, '그' 앤서니 프라이스! 그래요, 같이 일한 적이 있지요. 아주 유능한 사람이었어요. 나의 오른팔이었지요." 그의 심장 고동 소리를, 그의 귀에서 몰아치는 소리를 그녀가 설마 들었을까? 그는 자신에게 찾아온 행운을 믿을 수가 없었다. 그의 적들이 둘 다! 바로 여기 플레처에 온다니! 때를 잘 맞추기만 하면 그가 그들보다 더 큰 힘을 휘두를 수 있는 유일한 곳. "가족 간의 재회 같겠군요." 그가 말했다.

"아, 그래요, 정말 그렇겠지요? 사실대로 말씀드리자면, 선생님의 프로그램을 계속하는 데 문제가 좀 있었어요. 예산 감축 때문에……. 여러 동료들이나 다른 자문 위원들 중에는 뭐가 중요한지 이해를 잘 못하는 사람들도 있어요. 이렇게 굉장한데도…… 감옥은 감옥다워야 한다고 생각해요. 하지만 이건 제 자식이에요. 아시다시피 전 개인적으로 관심이 있어요. 그래서 제가 강하게 밀어붙였더니 장관님들이 적어도 한 번은 둘러보겠다고 했답니다. 누가 뭐래도 선생님이 해 오신 일이 아주 긍정적인 수군거림을 불러왔으니까요!" 에스텔이 말했다.

"긍정적인 수군거림이라. '벌이 꿀을 빠는 곳에서 나도 빠네.'✦ 벌집에 발을 넣는 것보다야 낫겠지요." 그의 가벼운 농담이었다. 에스텔이 그에게 이런 기회를 마련해 주었으니, 들어가는 데까지 그 벌집 속으로 발을 쑤셔 넣어 볼 작정이었다. 그러면 수군거림이 일어나겠지, 좋아.

✦ 『템페스트』 중 아리엘의 대사.

에스텔은 숨도 제대로 못 쉬고 웃어 댔다. "오! 그래요. 그분들이 이렇게 근사한 공연을 보러 와 주신다니 우린 정말 운도 좋죠. 의원님들한테 이거야말로 예술이 대단히 창의적이고 놀라운 방식으로 치료와 교육의 도구가 될 수 있음을 보여 주는, 학문 간 상호 교류의 굉장한 예라고 말씀드렸답니다! 두 분 다 기본적으로 그 점을 고려하려고 하실 거예요. 장관님 두 분 다요. 사진 촬영을 하려고 하실 텐데," 그녀가 덧붙였다. "사람들 전부하고요. 제 말은, 그러니까……."

"배우들 말이죠." 필릭스가 말했다. 그는 그들을 수감자라 부르지 않았다. 죄수라고도 부르지 않았다. 그들이 그의 극단에 있는 동안만큼은 아니었다. 그는 생각했다. 당연하겠지. 장관 방문의 주목적은 언제나 사진 촬영이니까.

에스텔이 미소를 지었다. "맞아요. 배우들과요. 그분들은 그걸 원하실 거예요."

"그럼 그 사람들은 제가 연출자라는 것을 알고 있습니까?" 그가 물었다. 그게 중요했다. "그러니까 저를요, 제 본명으로요."

"음, 물론 수업이 어떤 건지는 알고 있지요. 선생님은 거기에서 듀크 씨고요. 전 약속했듯이 항상 우리의 작은 비밀을 지켰답니다." 그녀가 눈을 반짝였다.

"그 점은 고맙게 생각합니다. 당신이야말로 내가 의지할 수 있는 사람이에요. 배우들에게 스포트라이트가 맞춰지는 것이 제일 좋지요. 장관들은 언제 온답니까?"

"과정이 다 끝나고, 선생님이 폐쇄 회로 TV로 모두에게 연극을 보여 주는 그날에요. 올해는 3월 13일이지요? 그분들이 완성된 결과를 보시기에 가장 좋은 때일 거라고 생각했어요. 그분들은 저기, 그러니까 죄…… 배우들과 만나실 거예요. 진짜 개막일 밤 같을 거예요. 저기, 명사들과 함께하는……." 그녀의 양쪽 뺨에 홍조가 떠올랐다. 그녀는 자신의 성과에 들뜬 상태였다. 분명 칭찬의 말이 필요했고, 그래서 펠릭스는 한마디 건넸다.

"당신은 대단한 스타예요. 뭐라고 감사의 말을 해야 할지 모르겠군요."

그녀가 미소를 지었다. "별말씀을요. 도움을 드릴 수 있어서 기뻐요. 이건 정말 보람 있는 일이에요. 제가 도울 수 있는 거라면 뭐든지……. 전 이 일이 계속되도록 온 힘을 다할 거예요." 그녀가 그의 손목에 닿을 듯 몸을 앞으로 바짝 숙였다가 다시 뒤로 젖혔다. "올해는 셰익스피어 작품들 중 어떤 것을 고르셨나요? 〈헨리 5세〉를 계획 중이라고 하지 않으셨나요? 큰 활이랑, 그리고…… 소동이 있기 직전의 굉장한 연설하며……."

"고려한 건 맞습니다만 마음을 바꾸었어요." 펠릭스가 대답했다. 실은 지금 막 바꾸었다. 그는 12년간 복수를 다짐해 왔다. 배경 속에 언제나 통증처럼 끊임없이 흐르는 암류로 복수가 존재했다. 인터넷상에서도 토니와 샐의 뒤를 쫓았지만, 그들은 항상 그의 손이 닿지 않는 곳에 있었다. 그러나 이제 그들이 그의 공간, 그의 영역으로 들어오게 되었다. 어떻게 그들을 붙잡을까? 어떻게 포위할까? 어떻게 매복했다가 습격할까? 갑작스레 복수가 너무 눈앞 가까이 다가와서 그 맛이 진짜로 느껴질 정도였다. 살짝만 익힌 스테이크 같은 맛이다. 아, 그 두 놈의 얼굴을 볼 수 있다니! 아, 덫을 감을 수 있다니! 그는 고통을 보고 싶었다. "〈템페스트〉를 할 겁니다." 그가 말했다.

"아," 에스텔은 실망한 듯했다. 그는 에스텔의 속마음을 알 수 있었다. 좀 게이 같은데. "더 호전적인 주제로 아주 잘 해 오셨잖아요! 배우들이 관심을 보일 거라 생각하세요? 마법이니, 요정이니, 도깨비니……. 선생님의 〈율리우스 카이사르〉는 딱 좋았는데!"

"아, 물론이죠. 배우들은 관심을 가질 겁니다. 그건 감옥에 대한 얘기니까요." 필릭스가 말했다.

"정말요? 그런 생각은 한 번도 못 해 봤는데……. 선생님 말씀이 맞겠지요."

"또한 그건 보편적인 주제입니다." 그가 염두에 두고 있는 것은 복수였다. 물론 복수는 보편적이다. 그는 그 주제가 뭐냐고 그녀가 묻지 않기를 바랐다. 그녀는 복수가 너무 부정적이라고 말할 것이다. 나쁜 예라고. 감옥에 갇혀 있는 관객을 생각하면 더욱이 나쁘다고.

그녀가 걱정하는 것은 다른 점이었다. "하지만 선생님이 생각하시기에 우리 두 분 장관님이……. 조금이라도 프로그램에 의구심을 불러일으키면 안 되니까……. 만약 선생님이 조금 덜……."

그녀는 불안스레 손을 비틀었다.

"그분들도 관심을 갖게 될 겁니다. 장관님들 말입니다. 두 분 다요. 장담하지요." 필릭스가 말했다.

11장
더 비열한 녀석들

같은 날

필릭스는 씩씩대는 파란색 푸조를 몰고서 담장 안에 또 담장이 있고 그 위에는 뾰족뾰족한 철사가 쳐진 두 겹의 높은 철책을 따라 언덕을 올라간다. 다시 눈이 내린다. 이제 눈발은 더 굵어졌다. 다행히도 그는 차 안에 삽과 모래 자루를 싣고 다닌다. 조금 전에도 직접 치우고 나왔는데 저녁에는 집 앞 도로를 치워야 할지도 모른다. 심장마비, 심장마비. 요즘 같은 날이면 삽질하느라 무리하다가 졸도해서 꽁꽁 얼어붙은 시체로 발견될지도 모른다. 고립에 따르는 위험이다.

첫 번째 문 앞에 차를 세우고 문이 열리기를 기다렸다가 두 번째 문을 통과해 들어가면서 창을 내리고 통행증을 보여 준다.

"어서 오세요, 듀크 씨." 경비가 인사를 한다. 필릭스는 이제 유명 인사다.

"고맙네, 허브." 필릭스가 말한다. 그는 쌀쌀한 안뜰로 차를 몰아 들어가서 지정된 주차장에 차를 세운다. 차 문은 잠그지 않아도 된다. 여기서는 괜찮다. 이곳은 절도를 당할 염려가 없는 지역이다. 그는 벌써 눈을 녹이는 가루를 뿌린 보도를 따라 뽀드득 소리를 내며 걸어가 인터컴의 익숙한 버튼을 누르고 자기 이름을 말한다.

틱 소리가 울린다. 문이 열리고 온기와 그 독특한 냄새 속으로 걸어 들어간다. 신선하지 않은 냄새, 희미한 곰팡내, 권태 속에서 먹는 애정 없는 음식, 실의의 냄새, 축 처진 어깨, 수그린 머리, 안으로 무너지는 육체. 결핍의 냄새. 눈을 따갑게 하는 악취. 차디찬 맨발, 젖은 수건, 엄마 없는 세월들. 마법처럼 그 안의 모든 이들 위로 내려앉아 있는 불행의 냄새. 그러나 짧은 순간만큼은 자신이 그 주문을 깨뜨릴 수 있음을 안다.

필릭스는 보안 검색대를 통과한다. 밀반입 우려가 있으므로 건물에 들어가는 사람은 누구나 그 기계를 통과해야 한다. 그 기계는 설령 삼켰다 하더라도 종이 집게를 찾아낼 수 있고, 안전핀을 찾아낼 수 있고, 면도칼을 찾아낼 수 있다.

"주머니 속의 것을 다 꺼낼까?" 그는 두 경비에게 묻는다. 두 사람의 이름은 딜런과 매디슨이다. 그들을 그가 플레처에 처음 왔을 때부터 여기 있었다. 한 명은 갈색 피부이고, 다른 한 명은 노르스름한 밝은 피부를 가졌다. 딜런은 시크교도라 터번을 쓰고 있다. 본명은 디안이지만 이름을 두고 이러쿵저러쿵 말 나오는 것이 성가셔서 바꾸었다고 했다.

"괜찮습니다, 듀크 씨." 둘 다 씩 웃는다. 필릭스처럼 아무 해도 끼치지 않는 늙은 연극인이 무엇을 밀반입하리라고 의심할 수 있겠는가?

자네들이 걱정해야 할 것은 말이야, 하고 그는 그들을 보며 생각한다. 그거야말로 진짜 위험이지. 말은 스캐너에도 나타나지 않아.

"고맙네, 딜런." 필릭스는 자신의 경우에 이런 절차가 무의미하다는 걸 셋 다 알고 있다는 뜻으로 애처롭게 웃어 보인다. 늙어서 비틀거리며 걷는 데다 머리도 약간 이상하다. 여기는 볼 게 아무것도 없습니다, 여러분, 지나가세요.

"올해는 뭘 하실 건가요? 연극 말이에요." 매디슨이 물었다. 경비들은 다른 이들과 함께 플레처 교도소 연극 공연 비디오를 보는 것을 좋아한다. 필릭스는 그들도 함께한다는 느낌을 받을 수 있도록 매년 그들만을 위해서 연극에 대한 특별 강연을 해 준다. 죄수가 자신들보다 더 즐거운 시간을 누릴 수 있다고 생각하게 되면 위험하다. 분노가 쌓이고, 문제를 일으켜 필릭스를 난처하게 만들 수도 있다. 사보타주가 일어날 수 있고, 중요한 소도구와 기술적 도구들이 없어질 수 있다. 에스텔이 그런 점에 대해 미리 경고해 주었기 때문에, 그는 나쁜 감정이 생기지 않도록 적절히 풀어 주었다. 아직까지 나쁜 일은 일어난 적 없다.

매디슨이 말한다. "〈맥베스〉는 진짜 훌륭했어요. 칼싸움을 그런 식으로 흉내 내다니!" 두말할 것도 없이 진짜 칼은 허용되지 않지만, 마분지는 쓰임새가 아주 다양하다.

"맞아! **저기 찬탈자의 저주받은 머리가 있구나**, 잘 했다, 맥더프 Macduff." 딜런이 대사를 인용한다. "**망할 놈에게 마땅한 보답이로다.**"

"정말 사악했어요!" 매디슨이 말한다. "**사악한 것이 이쪽으로 오고 있다, 그것도 사악했고요!**" 그는 손가락을 마녀의 손톱처럼 구부리고 킬킬 웃음소리를 낸다. 그 모습에 필릭스는 놀란다. 연기를 보면 누구나 자기도 해 보고 싶어 하니 놀랍다.

"**영원**✦**의 눈**," 딜런이 똑같이 과장되게 노파를 흉내 낸 목소리로 말한다. "화살을 가진 사람은 어때요? TV에서 보았는데. 전쟁의 참화, 그 부분 기억나요."

"화살 좋겠군. 개도." 매디슨이 맞장구를 친다.

"그래, 하지만 진짜 화살일 리는 없어. 진짜 개일 리도 없고." 딜런이 말한다.

필릭스가 끼어든다. "올해는 조금 다를 거야. 〈템페스트〉를 할 생각이네."

"그건 뭡니까? 처음 들어 봐요." 매디슨이 묻는다. 그들은 매년

✦ 도롱뇽의 일종.

이런 말로 필릭스를 놀린다. 그들이 진짜로 들어 본 게 뭔지 모르겠다.

"요정 나오는 거, 맞죠? 막 날아다니고요." 딜런이 말한다. 그는 썩 마음에 들지 않는 모양이다.

"자네가 생각하는 건 『한여름 밤의 꿈』이고. 요정은 안 나와. 도깨비가 나오지. 사악한 도깨비 말이야." 필릭스가 잠시 말을 멈춘다. "마음에 들 거야." 그가 그들을 안심시킨다.

"싸우는 장면도 나오나요?" 매디슨이 묻는다.

"어느 정도는. 폭풍우도 나오지. 그리고 복수도. 분명히 복수야."

"근사한데요." 매디슨이 감탄한다. 둘 다 관심을 보인다. 복수는 누구에게나 친숙하다. 그들도 적잖이 보았을 것이다. 신장을 걸어차는 부츠, 목에 들이댄 수제 칼날, 샤워실의 피.

"선생님 연극은 항상 좋아요. 저희는 선생님을 믿어요." 딜런이 말한다. 어리석은 것들. 필릭스는 생각한다. 삼류 직업 배우는 절대 믿을 게 못 돼.

사교적인 대화가 끝나고 형식적 절차로 넘어간다. "여기 경보기예요." 딜런이 말한다. 필릭스는 허리띠에 경보기를 끼운다. 호출기처럼 생겼다. 위험이 닥칠 때 버튼을 누르면 경비들을 호출하게 되어 있다. 필릭스는 약간 모욕적인 기분을 느끼지만 의무적으로 반드시 착용해야 한다. 그는 통제하에 있다, 그렇지 않은가? 올바른 순서로 올바른 말을 해라, 그래야 진짜로 안전을 보장받는다.

그가 말한다. "고마워. 들어가겠네. 첫날이군! 항상 힘든 날이지. 욕보라고 해 주게!"

"욕보세요, 듀크 씨." 매디슨이 양손 엄지를 번쩍 치켜든다.

그들에게 '욕보세요'라는 표현을 가르쳐 준 사람이 필릭스이다. 극장에서 오래전부터 써 온 표현인데, '행운을 빈다'와 같은 뜻이라고 말해 주었다. 오래된 극장의 표현들을 공유할수록 좋다. 비밀결사의 규모가 점점 확대된다.

"문제가 생기면 저희를 호출하세요, 듀크 씨. 그 녀석들은 무슨 짓을 할지 몰라요." 딜런이 말한다.

문제가 생기기는 할 거야. 하지만 자네들이 생각하는 그런 식은 아니지. 필릭스는 생각한다. "고맙네. 자네들만 믿네." 그리고 그는 복도를 따라 걸어간다.

12장
거의 접근 불가능한

같은 날

복도는 지하 감옥과는 전혀 다르다. 그가 익히 알고 있듯 눈에 보이지 않는 무대 뒤편에는 있을지 모르지만, 이곳에는 사슬도 없고, 쇠고랑도 없고, 핏자국도 없다. 마음을 차분히 가라앉혀 주는 색이라는 이론에 따라 벽은 중간 밝기의 녹색으로 칠해져 있다. 이를테면 감정을 불타오르게 하는 빨간색과는 다르다. 게시판이나 포스터가 없다는 점만 제외하면 현대적인 대학 건물처럼 보일지도 모른다. 회색 바닥은 화강암 흉내를 내려다가 실패한 재료로 되어 있다. 깨끗하고 약간 광이 난다. 복도의 공기는 정적이고 표백제 냄새가 난다.

문들이 닫혀 있다. 금속으로 된 문들은 벽과 똑같은 녹색으로

칠해져 있다. 자물쇠가 달려 있다. 하지만 이곳은 기숙사 건물이
아니다. 독방 건물은 북쪽으로 뻗어 있다. 필릭스가 한 번도 본
적 없는 사람들이 있는 최고 등급 보안 구역이다. 그의 배우들이
머무는 중간 등급 보안 구역도 있다.

중간 등급 보안 구역 수감자들을 위한 갱생이 이루어지는 곳이
변변치는 않지만 바로 플레처의 이 구역이다. 카운셀링처럼 신용
을 얻기 위한 수업들. 정신과 의사가 두 명 있다. 목사도 두엇 있
다. 여기 어디에선가 인터뷰를 하는, 외부에서 초빙한 죄수 권익
보호 변호사도 한 명 있다. 그런 이들이 오간다.

필릭스는 다른 선생들이나 권익 보호 변호사, 정신과 의사와
목사 같은 사람들과는 거리를 두고 지낸다. 그들의 이론 따위는
듣고 싶지 않다. 자신과 자신이 하는 일에 대해 그들이 내리는 판
단에 얽히고 싶지도 않다. 지난 3년간 그들과 짧게 만나 본 적은
있지만, 그런 만남들은 대개 끝이 좋지 않았다. 혀를 쯧쯧 차며
사람을 불쾌하게 만드는 훈계조의 말투로, 뻐딱하게 그를 본다.

그가 나쁜 영향을 미치고 있나? 그들은 그렇다고 생각한다. 그
가 뭐라고 대꾸하거나 언성이라도 높이는 날엔 모조리 기록해
두었다가 수업의 치료, 또는 교육적 효과를 평가해 달라는 요청
을 받게 됐을 때 그에게 불리하게 쓰일 거라는 점을 기억해 두어
야 한다. 그래서 그는 독실한 척 위선 떠는 헛소리로 융단폭격을
당하는 동안 입을 꼭 다물고 참는다.

그런 망가진 인간들에게 듀크 씨가 어떤 식으로든 그들이 얼

마나 망가졌는지 말해 주는 게 과연 도움이 될까요? 그들 중에
는 어린 시절의 학대와 방임으로 망가진 사람들도 있고, 정신 질
환자 보호시설이나 정신병원에서 약물중독 치료를 받는다면 훨
씬 좋아질 사람들도 있습니다. 400년 전의 말들을 가르치는 것보
다는 그편이 그들에게 훨씬 더 맞을 겁니다. 이렇게 취약한 사람
들을 불안과 공포와 플래시백, 아니 심지어는 위험스러운 공격적
행동을 촉발할 수 있는 충격적 상황에 노출시키는 게 도움이 되
겠습니까? 정치적 암살, 내전, 마술, 잘린 머리, 어린 소년들이 지
하 감옥에서 사악한 숙부에게 목 졸려 죽어 가는 그런 상황에요?
그런 것들은 이미 그들이 영위해 왔던 삶과 지나치게 가깝습니
다. 듀크 씨, 정말로 그런 위험을 감수하고 당신이 책임을 지겠다
는 겁니까?

이건 연극입니다. 필릭스는 지금 머릿속에서 항의한다. 참된
환상의 예술이라고요! 물론 충격적인 상황들을 다루지요! 그들
에게서 악령을 쫓아내 주기 위해 악마를 불러내는 겁니다! 그리
스 고전도 안 읽어 봤소? 카타르시스라는 말이 뭔지 알기나 합니
까?

듀크 씨, 듀크 씨. 당신은 너무 추상적이에요. 이들은 진짜 사람
이란 말입니다. 당신의 드라마의 미학 속에 나오는 암호가 아니
라고요. 당신의 실험용 쥐도 아니고. 당신의 놀잇감도 아니에요.
존중하는 마음을 좀 가져 봐요.

필릭스는 속으로만 대답한다. 존중하고 있어요. 재능을 존중합

니다. 이런 기회가 없었더라면 숨겨진 채로 있었을 재능, 빛을 불러내고 어둠과 혼돈에서 벗어날 힘을 가진 재능 말이오. 난 그런 재능을 위하여 시간과 공간을 청소하는 겁니다. 그 재능이 일시적으로라도 정체를 드러내게 해 주는 거요. 하지만 어차피 연극이란 게 다 일시적이지요. 그게 내가 인정하는 유일한 존중심입니다.

홀륭한 감성이군. 그가 속으로 말한다. 하지만 허풍스러워, 듀크 씨. 그렇지 않나?

그는 눈앞을 가로막은 닫힌 문 앞에 잠시 발을 멈추고 서서 열리기를 기다렸다가 안으로 들어간다. 문은 그의 등 뒤에서 미끄러지듯 닫힌다. 건물 이 구역 반대편 끝에도 비슷한 문이 있다. 그의 수업이 진행되는 동안 문은 양쪽 다 잠겨 있다. 그편이 더 안전하지, 듀크 씨.

외부의 경비와 연락할 수 있는 음성 연결 장치는 없고, 비디오도 없다. 그가 고집했기 때문이다. 그는 배우들이 누군가의 감시를 받으며 연습에 임해서는 안 된다고, 그러면 그들이 너무 억눌리게 된다고 주장했다. 허리춤에 찬 경보기로 충분하다는 것이 그의 입장이다. 그리고 지금까지는 그의 말이 옳았다. 3년간 경보기를 쓸 일은 단 한 번도 없었다.

왼쪽 첫 번째 문이 세면실이다. 필요에 따라 연습 공간이나 탈의실이나 배우 휴게실로 이용할 수 있는 더 작은 방이 세 개 있다. 1950년대 감방을 본뜬 방 하나와 1990년대 것을 본뜬 관찰용 감방이 두 개 있다. 한동안 웨스턴온타리오 대학교에서 가르치는 사법행정 과목과 연계해 이용되었으나, 그 후로는 쓰이지 않고 있다. 방마다 이층 침대 두 개가 있고 문에는 관찰용 창이 나 있다.

플레처 교도소 연극반은 비디오 촬영을 할 때 그 방들을 무대 장치로 이용한다. 브루투스와 리처드와 그들의 악몽을 찍을 때는 군 막사였다. 빨간 담요와 종이 깃발의 도움을 받으면 국왕 알현실이 되었다. 스코틀랜드 마녀들의 동굴이 되었다가, 로마 원로원이 되었다가, 첫 번째와 두 번째 살인을 저지른 범인이 클래런스를 술에 취하게 해서 물에 빠뜨려 죽일 준비를 하고 몰래 숨어 들어갔던 런던탑의 지하 감옥도 되었다. 맥더프 부인과 그녀의 아이들이 거기에서 살해당했다. 지나칠 정도로 충격적이었다. 배우들 중에는 자기들의 악몽 같은 어린 시절을 회상한 이들도 있었다. 난폭한 짐승, 위협, 타박상, 비명, 칼.

필릭스는 지나가면서 창 너머로 이 감방들을 들여다본다. 깨끗하게 정리하고 이층 침대에도 회색 담요를 덮어 잘 정리해 두었지만, 안은 하나같이 우중충하다. 저런 곳에서 마법, 의식, 아수라장이 벌어졌다고 누가 짐작이나 하겠는가? 그리고 다음에는 거기에서 어떤 일이 벌어질까?

마침내 제일 큰 강의실까지 왔다. 필릭스가 연습에 들어가기 전 설명에 초점을 맞추고서 수업을 할 때 쓰는 방이다. 책상이 스무 개 있고 화이트보드도 있다. 에스텔 덕분에 컴퓨터도 들여놓았다. 외부 인터넷에는 접속이 되지 않아 포르노 사이트 서핑은 할 수 없다. 오직 연극 작업에만 이용된다. 가장 중요한 것은, 방에 대형 평면 스크린 TV가 있다는 점이다. 배우들이 자신들의 노력의 결실을 확인할 수 있는 것도 바로 이 스크린을 통해서다.

이 방에는 앞쪽과 뒤쪽에 각각 하나씩 문이 두 개 있다. 창문은 없다. 희미하게 소금 냄새가 나고, 씻지 않은 발 냄새도 난다.

여기까지지. 필릭스는 생각한다. 나의 영토인 섬. 나의 유배지. 나의 고행.

나의 극장.

13장
필릭스가 배우들에게 말을 걸다

같은 날

필릭스는 제일 큰 주 강의실 앞쪽 화이트보드 옆에 서서 올해 맡게 된 반을 마주하고 있다. 등록자 명단을 보고 각본, 주석 등 수업 자료도 보내 주었지만, 진짜로 누가 나타날지는 당일이 되어 봐야 안다. 항상 중도 포기자들이 있어서 대기자 명단에서 대체 인원을 받는다. 항상 대기자들이 있다. 다른 이유로도 결석이 있을 수 있다. 다른 교도소로 이감되었다거나, 조기에 가석방이 되었다거나, 병원 신세를 질 만큼 부상을 입었다거나.

그는 방을 훑어본다. 눈에 익은 얼굴들, 이전 연극의 베테랑들이 있다. 그들은 그를 향해 고개를 끄덕이며 살짝 미소 짓는다. 무표정하거나 불안한 얼굴의 신참들도 있다. 그들은 무엇을 기대해야 할지도 모른다. 그들은 모두 길 잃은 소년들이다. 진짜 소년들은 아니지만. 그들의 연령대는 열아홉 살에서 마흔다섯 살까지다. 흰색에서부터 노란색, 빨간색, 갈색을 거쳐 까만색까지 피부색도 다양하다. 별별 인종이 다 있다. 기소된 죄목도 다양하다. 수감된 처지라는 점 외에 그들에게 공통적인 것 한 가지는 필릭스의 극단에 들어가고 싶다는 욕망이다. 그는 그들의 동기도 다양하리라 예상한다.

그는 모르는 척하지만 에스텔의 도움으로 어떤 알 수 없는 경로를 거쳐 그의 손에 들어온 그들의 파일을 다 읽었다. 그래서 그들이 감옥에 왜 왔는지 다 알고 있다. 윗사람 대신 누명을 쓰고 들어온 조직폭력배도 있고, 어설프게 마약 거래를 하다가 불시 단속에 걸린 자들도 있다. 은행이나 차, 편의점을 부수고 들어간 절도범들도 있다. 돈을 받고 기업 정보를 빼내려다가 기소된 천재 소년 해커도 있다. 사기꾼과 신분증 위조 전문가. 무면허 의사. 횡령죄로 교도소 신세를 지게 된 괜찮은 회사 출신 회계사. 변호사와 다단계 사기꾼.

그들 중에는 그의 연극에 여러 번 출연했던 경험 많은 배우들도 있다. 사실 한 번 이상 수업을 듣지 못하도록 해야 하지만, 필릭스는 인터넷에서 내려받은 입문서와 확장판으로 자신이 주로 제공하는 것에 몇 가지 부가적인 것을 추가하여 이러한 제한을 피해 갔다. "연극을 위한 기술"에서는 조명, 소도구, 특수 효과, 디지털 무대장치를 배운다. "무대 디자인"에서는 의상, 메이크업,

가발, 가면을 배운다. "연극용 동영상 편집"에서는 암퇘지 귀에서 비단 지갑을 만들어 내는 법을 배운다. 그는 거기에 맞추어 학점을 조금씩 나누어 준다. 윗사람들한테 내는 서류에 잘 맞는다. 듀크 씨는 이런 흥정에 능하다. 한 개 값으로 네 과목을 산다.

그동안 그는 필요할 때 부를 수 있는 수많은 기술자들을 키워 냈다. 그에게는 의상 디자이너가 생겼고, 동영상 편집자도 있고, 조명과 특수 효과 담당도 있고, 최고의 변장 예술가들도 있다. 가끔은 그가 가르치는 기술들이 어떻게 쓰일지, 이를테면 은행 털기나 납치에 쓸모가 있을지 궁금하기도 했지만, 그들이 나타나면 그런 쓸데없는 생각들은 치워 둔다.

그는 벌써 머릿속으로 배역을 다 정해 놓고 방을 둘러본다. 당장이라도 사랑에 빠질 듯한 동그랗고 순진한 눈으로 그를 뚫어져라 쳐다보는 완벽한 나폴리 왕자 페르디난드Ferdinand가 있다. 바로 예술적인 사기꾼 원더보이WonderBoy다. 그의 눈이 크게 틀리지 않았다면 공기의 요정, 날렵하고 능숙한, 냉철한 청소년의 지성으로 반짝반짝 빛나는 그의 아리엘도 있다. 악질적인 천재 해커 8핸즈8Handz다. 지루하지만 훌륭한 대신인 약간 살찐 곤잘로Gonzalo는 비뚤어진 회계사 벤트 펜슬Bent Pencil이다. 그리고 마법사 프로스페로의 왕국을 빼앗은 배신자 동생 안토니오Antonio는 치켜 올라간 왼쪽 눈과 한쪽으로 처진 입 때문에 비웃고 있는 듯이 보이는 다단계 사기꾼이자 부동산 사기꾼 스네이크아이SnakeEye다.

바보 어릿광대인 백치 트린큘로. 주정뱅이 하인장 스테파노로 딱 짚이는 자는 없다. 험악한 얼굴로 노려보는 근육질의 다양한 칼리반들. 저속하고, 폭력성이 잠재된 자들. 선택의 여지가 있을 것이다. 그러나 그들 중 하나로 마음을 정하기 전에 대사를 좀 시켜 볼 필요가 있다.

그는 자신 있는 미소, 자기가 무엇을 하고 있는지 잘 아는 사람의 미소를 짓는다. 그런 다음 새로운 시즌이 시작될 때마다 하는 연설을 꺼낸다.

"안녕하십니까. 플레처 교도소 연극반에 온 것을 환영합니다. 여러분이 왜 여기에 왔는지, 세상에서 여러분이 무슨 짓을 했다고 말했는지는 중요하지 않습니다. 이 수업에서 과거는 프롤로그입니다. 바로 여기, 지금 이 순간부터 우리에게 시간이 의미 있어지고 성취를 이루기 시작한다는 뜻입니다.

지금 이 순간부터 여러분은 배우입니다. 전에 해 본 경험이 있는 사람들이 말해 주겠지만, 모두 역할을 맡게 될 것입니다. 플레처 교도소 연극반에서는 셰익스피어 작품만 합니다. 셰익스피어가 연극을 배우는 가장 훌륭하고 가장 완벽한 방법이기 때문입니다. 셰익스피어는 여러분 모두에게 뭔가를 줄 수 있습니다. 그의 관객들에게 그랬듯이요. 지위 고하와 관계없이, 그리고 지금도 변함없이 셰익스피어는 모두를 위한 것입니다.

제 이름은 듀크이고, 연출자입니다. 그러니까 제가 제작 전반의 책임을 맡고, 최종 결정권도 갖는다는 뜻입니다.

하지만 우리는 팀으로 일합니다. 각자가 없어서는 안 될 배역을 맡아 연기하게 될 것이고, 어려움을 겪는 사람이 있으면 팀 전체가 도와주어야 합니다. 우리 연극에선 가장 약한 고리가 기준이 되어야 하니까요. 우리 중 누군가가 실패한다면 모두가 실패하는 겁니다. 그러니까 여러분 팀에 단어를 읽기 힘들어하는 사람이 있으면 여러분이 도와주어야 합니다. 맡은 부분을 암기하고, 그 말이 무슨 뜻이며 어떻게 힘 있게 전달할지 이해하도록 서로 도와주어야 합니다. 그것이 여러분이 해야 할 일입니다. 우리모두 최고 수준까지 올라가야 합니다. 플레처 교도소 연극반의 평판에 부끄럽지 않도록 해야 합니다. 우리는 그 평판에 어울릴 영예로운 결과를 함께 만들어 낼 것입니다.

제가 팀이라고 말했지요. 이전에 제 연극에 참여해 본 사람들은 그게 무슨 의미인지 알 것입니다. 주요 인물들은 각각 하나씩 팀을 이끌고, 팀의 구성원들은 모두 그 인물의 대사를 익혀야 합니다. 주요 배역들이 병에 걸리거나, 그 밖의…… 예를 들자면 조기 가석방 같은 예상치 못했던 돌발 상황이 생길 것에 대비해 대역이 있어야 하니까요. 샤워장에서 미끄러져 넘어질 수도 있죠. 어떤 일이 있어도 연극은 계속되어야 합니다. 극장에서는 그런 겁니다. 이 무리 안에서 우리는 서로를 뒷받침해 주어야 합니다.

여러분은 글쓰기도 하게 될 겁니다. 연극의 여러 가지 면에 대해서 글을 쓰겠지만, 또한 연극에서 여러분이 정한, 우리가 정한 부분들이 현대 관객들에게 더 잘 이해될 수 있도록 다시 쓸 것

입니다. 그리고 우리 공연을 비디오로 촬영할 겁니다. 그 비디오
는 플레처의 모든 이들을 위해 상영됩니다. 우리의 예전 작품들
이 그랬듯이, 이번 비디오도 자랑스러워할 만한 작품이 될 것입
니다."

그는 믿음직스러운 미소를 지으며 서류철을 들여다본다. "다음
으로, 여러분은 예명을 골라야 합니다. 과거에는 예명을 쓰는 배
우들이 많이 있었고, 오페라 가수나 마술사들도 그랬습니다. 해
리 후디니의 본명은 에릭 바이스였고, 밥 딜런은 로버트 지머먼
이었지요. 스티비 원더는 스티블랜드 저드킨스였습니다." 그는
인터넷에서 '무대 예명'으로 이 이름들을 검색했다. 그중에서 그
가 아는 이름은 일부뿐이었고, 이 이야기를 할 때마다 젊은 사람
들 이름을 몇 개씩 더 추가한다. "영화배우들은 말할 것도 없고
로커나 래퍼들도 예명을 쓰지요. 스눕 독은 캘빈 브로더스였습니
다. 제 말 무슨 뜻인지 알겠지요? 그러니까 예명을 생각해 보세
요. 그건 손잡이 같은 겁니다."

사람들은 고개를 끄덕이고 수군거린다. 경험 많은 배우들은 이
미 예전 공연에서 예명을 만들었다. 그런 이들은 지금 미소를 띠
고 있다. 그들은 걸칠 준비가 다 된 의상처럼 서 있는 자기들의
다른 자아가 돌아온 것을 환영한다.

필릭스가 말을 멈추고서 가장 설득하기 어려운 부분으로 넘어
가기 위해 마음의 준비를 한다. "자. 올해의 연극입니다." 그가 화
이트보드에 빨간 마커로 〈템페스트〉라고 쓴다. "여러분에게 대본

과 제 주석을 미리 드렸고, 거기에 대해 공부할 시간도 많이 드렸습니다." 그들 중에는 기껏해야 3학년 정도 수준인 사람들도 있기 때문에 진짜로 시간이 많이 걸렸을 것이다. 하지만 그들은 나아질 것이다. 그들의 팀이 나아지게 만들어 줄 것이다. 한 단계 한 단계 독해력을 끌어올려 줄 것이다.

필릭스가 말을 잇는다. "기본 원칙부터 시작하겠습니다. 이 연극을 표현할 방법을 궁리할 때 찾아야 할 중요한 것들입니다."

그는 파란색 마커로 이렇게 쓴다.

이 작품은 뮤지컬이다: 셰익스피어 작품 중 음악+노래가 가장 많이 나옴. 음악의 용도는 무엇?

마법: 어떤 목적으로 쓰는가?

감옥: 몇 개나 있는가?

괴물: 누구인가?

복수: 누가 원하는가? 왜?

냉담하거나, 인상을 쓰거나, 완전히 당황한 얼굴들을 살피면서 그는 생각한다. 이해를 못 하는군. 〈율리우스 카이사르〉와는 달라. 〈맥베스〉와도 다르고. 그때는 바로 요점을 파악했다. 〈리처드 3세〉 때는 그들 중 적지 않은 이들이 리처드 편이었기 때문에 쉽지 않은 도전이었지만, 그래도 이번과는 달랐다.

그는 심호흡을 한다. "먼저, 질문 있습니까?"

"네." 레그스Leggs가 말한다. 주거 침입과 폭행죄. 그는 〈율리우스 카이사르〉에서 마르쿠스 안토니우스, 〈맥베스〉에서 마녀들 중 한 명, 〈리처드 3세〉에서 클래런스를 맡은 바 있는 플레처 교도소 무대의 베테랑이다. "주신 것은 읽었습니다. 하지만 왜 이 작품을 하는 건가요? 격투 신도 없고, 음, 요정이 나오는데."

"전 요정은 안 할래요." 포드PPod가 한마디 한다. 그는 〈맥베스〉에서 맥베스 부인Lady Macbeth, 〈리처드 3세〉에서 리치먼드Richmond 역을 맡았다. 말주변이 좋은 녀석이라 제 말로는 나가기만 하면 오매불망 자기만 기다리는 미녀들이 줄을 섰다고 한다.

"여자 역도 안 해요." 시브Shiv의 말이다. 그는 소말리아 마약 갱단에 끼었다가 몇 년 전 일제 소탕 때 잡혔다. 그는 편들어 줄 사람을 찾아 방 안을 둘러본다. 여기저기서 반항적으로 고개를 끄덕이고 맞장구치며 속닥거린다. 그런 역할은 아무도 원치 않는다. 아리엘도 미란다도 사절이다.

반기를 들 수도 있다는 위험이 있지만, 이 정도는 필릭스도 예상했던 일이다. 다른 연극에서도 성별 문제로 어려움을 겪은 적이 있지만, 그런 인물들은 성인 여성이고 보잘것없는 인물이거나 완전히 끔찍한 인물이어서 받아들이기가 훨씬 더 쉬웠다. 맥베스의 마녀들은 문제도 안 되었다. 마녀들이 진짜 여자가 아니라 괴물이었기 때문에 죄수들은 사악한 노파 역을 연기하는 데 아무런 이의가 없었다. 칼푸르니아Calpurnia✦는 작은 역할이었다. 맥베스 부인은 마녀들보다 훨씬 더 지독한 괴물이었다. 포

✦ 카이사르의 아내.

드는 그녀가 딱 자기 엄마 같다면서 아주 멋지게 연기해 냈다. 〈리처드 3세〉의 앤 부인Lady Anne은 불을 뿜는 듯 성질 더러운 여자였다. 사실은 불보다는 침을 튀겼다. 시브가 아주 공들여 그 역을 해냈다.

하지만 미란다는 괴물도 아니고 성인 여자도 아니다. 소녀, 그것도 연약한 소녀이다. 남자가 그녀를 연기했다가는 체면이 땅에 떨어질 것이다. 표적이 될 것이다. 소녀 역할을 맡으면 소녀 취급을 당하게 될 위험이 있다. 페르디난드 역시 감당하기 어려운 역할일 것이다. 거친 동료 수감자를 상대로 그토록 황홀한 애정의 말을 늘어놓아야 하다니.

"일단 소녀 같은 문제는 치워 둡시다. 우선, 이 방에 있는 누구도 미란다가 될 필요는 없을 것입니다. 미란다는 사랑스럽고 순진무구한 열다섯 살 소녀입니다. 여러분 중에서 그렇게 보일 만한 얼굴은 찾을 수가 없군요." 필릭스가 말한다.

안도의 신음이 들린다. "오케이, 좋아요. 하지만 여기 있는 사람들이 안 하면 누가 하지요?" 시브가 말한다.

"그 문제라면……." 필릭스가 잠시 말을 끊고 할 말을 고른다. "직업 배우를 고용할 겁니다. 진짜 여자로요." 그가 덧붙이자 다들 한 번에 알아듣는다.

"여자가 여기 올 거라고요? 우리 연극에 출연하려고?" 포드가 묻는다. 사람들은 믿을 수 없다는 듯 서로를 바라본다. 이미 사람들 중 일부는 〈템페스트〉에 넘어갔다.

"선생님이 그걸 할 영계를 구해 올 수 있다고요?"

감정이 풍부한 눈을 한 사기꾼 원더보이가 목소리를 높인다. "어린 소녀를 이곳에 데려오는 건 좋은 생각이 아닌 것 같아요. 여자를 아주 이상한 상황에 놓이게 만드는 거예요. 나야 손끝 하나 안 대겠지만, 하여간 뭐 그렇다고요."

"그래, 잘도 그러겠다, 새끼야." 뒤에서 누군가의 목소리가 들린다. 폭소가 터진다.

"어린 소녀를 '연기'할 겁니다. 어린 소녀가 올 거라는 말은 안 했어요. 늙은 여자라는 건 아니지만." 필릭스가 대꾸하고는 쏟아지는 낙담을 물리치기 위해 덧붙인다. "여자가 참여하는 것을 특권으로 생각하세요. 성가시게 하거나, 몸을 더듬거나, 꼬집거나, 지저분한 말을 하거나 하면 그녀는 떠날 겁니다. 그리고 여러분도 나가야 할 겁니다. 나는 여러분을 전문 배우로 여기고 있으니 그에 걸맞게 행동해 주기를 바랍니다." 전문 배우라고 꼬집고 더듬기를 즐기지 않는다는 얘기는 아니지만, 하고 그는 잠깐 생각했다. 하지만 그런 생각을 입 밖으로 낼 필요는 없다.

"어떤 운 좋은 새끼가 퍼디인가 뭔가 하는 역을 하려나. 딱 붙어서 찍을 텐데." 레그스가 말한다.

"시체한테나 시켜야지." 포드가 거든다.

"그건 그때 가서 정하기로 하지요." 필릭스가 말한다.

"그거 아주 좋습니다." 횡령한 회계사 벤트 펜슬이 맞장구를 친다. 그의 예명은 모두가 만장일치로 붙여 주었다. 그는 처음에는 그리 마음에 들어 하지 않았다.[*] 그는 "넘버스" 같은 좀 더 품위 있는 이름을 고집했다. 우월감을 지키고 싶어 했다. 그러나 결국 "벤트 펜슬"을 받아들였다. 달리 무슨 수가 있겠는가?

벤트 펜슬은 〈율리우스 카이사르〉에서 카시우스Cassius 역을 했고, 지긋지긋하도록 시시콜콜 까다롭게 따지곤 했다. 필릭스에게는 골칫거리였다. 그는 항상 자기가 얼마나 잘 준비했는지 보여 주고 싶어 한다. 필릭스는 그에게 곤잘로 역을 맡기면 어떨까 생각한다. 벤트 펜슬은 그 역에 딱 맞는다.

벤트 펜슬이 말을 잇는다. "그거 아주 좋아요. 하지만 선생님이 아직 말씀 안 하신 문제가 있는데, 어…… 아리엘 말이에요."

"그래, 그 요정." 레그스도 거든다.

"그 문제는 금요일에 논의합시다. 이제 여러분의 첫 번째 쓰기 연습입니다. 텍스트를 아주 주의해서 잘 읽고 희곡에 나오는 욕설을 전부 목록으로 만드세요. 여러분은 이 방에서 그 욕설들만 써야 합니다. 다른 말을 쓰다가 걸리면 F 폭탄을 맞고 총점에서 1점 깎이게 됩니다. 점수 집계는 자율적으로 시행합니다만, 여러분이 서로의 증인이 되는 겁니다. 알겠지요?" 필릭스가 말한다.

베테랑들은 씩 웃는다. 필릭스는 항상 학생들에게 이런 도전거리를 던진다.

"담배는 주시나요? 늘 하던 대로?" 포드가 묻는다.

---

[*] 벤트 펜슬은 '휘어진 연필'을 가리킨다. '벤트'는 '정직하지 못하다'라는 뜻도 가지고 있다.

"물론이죠. 명단을 만들면 그중에서 열 개를 골라 외운 다음 철자를 익히세요. 그것들이 여러분의 특별한 욕설이 되는 겁니다. 이 반에서는 누구한테든, 무엇에든 그 말을 쓸 수 있습니다. 그게 무슨 뜻인지 잘 모르겠다면 제가 기꺼이 알려 드리지요. 자 그럼, 준비, 시작!"

고개를 숙이고, 공책을 펼치고, 대본을 참고하고, 연필을 바삐 움직인다.

필릭스는 생각에 잠긴다.

14장
첫 번째 과제: 욕설

2013년 1월 9일 수요일

수요일이 되자 펠릭스는 더 긴장이 풀린 느낌이다. 첫 번째 장애물은 넘었다. 그는 최대한 삼촌 같은 표정을 짓는다. 너그러우면서도 최고를 기대한다는 표정. 그가 입을 연다. "여러분이 욕설을 어떻게 정리했는지 한번 봅시다. 정리한 목록을 누가 가지고 있습니까?"

"벤트 펜슬이요." 시브가 대답한다.

"그럼 누가 모두 들을 수 있게 좀 읽어 주겠어요?"

"벤트가요." 레그스가 대답한다.

"벤트가 발음을 다 알거든요." 포드가 덧붙인다.

벤트 펜슬이 일어나서 제일 좋은 이사회용 목소리로 엄숙하면서도 인상적으로 읽기 시작한다. "목매달 놈. 빌어먹을 놈의 혀, 소란스럽고 불경하고 인정머리 없는 개 같은 놈. 후레자식. 버릇 없이 시끄럽게 구는 놈. 시끄러운 개자식. 못된 것. 눈이 시퍼런 마녀. 마귀할멈한테서 태어난 얼룩덜룩 개새끼. 흙덩이 같은 놈. 거북이 같은 놈. 악마한테서 태어난 독 같은 노예 자식. 우리 어머니가 오염된 늪에서 까마귀 깃털로 털어 낸 사악한 이슬이 너희 두 놈 위로 떨어져라. 남서풍이 너희에게 불어서 온몸에 물집이나 잡혀라. 두꺼비, 딱정벌레, 박쥐들이 너희를 찾아내라. 더럽기 짝이 없는 놈. 혐오스러운 노예 놈. 역병이나 걸려 뒈져라. 마녀의 씨. 늪, 수렁, 저지대에서 태양이 빨아들인 온갖 전염병이 떨어져라, 그래서 그자의 몸 구석구석 다 병들게 하라. 야비하기 짝이 없는 괴물. 도무지 믿을 수 없는 주정뱅이 괴물. 백치. 얼룩무늬 바보. 야비한 광대 놈. 염병할 자식. 악마가 손가락이나 가져가라. 저 바보 놈 수종이나 걸려라. 반은 악마인 놈. 어둠의 존재."

"잘 했습니다. 그 정도면 완벽해 보이는군요. 빠뜨린 건 없는 것 같은데. 질문이나 의견 있는 사람?" 필릭스가 말한다.

"전 더 심한 말도 들어 봤어요." 포드가 말한다.

"'흙'이 왜 모욕적인 말인가요?" 레그스가 묻는다.

"음, 우리는 땅 위에 살고 있잖아요. 거기서 먹을 것을 키우고. 안 그래요? 그리고 '거북이'도요. 남생이랑 비슷한 거죠, 그렇죠? 어떤 나라에서는 신성하게 여긴다고요. 거북이, 그게 왜 나빠요?"

레드 코요테Red Coyote도 거든다.

"식민주의 때문이지." 8핸즈가 말한다. 그는 감옥에 들어오기 전까지 해커로 인터넷에서 살다시피 했다. "프로스페로는 자기가 아주 멋지고 남들보다 우월하다고 생각해요. 다른 사람들이 생각하는 것을 적을 수 있으니까요."

좋은 다문화주의로군. 필릭스는 생각한다. 그는 "흙"에 이의가 나올 것은 예상했으나 "거북"은 미처 예상치 못했다. 그것부터 먼저 뛰어넘기로 한다. "거북이는 굼벵이를 의미할 뿐이에요. 이 연극에서는."

"굼벵이같이 꾸물거린다, 그런 얘기지." 핫와이어HotWire가 거들고 나선다.

"그러니까, 하여간 난 그 말은 쓰지 말자는 쪽에 한 표야." 레드 코요테가 말한다.

"마음대로 해요." 필릭스가 말한다. "'흙'이라는 말로 보자면, 그건 여기에서는 '공기'의 반대말입니다. 천하다는 의미로 쓰이지요."

"나도 안 쓰는 데 한 표." 레드 코요테가 말한다.

"그것도 역시 자기 마음이지. 또?" 필릭스가 말한다.

"저는 그 말을 기록하고 있어요. 누구든 나를 거북이나 흙이라고 부르는 녀석이 있으면, 그렇다고요." 레드 코요테가 말한다.

"좋아, 알아들었어." 레그스가 말한다.

"저도 질문 있어요. '똥'은 욕인가요? 써도 되나요?" 시브가 묻는다.

좋은 질문이군. 필릭스는 생각한다. 사실 '똥'은 지저분한 표현일 뿐 엄밀한 의미의 욕으로 여겨지지는 않는다. 그러나 그 말을 계속 듣고 싶지는 않다. **이런 똥 같은, 저런 똥 같은, 똥 같은 새끼.** 그들에게 투표를 하라고 할 수도 있지만, 이 잡다한 무리를 책임진 이상 그가 나서야 한다. "똥은 제외합니다. 거기에 맞추어 여러분의 욕설을 조정하세요."

"작년에는 똥도 됐는데. 어째서인가요?" 레그스가 말한다.

필릭스가 대답한다. "마음이 바뀌었어. 지겨워져서. 똥을 너무 많이 쓰면 단조로워지고, 단조로운 건 셰익스피어답지 않아. 자, 더 이상 질문 없으면 이제 철자 퀴즈로 넘어갑니다. 남의 시험지를 훔쳐보면 안 돼요. 여기서는 다 보입니다. 준비됐지요?"

15장
오 그대 경이로운 이여

2013년 1월 10일 목요일

필릭스는 이미 그가 원하는 미란다를 고용했다. 12년 전 취소된 〈템페스트〉에 캐스팅했던 소녀, 전직 어린이 체조 선수 앤마리 그린랜드였다.

물론 지금은 나이를 더 먹었지. 그는 생각했다. 당시 열두 살이라는 아주 어린 나이였으니 절대적인 기준으로 치면 지금도 그리 많은 나이는 아니지만. 날씬하고 강단 있는 체형이니 지금도 틀림없이 미란다를 잘 해낼 수 있을 것이다. 살이 찌지만 않았다면.

그녀의 행방을 찾는 데는 머리를 좀 쓸 필요가 있었다. 교도소 안에 고객을 보내려는 캐스팅 에이전시는 없을 테니, 에이전시를 통하고 싶지는 않았다. 법적 책임 문제가 생길 수도 있었다. 직접 그녀에게 연락을 취해 설득해야 했다. 그녀에게 출연료를 제안 해야 할지도 모른다. 그러자면 얼마 안 되는 예산 중 일부를 써야 할 것이다.

인터넷이 한몫 톡톡히 했다. 검색을 시작하자 금세 그녀의 이 력서가 나왔다. 그녀는 액터허브에 이력서를 올렸고, 캐스팅게임 에도 있었다. 〈템페스트〉 공연이 취소된 후 그녀는 메이크시웨그 에서 〈페리클레스〉의 갈봇집 창녀, 〈안토니우스와 클레오파트라〉 의 노예 소녀, 〈웨스트사이드 스토리〉의 무용수 등 단역을 몇 차 례 맡았다. 대단치 않은 역할들이었다. 미란다를 연기했더라면 그녀에게 기적이 일어났을 것이다. 그녀의 재능을 끌어내고 그만 큼의 것을 가르쳐 줄 수 있었을 것이다. 그녀에게 좋은 경력이 되 었을 것이다. 토니와 샐로 인해 인생을 망친 사람은 그 하나만이 아니다.

〈웨스트사이드 스토리〉 이후 앤마리는 무용 쪽으로 완전히 넘 어갔다. 연습생으로 여러 시즌을 보내다가 키드 피벗과 초청 무 용수로 공연했다. 필릭스는 그녀가 두 명의 남성 무용수와 함께 격렬한 루틴을 추는 훌륭한 유튜브 동영상을 찾아냈다. 그러나 부상 때문에 극단의 화려한 〈템페스트 레플리카〉 공연 전에 떠나 야 했고, 8개월간 그녀의 이력서는 자취를 감추었다. 그러다가 토 론토에서 〈크레이지 포 유〉의 세미 아마추어 공연에 안무가로 다 시 등장했다. 그것이 작년 일이었다.

앤마리의 세계에서도 힘든 시간이었으리라고 짐작했다. 남편이나 동거인이 있을까? 그에 대해서는 아무런 언급도 없었다.

그녀는 페이스북 계정을 갖고 있었지만 최근에는 게시물을 별로 올리지 않았다. 근육질의 마른 몸에 허니블론드의 자기 사진 몇 장이 전부였다. 큰 눈. 그래, 그녀는 아직 미란다를 연기할 수 있을 것이다. 하지만 그녀가 과연 하고 싶어 할까?

필릭스는 페이스북에서 본명으로 그녀에게 친구 신청을 했다. 기적같이 수락되었다.

다음, 공을 던져 보자. 그를 기억하고 있을까? 그는 온라인상에서 질문을 보냈다. 기억한다고, 그녀가 짤막한 답변을 보내왔다. 기쁨의 느낌표 같은 것은 없었다. 같이 연극을 할 수 있을까? 그건 사정에 따라 다르다고 그녀가 대답했다. 과거에도 한 번 실망시킨 일이 있었으니 신중을 기할 거라고 그는 짐작했다. 어째서 그가 아무 일도 없었던 것처럼 다시 그녀의 삶 속으로 왈츠를 추며 들어갈 수 있을 거라고 생각했을까?

알고 보니 그녀는 메이크시웨그의―호레이쇼라는―커피숍에서 파트타임 바리스타로 일하고 있었다. 축제에서 뭐라도 걸리기를 바라는 심정에서일 거라고 그는 짐작했다. 그는 약속 시간을 잡고 호레이쇼로 그녀를 데리러 갔다. 예전에 자신을 알던 사람이 알아볼까 걱정되지는 않았다. 이제 흰 턱수염과 눈썹 때문에 외모가 많이 달라지기도 했지만, 예전 사람들은 거의 다 사라졌다. 극단 웹사이트에서 확인했다.

앤마리가 여전히 젊어 보여서 그는 안심했다. 전보다 더 여위었다. 머리는 무용수들이 하는 대로 틀어 올렸다. 귀에는 작은 금 귀걸이를 달았다. 스키니 진과 흰색 셔츠를 입고 있었는데 호레 이쇼의 바리스타 유니폼인 듯했다.

그는 더 시끄러운 술집들 중 한 곳인 임프 앤드 피그넛의 구석 자리로 그녀를 데려갔다. 슬래셔 영화 트레일러처럼 씩 웃고 있 는 붉은 눈의 트롤 비슷한 괴물을 과시하듯 그려 놓은 간판이 있 는 집이었다. 거무스름한 나무 부스 안에 자리를 잡고 필릭스는 앤마리와 자신이 마실 지역 특산 생맥주를 주문했다. "뭐 좀 먹겠 니?" 필릭스가 물었다. 점심시간이 가까웠다.

"버거랑 프라이요." 그녀가 소년 같은 커다란 눈으로 그를 뜯어 보며 말했다. "미디엄 레어로." 그는 배고픈 배우들의 첫 번째 규 칙을 떠올렸다. 공짜 음식은 절대 사양하지 마라. 필릭스 자신도 배우 휴게실에 놓인 포도와 치즈를 얼마나 많이 먹어 치웠던가?

"오랜만이네요. 선생님이, 음, 사라지셨잖아요. 어디로 가셨는 지 아무도 몰랐지요." 그녀가 말했다.

"토니가 나를 찍어 냈지." 그가 말했다.

"네, 소문이 돌았어요. 우리 중 몇몇은 토니가 진짜로 선생님을 도끼로 찍은 줄 알았어요. 선생님 두개골을 두 쪽 냈다고. 선생님 을 땅속 구멍에 처박았다고요."

"거의 그 정도였지. 그런 느낌이었어."

"작별 인사도 없이 가셨어요. 우리 중 아무한테도요." 그녀가 비난조로 말했다.

"안다. 사과하마. 그럴 수가 없었어. 그만한 이유가 있었단다."

그녀는 약간 누그러져서 살짝 미소를 지어 보였다. "많이 힘드셨을 거예요."

"너를 가르칠 수 없게 돼서 특히 유감스러웠단다. 〈템페스트〉에서 말이야. 넌 정말 굉장했는데 말이지."

"네, 저도 그게 아쉬웠어요." 그녀는 셔츠 소매를 말아 올렸다. 생맥줏집에 있으니 더워 보였다. 그녀의 팔에 새겨진 벌 문신이 눈에 띄었다. "무슨 일이세요?"

"아예 안 하는 것보다는 늦게라도 해 보는 게 낫지. 〈템페스트〉에서 네가 미란다 역을 맡아 주었으면 한다."

"장난 아니네. 진담이세요?"

"당연히 진담이지. 좀 기묘한 상황이기는 하지만."

"다 그렇죠 뭐. 하지만 아직도 대사들을 기억해요. 정말 열심히 연습했거든요. 자면서도 외울 수 있을 정도로요. 어디에서 하실 건데요?"

그는 잠시 숨을 멈추었다. "플레처 교도소. 거기에서 수업을 하나 하고 있지. 어, 그러니까, 수감자를 대상으로 말이야. 그중 일부는 꽤 괜찮은 배우들이야. 너도 보면 놀랄 거다."

앤마리가 맥주를 들이켰다. "잠깐만요. 그러니까 지금 저더러 범죄자들이 득시글거리는 감옥 안에 들어가서 미란다 역을 하라는 말씀이세요?"

"아무도 여자 역을 맡으려 하지 않았어. 이유는 너도 알겠지."

"알아요, 예? 그 사람들한테 뭐라 하는 게 아니에요." 그녀의 목소리에 날이 섰다. "여자가 된다는 건 꽝이니까요, 그렇고말고요."

"모두 너를 환영할 거다. 극단에서 말이야. 생각만으로도 다들 흥분하고 있어."

"당연하겠지요."

"아니, 정말이야. 너를 존중할 거다."

"백합처럼 순결하고 손끝 하나 안 대는 페르디난드들이다, 이건가요?"

"보안은 철저히 되어 있어. 테이저건이나 경비 같은, 뭐 그런 것들." 그가 말을 잠시 멈추었다. "그런 건 필요하지 않을 거다. 정말로." 그가 다시 말을 멈추었다. "출연료는 주마." 다시 한 번 멈추었다가 마지막 미끼를 던졌다. "그런 무대는 다시는 경험할 수 없을 거다. 장담하마."

"저 말고는 달리 그 일을 할 사람을 찾지 못하셨던 거죠." 그녀가 말했다. 그는 거의 다 왔다고 느꼈다.

"너한테 첫 번째로 부탁하는 거야." 그가 진심을 담아 말했다.

"하지만 저는 나이가 너무 많아요. 12년 전이 아니라고요."

"너는 완벽해. 신선함을 가지고 있어."

"방금 눈 똥처럼 말이죠." 그녀의 말에 그가 눈을 끔벅였다. 그녀의 거친 표현은 항상 그를 놀라게 했다. 어린아이 같은 그녀의 입에서 지저분한 말이 나오리라고는 전혀 예상 못 했다.

"그건 선생님이 제가 아이처럼 보인다고 생각하셔서 그런 거예요. 젖꼭지도 안 나온 어린애요."

부인하기는 어렵다. "젖꼭지가 뭐 별거라고." 필릭스가 말했다. 가슴 작은 여자들에게는 항상 듣기 좋은 말이다. 그녀가 슬며시 웃는다.

"선생님이 직접 프로스페로를 연기하실 건가요? 웬 은행 강도가 늙은 마법사 양반 역을 맡는 건 아니죠? 전 프로스페로의 대사를 아주 좋아했거든요. 그런 인간들이 망쳐 놓는 건 참을 수 없어요."

"옳아. 감방에는 신기한 게 있단다. 나에게는 도전이야. 비교하자면 보통 무대에서 연기하는 건 공원을 산책하는 거나 같아. 아니면 이렇게 생각해 보렴. 나에게는 그 역을 할 마지막 기회일지도 몰라."

그녀가 갑자기 그를 향해 활짝 웃어 보였다. "역시 예나 지금이나 제정신이 아니세요. 그런 헛소리를 아무렇지 않게 늘어놓다니, 대단하세요! 제기랄, 선생님 말고 누가 이런 정신 나간 짓을 하겠어요? 좋아요, 선생님이 이겼어요!" 그녀가 손을 내밀어 악수를 청했다. 하지만 필릭스는 아직 할 말이 더 남아 있었다.

"두 가지만 지켜 주렴. 우선, 그곳에서 내 이름은 듀크야. 축제에 대해서는 아무도 몰라. 내가 전에 거기 있었다는 건…… 얘기하자면 길단다. 다음에 말해 주마. 하지만 '필릭스 필립스'란 이름은 입에 올리지 마라. 의혹을 불러일으키고 문제를 야기할 수 있어."

"선생님이 언제부터 문제를 염려하게 되셨어요?"

"심각한 문제가 될 수도 있어. 둘째, 흔히 쓰는 욕설은 안 돼. 그건 허용되지 않아. 내 규칙이란다. 배우들은 실제 연극에 나오는 욕설만 사용할 수 있어."

그녀는 잠시 생각에 잠겼다. "좋아요, 그렇게 할게요. 어때요, 백치? 성서에 입 맞추고 선서하세요! 거래 끝났어요!"

이번에는 합의의 뜻으로 악수를 나누었다. 그녀는 병따개처럼 힘주어 손을 잡았다. 그의 프로스페로가 페르디난드를 향해 이 소녀에게 가까이 가지 말라고 경고하는 이유가 순결 때문만은 아닐 것이다. 페르디난드도 식을 올리기 전에 토막 난 신랑이 되고 싶지는 않을 것이다.

"네 벌이 마음에 드는구나. 문신 말이다. 특별한 의미라도 있니?"

그녀가 테이블을 내려다보았다. "전 아리엘을 아주 좋아했어요. 선생님 연극에 나오던 배우 말이에요. 한동안은 즐거웠지만 그 자식이 저를 찼어요. 벌은 우리의 농담 같은 거였어요."

"농담이라고? 어떤 농담인데?" 그는 말을 하자마자 대답을 듣고 싶지 않다는 것을 깨달았다. 다행히도 햄버거가 나와서 앤마리는 기쁨의 탄식과 함께 조그맣고 하얀 이를 빵에 박았다. 필릭스는 배가 고프다는 것이 어떤 느낌이었는지 기억을 더듬으며 그녀가 게걸스레 먹는 모습을 지켜보았다.

16장
그 외의 어느 눈에도 보이지 않는

2013년 1월 11일 금요일

필릭스는 낚싯줄을 던지면서 금요일 수업을 시작한다. "여배우에 대해 전해 줄 뉴스가 있습니다. 미란다 역을 맡을 거라던 여배우 말이지요." 그는 평온한 목소리를 유지하고 잠시 뜸을 들인다. 좋은 뉴스일까 나쁜 뉴스일까? 다들 궁금할 것이다.

사람들이 귀를 바짝 세운다. 웅성거림도 투덜거림도 들리지 않는다. "쉽지는 않았어요. 보통 여성이 그런 역을 맡을 수는 없을 테니까." 다들 보일 듯 말 듯 고개를 끄덕거린다. "적잖이 망설이더군요. 설득하기까지 상당한 공을 들여야 했습니다." 그는 최대한 빙빙 돌려 가며 이야기를 이어간다. "아무래도 틀렸다 싶었지요. 하지만 결국……."

"이야!" 8핸즈가 환호성을 지른다. "해냈군요! 개…… 그러니까, 더럽게 멋지네!"

"그래요. 결국 해냈습니다!"

"염병하게 잘 하셨네요!" 포드가 외친다.

"고맙습니다." 필릭스가 말한다. 그는 미소를 짓고 살짝 고개 숙여 인사를 한다. 그들은 그가 조금은 격식을 차리기를 기대한다. 그가 흉내 내는 학교 노선생에 걸맞게 정중한 태도로. 그가 말을 잇는다. "그 사람의 이름은 앤마리 그린랜드이고, 여배우이자 무용수이기도 합니다. 아주 활기 넘치는 무용수이지요." 그가 덧붙인다. "여러분에게 보여 주려고 동영상을 가져왔습니다."

그는 메모리 스틱에 유튜브 동영상을 내려받아 가져왔다. 그것을 교실 컴퓨터에 꽂는다. "불 좀 꺼 주세요."

검정 홀터 상의와 녹색 새틴 반바지 차림을 한, 춤을 추던 시절의 앤마리가 있다. 그녀는 자신의 유연한 남자 파트너를 땅으로 던졌다가 낙지처럼 팔다리로 그를 감싸고 그의 머리를 목 조르기 하듯 뒤로 당긴다. 그는 그녀를 애써 떼어 내고 허공으로 내던져서 그녀의 머리가 바닥에 거의 닿을 듯 빙글 한 바퀴 돌린다. 그녀는 그의 다리 사이로 스르르 기어 지나가더니 일어나서 양손을 허리에 짚고 양다리를 살짝 벌리고 발꿈치를 서로 붙인 채 다시 허공으로 뛰어오른다. 이제 그녀는 그의 몸을 꽉 조이고 그의 한쪽 팔꿈치를 오른쪽으로 아프게 비튼다. 그녀의 단단한 팔 근육이 뚜렷이 드러난다.

누군가의 목소리가 들린다. "와, 저건……. 저런 얼룩무늬 바보가 다 있나?"

"저 여자라면 너를 개같이 해치워 버리겠다!"

"염병할 문신을 했어!"

"독약같이 끔찍해!"

"저 추잡한 거 내용이 뭐예요?"

"낭만적인 사랑." 필릭스가 대답했다. "내가 보기에는." 이내 그는 스스로가 부끄러워진다. 그가 이제 곧 그들에게 믿으라고 요구하게 될 마법에 걸린 세계에서, 이런 지긋지긋한 냉소주의는 설 자리가 없다.

앤마리는 한쪽 발로 서서 바닥을 구르는 파트너 주위를 빠르게 돈다. 뒤로 공중제비를 넘어 착지한다. 두 번째 남자 무용수가 껑충껑충 뛰어 들어와 그녀를 번쩍 들어 올려 제 어깨 위에 떠메자 그녀가 발버둥을 친다. 그녀는 다시 바닥에 내려선다. 잠시 권투 선수 같은 자세를 취하다가 도망간다. 두 남성 무용수가 그녀를 쫓아 추격을 시작한다. 그녀는 멈춰 서서 한 발을 들어 올려 구부렸다가 발꿈치로 찬다. 그들은 우아하게 동시에 몸을 낮춘다. 앤마리가 상상도 못 할 만큼 높이, 허공으로 도약한다.

암전.

방 안의 남자들이 한숨을 토해 낸다.

"불 켜 주세요." 필릭스가 말한다. 조명이 들어오고, 그는 눈이 휘둥그레진 얼굴들을 마주한다. "저건 우리의 새 미란다가 가진 수많은 재능 가운데 작은 예일 뿐이에요. 앤마리는 다다음 주 대본 리딩 시간부터 합류할 겁니다. 일단 우리가 캐스팅 절차를 끝내야죠."

"저 여자, 저기, 검은 띠 유단자예요?" 레그스가 궁금해한다.

"와, 저 여자…… 사악해요!" 포드의 말이다.

"저 여자가 네 거시기를 걷어차고, 저 녀석들이 네 주둥이를 총으로 날려 줄 거다." 스네이크아이가 말한다. "장담하는데 저 여자는 붉은 역병 걸릴 레즈비언이야. 다 아는 방법이 있어!" 아무도 웃지 않는다.

필 더 필Phil the Pill이 말한다. "피부랑 뼈대가 개 같네. 섭식 장애가 있나 봐."

"난 나보다 굴곡진 개년이 좋더라." 포드의 말이다.

"거지 주제에 고르고 자시고 할 게 뭐 있어." 슬픔에 찬 메노파✦ 교도 크램퍼스가 말한다.

레그스가 말한다. "그래, 두꺼비상. 저 여자 난 완전 맘에 들어!"

"앤마리는 아주 재능 있는 연기자예요." 필릭스가 말한다. 그는 저들이 벌써 직접 고른 욕설을 사용하고 있다는 걸 알아차리고 흐뭇해한다. "그런 사람이 우리와 함께하기로 했으니 운이 좋지요. 하지만 나라면 그녀를 거슬리게 하지 않을 겁니다. 이유는 여러분도 잘 알겠지요."

✦ 기독교의 교파 중 하나.

"저 여자는 저 추잡한 엄지로 사람도 죽일 수 있을 거야." 원더 보이가 서글프게 말한다.

"자, 아리엘부터 얘기해 봅시다. 그 역을 맡고 싶은 사람?" 필릭스가 말한다.

"없어요." 방 뒤쪽에서 목소리가 들린다. "요정 역은 안 해요. 그걸로 끝. 벌써 말했듯이." 늘 의견이 분명한 스네이크아이다.

다들 같은 생각이다. 아무도 손을 들지 않고, 모두들 단호한 표정을 짓고 있다. 그는 그들의 속마음을 환히 들여다볼 수 있다. 아리엘도 미란다의 경우와 마찬가지다. 너무 나약하다. 너무 게이 같다. 재고의 여지도 없다.

"미란다 역을 할 여배우를 데려오실 거잖아요, 그렇죠? 그러면 요정 역을 할 요정도 데려오세요." 시브가 말한다. 나지막이 맞장구치는 소리와 가벼운 웃음소리가 들린다.

그들에게 왜 아리엘을 요정이라 생각하는지 물어볼 수도 있겠지만, 필릭스는 이미 이유를 알고 있다. 하늘을 날고, 꽃 속에서 잠을 자고, 섬세하다. 요정처럼 보이고 요정처럼 행동하면 요정이다. 벌처럼 꿀을 빤다는 아리엘의 노래라면, 그건 잊어버려라. 자기 보호 본능이 조금이라도 있는 인간이라면 누가 그런 노래를 부르겠는가? 아리엘은 요정일 뿐 아니라 기막히게 잘 빠는 요정이다. 그런 망신은 견딜 수 없다. 그랬다가는 쓰레기만도 못한 존재가 되어 버릴 것이다. 별의별 방법으로 빨게 될 것이다.

필릭스가 아리엘은 요정이 아니라 광포한 공기의 정령이라고
말해 봐야 아무 소용 없을 것이다. 셰익스피어 시대에는 "빤다"는
말이 그 이후로 붙게 된 여러 가지 경멸적인 의미를 갖고 있지
않았다고 말해 봐야 역시 소용없을 것이다. 어쨌든 지금은 그런
의미를 갖고 있고, 그들이 연극을 하는 때는 지금이니까.

"잠시 아리엘 얘기를 해 봅시다." 필릭스가 말한다. 그 말은 그
가 아리엘에 대해 얘기하겠다는 뜻이다. 방 안에서 그 말고는 아
무도 그렇게 위험한 주제에 대해 입을 열지 않을 것이다. "아마
우리가 충분히 '폭넓게' 생각해 보지 않아서 이 인물을 요정으로
보는 건지도 모릅니다." 그는 그 의미가 잘 전해지도록 잠시 뜸을
들였다. 폭넓게 생각한다고? 그게 뭐지?

"그러니 꼬리표를 붙이기 전에 그가 가진 특징들을 나열해 봅
시다. 그는 어떤 종류의 생명체죠? 우선, 자기 모습을 감출 수 있
습니다. 둘째, 하늘을 날 수 있습니다. 셋째, 초능력이 있습니다.
특히 천둥, 바람, 불을 다루죠. 넷째, 음악을 잘합니다. 하지만 다
섯째, 이게 가장 중요하지요." 그는 다시 말을 멈춘다. "다섯째, 그
는 인간이 아닙니다." 그는 방 안을 둘러본다.

레드 코요테가 질문한다. "진짜로 존재하지도 않는다면요? 그
러니까, 프로스페로가 혼잣말을 하고 있는 거라면요? 그는 페요
테 선인장* 싹이랑 악수를 하고 있는 건지도 모른다고요. 정신이

---

* 작고 가시가 없는 선인장으로, 마약의 원료로도 쓰인다.

나갔거나 미쳐 버린 걸 수도 있잖아요?"

"어쩌면 그가 꾸는 꿈 같은 건지도 몰라요." 시브가 말한다.

"그 배가 가라앉아 버렸을 수도 있죠. 그들이 그를 태운 배요. 극 전체가 그가 물에 빠져 죽는 동안 일어난 일인 거예요." 신참 중 한 명인 배무스VaMoose의 말이다.

"저 그런 영화 본 적 있어요." 티메즈TimEEz가 말한다.

"아니면 상상 속의 친구라든가. 우리 애한테도 그런 친구가 있었어." 포드의 말이다.

"프로스페로 말고는 아무도 그를 보지 못해요." 레그스가 말한다.

"하피Harpy로 나타나면 그때는 보여." 벤트 펜슬의 말이다.

"그의 말은 들리잖아." 핫와이어다.

"흠, 그래, 맞아. 하지만 프로스페로가 복화술사 비슷한 거라서 그럴 수도 있지." 레드 코요테가 말한다.

"하여간 아리엘이 일단 진짜라고 가정해 봅시다." 필릭스가 말한다. 그는 적어도 그들이 말을 하기 시작한 것이 기쁘다. "이 연극에 대해 여러분이 전혀 들어 본 적 없다고 가정해 봅시다. 이 아리엘이라는 존재에 대해 여러분이 알고 있는 것은 내가 그에 관해 여러분에게 말해 준 것이 전부입니다. 내가 방금 묘사한 것이 어떤 종류의 생명체일까요?"

웅얼거림. "저기, 슈퍼 히어로요." 레그스가 말한다. "판타스틱 포. 슈퍼맨. 그런 거 있잖아요. 프로스페로가 크립토나이트 같은 것을 가지고 있어서 마음대로 조종할 수 있다는 점만 빼면요."

"〈스타트렉〉에서처럼요." 포드가 말한다. "그는 외계인인 거죠. 음, 우주선 사고 같은 걸 당해서 지구에 착륙한 거예요. 그런데 여기 갇혀 버렸어요. 여기를 떠나 자기 고향 행성으로 돌아가고 싶은 거죠. 〈이티〉처럼요. 그거 기억나죠? 그럴듯하지 않아요?"

"프로스페로가 시키는 대로 하면 프로스페로가 고향으로 돌아가게 도와줄 거예요." 이번에는 8핸즈다. "자유를 얻어서요."

"그럼 자기네 사람들 곁으로 갈 수 있어요." 레드 코요테가 말한다.

동의하는 웅성거림. 그거 진짜 말 되네! 외계인이야! 요정보다는 낫군.

필릭스가 말한다. "의상은 어떻게 생각합니까? 그는 어떻게 생겼을까요?" 그는 새의 깃털, 잠자리 의상, 천사, 나비 날개 등 전통적으로 아리엘을 묘사해 온 방식들은 전혀 언급하지 않을 것이다. 200년간 아리엘 역은 늘 여자가 맡았다는 사실도 말하지 않을 것이다.

"음, 그는 녹색이에요. 곤충 눈을 가졌고요. 외계인들처럼 큰 눈인데 눈동자는 없어요." 포드가 말한다.

"녹색은 나무가 녹색이지. 파란색이 더 나아요. 공기잖아요. 아리엘은 공기라고. 공기는 파란색이야." 레그스가 의견을 낸다.

"인간의 음식은 못 먹어요. 꽃 같은 것만 먹을 수 있고요." 레드 코요테가 말한다. "자연 친화적이에요. 음, 채식주의자랄까."

다들 고개를 끄덕인다. 그렇게 본다면 꿀을 빠는 일도 체면이

깎일 일은 아니다. 외계인이라면 할 법하다. 기묘한 식습관인 것이다.

"좋아요. 자, 연극에서는 그가 어떤 역할을 맡을까요?" 필릭스가 말한다.

나지막한 웅성거림. "'역할'이 무슨 뜻인가요?" 벤트 펜슬이다. "주석에서 말씀하셨던 것처럼 그는 훌륭한 하인이에요. 시키는 대로 하죠. 칼리반은 나쁜 하인이고요."

필릭스가 말한다. "맞아요, 맞아요. 하지만 아리엘이 프로스페로를 위해 수행하는 임무들이 없다면 연극은 어떻게 흘러갈까요? 천둥 번개가 없다면? 실은, 태풍 자체가 없다면? 아리엘은 전체 플롯에서 가장 중요한 단 한 가지 역할을 수행합니다. 그 태풍이 없다면 극 자체도 없기 때문이지요. 그러니까 그는 아주 핵심적인 인물입니다. 하지만 그는 보이지 않는 곳에서 움직여요. 프로스페로 말고는 누구도 천둥을 일으키고 노래를 부르고 환상을 만들어 내는 것이 아리엘인 줄 모릅니다. 그가 지금 우리와 함께 여기 있다면, 특수 효과 담당이라고 불러야겠지요." 필릭스는 다시 한 번 방 전체를 파노라마 스캔하듯 죽 훑으며 사람들과 눈을 맞춘다. "즉, 그는 디지털 전문가와 비슷합니다. 3D 가상현실을 만들어 내지요."

머뭇거리는 미소. "근사하네. 더럽게 근사해." 8핸즈가 말한다.

"그러니까 여러분의 연극에서 아리엘은 아리엘이라는 인물이면서 또한 특수 효과이기도 합니다. 조명, 음향, 컴퓨터 시뮬레이션. 그 모든 것이에요. 그리고 아리엘에게는 팀이 필요해요. 그가 연극에서 이끌고 있는 정령들의 팀처럼 말이죠."

서광이 비친다. 그들은 컴퓨터를 가지고 노는 것을 아주 좋아한다. 그들에게는 좀처럼 허용되지 않는 일이다.

"괴물같이 멋진데!" 시브가 외친다.

"그럼 아리엘 팀을 하고 싶은 사람? 누가 맡을까요?" 필릭스가 묻는다.

방 안의 모든 손이 올라간다. 어떤 가능성들이 있는지 이해하고 나자 다들 아리엘 팀이 되고 싶어졌다.

17장
섬은 소음으로 가득하다

같은 날

해가 지고 있다. 햇살은 차갑고 창백한 노란색이다. 안쪽 담장 위에 까마귀 두 마리가 앉아 그를 주시하고 있다. 너희에게는 희망이 없어, 친구들, 하고 필릭스는 생각한다. 오늘 나가는 사람은 나 하나뿐인데 난 아직 죽지 않았거든. 그는 싸늘해진 자기 차에 올라탄다. 두 번을 시도하고서야 시동이 걸린다.

바깥쪽 문이 보이지 않는 손에 의해 활짝 열린다. 고맙다, 그대 반#인형이여. 필릭스가 그 손에게 말없이 이른다. 가시철조망, 테이저, 튼튼한 벽의 요정들이여, 비록 그대들이 연약한 주인들일지라도. 언덕을 내려가자 뒤에서 문이 닫히고 철컹하는 금속성의 소리를 내며 잠긴다. 하늘은 벌써 어두워지고 있다. 그의 뒤로

서치라이트가 환히 비춘다.

차는 고속도로를 달리다가 벗어나 그의 굴로 향하는 좁고 눈 덮인 찻길을 따라 파고든다. 마치 그가 운전하는 것이 아니라 생각만으로 명령을 내리는 것 같다. 이제 긴장을 풀어도 좋을 것 같다. 첫 번째이자 가장 큰 장애물을 이제 넘었다. 첫 번째 목표를 달성했다. 미란다를 사로잡았고, 아리엘을 변신시켜 받아들이게 했다. 남은 출연진도 안개 속에서처럼 흐릿하지만 분명 떠오르는 얼굴들을 느낄 수 있다. 아직까지는 그의 마법이 통한다.

차가 착륙하듯 멈춘다. 다행히도 눈이 더 내려서 단단히 얼어붙거나 삽질을 해야 하는 얼어붙은 진창이 되어 있지는 않다. 그는 차를 세우고 문을 잠근 다음 판잣집으로 난 길을 따라 뽀드득 눈을 밟으며 터덜터덜 걷는다. 들판에서 왼쪽으로 풀이 바스락거리는 소리가 난다. 눈 더미 속으로 삐져나온 죽은 잡초들이 얼음에 덮여 바람에 흔들리면서 내는 소리다. 종소리처럼 찰랑거린다.

창에 불빛도 비치지 않고 집 안은 온통 어둡다. 하마터면 노크를 할 뻔하지만, 누가 대답하겠는가? 끝없는 상실의 소식이라도 들은 듯이 갑자기 싸늘한 감정을 느낀다. 문을 연다.

텅 빈 집. 공허한 집. 아무것도 존재하지 않는 집. 판잣집 안은 싸늘하다. 그날 아침 플레처로 떠나기 전 장작 난로에 불씨를 묻어 두었지만, 집을 비운 동안 전기 히터를 켜 놓고 싶지는 않다. 미란다가 지켜본다 해도 너무 위험하다. 그 애가 어떻게 제대로 하겠는가?

바보 같으니. 그는 혼잣말을 한다. 그 애는 여기 없어. 한 번도 여기 있었던 적 없었어. 네 상상과 간절한 바람이 만들어 낸 생각일 뿐, 그저 그뿐이었지. 이젠 받아들여.

그는 받아들일 수가 없다.

불을 피우고 히터를 켠다. 방은 곧 따뜻해질 것이다. 저녁으로 계란과 살짝 구운 비스킷 두어 개를 먹을 것이다. 차 한 잔도. 그리 배가 고프지는 않다. 아드레날린이 솟구치는 이 첫 주의 흥분 상태가 지나고 나면 맥이 탁 풀린다. 틀림없이 그래서 그런 것뿐이다. 하지만 그는 자신의 안에서 나약함을 느낀다. 낙담하고, 의지에 틈이 생기고, 흔들린다.

최근 들어 그의 복수가 눈앞으로 바짝 다가온 듯했다. 토니와 샐이 플레처 교도소에 귀빈 방문차 나타나기를 기다렸다가, 그들이 교도소장과 함께 위층에서 비디오로 연극을 보는 대신 봉쇄된 건물에서 보게 만들기만 하면 된다. 그는 처음부터 그들 앞에 모습을 드러내지는 않겠지만, 그곳에서 그들이 오기를 기다리고 있을 것이다. 비디오를 일단 틀면 그것은 두 편으로 나뉘어질 것이다. 한 편은 감옥의 모든 곳에서 스크린으로 상영되고 있는 비디오이다. 또 다른 한 편에는 그가 연출하고 컨트롤하는 진짜 사람들이 갑작스레 나타날 것이다. 더블을 통해 환상을 만들어 내는 것이야말로 가장 오래된 연극적 장치 중 하나이다.

그러나 지금 그의 비전이 흐려지고 있다. 어째서 그 일을 해낼 수 있을 거라고 그토록 확신하는 걸까? 문제는 연극 자체가 아니다. 그것은 이미 완성된 비디오로 상영되고 있을 것이다. 그러나 또 다른 연극, 그의 고명하신 적들을 위해 계획 중인 즉흥극은 어떻게 각색하면 좋을까? 그에게 없는 어느 정도의 전문적 기술이 필요할 것이다. 그리고 그 문제를 해결할 수 있다 해도, 그런 수를 시도하려 하다니 얼마나 무모한가! 얼마나 위험천만한 짓인가! 일이 크게 잘못될 수도 있다. 그의 배우들이 특히나 범죄에 용서 없는 법무부 장관 면전에서 흥분해 자제력을 잃어버릴 수도 있다. 그런 상황이 그들에게 유혹이 될 수 있다. 다치는 사람이 나올 수도 있다.

"피해는 안 돼, 피해는 안 돼." 그는 혼잣말을 한다. 그러나 분명 피해가 생길 수 있다. 그를 지원해 줄 순종적인 정령도 없고, 진짜 연금술도 없다. 무기도 없다.

포기하는 게 나을까. 복수하려는 계획, 자리를 되찾으려는 계획을 접어야 할까. 과거의 자신에게 작별의 키스를 보내야 할까. 어둠 속으로 조용히 사라져야 할까. 촌스럽게 화려한 몇 시간, 대부분의 사람들이 살아가는 세상에서는 전혀 중요하지도 않은 짧은 몇 번의 승리 말고 그가 살면서 이룬 것이 뭐가 있었단 말인가? 왜 온 세상에 특별 배려를 요구할 자격이 있다고 여겼단 말인가?

미란다는 그가 의기소침해하면 좋아하지 않는다. 걱정이 된다.

어쩌면 그래서 자기 모습을 보이지 않게 하는 건지도 모른다. 하여간 평소에도 거의 보이지 않기는 하지만. 다른 방에, 저게 미란다인가? 콧노래 소리가 들렸나? 아니면 냉장고 소리인가?

침실에서는 마치 누가 거기에서 앓았던 것처럼 약 냄새가 난다. 오랫동안 환자가 있었던 것처럼. 아니, 그녀는 여기 없다. 은색 액자 속 사진뿐이다. 시간의 젤리 속에 얼어붙은 채 그네를 타는 조그만 소녀. 보이지만 살아 있지 않은.

그는 침대 옆 테이블 램프를 켜고 큰 장식장의 문을 연다. 거기 그의 마법사 의상이 들어 있다. 12년간 그를 기다려 왔다. 결국은 쓰레기통으로 보내야 하나? 의상에 달린 무수한 눈들이 의식이 있는 듯 살아서 반짝인다.

"아직은 아니야." 그는 자신의 마법 동물들에게 말한다. "아직이야. 때가 되지 않았어."

그들의 때가 그의 때가 될 것이다. 그의 복수의 시간. 일을 성사시킬 방법이 있을 것이다. 틀림없이 아직은 써 볼 만한 수가 몇 가지 더 남아 있다.

그는 거실로 돌아간다. "얘야." 소리 내어 부른다. 저기 구석에 그녀가 있다. 다행히도 흰색 옷을 입고 있다. 그녀는 희미하게 빛난다. 그에게서 느껴지는 이 초조한 기운은 무엇일까? 미란다는 그의 근심을 눈치챘고, 이제 그녀 역시 걱정을 하고 있다.

"아무런 피해도 없어. 그리고 앞으로도 없을 거다, 약속하마. 아빠는 너를 보살피는 일 말고는 아무것도 안 할 거야." 그가 말한다.

그러나 그의 보살핌이 결국 어떤 결과를 가져왔던가? 그가 딸을 보호해 온 것은 사실이지만, 도를 넘지는 않았던가? 그녀에게 해 주었어야 하는 것들이 너무나도 많다. 미란다는 자기 또래의 다른 소녀들이 당연히 여기는 것들을 가져야 한다. 그런 것들이 무엇인지 그가 안다는 말은 아니다. 옷도 물론 그렇다. 예쁜 옷, 그녀가 지금 마음대로 입을 수 있는 것보다 더 많은 옷. 그녀는 투박한 무명천이나 낡은 침대 시트로 대충 지은 옷을 입고 다니는 것 같다. 실크와 벨벳, 미니스커트, 요즘 여자아이들이 좋아하는 그런 긴 부츠를 가져야 한다. 파스텔 톤의 아이폰을 가져야 한다. 손톱을 파란색이나 은색이나 초록색으로 칠하고, 친구들과 수다를 떨고, 분홍색 이어폰으로 음악을 들어야 한다. 파티에도 가고.

그는 부모로서 실패했다. 그녀에게 어떻게 보상해 주어야 할까? 초라한 늙은 아비 말고는 아무도 없이 여기 갇혀 살면서도 그녀가 화를 내지 않는 것이 놀라울 따름이다. 하지만 그녀는 자기가 잃어버린 것이 무엇인지 모른다. 그래도 딸에게 그 또래 대부분의 여자애들은 결코 알 기회도 없을 많은 것들을 가르쳐 줄 수 있었다.

그가 딸에게 말한다. "하루 종일 뭐 하고 지냈니? 체스 게임 할까?"

내키지 않는 듯한 태도로—저게 내켜하지 않는 건가?—그녀
가 체스 판에 다가가더니 평소처럼 붉은 포마이카 테이블 위에
놓는다.

검은 말이요, 하얀 말이요? 그녀가 묻는다.

18장
이 섬은 나의 것이다

2013년 1월 14일 월요일

월요일 아침에 펠릭스는 자신감을 회복했다. 모든 것이 평소 플레처 교도소 연극반 공연에서 하던 대로 진행되도록 계속해 나가야 한다. 이번 주에는 캐스팅 전 단계로 반원들이 주요 인물들을 분석하도록 도울 것이다. 아리엘과 미란다에 관한 골치 아픈 문제를 해결했으니, 칼리반을 제외한 나머지 부분에서 큰 어려움은 없을 것이다. 칼리반은 틀림없이 불편한 문제들을 불러일으킬 것이다.

그의 다른 계획, 비밀스러운 계획에 대해서 말하자면 손에 실을 꼭 잡고 있어야 한다. 어둠 속으로 그 실을 따라 나아가야 한다. 그 어둠이 어떤 형태를 취하건, 가장 중요한 것은 타이밍을 정확하게 맞추는 것이다. 이것은 그의 마지막 기회이다. 그의 유일한 기회이다. 자신의 주장을 옹호할 수 있는, 명성을 회복할 수 있는, 그들이 어떤 악행을 저질렀는지 되새겨 줄 기회. 이 기회를 놓친다면 그의 운은 그 후로 다시는 피지 못할 것이다. 지금으로서도 충분히 처져 있었다.

물러설 수는 없다. 망설일 수도 없다. 버티고 계속 나아가야만 한다. 그의 의지에 모든 것이 달려 있다.

"잘되어 가나요, 듀크 씨?" 보안 검색대를 통과하는 필릭스에게 딜런이 묻는다.

"아직까지는 다 좋네." 필릭스가 기운차게 대답한다.

"요정 역은 누가 하기로 했나요?" 매디슨이 묻는다.

"요정이 아니야." 필릭스가 대답한다.

"정말요?"

"그 점이라면 나를 믿으라고. 아무튼 다음 주에 초청 배우를 데려올 걸세. 실은 아주 유명한 여배우지. 이름은 앤마리 그린랜드이고, 이 연극에서 여성 역을 맡을 거라네. 미란다 말이지."

"네, 들었습니다." 매디슨이 말한다. 플레처 교도소 안에서 적어도 어떤 문제에 한해서는 비밀 정보망이 매우 활발히 움직인다. 어쩌면 그것이 감시 시스템일지도 모른다. 소문은 독감처럼 퍼진다. "저희도 기대하고 있어요." 그가 씩 웃는다.

"그 여배우한테서 허락은 받았나요?" 딜런이 묻는다.

"물론이지." 필릭스가 한껏 위엄 있게 대답한다. 에스텔이 그를 위해 그 문제를 처리해 주었다. 상당히 애로가 있었다. 반대도 좀 있었다. 그러나 에스텔은 어떤 실을 당겨야 하는지, 어떤 자존심 센 상대는 비위를 맞춰 주어야 하는지 알고 있었다. "여기 있는 모두들, 직원들까지 포함해서, 그녀를 환영해 주기 바라네."

"경보기를 차야 할 거예요." 딜런이 말한다. "그 여배우인지 누군지요. 사용하는 법을 보여 줄 거예요. 어려울 수도 있으니까." 그들의 호기심은 한눈에 훤히 알 수 있을 정도다. 그 여자에 대해 더 자세히 캐묻고 싶은 게 분명한데, 너무 열을 올리는 모습을 보여 본심을 드러내지는 않으려 한다. 그들에게 빵 부스러기 하나 던져 주는 셈치고 앤마리가 파트너인 남성 무용수 두 명으로 라자냐를 만드는 무료 유튜브 동영상 얘기를 해 줄까? 그는 하지 않는 편이 낫겠다고 결론을 내린다.

"어려운 점은 없을 걸세. 하지만 자네들 정말 친절하군."

"뭘요, 듀크 씨." 딜런이 말한다.

"기쁘게 해 드리고 싶어서요." 매디슨도 맞장구를 친다.

"도움이 필요하면 언제든 말씀하세요. 좋은 하루 보내시고요, 듀크 씨." 딜런이 인사를 건넨다. "욕보세요!"

"욕보세요, 네?" 매디슨도 따라 한다. 그는 필릭스를 향해 양 엄지를 치켜든다.

"연극 전체가 섬에서 일어납니다." 필릭스는 화이트보드 옆에

서서 말한다. "하지만 어떤 섬일까요? 섬 자체가 마법일까요? 우리로서는 절대 알 수 없습니다. 그 섬에 상륙한 사람들 각각에게 다다릅니다. 어떤 이들은 섬을 두려워하고, 어떤 이들은 섬을 지배하고 싶어 합니다. 또 어떤 이들은 그저 떠나고 싶을 따름이고요.

섬에 첫발을 디딘 사람은 칼리반의 어머니 시코락스입니다. 보기에도 끔찍한 마녀라고 하죠. 그녀는 극이 시작되기 전, 섬에서 칼리반을 낳고 죽습니다. 칼리반은 섬에서 자랍니다. 유일하게 섬을 진심으로 좋아하는 인물입니다. 칼리반이 어렸을 때 프로스페로는 그를 친절하게 대해 주었지만, 성 문제가 걸리게 되자 칼리반은 섬을 빼앗기고 묶인 신세가 됩니다. 그 후로 그는 프로스페로와 그의 요정과 도깨비들에게 괴롭힘을 당하면서 그들을 두려워하게 되지요. 하지만 그는 섬은 절대 두려워하지 않습니다. 오히려 섬은 이따금씩 그에게 달콤한 음악을 들려줍니다."

그는 화이트보드에 **칼리반**이라고 쓴다.

"시코락스만큼이나 오래 거기 있었던 인물이 또 하나 있는데, 인간은 아닙니다. 그게 바로 아리엘이 되겠지요. 그는 섬을 어떻게 생각할까요? 우리는 모릅니다. 그는 섬에 대한 환상을 만들어 내는 일을 맡고 있지만, 명령받은 대로 할 뿐입니다."

칼리반 밑에 **아리엘**이라고 쓴다.

"그다음으로 섬에 오는 사람이 밀라노의 원래 대공인 프로스페로와 아기 미란다이지요. 그들은 프로스페로의 사악한 동생 안토니오로 인해 물이 새는 배에 태워져 표류하게 되었습니다. 섬에 상륙했으니 운이 좋았죠. 그렇지 않았으면 굶어 죽거나 물에 빠져 죽었을 테니까요. 하지만 그들은 동굴 속에서 살아야 하고, 칼리반 말고 다른 사람은 아무도 없습니다. 그래서 프로스페로의 가장 큰 목표는 가능한 한 빨리 미란다와 함께 섬을 떠나 밀라노로 돌아가는 것입니다. 그는 옛 지위를 되찾고 싶어 합니다. 딸을 좋은 곳에 시집보내고 싶어 합니다. 섬에 남아 있으면 그중 어떤 것도 가질 수 없습니다. 미란다 본인은 그 문제에 대해 별생각이 없습니다. 섬 이외의 다른 곳은 알지 못하므로, 대안이 생기기 전까지는 섬에서 잘 지냅니다."

프로스 & 미르라고 적는다.

"그렇게 12년이 흐르고, 여러 명의 사람들이 프로스페로와 아리엘이 일으킨 태풍을 만나 섬에 쓸려 올라옵니다. 태풍은 환각이지만 그들은 진짜라고 확신합니다. 자기들이 조난당했다고 생각하지요. 나폴리 왕인 알론소Alonso에게 섬은 슬픔과 상실의 장소입니다. 아들 페르디난드가 앞바다에서 익사했다고 믿기 때문입니다.

알론소왕의 동생 세바스티안Sebastian과 프로스페로의 사악한 동생 안토니오에게 그 섬은 기회의 장소입니다. 알론소와 그의 대신 곤잘로를 죽일 좋은 기회인 듯하거든요. 그러면 세바스티안이 나폴리 왕국을 물려받을 수 있을 테니까요. 거기로 되돌아갈 방법이 있다는 건 아닙니다만. 이 두 사람은 섬을 마음을 끄는 점이라고는 하나도 없는 황량한 곳으로 생각합니다.

나이 많고 사람 좋은 대신 곤잘로는 섬이 풍요롭고 비옥하다고 생각합니다. 그는 섬에 이상적인 왕국을 세우는 상상을 하며 즐거워합니다. 그 왕국에서는 모든 시민이 평등하고 고결할 것이며, 아무도 일할 필요가 없을 것입니다. 다른 이들은 그의 꿈을 비웃지요.

이들 모두가 대개 지배와 지배자들에 대해 생각하고 있습니다. 누가 지배할 것인가, 어떻게 지배할까. 누가 권력을 가져야 하는가, 어떻게 가질 것인가, 어떻게 쓸 것인가."

필릭스는 **알론, 곤, 안토, 세바**라고 쓰고 밑줄을 친다.

"다음 인물은 전혀 다릅니다. 그는 알론소의 아들 페르디난드입니다. 섬의 다른 쪽에서 해변으로 헤엄쳐 왔기 때문에, 아버지가 물에 빠져 죽었다고 믿습니다. 아버지를 잃었다는 생각에 슬퍼하는 그를 아리엘이 음악으로 꾀어냅니다. 처음에 그는 섬이 마법이라고 생각합니다. 그러다가 미란다를 보고 처음에는 여신인 줄 알지요. 인간 소녀인 데다 심지어 처녀라는 말을 듣고 나자, 첫눈에 그녀에게 반해 청혼을 합니다. 그래서 그의 섬은 경이로움의 장소였다가, 그다음에는 낭만적인 사랑의 장소가 됩니다." 필릭스는 **페르**라고 쓰고 또 줄을 친다.

"맨 밑바닥에 스테파노와 트린큘로가 있습니다. 그들은 바보입니다. 또한 주정뱅이죠. 안토니오와 세바스티안처럼 이들도 섬을 기회의 장소로 봅니다. 그들은 순진한 칼리반을 자기네 하인으로 만들어 그를 이용하려고 합니다. 나아가 문명 세계로 돌아가면 그를 구경거리로 전시하거나 팔아먹을 생각까지 하지요. 그들은 자기들의 레퍼토리에 눈 하나 깜짝하지 않고 도둑질, 살인, 강간을 추가할 위인들이지요. 칼리반은 그들에게 프로스페로를 없애면 섬이 그들의 왕국이 될 것이고, 미란다는 덤으로 딸려 올 거라고 말해 줍니다.

그들 역시 누가 어떻게 지배해야 하는가에 관심이 있습니다. 그들은 안토니오와 세바스티안의 코믹 버전입니다. 혹은 안토니오와 세바스티안을 더 좋은 옷을 입은 바보라 할 수도 있겠군요."

스테 & 트린이라고 적는다.

그는 잠시 말을 끊고 방 안을 둘러본다. 사람들은 반감은 없지만 그렇다고 진짜 열의를 보이지도 않는다. 그들은 그를 주시하고 있다. 그가 말한다. "어쩌면 섬은 진짜 마법인지도 모릅니다. 일종의 거울일지도 모르지요. 각각의 사람들은 자신의 내적 자아가 반사된 상을 섬에서 보는 것입니다. 어쩌면 섬은 진짜 자기 자신을 끌어내는 곳인지도 모릅니다. 무언가를 배워야 하는 장소일 수도 있고요. 하지만 이 사람들 각각이 무엇을 배워야 하는 것일까요? 그리고 그들이 그것을 배울까요?"

그는 자기가 쓴 명단 밑에 두 줄을 긋는다. "그러니까 이들이 주요 인물들입니다. 이 순서대로 적으세요. 프로스페로와 미란다만 빼고요. 프로스페로는 내가 맡을 겁니다. 미란다 역을 맡을 사람은 다들 알 거고요. 그럼 각 이름 옆에 0부터 10까지 숫자를 쓰세요. 진짜로 꼭 연기하고 싶은 인물 옆에 10을 쓰세요. 전혀 관심 없는 인물 옆에는 0을 씁니다. 그 역할을 잘 해낼 수 있을지 곰곰이 따져 보세요. 예를 들어 곤잘로는 나이 든 사람이어야 하듯이, 페르디난드는 젊은 사람이 하는 게 좋겠지요.

지금부터 제가 배역을 정하기 전까지 대사들을 읽을 겁니다. 다 읽고 나면 여러분이 좋아하는 인물에 대해 마음이 바뀔 수도 있습니다. 그렇게 된다면 원하는 대로 숫자에 선을 긋고 다시 쓰도록 하세요." 다들 일을 시작한다. 연필 긁히는 소리가 울린다.

섬은 마법일까? 필릭스는 자문한다. 섬은 많은 것이지만, 그 속에 그가 언급하지 않은 무언가가 있다. 섬은 극장이다. 프로스페로는 연출자이다. 그는 연극을 무대에 올리고, 그 속에 또 다른 연극이 있다. 그의 마법이 계속되고 연극이 성공한다면 그는 마음으로부터 바라는 것을 얻을 것이다. 하지만 실패한다면…….

"그는 실패하지 않을 거야." 필릭스가 말한다. 몇몇이 고개를 들고, 몇몇의 시선이 그를 향한다. 그가 그 말을 소리 내어 했나? 혼잣말을 했나?

분위기 파악 좀 해. 그는 생각한다. 사람들이 네가 마약을 한다고 생각하게 만들면 안 되지.

19장
가장 추잡한 괴물

2013년 1월 15일 화요일

화요일 오전에 필릭스는 투표 결과를 확인한다. 스무 명의 극단 단원들 중에서 중요한 곤잘로를 연기하고 싶어 하는 사람은 딱 한 명이다. 다행히도 비뚤어진 회계사 벤트 펜슬이다. 필릭스는 그의 이름을 적어 넣는다.

알론소왕과 그의 동생 세바스티안 역은 지원자가 없다. 둘은 누구나 지원할 수 있도록 명단에 올라가 있지만 점수를 전혀 얻지 못했다.

프로스페로의 사악한 동생 안토니오가 인기 면에서는 더 낫다. 다섯 명이 그에게 9점을 주었다.

스테파노와 트린큘로는 각각 둘. 자신을 익살꾼으로 보는 사람이 넷이 있다는 얘기다.

여덟 명은 페르디난드가 되겠다고 했지만, 그중 여섯은 본인들의 희망 사항일 뿐이다. 아무리 보아도 낭만적인 주인공으로는 어울리지 않는다. 하지만 둘은 가능성이 있어 보인다.

아리엘은 열두 명. 많은 이들이 외계인과 특수 효과에 진지한 관심을 보인 듯하다.

그리고 칼리반은 놀랍게도 열다섯 명.

수요일에 정하기 힘들겠군, 하고 필릭스는 생각한다. 칼리반부터 시작할 참이다. 사람들은 잘 모르지만 칼리반은 시적인 데가 있다. 그런 면에 대해 설명해 주면 도전자들 중 일부는 틀림없이 떨어져 나갈 것이다. 칼리반에게는 추한 외모 이상의 것이 있다고 말해 줄 것이다.

쉽지 않은 임무를 앞두고 준비하는 차원에서 필릭스는 양철 욕조에 들어가 매주 하는 목욕을 한다. 우선 핫플레이트와 전기 주전자로 물을 데워야 한다. 그런 다음 뜨거운 물을 수동 펌프로 퍼 올린 찬물과 섞는다. 그리고 옷을 벗는다. 물에 들어간다. 문틈으로 외풍이 들어오고―바로 지금처럼―얼음 알갱이가 창에 우두둑 떨어지는 이맘때는 1년 중 싸늘하고 날씨가 불안정한 시기다. 나날나달 낡은 수건으로는 부족하다. 다른 수건이 있어야 한다. 그런데 왜 사지 못할까? 그의 디자인 감각, 바로 그 때문이다. 새 수건은 수도승의 집 같은 초라한 집 안 분위기와 어울리지 않을 것이다.

얌전한 아이답게 미란다는 그가 이런 의식을 수행할 때는 자리를 비운다. 어디로 갔을까? 어딘가에 있을 것이다. 현명한 아이다. 말라비틀어진 다리와 주름, 쭈글쭈글해진 살을 힐끗 한 번 보기만 해도 현명한 홀아버지에 대한 사춘기 소녀의 존경심은 바닥으로 떨어져 버릴 것이다.

프로스페로와 미란다는 섬에 있을 때 어떻게 목욕을 했을까? 필릭스는 조심스레 팔 밑에 비누칠을 하면서 그 문제를 골똘히 생각한다. 욕조가 있었을까? 그럴 것 같지는 않다. 아마 폭포가 있었을 것이다. 하지만 미란다가 그런 데서 목욕을 한다면 음탕한 칼리반이 덮칠지도 모를 위험을 감수해야 하지 않았을까? 당연히 그렇겠지. 하지만 그럴 때는 프로스페로가 칼리반을 바위투성이인 그의 굴에다 가두어 놓았을 것이다.

그거 아주 좋군. 하지만 프로스페로 본인은 어떨까? 마법의 힘을 계속 유지하려면 마법 옷을 입고 있어야 하지 않나? 책과 지팡이도 있어야 하지 않나? 폭포에서 물을 맞으며 마법 옷을 입고 있을 수는 없을 것이다. 그렇다면 아마 물은 맞지 않았던 모양이다. 물도 묻히지 않고 12년을 보냈다니, 그 노인네 냄새깨나 지독했겠다.

그러나 그가 잊은 것이 있었다. 아리엘이 감시해 주었을 것이다. 하피의 날개를 가진 아리엘, 순종적인 도깨비들을 거느린 프로스페로의 근위병. 본문에 언급된 아리엘의 역할 중에 "목욕 시동"은 없었지만, 틀림없이 그랬을 법하다.

많은 연극 대본에는 생략된 부분이 있다고 필릭스는 결론짓는다. 목욕하는 사람은 없고 그런 문제는 생각조차 않는다. 먹지도 싸지도 않는다. 물론 베케트Samuel Beckett*는 예외지만. 베케트는 언제나 믿어도 좋다. 래디시, 당근, 오줌 싸기, 냄새나는 발, 베케트의 작품에는 가장 범속하고 비천한 수준의 인간 신체 전체가 다 있다.

그는 양철 욕조에서 일어나 쩔꺽쩔꺽 물소리를 내며 차가운 바닥을 걸어가 수건을 휙 걷어 낸다. 플란넬 잠옷을 입는다. 뜨거운 물병을 채운다. 틀니를 넣은 컵 속에서 발포제가 부글거린다. 비타민 약, 코코아. 눈보라를 뚫고 변소까지 갈 수가 없어서 요강 대용으로 쓰는 유리병에 소변을 보고 싱크대에 버린다. 프로스페로는 눈 때문에 곤란을 겪은 적은 절대 없었을 것이다. 병도 필요 없었을 것이다.

그리고 침대로.

일단 그가 잠자리에 들어 불을 끄면 미란다는 어둠 속으로 사라진다. "잘 자렴." 딸에게 말한다. 손으로 가볍게 그의 이마 위 공기를 스친 것이 그 애일까? 당연히 그 애다.

수요일 아침은 맑고 화창하다. 필릭스는 삶은 계란으로 아침

---

* 프랑스 출신의 극작가. 인간 존재의 절망을 다룬 작품들을 주로 썼으며, 1969년 노벨 문학상을 받았다.

을 먹고 눈 덮인 들판과 반짝이는 나무들을 지나 **반, 반, 칼리반,** 하고 속으로 가락을 붙여 흥얼거리며 플레처 교도소로 이어지는 언덕 위로 차를 몰아간다. 뮤지컬 음악, 그런 장면에 딱 맞는 순간이다. 칼리반 주제곡은 일종의 초창기 랩 같은 거라고 말해 줘야겠다.

"문제가 하나 생겼습니다." 그는 화이트보드 옆에 자리를 잡고서 시작한다. "여러분 중에서 칼리반 역을 원하는 사람이 열다섯 명입니다. 이 문제에 대해 얘기를 좀 해 봐야겠습니다." 그는 마커를 집어 든다. "칼리반은 어떤 존재일까요?" 멍한 시선들.

"자," 그는 다시 시도해 본다. "우리는 아리엘이 인간이 아니라 외계인 비슷한 존재라는 데 의견을 같이했습니다. 칼리반은 어떨까요? 그의 어머니는 인간이죠. 그 점은 우리도 알고 있습니다. 그렇다면 그는 인간일까요, 인간이 아닐까요?"

"네, 인간이에요." 핫와이어가 대답한다.

"지나칠 정도로 인간이에요." 원더보이가 도움을 찾아 주위를 둘러보며 덧붙인다. "미란다한테 올라타고 싶어서 난리잖아요." 안됐다는 듯한 웃음소리와 함께 "맞아" 하는 웅얼거림.

조금은 진전을 보고 있군. 필릭스는 생각한다. "일단 떠오르는 대로 말해 본다면, 칼리반을 가장 잘 묘사할 수 있는 한 단어가 뭘까요?"

"괴물요. 많은 사람들이 그를 괴물이라고 불러요." 포드가 대답한다.

"사악한." "멍청한." "추한." "물고기. 물고기처럼 악취가 난다고 하니까요."

"식인종 같은 거요. 그러니까 야만인이요."

"흙." 필 더 필이 말한다.

"노예." 레드 코요테의 말이다. "아주 불쾌한 노예요." 그가 덧붙인다.

"마녀의 자식이요." 어둠의 해커 8핸즈가 말한다. "그게 딱이에요."

필릭스는 그 단어들을 순서대로 적는다. "아주 좋아요. 그럼 왜 여러분은 칼리반 역을 하고 싶은가요?"

씩 웃는다. "개멋지거든요."

"우리는 그 녀석을 이해해요."

"다들 그를 막 대하지만 그래 봤자 그를 무너뜨리지는 못해요. 그는 자기 생각을 그대로 다 말해요." 레그스의 말이다.

"그는 비열해요. 끔찍하게 비열하다고요! 자기를 무시하는 모든 사람들에게 되갚아 주고 싶어 해요!" 시브가 말한다.

필릭스는 단어들에 밑줄을 긋는다. "우리는 다른 사람들한테서 그에 대해 별의별 나쁜 말들을 다 들었어요. 하지만 남들이 하는 말이 꼭 그 사람에 대한 전부라고 할 수는 없지요. 누구나 겉보기와는 다른 면을 갖고 있으니까요." 끄덕거림. 다들 그 말을 받아들인다. "그 다른 면들은 어떤가요?" 그는 종종 그러듯이 자기가 묻고 자기가 대답한다.

"첫째, 그는 음악을 아주 좋아해요. 노래를 부르고 춤을 춥니다." 그는 **음악**이라고 쓴다. "그러니까 아리엘하고도 좀 비슷해요." "하지만 요정같이 하지는 않아요. 곱게 말하지 않는다고요." 시브가 말한다.

필릭스는 그 말을 무시한다. "그는 섬을 잘 압니다. 섬에 있는 것은 뭐든지 다 찾아낼 수 있지요. 예를 들자면 무엇을 먹어야 할지라거나." 그는 **지역에 대한 지식**이라고 쓴다. "그는 연극 전체를 통틀어 그 섬에 대해 가장 시적인 말을 합니다. 자신의 아름다운 꿈에 대해서요." 그는 **낭만적**이라고 쓴다. "그리고 그는 자신이 날 때부터 가진 그 섬에 대한 권리를 프로스페로한테 도둑맞았다고 여기고, 그것을 되찾고 싶어 합니다." **복수심**이라고 적는다.

"그건 어떻게 보면 그럴 법도 해요." 스네이크아이가 말한다.

8핸즈도 나선다. "그러니까 그는 프로스페로랑 비슷해요. 복수할 생각으로 머릿속이 꽉 찼거든요. 그리고 똥 같은 왕도 되고 싶어 하죠."

"감점이야, '똥'이라고 했어." 원더보이가 지적한다.

"그건 욕이 아니야. 그냥 이름이지." 8핸즈가 변명한다.

필릭스가 나선다. "제가 말하고자 하는 건 칼리반이 어려운 역할이라는 점입니다. 잘 생각해 볼 필요가 있어요. 그를 연기하는 건 힘든 일이에요." 그는 그 의미를 이해할 시간을 준다. 소리 죽여 주고받는 웅성거림이 들린다. 열다섯 명의 칼리반 지원자들 중에서 일부라도 다시 생각해 보고 있을까? 아마 그럴 것이다.

필릭스가 말을 잇는다. "그리고 맞아요, 그는 프로스페로하고 좀 비슷합니다. 하지만 프로스페로는 섬의 왕이 되어 식민지를 세울 마음은 전혀 없지요. 오히려 그는 어떻게든 섬을 떠나고 싶어 합니다. 하지만 칼리반은 자기가 섬의 왕이 되어야 한다고 생각하고, 자신과 똑같은 존재들로 섬을 채우고 싶어 하지요. 미란다를 강간해서 그 소원을 이루려고 해요. 원하는 바를 손에 넣을 수 없게 되자 스테파노와 트린큘로 편에 서서 그들이 프로스페로를 죽이도록 사주하지요."

"나쁜 계획은 아니었어요." 레그스가 말한다. 동조의 수군거림.

"맞아요, 여러분은 프로스페로를 좋아하지 않지요. 그리고 그럴 만한 이유도 충분하고요. 그건 나중에 얘기합시다. 그 전에 숙제가 있습니다. 첫날에 이 연극에서 중요한 것 중 하나는 감옥이라고 했지요." 그는 화이트보드 위쪽에 **감옥**이라고 쓴다. "자, 배경에 있는 것들, 연극이 시작되기 전에 일어난 부분까지 포함해서 모든 감옥을 다 조사해 찾아내 보세요.

그 감옥들은 어떤 종류의 것일까요? 각각의 감옥에는 누가 있었을까요? 그리고 간수, 그러니까 그들을 거기 집어넣은 사람, 그들을 거기 가두어 놓은 사람은 누구일까요?" **죄수. 감옥. 간수**라고 쓴다. "저는 적어도 일곱 개의 감옥을 찾아냈습니다. 아마 여러분은 더 찾아낼 수 있을 겁니다." 실은 아홉 개지만, 그들이 더 많이 찾아내게 해야 한다.

"섬처럼 실제로는 같은 곳이지만 섬의 다른 부분일 경우에는 두 개의 감옥으로 치나요? 아니면 한 개인가요?" 벤트 펜슬이 질문을 던진다.

"그런 건 독특한 투옥 사례라고 칩시다." 필릭스가 대답한다.

레그스가 다시 묻는다. "독특한 투옥 사례요? 네, 내가 나가면 그렇게 말할래요. 난 4년의 죽여주게 빨아 주는 '독특한 투옥 사례'였다고요." 일동 웃음.

"적어도 독특하게 죽은 사례는 아니잖아." 포드가 받아친다.

필릭스가 대답한다. "좋아요, 내 말뜻 다 알겠지요." 그들은 그가 사회복지사처럼 말이 너무 많아지면 소리 질러서 그의 주의를 끈다.

"정확히 뭘 세야 하나요? 그러니까, 아리엘이 갇혀 있던 소나무 같은 것도요?" 8핸즈가 묻는다.

"자기 의지에 반해서 들어갔거나, 있고 싶지 않았거나, 나오고 싶지 않았던 곳이나 상황은 다 감옥으로 칩시다. 그러니까 소나무도 해당되지요."

"빌어먹을! 소나무에 혼자 갇혀 있다니." 핫와이어가 외친다.

"빌어먹게 끔찍하네." 8핸즈가 맞장구를 친다.

레드 코요테도 한마디 보탠다. "떡갈나무면 더 나쁘지. 떡갈나무가 더 단단하거든."

"감옥을 제일 많이 찾으면 점수 따나요? 담배 줘요?" 레그스가 묻는다.

제3부

우리의 이 배우들

20장
두 번째 과제: 죄수와 간수들

정리한 결과

죄수	감옥	간수
시코락스	섬	알제 정부
아리엘	소나무	시코락스
프로스페로와 미란다	물이 새는 배	안토니오와 알론소
프로스페로와 미란다	섬	안토니오와 알론소
칼리반	바위 속 구멍	프로스페로
페르디난드	마법, 사슬	프로스페로
안토니오, 알론소, 세바스티안	섬, 마법, 광기	프로스페로
스테파노와 트린큘로	진흙 연못	프로스페로의 명령으로, 아리엘과 도깨비 개들

21장
프로스페로의 도깨비들

2013년 1월 16일 수요일

필릭스는 빨간색 펜으로 화이트보드 가득 반원들이 찾아낸 결과를 블록체로 적는다. "잘 했습니다. 여덟……." 그가 잠시 말을 끊는다. "여덟 개의 독특한 투옥 사례를 찾아냈군요." 그들이 이번에는 이 표현을 알아들었겠지, 하고 생각한다. 과연 그렇다. 비웃는 말은 나오지 않는다. "하지만 아홉 번째 감옥이 있어요." 어리둥절한 얼굴들. 8핸즈가 이의를 제기한다. "염병할, 그럴 리가 없어요!"

필릭스는 기다린다. 수를 헤아리며 생각에 잠긴 그들의 모습을 지켜본다.

"말씀해 주세요." 마침내 포드가 부탁한다.

필릭스가 입을 연다. "우리가 연극을 마치고 난 후. 파티도 끝났을 때. 그 전에 아무도 답을 찾아내지 못하면 그때 알려 주지요." 그는 그들이 결코 짐작 못 할 거라 확신하지만, 전에도 예상이 빗나간 적이 있다. "자, 간수들을 보세요. 세 명은 프로스페로가 아닌 다른 사람에게 붙잡혀 있습니다. 시코락스를 섬에 가둔 것은 알제의 관리들이지요. 아리엘은 시코락스에 의해 소나무에 갇혔고, 프로스페로 본인은 알론소의 도움을 받은 안토니오에 의해 처음에는 물이 새는 배에 갇혔다가 나중에는 섬 자체에 갇히게 되지요. 여러분이 미란다를 계산에 넣는다면 네 명이지만, 그녀는 섬에 왔을 때 겨우 세 살이었으니까 섬에 갇혔다고 느끼지 않고서 섬에서 자랐지요. 그러면 간수 프로스페로에 의해서 갇힌 사람은 일곱이 됩니다. 이 연극에서는 그가 간수 중에서도 대장인 것 같군요."

"게다가 노예 감시인이에요." 레드 코요테가 말한다.

"칼리반만이 아니라 아리엘도 꼼짝 못 하게 해요." 8핸즈가 덧붙인다. "그를 떡갈나무에 가둬 버리겠다고 협박해요. 영원히 홀로 있게 만들어 주겠다고. 잔인한 짓이에요."

레드 코요테가 거든다. "게다가 그는 땅을 빼앗았어요. 망할 흰둥이 노인네 같으니라고. 프로스페로 기업이라고 불러야 마땅해요. 그다음에는 거기에서 석유를 찾아내서 개발하고 아무도 가까이 오지 못하게 기관총으로 갈겨 댈 거라고요."

"너 개 같은 빨갱이구나." 스네이크아이가 말한다.

"집어치워, 얼룩 강아지 새끼야." 레드 코요테가 쏘아붙인다.

"재수없게 싸우지 마, 우리는 한 팀이야." 레그스가 말린다.

진정시킬 필요가 있다. 필릭스가 나선다. "여러분이 프로스페로를 좋지 않게 생각하는 건 잘 알겠어요. 특히 칼리반에 대한 대우에서 말이지요." 그는 방 안을 둘러본다. 미간을 찌푸리고, 어금니를 꽉 깨문 얼굴들. 프로스페로에 대한 명백한 적의. "하지만 그에게 어떤 선택권이 있었을까요?"

"선택권이라고요!" 시브가 외친다. "우리는 그의 망할 선택권 따위에 대해서는 절대로, 흙덩이 하나만큼도 신경 안 쓴다고요!"

"'흙'이라는 말은 조심해서 써. 어디 말만 해 봐라." 레드 코요테가 말한다.

"네가 제일인 줄 아냐." 시브가 불평한다.

"프로스페로에게도 기회를 주자고. 선택권에 대해서 들어 봐." 벤트 펜슬이 부드럽게 말한다. 그는 합리적인 사람인 척하기를 좋아한다.

필릭스가 말한다. "제가 설명하죠. 알론소왕과 안토니오와 페르디난드와 곤잘로가 탄 배가 영영 나타나지 않았다고 가정해 봅시다. 배가 알론소의 딸의 결혼식에 갔다가 돌아오는 길에 그 섬 가까이까지 항해해 온 것은 순전히 운이었습니다. 혹은, 프로스페로의 표현대로라면 상서로운 별과 행운의 여신 덕이었지요. 하지만 그 배가 도착하지는 않았다고 가정해 봅시다. 프로스페로는 젊은 딸과, 그 딸을 강제로 범하려 하는 젊고 더 힘센 남자와 함께 섬에 갇혀 있습니다. 프로스페로가 거친 아이였던 칼리반을 친절하게 대해 주었다 하더라도 칼리반은 다 자라서 그에게 등을 돌렸을 것입니다.

총을 가진 사람은 아무도 없습니다. 칼도 없고요. 힘으로 하자면 칼리반은 쉽게 프로스페로를 죽여 버릴 수 있었겠지요. 사실 그는 기회만 보이면 그렇게 하고 싶어 해요. 그렇다면 프로스페로에게는 자신을 방어할 권리가 있지 않을까요?"

웅성거림. 쏘아보는 눈길.

"동의하는 사람은 손을 들어 볼까요?" 필릭스가 말한다.

마지못한 듯 거의 다 손을 든다. 레드 코요테는 버틴다.

필릭스가 그를 부른다. "레드 코요테? 그가 살해당할 위험을 감수하고 칼리반을 풀어 주는 게 맞을까요?"

"처음부터 거기 오지 말았어야죠. 그의 섬이 아니잖아요." 레드 코요테가 말한다.

"그 섬에 온 것이 그의 선택이었던가요? 그를 침입자라 보기는 어려워요. 조난자죠."

"그래도 노예 주인이에요." 레드 코요테가 말한다.

"칼리반을 내내 가둬 놓을 수도 있었지요. 죽일 수도 있었고요." 프로스페로가 말한다.

"제 입으로 그랬잖아요, 칼리반을 부려 먹어야 한다고요." 레드 코요테가 말한다. "칼리반은 땔감을 구해 오고, 설거지를 하고요. 모든 일을 다 하죠. 게다가 프로스페로는 아리엘한테도 똑같은 짓을 해요. 그가 원치 않아도 일을 하게 시킨단 말이에요. 자유를 주지 않으려 해요."

필릭스가 말한다. "인정해요. 하지만 그렇다 해도 그에게는 자기를 방어할 권리가 있지 않을까요? 그리고 그는 마법을 통해서만 그렇게 할 수 있어요. 자신을 위해 심부름을 하도록 아리엘에게 지시하는 방식으로만 마법을 쓸 수 있지요. 한시적인 것에 불과한 마법의 실로 아리엘을 묶어 놓는 것이 유일한 무기라면, 당신도 똑같이 하겠지요. 그렇지 않습니까?"

이번에는 다들 동의한다. "맞아요." 원더보이가 말한다. "하지만 왜 다른 사람들까지도 그 모든 일을 다 겪어야 하는 거죠? 그 하피 나오는 장면이나 미쳐 가는 장면 말이에요. 적을 그냥 죽여 버리고 배를 빼앗으면 되지 않나요? 칼리반을 섬에 남겨 두고, 밀라노든 어디든 배를 타고 돌아가면 되잖아요?"

그러면 연극이 성립되지 않으니까, 하고 필릭스는 생각한다. 아니면 전혀 다른 극이 되거나. 하지만 등장인물들이 그들에게 진짜처럼 남아 있기를 바란다면 그런 말을 할 수는 없다.

그가 말한다. "틀림없이 프로스페로도 그런 유혹을 느꼈을 겁니다. 아마 그들의 머리통을 깨부수고 싶었겠지요. 그들이 한 짓을 생각하면 누군들 안 그러겠습니까?" 여기저기서 고개를 끄덕인다. "하지만 그런 복수를 행한다면 대공 지위는 되찾을 수 있을지 몰라도, 안토니오가 밀라노를 나폴리의 지배 아래 두기로 알론소왕과 협상을 했기 때문에, 나폴리 왕국을 물려받는 자는 누가 되건 당연히 원한을 품게 될 겁니다. 그들은 자기네 왕과 그 아들의 수수께끼 같은 실종에 대해 수군대기 시작할 것이고, 선원들도 떠들고 다닐 겁니다. 나폴리의 새로운 지배자는 프로스페로를 또다시 내쫓거나 죽이고 다른 자를 밀라노 대공으로 앉히려 하겠지요. 그것이 실패한다면 나폴리는 밀라노와 전쟁을 벌이게 될 테고요. 나폴리가 더 큽니다. 밀라노는 패배할 위험이 있어요. 그러면 프로스페로에게 가장 좋은 계획은 뭘까요?"

벤트 펜슬이 대답한다. "페르디난드가 미란다랑 결혼하는 거요. 그러면 미란다가 나폴리 여왕이 되고, 나폴리와 밀라노 공국을 하나로 합칠 수 있을 거예요. 명예로운 평화죠. 왕가의 결혼이란 그런 거예요." 그가 다른 사람들에게 설명해 준다.

필릭스가 말한다. "이해가 빠르군요. 하지만 프로스페로는 폭군이 아닙니다. 정치적인 이유로 결혼을 강요할 마음은 없어요. 알론소는 자기 딸한테 그렇게 했지요. 프로스페로는 미란다를 피도 눈물도 없이 자기 이익을 위해 팔아 치우듯 시집보내고 싶어 하지 않습니다. 그는 페르디난드와 미란다, 두 젊은이가 진정으로 사랑하게 되기를 바라요. 그래서 마법을 이용해 일이 그렇게 되도록 만들지요. 아니면 적어도 그렇게 흘러가도록 도와주거나요." 고개를 끄덕인다. 사람들이 동감한다.

"저라도 제 자식한테 그런 짓을 하지는 않을 거예요. 그런 식으로 시집보낸다니. 망할." 레그스가 말한다.

필릭스가 미소 짓는다. "또 프로스페로는 알론소가 이 결혼을 받아들이도록 상황을 만들어야 합니다. 평소 상황이라면 받아들이지 않겠지요. 나폴리는 왕국이고 밀라노는 공국에 불과하니까요. 알론소는 당연히 자기 아들 페르디난드를 크고 부유한 왕국에 장가보내고 싶어 했습니다. 그러면 더 많은 권력을 쥐게 되겠지요. 그리고 페르디난드는 아무나 아버지가 골라 준 상대와 결혼해야만 했을 겁니다."

"당시에는 그게 법이었어요. 따르는 수밖에 없었죠." 벤트 펜슬이 참견한다.

"개 같은 법." 배무스가 내뱉는다.

"그래서 프로스페로가 알론소를 속여 페르디난드가 물에 빠져 죽었다고 생각하게 만들었다가 나중에 깜짝 놀래 준 거로군요."

8핸즈가 말한다. "*저기 봐! 그가 살아 있어! 끝내주네.*"

"그러면 왕은 너무 기쁜 나머지 페르디난드가 원하기만 하면 개구리하고도 결혼을 시키겠지." 스네이크아이의 말이다.

필릭스가 그의 말을 받는다. "바로 그거예요. 한편으로는 페르디난드가 죽었다고 믿게 한 것이 알론소에 대한 벌이지요. 복수입니다. 괴롭히는 거지요. 하지만 다른 한편으로는 계산된 전략이기도 하고요."

"일석이조네." 메노파 교도 크램퍼스가 한마디 한다.

"그리 멍청하지는 않군. 사기꾼치고 제법이야." 스네이크아이가 말한다.

"그러면 프로스페로가 선택할 수 있는 사항이 그리 많지 않았다는 점을 고려한다면, 그가 한 짓을 정당화할 수 있을까요? 다시 투표합시다." 필릭스가 말한다. "그렇다는 쪽?"

이번에는 모두 손을 든다. 필릭스는 안도하여 어깨를 쭉 편다. "그럼 합의가 됐습니다. 이제 집행자에 대해 얘기해 봅시다."

"집행자요?" 벤트 펜슬이 묻는다.

"모든 권위는 결국 힘에 의존해요. 섬이 감옥이라면, 거기 있는 감옥들에 집행자가 있어야 합니다. 그렇지 않으면 감옥 안의 사람들이 전부 달아나 버릴 테니까요." 필릭스가 대답한다. 공감의 끄덕거림.

"하지만 배역 명단에는 집행자가 없는데요. '나오는 사람들'에요." 벤트 펜슬이 이렇게 말하고는 자기 대본에서 그 페이지를 펼쳐 확인한다.

"그래도 존재합니다. 칼리반이 고집을 부릴 때 꼬집고 죄는 자, 유령 사냥개로 가장하고 스테파노와 트린큘로를 쫓는 자."

"그건 아리엘 아니에요? 아리엘인 줄 알았는데요." 8핸즈가 묻는다.

"다시 보세요. 아리엘이 그들에게 명령을 내리지요. 바로 여기입니다. **나의 도깨비들아.** 바로 그들입니다. 프로스페로의 도깨비요. 그 장면에서 아직 무대에 오르지 않은 사람이라면 누구든 연기할 수 있기 때문에 캐스팅 명단에는 없습니다. 여러분이 가면을 쓰는 겁니다. 맞아요, 여러분이 도깨비예요. 그러니까 우리 연극에서는 모두 두 개의 역할을 맡게 됩니다. 본래 자기 역과 프로스페로의 도깨비 역이죠. 그들은 지배자의 도구이지만 또한 복수와 보복을 가능하게 하는 자들이지요. 지저분한 일을 직접 도맡아 합니다."

아, 그렇다. 어떻게 펼쳐질지 보이는 듯하다. 도깨비들에 에워싸인 토니와 샐. 그들에게 몰이를 당하는 모습. 그들에게 위협당하는 모습. 바들바들 떠는 젤리 꼴이 된 모습. **잘 들어라, 그들이 울부짖는다.** 그는 생각한다. **잘 들어라, 그들이 울부짖는다. 저들이 쫓기게 하여라. 이제 나의 모든 원수들이 내 자비하에 들어왔다.** 그는 인자한 미소를 띠고 강의실을 둘러본다.

"와, 알겠어요. 도깨비는 우리들이야." 8핸즈가 말한다.

✦『템페스트』4막 1장 중 프로스페로의 대사.

22장
나오는 사람들

2013년 1월 17일 목요일

앤마리는 아직까지 학생들과 만나지 않았다. 그녀는 혼자 대사를 외우고 있거나 옛 기억을 되살리고 있었다. 플레처 교도소에서 그녀의 첫 시간은 금요일에 있을 것이다. 필릭스가 배역을 발표하는 날이다. 하지만 그는 먼저 그녀와 점심을 먹기로 약속해 두었다. 그녀에게 준비를 시키고, 앞으로 걸어 들어가게 될 곳이 어떤 곳인지 미리 좀 알려 주고 싶다. 이를테면, 누가 그녀의 페르디난드가 될 것인가? 그녀는 미리 알 권리가 있다.

그는 혼자 계란으로 아침 식사를 하면서 거의 다 골라 놓은 것들을 다시 훑어본다. 미란다는 어딘가 자기만의 특별한 비밀 공간으로 가고 없다. 10대 소녀들이 다 그렇듯이 그녀도 거기가 어디인지는 비밀에 부친다.

그는 이 선택을 놓고 많이 생각했다. 배우들 스스로 하고 싶다고 직접 밝힌 것도 있지만, 필릭스는 오랜 경험을 통해 이를 무시해야 한다는 것을 배웠다. 로미오Romeo에 딱 어울리는 배우라고 이아고Iago 역을 원치 않으리란 법은 없다. 그 반대 경우도 있고.

타입에 따라 배역을 정해야 할까, 아니면 타입과 반대로 정해야 할까? 칼리반 역에 아주 멋지고 섹시한 남자를 고르는 식으로, 아름다움이 필요한 역에 추한 사람을 고른다면? 자신의 숨겨진 깊이를 탐색하게 만들 역을 맡겨야 할까, 아니면 그런 깊이는 건드리지 말고 내버려 두는 편이 더 나을까? 유명한 인물들을 놀랍다 못해 불쾌할 수도 있는 가장을 해서 보여 줌으로써 관객에게 도전해야 할까?

예전의 삶에서 축제를 하며 그는 노골적으로 한계를 뛰어넘는 행동을 해서 유명세를 얻었다. 되돌아보면 가끔은 도를 넘었을지도 모른다. 공정하게 말하자면, 가끔이 아니었다. 도를 넘는 것이야말로 그의 트레이드마크였다. 그러나 이번에는 그렇게 무리해서 몰아붙이지 않는 편이 낫다. 그는 사람들에게 그들이 잘 해낼 수 있을 만한 역할을 줄 것이다. 무엇보다도 그는 연출자이다. 연극이란 그런 것이다. 배우들이 맡은 일을 해낼 수 있도록 돕는 것이 그의 일이다.

그는 메모를 만들었다. 그 자신이 쓰려는 것이기도 했지만 무엇보다 앤마리와 같이 보기 위해서였다. 이 메모는 그들 외에 다른 사람에게는 절대 보여 주어선 안 된다고 단단히 주의를 줄 것이다. 반원들에게 "여러분이 무슨 짓을 저질렀든 저는 전혀 상관하지 않습니다"라고 그렇게 멋지게 일장 연설을 해 놓고서 배우들의 죄목을 그토록 상세하게 낱낱이 까발린 것을 알면 배우들은 배신감을 느낄 것이다.

그는 일단 정해 놓은 명단을 죽 훑어본다.

출연진

프로스페로, 폐위된 밀라노 대공: 듀크 씨, 연출자 겸 제작자.

미란다, 그의 딸: 앤마리 그린랜드, 여배우, 무용수, 안무가.

아리엘: 8핸즈. 체구가 작음. 동인도계 출신. 스물세 살 전후. 매우 영리함. 키보드를 잘 침. 기술 쪽으로는 모르는 것이 없음. **죄목**: 해커, 신원 도용, 사칭. 위조. 이 세계의 사악한 존왕 같은 자본주의자들에게 맞서는 자비로운 로빈 후드 역할을 했다고 믿고 있으므로, 자신의 행동이 정당하다고 생각함. 난민 보호시설 해킹을 거부하다가 선배에게 배신당함. 〈리처드 3세〉에서 리버스Rivers 역을 맡음.

칼리반: 레그스. 서른쯤. 아일랜드인과 흑인의 혼혈. 빨간 머리, 주근깨, 체격이 크고 운동을 많이 함. 아프가니스탄 참전병. 보훈처에서 외상 후 스트레스 장애 치료비를 지급하지 않음. **죄목**: 주거 침입, 폭행. 약물과 알코올 과용. 중독 치료를 받았으나 프로그램이 취소됨. 브루투스, 두 번째 마녀,

클래런스 역을 맡음. 훌륭한 배우이지만 화를 잘 냄.

페르디난드, 알론소의 아들: 원더보이. 스물다섯 살로 보이지만 그
보다 더 먹었을 듯. 스칸디나비아계 이름. 매력적이고 용
모 단정, 미남형에 배역과 어울림. 아주 진지해질 수 있을
듯함. **죄목**: 사기. 어리숙한 노인들을 상대로 가짜 생명보
험 판매. 이민자들에게 특히 잘 먹힘. 맥더프 역, 〈리처드
3세〉에서 헤이스팅스Hastings 역.

알론소, 나폴리의 왕: 크램퍼스. 마흔다섯쯤. 메노파 교도. 긴 말상.
독실한 신도인 척하고 농기계에 마약을 숨겨 멕시코에서
미국으로 들여온 메노파 교도 일당. 우울. 〈맥베스〉에서
뱅쿠오Banquo, 〈율리우스 카이사르〉에서 브루투스 역.

세바스티안, 알론소의 동생: 필 더 필. 베트남 난민 출신. 대가족의
희생으로 의대에 진학함. 나이 마흔쯤. 억울하게 기소되
었다고 생각함. **죄목**: 그에게서 중독성 있는 진통제를 반
복해 처방받은 젊은 대학생 세 명이 약물 과용으로 사망
한 것과 관련하여 살인죄로 기소됨. 그들이 자신에게 도
움을 청했다고 말함. 남에게 쉽게 조종당함. 〈리처드 3세〉
에서 버킹엄Buckingham 역.

**아드리안과 프란시스코, 두 대신. 주: 많은 공연에서 이 역들을 없애고
그들의 대사를 곤잘로와 세바스티안에게 할당함. 좋은 방
안이며 이를 따랐음.**

곤잘로, 알론소의 노대신: 벤트 펜슬. 과체중에 대머리. 50대. 와스프

WASP[*] 출신. 회계사. **죄목**: 횡령. 지적이며 철학적인 면도 있음. 자신의 형이 부족하다고 생각함. 일단 밖에 나가면 도움을 받을 수 있으리라 생각하여 그를 따르는 이들이 많음. 〈율리우스 카이사르〉에서 카시우스 역. 〈맥베스〉에서 덩컨Duncan 역.

안토니오, 프로스페로의 작위를 빼앗은 동생: 스네이크아이. 이탈리아계. 날씬하고 운동을 함. 사시. 서른다섯쯤. 법학 학위가 있으나 위조된 것으로 드러남. **죄목**: 부동산 사기. 문서를 위조하여 갖고 있지도 않은 자산을 매각함. 또 소규모 다단계 이자 사기도 저지름. 남을 설득하는 능력이 있지만, 설득될 마음이 있는 상대에게만 통함. 자신을 남보다 특별한 존재로 여김. 사람들이 잘 속기 때문에 사기를 당해도 싸다고 생각함. 자기는 사소한 법 조항에 걸려 잡혔을 뿐이라고 생각. 맥베스 역. 리처드 3세 역. 훌륭한 악한.

스테파노, 주정뱅이 하인장: 레드 코요테. 20대. 캐나다 원주민. **죄목**: 밀주와 마약 밀매. 법체계 자체가 불법적이므로 자신이 잘못을 저질렀다고 생각하지 않음. 〈율리우스 카이사르〉에서 마르쿠스 안토니우스 역. 〈맥베스〉에서 첫 번째 마녀 역.

트린큘로, 어릿광대: 티메즈. 부모 중 한쪽이 중국계. 둥근 얼굴에

---

[*] 미국 사회의 주류 계급인 앵글로색슨계 신교도를 가리키는 말.

창백함. 자기 머릿속에는 티미스 도넛 체인 생각뿐이라고 해서 그것이 예명이 됨. 실제보다 더 멍청하게 연기. 소매치기 기술이 뛰어남. **죄목**: 소매점 좀도둑질 조직을 이끔. 그는 압박에 못 이겨 했다고 주장함. 〈율리우스 카이사르〉에서 예언자 역, 〈맥베스〉에서 문지기 역. 타고난 광대.

내레이터: 항상 내레이터를 이용하여 관객이 플롯을 따라갈 수 있도록 각각의 막을 짧게 축약해 설명해 주었음. 이 역에는 시브 더 멕스Shiv the Mex를 고려 중. 뉴멕시코계. **죄목**: 폭행. 지역 갱단의 단원으로 활동했고 목소리가 좋음. 〈리처드 3세〉에서 그레이 경Lord Grey 역.

갑판장: 포드. 아프리카계 캐나다인. 뻔한 얘기인 줄 알지만 음악에 재능이 있다. 무용수. 본인 생각만큼 훌륭하지는 않아도 꽤 잘함. **죄목**: 마약, 갈취, 폭행, 갱단과의 연관. 좋은 칼리반이 될 수도 있었지만 다른 능력 면에서 필요함.

이리스Iris, 케레스Ceres, 유노Juno: 문제임. 필릭스는 이렇게 적었다. 아무도 이 여신들을 맡으려 하지 않을 것임. 그러나 프로스페로가 그들을 인형이라 부르고 있으니, 인형을 써도 괜찮지 않을까? 아니면 인형에 디지털 음성을 이용해도 된다. 그러면 기묘한 분위기가 날 것이다. 동영상으로 해도 효과를 낼 수 있다.

프롬프터, 기술 특수 효과, 대역 등 필릭스가 할당해야 하는 다른 역할과 의무들이 많이 있다. 의상과 소도구 담당도. 스틸 사진 촬영을 위한 사진사도 있어야 할 것이다. 물론 진짜 외부에 홍보하는 일은 없겠지만, 사람들은 의상을 입고 찍은 자기들의 사진을 보며 짜릿한 기쁨을 느낀다. 수강생들은 벌써 뮤지컬 넘버들 중 일부는 변경하고 다른 것들을 추가하기로 결정해서, 가수와 무용수도 필요할 것이다. 필릭스는 아마 랩 가수, 브레이크 댄서일 것이라고 추측한다. 앤마리가 안무를 짜도록 도와줄 수 있을 것이다.

그는 팀을 대강 짜 두었지만, 각각의 능력과 한계를 발견해 가면서 바꿀 수도 있다.

임시 라인업

특수 효과: 기술 팀장에 8핸즈. 원더보이, 시브, 포드, 핫와이어.

소도구와 의상: 팀의 제안에 따라 각 주요 배역에 프로젝트로 할당.

스틸 사진: 원더보이. 무엇이 근사하게 보이는지 잡아내는 감각이 있다.

음악 디제이: 레그스, 레드 코요테, 페일페이스 리Paleface Lee, 라이스볼Riceball. 8핸즈가 음향 편집을 맡을 것이다.

음악: 레그스, 시브 더 멕스, 포드, 레드 코요테, 콜.데스Col.Deth.

코러스와 무용수: 포드, 레그스, 티메즈, 배무스, 라이스볼, 필요하다면 극단 단원들.

안무: 앤마리 그린랜드, 레그스, 포드.

주요 도깨비: 라이스볼, 콜.데스, 배무스. **죄목**: 보험금을 노린 방화, 무장 강도, 마약 소지. 모두 배우는 처음이지만 다른 사람들로부터 많은 것을 배울 수 있을 것이다. 이 중 둘은 기도였다.

예비 도깨비: 필요하다면 극단 단원들.

도깨비들이라. 필릭스는 생각한다. 최후의 무기. 그의 비밀 프로젝트의 핵심, 그의 복수의 축, 모든 것이 도깨비들에게 달려 있다. 복장을 어떻게 하면 좋을까? 검은색 스키 마스크를 쓸까? 아니, 그러면 너무 은행 강도나 테러리스트처럼 보일까? 만약 그렇다면 훨씬 더 좋다. 공포는 변화를 이끌어 내는 데 큰 자극이 될 수 있다. 급변이라고 말해도 좋을 것이다.

23장
존경받는 미란다

같은 날

필릭스는 메이크시웨그의 임프 앤드 피그넛에서 앤마리를 만나 점심을 먹는다. 그녀는 약간 살이 올랐지만 긴장한 상태이다. 초조해하고 있다. 에너지가 충만하다. 동시에 눈이 더 커진 듯하고, 표정은 더 숨김이 없다. 열 살은 더 어려 보인다. 단순한 흰색 긴소매 셔츠 차림이다. 연극에서 미란다는 전통적으로 흰색 옷을 입는다. 최소한 베이지색이라도 입어야 한다.

훌륭해. 필릭스는 생각한다. 그녀는 역할 속에 녹아들어 가고 있다. 한겨울이라도 맨발로 다닐 기세다. "맥주 마시겠니?" 그가 묻는다. "버거랑 프라이?"

"호두랑 크랜베리가 든 샐러드하고 녹차 한 잔만 마실게요." 그녀가 대답한다. "고기가 좀 싫어졌어요." 젊은 여자애들이 요즘 저러지, 하고 필릭스는 생각한다. 그의 미란다도 마찬가지이다. 그들은 퀴노아, 아마씨, 아몬드 밀크셰이크를 먹는다. 너트. 베리. 주키니 파스타.

"너무 무리하지는 말아."

"무리한다고요?"

"순진하고 순수하게 보이려고. 알잖니. 샐러드." 그의 말에 그녀가 웃음을 터뜨린다.

"좋아요, 맥주도 한 잔. 그리고 샐러드랑 프라이요." 그녀가 말한다.

필릭스는 자기 몫으로 버거를 주문한다. 버거를 먹어 본 지도 오래되었다. 그 섬에서 그들은 어떻게 단백질을 섭취했을까? 궁금하다. 아, 그렇지. 생선. 그래서 칼리반한테서 생선 비린내가 나는 거로구나! 칼리반은 땅콩을 구하느라 긴 손톱으로 땅 파는 일만 하는 게 아니라 고기 잡는 일도 한다. **이제 물고기를 잡을 둑을 만들지 않으련다.**[+] 왜 전에는 그 사실을 연결 짓지 못했을까?

"잘되어 가니? 네 역할 말이다." 그가 묻는다.

"다 준비되어 있어요. 예전부터요. 제 머릿속에요. 마냥 기다리고 있었어요. 지나간 시간의 어두컴컴한 심연[++] 속에 박혀서요.

[+] 『템페스트』 2막 2장 중 칼리반의 대사.
[++] 『템페스트』 1막 2장 중 프로스페로가 미란다에게 과거 이야기를 꺼내기 시작할 때 쓰는 표현.

제 룸메이트 중 한 명이 저를 위해서 제가 대사 외우는 것을 들어 줘요. 전 거의 토씨 하나 안 빼먹고 다 외웠어요."

"너와 그 막을 공연하기를 고대하고 있단다. '지나간 시간' 장면 말이야. 아니, 실은 연극 전체를 고대하고 있지. 너는 최고로 잘 해낼 거야!"

그녀가 서글픈 미소를 짓는다. "네, 저도 알아요, 그렇죠? 범죄자들이랑 같이 미란다 역을 하다니, 멋진 경력이 될 거예요. 마치 진짜인 것처럼 말씀하시는군요. 진짜 공연처럼요."

"그건 진짜야. 진짜보다 더 진짜. 하이퍼리얼이지. 너도 알게 될 거다."

음식이 기적같이 늦지 않게 나오고 음식을 먹는 막간이 이어진다. 필릭스는 때가 되었다 싶을 때 이렇게 말한다. "배역을 정했단다. 임시지만. 아직 바꿀 여지는 있어. 명단을 가져왔으니 사람들을 만나 보기 전에 네가 누구와 연기를 하게 될지 한번 보렴. 너를 위해 그들에 대해 메모를 좀 해 두었다."

그는 종이 집게로 집은 종이들을 테이블 너머로 건넨다. 그녀가 그것을 들여다본다. "그러니까 그들의 범죄에 관해 적어 놓으셨군요." 그녀가 나무라는 투로 말한다. "사려 깊으시네요. 하지만 그게 공정한 일일까요? 보통 배우들이라면 이렇게 안 하셨을 거잖아요. 저한테는 늘 편견 없이 다가가야 한다고 말씀하셨으면서. 각각에 대한 선입견 없이 말예요."

"보통 배우들이라면 위키피디아에 나오잖니. 범죄를 저질렀으

면 나쁜 평가가 붙지. 대중이 다 알아. 하여튼, 이건 엄밀한 의미
에서의 범죄가 아니라 그들이 받은 유죄판결이야. 다른 거란다.
그들이 진짜로 무슨 짓을 했는지는 알 수 없지." 그가 대꾸한다.

"좋아요, 윙크, 쿡쿡, 괜찮아요." 그녀가 손가락으로 명단을 훑
어 내려간다. "폭행, 횡령, 사기. 멋지군요. 적어도 연쇄살인마나
아동 성범죄자는 없네요."

"그런 자들은 중범죄자 수감동에 있지. 특별 감시를 받으면서
말이야. 그들을 보호하기 위해서야. 우리 아이들은 그런 건 찬성
하지 않지만."

앤마리가 대답한다. "좋아요. 그럼 칼리반이 진짜로 저를 강간
하려 하지는 않을까요?"

"전혀 가망 없지. 다른 녀석들이 가만두지 않을 테니까. 그들
중에 회계사가 있어." 그가 곤잘로를 가리킨다. "그리고 이자가
너의 페르디난드지."

"귀엽군요. 원더보이라. 본인이 직접 고른 예명인가요?" 미란다
가 말한다.

"잘 모르겠는걸. 하지만 그 이름에 딱 어울리는 얼굴이야. **애프
터셰이브 로션을 바른 50대** 같은 얼굴이지. 진지해." 그러는 자신
이야말로 애프터셰이브 로션을 바른 50대이지만, 그녀는 그 말
을 꼬투리 잡아 놀리지는 않는다.

"한마디로 사기꾼이로군요. 노인네들을 등쳐 먹는. 유쾌하지는
않네요."

"누군가를 해치지는 않았어." 필릭스가 변호하는 투로 말한다. "어쨌거나 물리적으로는 아니야. 노인들에게 가짜 생명보험을 팔았는데, 기가 막히게 잘 팔았다는구나. 죽고 나서야 알았다나 뭐라나."

"그 말씀 다시 해 주실래요?" 앤마리가 쿡쿡 웃으며 말했다.

"좋아, 알아낸다면 보험 수령인들이 알겠지. 하지만 그의 표적들 중에는 아직 죽은 사람이 아무도 없으니까, 그들에게는 들키지 않은 거지. 내가 알기로는 그에게 차인 여자 친구가 그 사실을 흘렸어."

"그럼 몇 명이나 있었나요? 차인 여자 친구가?" 그녀는 벌써 질투하는 것 같다. 페르디난드 역을 맡은 비현실적인 배우에게, 존재하지 않는 사랑에 빠진 청년의 복사본에.

"한둘이 아니었다던데." 필릭스가 들은 대로 말해 준다. "하지만 너하고는 비교가 안 되지. 너는 완벽하고 흠잡을 데 없어. 기억하니?"

"알아요, 그렇죠?" 그녀가 다시 웃는다. 연습할 때 그녀에게 다시 한 번 그렇게 웃어 보라고 해야겠다. 자조에서 기쁨으로 바뀌는 웃음소리.

"그는 확실히 말로 사람을 잘 꾀어. 노인들 중 몇 사람이 그의 재판에 왔었지. 형을 감해서 한 번 더 기회를 주었으면 좋겠다고 했어. 그를 정말로 좋아하더라고. 아들처럼 여기고 있었지. 그런 꽃 같은 사랑을 설득력 있게 만들 수 있는 사람이 있다면, 그건 바로 원더보이일 거야."

"저한테 경고해 주시는 거예요?"

"유비무환이지. 이 녀석 입담이면 빅토리아 여왕 동상도 옷을 벗을 거다. 네가 밖에서 여자 친구 노릇을 하며 자기를 위해 물건들을 밀반입해 주게 만들려고 할 거야. 누가 알겠니? 절대 말려들지 마라. 벌써 결혼했을 수도 있어. 그것도 여자가 하나가 아니라." 그는 더 큰 효과를 내려고 덧붙인다.

"선생님은 제가 그 사람과 사랑에 빠질 거라고 생각하시는 거죠? 제가 그렇게 쉬워 보이세요?" 그녀가 이를 악문다.

"아니, 아니야. 무슨 그런 생각을. 하지만 일단 배역에 몰입하게 되면 정신을 바짝 차려야 해. 제아무리 너처럼 껍질 단단한 작은 너트라도 말이다."

앤마리가 씩 웃는다. "선생님은 벌써 배역에 몰입하셨군요. 과보호하는 아빠 역할 말이에요. 하지만 선생님도 10대 여자애들을 아시잖아요. 근육질의 젊은 종마가 눈앞에 나타나기만 하면 사랑하는 아버지도 버린단 말이에요. 저한테 뭐라 하시면 안 돼요. 제 빌어먹을 호르몬을 나무라세요."

"알겠다, 휴전이다. 잘 하고 있구나. 그 욕만 좀 참으면 되겠다. 그건 금지야. 기억하렴. 특히 미란다에게는."

"알겠어요. 노력할게요." 그녀는 명단을 계속 읽는다. "노래랑 춤을 넣으시는군요."

"음, 『템페스트』는 18세기에 오페라로 공연되었어. 그래서 그들에게도 뮤지컬로 소개했지. 그들을 위해서 그런 부가 설명을 좀 넣어야 했단다. 요정이며 꿀 빠는 벌 노래며 그런 것들을 좀 곤란해했거든."

"네, 이해하겠어요." 앤마리가 씩 웃는다.

"네가 안무를 좀 도와줄 수 있을지 모르겠구나. 그들에게 조언을 좀 해 주렴."

"그럴게요. 발레는 안 하겠죠. 그들이 몸을 어떻게 움직일 수 있는지 우리가 봐야 할 거예요." 필릭스는 미소를 짓는다. 그는 우리라는 말이 마음에 든다. "꿀을 빠는 벌은 어떡하실 거예요? 그게 산통 깰 수도 있어요."

"일단 두고 보자꾸나. 표현을 좀 바꿀 수도 있지. 우리가 공연했던 다른 연극에서는 업데이트가 필요하다고 생각되는 장면에는 새로 좀 써넣기도 했단다. 그, 요즘 유행어들로 말이다."

"유행어라. 도발적인 표현 말이군요. 그건 또 어찌 된 셈인가요, 근엄하신 나리?" 앤마리가 말한다.

"어쨌든 문학 수업이니까." 그는 약간 사과하는 투로 말한다. "글쓰기도 해야지. 어쨌거나, 우리에게 있는 텍스트로 보건대 셰익스피어의 극단은 즉흥연기도 좀 했던 것이 분명하니까."

"선생님은 항상 한계까지 밀어붙이셨어요. 이리스, 케레스, 유노는 어떤가요? 약혼 파티 가면극. 이상한 장면이에요. 대사는 엄청 많은데 지루해질 수도 있어요. 그 부분에서 인형을 생각하시는 중이라고요?" 앤마리가 말한다.

"사람들한테 여신 분장을 하라고 요구할 수는 없어. 몽타주로 합성을 할 수도 있고……."

"어떤 인형이요?"

"네가 좀 도와주었으면 좋겠다. 난 그런 쪽은 잘 몰라서. 성인 인형 말이다."

"젖꼭지 달린 거 말씀이시군요."

"흠, 아기는 안 되지. 알다시피 동물도 안 돼. 생각나는 거 있니?" 그의 미란다는 테디베어 단계를 넘어가지 못했다. 인형은 그에게는 아픈 부분이다.

"디즈니 공주들이요. 그게 딱이에요." 앤마리가 단호히 말한다.

"디즈니 공주라고? 그게……."

"오, 아시면서. 백설 공주, 신데렐라, 잠자는 숲속의 미녀, 〈알라딘〉에서 잔뜩 부풀린 바지를 입고 등장하는 재스민, 〈인어 공주〉의 아리엘, 가죽 술 장식을 단 포카혼타스……. 예전에는 전부 다 가지고 있었어요. 하지만 〈메리다와 마법의 숲〉의 메리다는 빼고요. 그건 나중에 나온 거라서."

필릭스에게는 외국어처럼 들리는 얘기다. 〈메리다와 마법의 숲〉의 메리다라니? 그가 말한다. "그건 아리엘이 될 수 없어. 아리엘은 벌써 있단다."

"좋아요, 생각해 볼게요. 이렇게 하면 진짜 괜찮을 텐데! 디즈니 공주 세 명이 그들의 약혼 파티에 나타나서 축복을 비처럼 뿌려 준다면 얼마나 근사하겠어요? 반짝이는 색종이 조각을 좀 뿌

리는 것도 좋겠고요." 필릭스가 색종이 조각으로 악명 높았던 것
을 은근히 빗대어 덧붙인다.

"조언해 주시는 대로 따르겠습니다, 공주마마." 필릭스는 최대
한 정중하게 대꾸한다.

"그런 말은 팬들한테나 하세요." 그녀가 웃으며 말한다. 그러나
그는 원하는 것을 얻었다. 이제 그들은 한편이다.

하지만 정말 그럴까? 어쩌면 그녀의 눈이 순진함 때문에 커진
것이 아닐지도 모른다. 두려움 때문일지도 모른다. 그는 아주 짧
은 한순간 미란다의 시선을 통해 프로스페로를 본다. 사랑하는
아버지가 완전히 돌아 버린 미치광이에 심지어 과대망상증 환
자임을 갑자기 알아차리고 겁에 질려 굳어진 미란다. 그녀가 잠
자고 있는 동안 아무도 없는데 누군가에게 큰 소리로 이야기하
는 자신을 상상한다. 그녀는 아버지의 말소리를 듣고 겁에 질린
다. 그는 자신이 정령들을 부리고, 폭풍우를 일으키고, 나무를 뿌
리째 뽑고, 무덤을 열어젖히고, 죽은 자들을 일어나 걷게 만들 수
있다고 말하지만 실제 삶에서는 그게 다 뭐란 말인가? 순전히 광
기일 뿐이다. 불쌍한 소녀는 자신을 겁탈하려 하는, 테스토스테
론이 넘치는 건달과 완전히 머리가 돌아 버린 늙은 아버지와 함
께 바다 한가운데 갇힌 몸이 되었다. 그러니 그녀가 자기 앞에서
헤매고 있다가 처음으로 눈에 띈 제정신인 듯한 젊은이의 품에
몸을 던진 것은 전혀 놀랄 일이 아니다. 그녀가 페르디난드에게
정말로 하려는 말은 **나를 여기에서 데려가 줘요!**다. 그렇지 않겠

는가?

아니, 필릭스, 그렇지 않아. 그는 자신에게 단호히 말한다. 프로스페로는 미치지 않았어. 아리엘은 존재해. 프로스페로 외의 다른 이들에게도 아리엘의 모습이 보이고 그의 소리가 들린다. 마법은 진짜이다. 그것을 믿어야 해. 연극을 믿어야 한다.

하지만 연극이 과연 믿을 만한 가치가 있는 것일까?

24장
눈앞의 할 일로

2013년 1월 18일 금요일

월멋의 인쇄 전문점에서 필릭스는 배우들에게 나눠 주기 위해 수정한 캐스팅 명단을 복사한다. 등장인물들의 이름과 배우들만 나오고 그들에 대한 설명은 없다. 그런 다음 차를 타고 앤마리를 데리러 그녀가 세 명의 룸메이트와 함께 사는 메이크시웨그의 집으로 간다. 그녀에게 에스텔이 마련해 둔 플레처 교도소 출입 허가증을 준다. 그녀는 자기의 찌그러진 은회색 포드를 타고 그의 뒤를 따라 언덕을 올라 대문을 통과하여 주차장으로 들어간다.

그녀가 차에서 내려 부츠 신은 발로 얼음 위를 조심스레 디딘다. 손을 뻗어 도와주어야 할까? 아니, 그래서는 안 된다. 그랬다가는 또 뭔가 재치 있는 말로 그를 한 방 먹일 것이다. 그녀는 철

책과 그 위에 달린 가시철조망, 서치라이트를 훑어본다. "음침하네요."

"그렇지, 그게 감옥이야. 아무리 '돌담이 있다고 감옥이 아니고, 철창이 있다고 다 새장이 아니다'라고 해도 말이지. 하지만 저것들이 진짜 감옥 분위기를 내는 데 한몫하고 있지."

"저 안에서 무슨 연극을 한단 말이에요?"

"연극이 아니야. 시지. 실제로 시를 쓰는 사람이 감옥에 있었어. 정치적으로 잘못된 편을 선택한 거지. 〈템페스트〉에 나오잖아. '생각은 자유다.' 하지만 불행히도 그 말은 세 명의 백치들이 부르는 노래 속에 나온단다."

"우울하기 짝이 없는 얘기로군요. 요즘도 그런 어두운 생각에만 빠져 계시나요? 선생님에게는 겨울인가요? 선생님은 추우세요?"

"이쪽이다. 입구야. 조심하렴. 얼음이 얼었어."

"이쪽은 앤마리 그린랜드." 그는 보안 검색대의 매디슨과 딜런에게 그녀를 소개한다. "아주 유명한 여배우일세." 그가 거짓말을 한다. "고맙게도 우리 극단과 함께해 주기로 했지. 연극 준비를 도와줄 거야. 출입 허가증 가져왔네."

"만나서 반갑습니다." 딜런이 앤마리에게 인사한다. "뭐든 힘든 점이 있으면 저희를 불러 주세요."

"감사합니다." 앤마리가 내-일은-내가-알아서-해요, 라는 투로 정중하게 대답한다.

"이건 경보기입니다." 매디슨이 그녀에게 설명해 준다. "이 버튼을 누르세요. 제가 채워……."

"됐어요. 제가 할게요." 앤마리가 사양한다.

"그럼 가방을 여기에 통과시켜 주시고 이쪽으로 들어오세요. 가방 안에 저건 뭔가요? 날카로운 것?"

"뜨개바늘이에요. 제가 뜨개질을 해서." 앤마리가 대답한다.

필릭스는 어리둥절해진다. 뜨개질과 앤마리는 어울리지 않는 것 같은데. 하지만 딜런과 매디슨은 너그러운 미소를 짓는다. 뜨개질이라니 여성스러운 취미다. "죄송합니다만 그런 것은 저희에게 맡겨 두고 가셔야 합니다." 딜런이 말한다.

"저런. 제가 뜨개질로 누구를 죽이기라도 한다는 건가요?"

"그런 바늘이 앤마리 양을 공격하는 도구가 될 수도 있답니다." 매디슨이 참을성 있게 설명한다. "날카로운 것이라면 뭐든지요. 놀라시겠지요. 여기에는 위험한 남자들이 있어요. 나가실 때 가져가시면 됩니다."

"알겠어요. 제가 없는 동안 짜던 것을 망가뜨리지만 말아 주세요." 그 말에 남자들이 씩 웃는다. 아니면 그녀에게만 웃은 것인지도 모른다. 확실히 그녀는 그들을 매우 즐겁게 해 준다. 왜 아니겠는가? 필릭스는 생각한다. 면도날일지라도 그녀는 어둠침침한 곳을 밝게 비추는 빛이다. 그녀 덕분에 모노톤의 단조로움이 깨진다.

필릭스는 자신에게 배정된 건물 복도를 따라 그녀를 데려가며 텅 빈 방들을 가리킨다. "이 방들을 쓰고 있지. 관찰용 감방도 두 개 더 있어. 배우 휴게실과 백스테이지로 쓴단다. 리허설 공간도 있고."

"좋네요. 저 방들 중 하나를 제가 썼으면 좋겠어요. 춤 연습을 하게요."

남자들은 벌써 강의실에 모여 있다. 필릭스가 앤마리를 소개한다. 그녀가 코트를 벗는다. 흰색 셔츠와 검은색 카디건, 검정 바지로 얌전하게 차려입었다. 머리카락은 단정하게 하나로 묶어 틀어 올렸다. 귀에는 귀걸이를 한 개씩만 달았다. 그녀는 뒷벽 쪽을 향해 형식적으로 미소를 짓고는 교실 맨 앞 필릭스가 가리킨 책상에 앉는다. 등을 꼿꼿이 펴고 고개도 똑바로 든 무용수의 자세이다. 어디 하나 구부정하게 허투루 보이는 구석은 없다.

"그린랜드 양은 당분간 그냥 앉아 있을 겁니다. 여러분을 알아 갈 시간이 필요하니까요. 우리가 연습을 시작하면 그때 합류할 겁니다." 필릭스가 말한다.

쥐 죽은 듯한 침묵. 그녀의 양쪽에 앉은 남자들은 똑바로 보지 못하고 시선을 옆으로 피한다. 뒤에 앉은 사람들은 그녀의 등 말고는 아무것도 보이지 않는데도 넋을 잃고 쳐다보고 있다. 정신 바짝 차려야 해. 필릭스는 속으로 다짐한다. 그녀에게서 눈을 떼지 마. 그들을 다 안다고 생각하지 마. 네가 저 나이 때 어땠는지를 기억하라고. 지금이야 꺼져 가는 잔불일지 몰라도 늘 그랬던 것은 아니잖아.

그가 평소와 전혀 달라진 것 없는 듯이 수업을 진행한다. "자, 캐스팅입니다. 연출자는 저이고, 다 제가 결정한 것입니다. 여러분이 원하는 역할을 맡지 못할 수도 있습니다만, 인생이 다 그런 겁니다. 전 강요도 협상도 하지 않을 것이고 불평도 받아들이지 않을 겁니다. 극장은 공화국이 아닙니다. 군주제입니다."

"우리가 팀이라고 말씀하시지 않았나요?" 배무스가 골난 투로 대꾸한다.

"그렇지요. 우리는 한 팀입니다. 하지만 내가 그 팀의 왕이에요. 모든 결정은 내가 합니다. 경험 많은 배우라면 다 알 겁니다, 그렇지요?" 베테랑들이 고개를 주억거린다.

다음으로 그는 캐스팅 명단을 나누어 준다. 웅얼웅얼 투덜대는 소리가 들린다.

"저보고 주정뱅이 인디언 역을 하라고요?" 스테파노 역을 맡게 된 레드 코요테가 항의한다.

"아니. 주정뱅이 백인 역을 하라는 걸세." 필릭스가 대답한다.

"이야, 나는 바보네. 이건 할 수 있지!" 티메즈의 말이다.

"페르디난드라. 안 그래도 하고 싶었는데." 원더보이가 기뻐한다. 그는 앤마리의 등을 향해 이를 모조리 드러내고 활짝 웃는다.

"난 이거 하겠다고 안 했는데. 왕 역이라. 이놈은 불평 말고는 하는 게 없단 말이야. 난 칼리반을 해야 하는데." 메노파 교도 크램퍼스가 불평을 늘어놓는다.

"여러분 중에서 칼리반 역을 원한 사람이 많았던 건 잘 압니다. 하지만 그 역에 자리는 하나뿐이니까." 필릭스가 말한다.

"칼리반은 캐나다 원주민이어야 해요. 그건 확실해요. 자기 땅을 빼앗겼으니까." 레드 코요테가 말한다.

"말도 안 돼. 그는 아프리카인이야. 알제가 어디 있게? 북아프리카 아냐? 칼리반의 어머니가 바로 그곳 출신이라고. 지도라도 좀 봐, 이 개 같은 대가리야." 포드가 말한다.

"그럼 칼리반이 무슬림이란 말이야? 그런 빌어먹을 생각은 안 해 봤는데." 역시 칼리반을 지원했던 배무스가 말한다.

"당연히 그가 비린내 나는 백인 쓰레기일 리는 없지." 시브가 레그스를 노려보며 말한다. "백인 혼혈도 물론 아니고."

"그럼 엿이나 처먹어라." 레그스가 맞선다.

"감점이야, 너 욕했어." 포드가 말한다.

"'엿'은 욕이 아니야. 그냥 비하하는 거지. 그 정도는 다 알아, 악마한테 손가락 뜯길 놈!" 레그스가 대꾸한다.

앤마리가 웃음을 터뜨린다.

그들이 다음으로 할 일은 자기들의 막을 연구하는 것이다. 어떤 일이 일어나는가, 어떻게 연기해야 하는가, 무엇이 문제인가? 필릭스는 신중하게 각 팀마다 경험 많은 배우들을 한두 명씩 배치해 두었다. 그들이 안내자 역할을 할 수 있다. 이론상으로는 그렇다.

　사람들이 배정된 방으로 옮겨 간다. 앤마리는 자리에서 일어나 몸을 쭉 펴고 다리를 뒤로 구부렸다가 올바른 각도로 당긴다. "그리 험악해 보이지는 않는데요." 그녀가 말한다.

　"내가 험악하다고 말했던가?"

　"아뇨, 꼭 그렇게 말씀하시지는 않았어요. 하지만……." 그녀는 그들의 죄목을 기억하고 있는 것이 분명하다.

　"이 일이 아직까지는 괜찮니?" 필릭스가 묻는다.

　"네, 그럼요." 목소리에 주저하는 기색이 묻어 있지만 그녀는 그렇게 대답한다. "그럼 저는 다음에 뭘 할까요? 저의 귀여운 페르디난드는 어디 있죠? 그 사람과 함께 감상적인 내용이나 연습을 시작해야 할까요?"

　"녀석은 지금 입맛을 다시고 있는 중이지만, 오늘 시작하지는 않을 거야. 자기들의 역할로 들어가서 스스로 이해해야 해. 그런 다음 시간을 들여서 그들과 순서대로 장을 하나씩 살펴보지. 최종 버전이 비디오이기 때문에, 사람들이 준비되면 촬영을 시작할 수 있어. 일단 의상 따위를 준비하고 모자이크처럼 이어 붙이지. 하지만 지금 네가 좋다면 우리 둘은 1막 2장을 연습할 수 있지."

　그래서 미란다는 흐느끼고 탄식하고, 프로스페로는 딸을 달래고 위로하고 안심시키고 설명을 해 준다. 그가 자기들을 이 섬으로 보낸 안토니오의 배신에 대해 막 이야기를 시작할 무렵 8핸즈가 문가에 나타난다.

　"그럼 저는 누구랑 연습하나요? 페르디난드는 바위 위에 우울하게 앉아 있는 연습을 하는 중인데 제가 들어가서 그를 음악으로 꾀어내야 해요. 하지만 아직 음악이 없는데요. 하여간 제 첫 대사는 선생님과 함께예요."

필릭스가 대답한다. "아, 나의 아리엘. 자네와 의논할 기술적인 문제가 몇 가지 있네. 잠깐 쉬지." 그는 앤마리에게 말한다. "가서 다른 사람들이 뭘 하고 있는지 한번 보고 와."

"뭔가를 모의하시는 거로군요, 그렇죠?" 그녀가 8핸즈에게 미소를 지으며 말을 건넨다. "환상들을 꾸며 내려고요? 이 늙은 마법사를 조심해야 할 거예요. 당신에게 마법을 걸어 어리석은 짓을 하게 만들 거예요."

"저도 알아요. 벌써 그렇게 했는걸요." 8핸즈가 씩 웃으며 대답한다.

필릭스는 그녀가 자리를 뜰 때까지 기다린다. 그는 목소리를 낮춘다. "자네, 감시 시스템에 대해서 얼마나 알고 있나?" 그가 묻는다.

8핸즈가 미소 짓는다. "다 제 손안에 있죠. 필요한 것만 손에 넣는다면요. 도구 같은 거요. 무슨 생각이신 거죠?"

"들키지 않게 보고 싶어. 모든 방을 말이야. 복도까지 포함해서."

"선생님과 지구상의 모든 비밀 서비스라. 제가 쇼핑 목록을 만들어 드리죠. 그걸 구해다 주시면 문제없어요."

"내가 염두에 둔 것을 해 준다면, 장담하는데 자네가 조기 가석방되도록 해 줄 수 있네."

"정말요? 전 벌써 가석방을 신청했지만, 시간이 걸려요. 선생님이 어떻게 그걸 처리하실 수 있다는 거죠?"

"영향력." 필릭스는 수수께끼처럼 말한다.

높은 자리에 있는 적들 말이지. 그는 속으로 생각한다.

25장
사악한 형제 안토니오

2013년 2월 6일 수요일

시간은 쏜살같이 지나가서 이제 때가 얼마 남지 않았다. 공격 개시 시간, 증오하는 명사들이 그의 영역에 들어오고, 아직 초기 단계에 있는 그의 계획이 활짝 꽃피우기까지는 5주밖에 남지 않았다. 기대감으로 필릭스의 기지는 날카로워지고, 눈빛은 형형해지고, 근육은 팽팽히 긴장했다. 뭐든 다 할 수 있을 것만 같은 상태다.

토니와 샐은 딱 붙어서 연회에 참석하고, 축하 행사에 나타나고, 장미를 던지듯 언론에 인터뷰를 뿌리고, 가는 곳마다 촬영한 사진들을 흔적처럼 남기고 다녔다. 그는 나비를 쫓는 거미처럼 진동하는 웹을 통해 그들의 뒤를 추적한다. 그는 그들의 이미지를 찾아 에테르를 뒤진다. 그들은 한 치의 의심 없이, 다른 쪽으로는 잘 돌아가는 머리로 필릭스 필립스—자신들의 부당한 손에 추방당해, 그들을 기다리며 누워서 매복 습격을 준비하고 있는 그—에 대해서는 꿈에도 생각하지 못한 채 근심 걱정 없이 돌아다닌다. 시간은 좀 걸렸지만 복수는 차갑게 먹어야 제맛이라고, 그는 새삼 상기한다.

날짜를 세고 남은 시간을 따져 본다. 그들은 3월 중순, 공연을 볼 준비를 하고 플레처 교도소에 도착할 것이다.

그러나 그들을 위한 공연은 아직 준비되어 있지 않다. 극단은 아직 갈 길이 한참 멀다. 필릭스는 초조해서 미칠 지경이다. 일을 빨리 진행하고, 비디오를 찍고, 깎고 광을 내어 보석으로 만들기 위해 그가 무엇을 할 수 있을까? 예정된 도착 시간에 맞추려면.

그렘린들은 그에 맞서 음모를 꾸미고 있다. 도깨비들한테 두 가지 문제가 있었는데, 그들 중 한 명은 말로 눌러 놓았다. 도깨비 하나가 명시되지 않은 부상으로 병동에 있다. 레그스 말로는 손톱 다듬는 줄로 보복을 당한 것 같다고 한다. "우리하고는 전혀 관계없어요." 연습 중에 그가 잠시 보지 않는 사이 실랑이가 벌어져 욕설이 오간 일도 있었다. 이런 일은 아차 하면 끝장이 나는 수가 있다. 그러나 그때 그는 지금까지 연출한 모든 극을 다 떠올렸다.

그가 비디오로 찍은 것은 준비 장면 두어 개가 고작이다. 아주 엉성하기 짝이 없다. 그가 이용하는 대여점에서 주문한 전자 키보드도 아직 오지 않았다. 그게 없으면 어떻게 음악을 하겠는가? 그들은 그에게 MP3를 이용할 수 있도록 인터넷 접속 허가를 얻어 달라고 부탁했지만, 그것까지는 무리다. 운영진이 늘 그래 왔듯이 반대하는 탓에 에스텔조차도 그 일에는 영향력을 행사할 수가 없다. 수감자들이 권리를 남용할 것이다, 포르노를 보고 탈출 계획을 짜는 데 이용할 것이다. 필릭스가 그들은 연극에 너무 빠져 있어서 탈출에 마음 쓸 겨를이 없다고 주장해 봐도 소용이 없다. 그의 말을 믿어 주지 않는다. 또한 그가 틀렸을 수도 있다. 그들에게 음악 클립을 가져다주고 강의실의 컴퓨터로 작업할 수 있게 해 주는 등 최선을 다하고는 있지만, 아니, 아니, 이건 우리가 요구한 버전이 아니라고 그들은 눈을 부릅뜨고 말한다. 몽키스가 얼마나 구린지도 모르나?

매번 좌절이 그를 기다리고 있다. 원더보이와 앤마리는 뜻밖의 문제에 부딪친다. 그들의 첫 번째 연습은 훌륭했지만, 다음번은 영 밋밋했다. 원더보이가 영 시원치 않았다. 마지못해 겨우 하는 시늉만 하고 있었다.

"어떻게 된 거지?" 목요일에 커피를 같이 마시면서 필릭스는 앤마리에게 물어보았다.

"그 사람이 저한테 청혼했어요." 앤마리가 말했다.

"그래야지. 연극에 나오잖아." 필릭스는 객관적인 태도를 유지하면서 말했다.

"아뇨, 제 말은 진짜로 청혼했다고요. 저한테 첫눈에 반했대요. 제가 이건 연극일 뿐이라고, 진짜가 아니라고 말했어요."

"그랬더니 뭐라던?" 필릭스의 물음에 그녀는 스푼을 만지작거렸다. 그는 뭔가 더 있다는 것을 눈치챘다.

"저를 와락 껴안았어요. 입술을 비비려고 들이댔고요."

"그리고?"

"그 사람을 불구로 만들고 싶지는 않았어요."

"하지만 그렇게 했다?"

"잠깐 동안이었을 뿐이에요. 그는 아픈 것보다도 마음이 상했어요. 바닥을 뒹굴며 몸부림을 치다가 겨우 일어났어요. 저는 미안하다고 했죠."

그렇다면 그가 열정을 잃은 것도 설명이 되는군. 필릭스가 생각했다. "내가 얘기를 좀 해 보마."

"그러지 마세요. 더 나빠질 거예요."

그의 아리엘 8핸즈조차도 엉망진창이다. 1막 1장을 두 번째로 함께 연습하면서 그는 "승리 만세, 위대한 괴물이여!"라는 대사를 시작하고 나서 자기도 모르게 마음속에 두었던 말이 입 밖으로 튀어나오는 바람에 당황해서 킬킬대고 말았다.

그가 지켜보지 않으면 그들은 시간만 허비하고, 그와 프로스페로를 비하하는 별명으로 부르고, 연극을 비웃는다. 그건 정상이다. 그러나 8핸즈는 자신이 맡은 역할을 잊어서는 안 된다. 그렇다. 아리엘에게는 신경 써서 해야 할 일이 한둘이 아니다. 그는 프로스페로와 비밀을 공유하는 인물이다. 8핸즈는 맑은 정신을 유지해야 한다.

이 단계에서는 늘 이렇게 힘든가? 필릭스는 자문한다. 그래, 맞다. 아니, 그렇지 않다. 그가 많은 것을 걸고 있어서 이번에는 유독 힘든 것이다.

열네 번의 세션을 더 하고 나면 바로 그날이다. 그들은 아직도 의상을 고르지 못하고 망설이고, 대사를 틀리고, 웅얼거린다. "자, 입을 풀어." 그가 그들에게 상기시킨다. "또렷하게! 발음을 분명히 하라고! 무슨 말을 하는지 안 들리면 말하는 내용은 중요하지 않아! 강낭콩 옆 빈 콩깍지는 완두콩 깐 빈 콩깍지이고, 완두콩 옆 빈 콩깍지는 강낭콩 깐 빈 콩깍지이다! 발음 뭉개지면 안 돼!"

예전의 정상적인 극단이라면 지금쯤 그는 벌써 그들에게 소리를 질러 대고 머리에 똥만 찼다고 욕을 하고 더 깊이 들어가서 캐릭터를 찾아내 감정을 한계점까지 몰아치라고 요구하고, 그 결과로 나온 피와 고통을 이용하라고 했을 것이다. 그러나 이들은 깨지기 쉬운 자아들이다. 분노 조절 치료를 받는 이들도 있어서, 그가 소리를 지르면 나쁜 본보기가 될 것이다. 또 어떤 이들은 우울증에 가까운 상태다. 너무 몰아붙이면 무너질 것이다. 주요 배우들조차도 포기해 버릴 것이다. 그대로 걸어 나가 버릴 것이다. 전에도 그런 일이 있었다.

"자네들에게는 재능이 있어." 그는 그들에게 이렇게 말한다. 어깨를 으쓱하는 수동적인 반항. "이보다 잘할 수 있다고!" 그가 어떻게 해야 할까? 감옥으로 그들을 위협하나? 이미 감옥에 있으니 소용없을 것이다. 그에게는 쓸 수 있는 수단이 없다.

　에너지는 어디에 있을까? 이 무기력한 젖은 나무 더미들에 불을 붙일 불꽃은 어디 있을까? 내가 뭘 잘못하고 있는 것일까? 필릭스는 짜증이 난다.

　그는 끔찍한 분말 말고 커피, 질 좋은 커피를 고집했다. 값비싼 원두를 사고 그것을 갈아서 가지고 다니며 딜런과 매디슨과 나눠 마셨다. 오늘 아침 커피 타임에 스네이크아이가 필릭스를 찾아왔다. 앤마리는 무슨 일이 일어나건 도울 준비가 되어 있다는 자세로 그의 뒤에 서 있다. 그녀는 춤 연습복을 입고 있다. 니트 레그 워머에 짙은 청록색 추리닝 바지, 긴소매 검정 티셔츠 차림이다. 탭 슈즈를 신은 것이 보인다. 박자를 맞추는 역할을 할 것이다.

　"저희가 팀을 하나 만들었어요. 제 팀이요. 안토니오 팀." 스네이크아이가 말한다.

　"계속하게." 필릭스가 말한다.

　"선생님, 프로스페로가 뒷이야기를 해 주는 부분 아시죠? 미란다에게요? 어떻게 해서, 동생 때문에……."

　"1막 2장이지. 그래서?"

　"바로 그거예요."

"그게 어쨌다고?"

"너무 길어요. 게다가 지루하고요. 미란다조차도 지루해해요. 하마터면 잠들 뻔하잖아요."

그 말은 맞아. 필릭스는 생각한다. 그 장은 지금까지 프로스페로를 연기했던 모든 배우들에게도 도전이었다. 1막 2장을 어떻게 해낼지, 프로스페로의 서글픈 과거를 전하면서 동시에 어떻게 그것을 흥미진진하게 만들지. 문제는 너무 잔잔하다는 것이다. "하지만 관객들한테 정보를 줄 필요가 있어. 그렇게 하지 않으면 플롯을 따라갈 수가 없게 되거든. 관객은 어떤 잘못이 그를 괴롭혔고 왜 그가 복수를 원하는지에 대해서 들어야 해."

"네, 그건 저희도 알아요. 그래서 생각해 봤는데, 플래시백으로 처리하면 어때요?" 스네이크아이가 말한다.

"그게 이미 플래시백인데." 필릭스가 대답한다.

"그렇긴 하지만 선생님도 늘 말씀하시잖아요. 말로 하지 말고 보여 줘, 서둘러, 에너지를 불어넣어."

"그렇지. 그러면?"

"그러니까, 안토니오가 얘기하는 것만으로 그걸 플래시백으로 처리할 수 있어요. 저희들이 연습해 봤어요."

하. 저놈이 나를 빼놓으려 하는군. 필릭스는 생각한다. 나를 밀어내려 해. 자기 역할을 더 늘리려고. 과연 딱 안토니오가 할 만한 짓이군. 하지만 이것이야말로 그가 그들에게 요구했던 게 아니던가? 다시 생각해 보고 다시 구성하는 것이? "훌륭해, 어디 들

어 보지."

"이들이 저를 뒤에서 받쳐 줄 거예요. 안토니오 팀이요. 팀 이름을 '사악한 형제 안토니오'로 정했어요."

"좋아. 어디 한번 볼까."

"숫자 세는 거 잊지 말아요." 스네이크아이는 앞에 서고, 필 더 필, 배무스, 놀랍게도 메노파 교도 크램퍼스까지, 지원 팀은 뒷줄에 서는 식으로 준비하고 있을 때 앤마리가 말한다. 앤마리가 크램퍼스에게서 춤 비슷한 것이라도 짜냈다면 기적이라 해야 할 것이다.

"아주 집중하고 있어." 필릭스가 말한다.

"셋에 시작!" 앤마리가 외친다. 그녀가 하나, 둘, 셋, 숫자를 센 다음 손뼉을 치자 그들이 시작한다.

스네이크아이는 안토니오의 본질인 무자비함, 자기밖에 모르는 무자비함을 보여 주려 하고 있다. 그는 몸을 잔뜩 부풀리고, 두 손을 맞비비고, 사시기가 있는 왼쪽 눈을 가늘게 치켜뜨고, 처진 입꼬리에 조소를 머금는다. 콧수염이 있었다면 그것을 비틀었을 것이다. 그는 아주 의기양양하게 걸음을 옮긴다. 그의 팀이 발을 구르고, 손뼉을 치고, 손가락을 튕겨 박자를 맞춘다. 아카펠라다.

제법 잘한다. 필릭스가 기대했던 것보다 훨씬 낫다. 모두 앤마리의 덕일까, 아니면 뮤직비디오에서 따온 것일까? 아마 둘 다일 것이다. **쿵 쿵 짝, 쿵 쿵 짝, 짝 짝 쿵 쿵 딱,** 지원 팀이 박자를 맞춘다. 스네이크아이가 노래를 시작한다.

나는 남자, 나는 대공, 나는 밀라노 대공,

보수를 받고 싶거든 내가 시키는 대로 해.

늘 이랬던 건 아니지, 아니, 아니야

왕년에는 안토니오라 불렸던 이 몸,

별 볼일 없는 인간이었고, 그게 너무 싫었어, 화가 났어,

진짜 짜증 났어, 이길 수가 없잖아,

존경도 못 받아, 늘 두 번째 줄,

하지만 난 늘 웃는 얼굴로, 늘 거짓말을 했지, 다 괜찮다고.

프로스페로라는 내 형 있었네,

그는 진짜 상남자,

대공이었다네, 대공이었다네, 밀라노 대공.

우아하! 우아하! 쿵 짝, 짝 쿵, 딱딱 쿵.

하지만 그는 바보였어, 뭘 몰랐어, 눈 뜬 장님,

주위를 살피지도 않고, 제 일밖에 몰랐네,

등 뒤를 조심하지도 않았네, 머리를 책 속에 쑤셔 박고,

형이 말했지, 넌 알지

이 모든 일이 다 어떻게 돌아가는지, 그러니까 어디 한번 근

사하게 해 보렴

내 말했지 형이 짱이야, 밀라노의 짱
다들 형이 하라는 대로 하지,
사람들을 이리로 보내, 저리로 보내, 멀리 가까이 보내
나를 위해 전리품을 긁어 와, 새 옷을 가져와, 뭐든지 다.

형은 마법을 쓰느라 책에만 빠져 있었네
지팡이를 휘두르고 난리,
난 원하는 걸 가졌네, 그것도 괜찮았어
원하는 건 뭐든지 다 내 거,
난 아주 익숙해졌어.
하지만 형은 보지 않았지, 신경도 안 썼어, 등 뒤를 조심하지
않았어
저런 바보, 뭘 모르네, 대놓고 유혹하는 꼴
내가 밀라노 전체를 마음대로 주물렀네
내가 뭘 가져가도 형은 모르네, 그러니 내가 악한이 되었지
그러니 내가 형의 사악한 쌍둥이가 되었지, 죄의 길로 가고
말았네,
내가 이길 수 있었던 유일한 길로.

우이히! 우아하! 쿵 짝, 짝 쿵, 딱딱 쿵.

그래서 나는 나폴리 왕에게로 갔다네

그는 밀라노를 차지하기 원했네

그래서 우리는 거래를 했다네

그는 내가 훔치도록 돕고, 나는 그에게 은혜를 갚고,

그리고 우리는 나의 형, 그 프로스페로를 붙잡았네,

깜깜한 오밤중에

형의 경비대를 매수해서 제대로 싸우지도 않았네

우리는 형을 물 새는 배에 태웠네

보나마나 가라앉을 것이 뻔한.

형의 아이, 그 애도 함께 보냈지

그들을 푸른 바다로 끌어다 보냈다네

사람들에게는 형이 멀리 떠났다고, 쉬러 갔다고, 휴-가-를

갔다고 말해 줬지

열대의 섬으로, 그 말에 사람들은 기뻐했지, 하지만 시간이

지나고

형이 돌아오지 않자 빠져 죽었을 거라고들 했네.

우아하! 우아하! 쿵 짝, 짝 쿵, 딱딱 쿵.

오 저런! 오 프로스페로가 이제 없다니,

안됐군, 슬프기도 해라, 사람들의 말이네

그는 죽은 게 틀림없어.

그렇다면 이제 내가 대장, 대장, 보스라네
나는 대공, 나는 대공, 내가 밀라노의 대공.

예!
그는 대공, 그는 대공, 그는 밀라노 대공이라네.
콩 쿵, 콩 쿵, 콩 콩 쿵!
짝 짝. 하!

그들은 마지막으로 "하!"를 외치며 모두 필릭스를 쳐다본다. 그는 그 시선의 의미를 알고 있다. **저를 사랑해 주세요, 뿌리치지 마세요, 같이 하자고 해 줘요!**

"어떻습니까?" 스네이크아이가 묻는다. 그는 연습에 온 힘을 쏟아붓고 거친 숨을 몰아쉬고 있다.

"괜찮군." 필릭스가 말한다. 실은 그의 목을 조르고 싶다. 내 장면을 훔치다니! 그러나 그런 감정을 꾹꾹 눌러 담는다. 이건 그들의 공연이라고, 그는 스스로를 꾸짖는다.

"괜찮은 정도가 아닌데요. 보세요, 끝내줘요!" 앤마리의 말이다. 그녀는 방 뒤쪽에서 죽 지켜보고 있었다. "어떻게 된 건지 말 좀 해 봐요. 정리 좀 해 줘요! 이건 살릴 만해요!"

"아주 밋진 발 구르기야." 필릭스도 한마디 덧붙인다.

"그래서 제가 온 거지요." 앤마리가 활짝 웃으며 말한다. "도우미 양. 통나무를 나르고, 댄스곡을 만들고, 뭐든 하죠."

"고맙군." 필릭스가 말한다.

"질투하시나요, 대공님?" 앤마리가 장난스럽게 속삭인다. 그녀는 그의 속을 너무 깊숙이 꿰뚫어 본다. "선생님도 지원 팀에 끼고 싶으시군요, 그렇지요?"

"버릇없이 굴지 마." 그도 속삭인다.

"그리고 저희가 생각해 봤는데요," 스네이크아이가 계속한다. "그러니까, 그다음에는 배 장면으로 바뀝니다. 그들이 탄 물 새는 배 말이에요. 비디오로 그가 말하는 장면, 그러니까 선생님이 말씀하시는 장면을 넣으면 어떨까요? 미란다가 그 배에서 세 살짜리 아기였던 자기가 어떤 고생을 했을지 이야기하는 부분이랑, 선생님이 미란다에게 자기를 지켜 주는 천사 같았다고 말하는 부분요. 아기 천사. 그 부분."

"나도 그 부분은 아네." 필릭스가 대꾸한다. 심장이 뒤틀린다.

"우리 중에도 아이를 둔 사람들이 있어요. 아이 사진을 가지고 다니거든요. 그런 사진은 가지고 있어도 돼요. 가족사진이 있으면 그것도 괜찮고. 그러니까 배를 찍고요, 장난감 배 같은 것을 이용해서 산산조각 날 듯이 이리저리 막 굴리는 거예요. 그러나 날이 어두워지고 바람이 불면서 밤이 되지요. 그럼 하늘에 아이들의 사진을 보여 줘요. 사람들이 자기 아이들한테 갖는 감정이 딱 그거거든요. 힘든 일을 잘 헤쳐 나가도록 도와주는 아기 천사 같은 존재요."

어떻게 안 된다고 말하겠는가? "한번 시도해 보세."

"8핸즈 말로는 그런 식으로 사진을 비디오 속에 넣는 건 어렵지 않대요. 그것들을 한 장씩 잠깐 동안 뜨게 할 수 있다더군요. 별처럼 말예요."

"그거 근사하군." 필릭스가 대답한다. 목구멍이 막히는 느낌이다. 어째서 이런 감상적인 아이디어가 그를 이렇게 완전히 무너뜨릴까? 쓰레기 신파인데! 울기라도 할 셈인가?

조심해. 그는 자신을 타이른다. 잘 버텨야 해. 프로스페로가 언제나 주도권을 쥐고 있다. 대개는.

스네이크아이는 아직 할 말이 더 있다. 그가 한 발 한 발 걸음을 옮긴다. 탁 터놓고 말해 봐, 필릭스는 한마디 쏘아붙여 주고 싶다. 어디 한 번 더 나를 끝까지 몰아 봐. 나를 끝장내 보라고.

"선생님도 뭔가 선생님 것을 넣고 싶어 하실지도 모른다고 생각했어요." 그가 수줍게 말한다. "선생님한테도 그런 특별한 사진이 있다면요. 선생님도 하늘에 그걸 넣으실 수 있어요. 게스트 카메오 비슷하게요. 다들 선생님도 같이 해 주시면 좋겠다고 했어요."

은빛 액자 속에서, 저 하늘 위에서 그네를 타고 있는 그의 세 살짜리 잃어버린 미란다. 기쁨으로 웃고 있는. **그게 나를 지켜 주었어.**

필릭스는 거의 소리 지르다시피 대답한다. "아니, 아니야. 난 그런 거 없네! 하지만 자네들에게는 고맙게 생각해. 미안하네." 그들이 그를 괴롭히려고 이런 짓을 하는 것은 아니다. 그에 대해서,

그와 그의 회한에 대해서, 그의 자책, 그의 끝없는 슬픔에 대해서 전혀 알 리 없다.

그는 눈도 제대로 안 보이고 숨도 못 쉬는 상태로 더듬더듬 1950년대 관찰용 감방으로 와서 아래쪽 침상에 쓰러진다. 거친 회색 담요. 무릎 위로 팔짱을 끼고 고개는 푹 숙인 채. 바다에서 길을 잃고, 여기로 흘러가고 저기로 흘러간다. 썩은 시체에서 쥐 새끼들이 떠났다.

26장
진기한 장치들

2013년 2월 9일 토요일

우울함은 지나간다. 상황이 나아진다. 바삐 움직이는 것은 항상 도움이 된다.

주말에 필릭스는 의상과 소도구를 찾으러 토론토에 다녀온다. 교통 체증과 주차난 때문에 차는 메이크시웨그역 주차장에 세워 둔 채 기차를 타고 간다. 요즘은 도시의 인파를 참을 수가 없게 되었다.

반원들은 필요하다고 생각되는 것들의 목록을 작성했다. 그는 반드시 구해다 주겠다고 장담하지는 않지만, 최선을 다하겠다고 약속했다. 앤마리는 디즈니 공주 인형 세 개를 부탁했다. 인터넷으로 주문할 수도 있지만 자기 신용카드 한도가 다 찼다고 했다.

　그는 유니언 스테이션에서 기차를 내려 탐색을 시작한다. 앤마리는 스마트폰으로 검색해 본 후 그에게 가 볼 만한 곳들을 표시한 지도를 만들어 주었다.

　제일 먼저 들를 곳은 지하철로 두어 정거장 떨어진 데 있는 장난감 가게이다. 그런 종류의 상점들에 대해 생각해 본다. 미란다는 이제 장난감을 가지고 놀 나이가 아니다. 그는 가게 앞 유리창을 몇 차례 왔다 갔다 한다. 그 안에는 플라스틱뿐이다. 마분지뿐이다. 그 안으로 들어가는 것쯤이야 아무것도 아니다.

　그는 심호흡을 하고서 망가진 소원들, 버려진 희망들의 세계 속으로 문지방을 넘어 뛰어든다. 너무나 밝고, 너무나 반짝이고, 너무나 그의 손이 닿지 않는 곳이다. 가슴속에서 동요가 일지만 마음을 굳게 먹는다.

　일단 무사히 안으로 들어가자 뭔가 물에 뜰 만한 것을 찾아 물놀이 장난감 코너로 향한다. 판매 중인 수많은 원색의 물건들을 살펴보고 있노라니, 여점원이 그에게 다가온다. "도와드릴까요?"

　"고맙습니다. 배를 두 개 사려고 하는데요. 노 젓는 배 같은 거 하나하고, 그보다 조금 더 큰 범선 같은 것으로 또 하나요." 아니, 그가 원하는 것은 모형 조립 용품이 아니다. 목욕 장난감처럼 실제로 물에 띄울 수 있는 것이거나, 아니면…….

　"아, 손주한테 주시려고요?" 점원이 묻는다.

　"정확히 말하자면 저는 삼촌에 더 가깝지요." 그들은 함께 배를 고른다. 작은 것은 천 조각으로 덮여 있고, 큰 것은 폭풍우 속에서 근사하게 보일 것이다.

점원이 묻는다. "또 필요하신 거 있으세요? 아이들을 물에 뜰 수 있게 해 주는 용품들 한번 보시겠어요? 날개 모양 부낭이에요. 나비 장식이 있어서 여자아이들한테 잘 어울려요. 그리고 누들도 아주 인기가 좋아요. 스윔 누들* 말이에요." 그녀가 그의 멍한 표정을 보고 덧붙인다.

"저기, 음, 디즈니 공주도 있나요?"

"오, 그럼요." 점원이 웃으며 대답한다. "사태가 나도록 많지요!" 점원은 역사 비슷한 것을 전공한 사람인 듯하다. 그렇지 않고서야 누가 '사태가 난다'는 표현을 쓰겠는가? "저쪽이에요." 점원은 그를 우스운 사람으로 본 모양이다. 상관없다고 그는 생각한다. 우스워 보이는 것도 도움이 될 수 있지.

"고르는 것 좀 도와주시겠어요?" 그가 속수무책이라는 표정을 지으며 부탁한다. "세 개 필요한데요."

"조카들이 참 좋아하겠네요!" 그녀는 눈썹을 기묘하게 치켜세우고 말한다. "특별히 생각해 두신 공주가 있나요?"

필릭스가 목록을 들여다본다. "백설 공주, 재스민, 포카혼타스요."

"어머나, 여자아이들 취향에 대해 많이도 아시네요! 조카만이

---

* 잡고 물에 뜰 수 있게 만든 스티로폼 막대.

아니라 따님도 있으신가 봐요!"

필릭스가 움찔한다. 이런 제기랄, 못 해 먹겠군. 망할 앤마리. 그녀를 함께 데리고 오든가 사 오라고 시켰어야 했는데. 그는 살 것을 다 사고 나서 미래의 여신들을 상자에서 꺼내 종이로 포장한 다음 한 가방에 넣어 달라고 부탁한다. 그들에게는 굴욕적이겠지만, 이 정도는 시작일 뿐이다.

쇼핑백 두 개를 들고 앤마리가 메모해 준 영 스트리트의 무대의상 상점을 찾는다. 창에 스틸레토 힐을 신고, 금속편 장식이 달린 가면을 쓰고, 가죽끈을 감고 채찍을 든, 거의 벌거벗다시피 한 마네킹이 서 있다. 안에서 그는 페티시스트로 보이지 않으려 애쓰면서 뱀파이어의 이, 배트맨 망토, 좀비 가면 등을 둘러본다. 카운터 뒤에는 귀에 크롬 장신구를 줄줄이 달고 팔뚝에는 해골 문신을 새긴 근육질의 젊은이가 서 있다.

"뭐가 필요하신가요?" 그가 약간 음흉하게 웃으며 묻는다. "새로 들어온 가죽이 있는데 아주 좋아요. 맞춤식으로 해 드립니다. 입마개나 족쇄, 그런 거요." 그는 필릭스를 마조히스트로 보고 있다. 영 틀린 생각도 아니군, 하고 필릭스는 생각한다.

"검은 날개 있나요? 아니면 흰색만 빼고 색깔 있는 거라도 괜찮고요."

"타락한 천사 말씀이신가요? 있다마다요. 파란색이 있어요. 괜찮으세요?"

"그게 훨씬 낫겠군요." 필릭스가 대답한다. 그는 날개와 파란색 얼굴용 페인트 한 통, 우중충한 녹색 얼굴용 페인트 한 통, 칼리반에게 쓸 광대용 메이크업 키트와 위에 도마뱀 눈이 붙어 있고 이마에 윗니가 빙 둘러서 돋은 비늘투성이 피부의 녹색 고질라 모자와 뱀가죽 무늬 레오타드, 그리고 늑대 인간 가면을 산다. 마지막 것은 도깨비 개들에게 쓰기에 딱 좋다.

가게에 러프는 없지만 짧은 벨벳 망토 네 개가 있어서 그것을 귀족들이 입을 의상으로 고른다. 가짜 금으로 된 메달과 사자, 용이 달린 사슬도 산다. 싸구려 금 박편 장식이 달린 랩스커트 두 벌과 은색으로 된 것 한 벌, 바보들을 유혹할 때 쓸 반짝이 옷 한 벌. 파란색 반짝이 색종이 조각 두 팩, 거미, 전갈, 뱀 등 가짜 문신 여러 장.

날개는 들고 가기가 힘들다. 그는 여행 용품 상점에 들러서 바퀴 달린 큼직한 여행 가방 하나를 산 다음 날개, 배, 디즈니 공주들, 늑대 인간 가면, 반짝이는 것들을 몽땅 집어넣는다. 다행히 다 넣고도 공간이 남는다. 아직 살 것이 더 있다.

다음으로는 스포츠 용품 상점이다. 건강미 넘치는 젊은 점원에게 스키 고글이 필요하다고 말한다. 무지갯빛이 도는 그런 고글로. "이게 제일 잘 나가는 상품입니다." 젊은이가 말한다. "플루토나이트*예요." 엄청 큰 광각렌즈에 자줏빛 섞인 푸른색 광채가 돈다. 곤충의 눈처럼 보인다. "손님이 쓰실 건가요?" 점원이 눈썹을

치키며 묻는다. 분명 그에게 스키를 타는 필릭스의 모습은 상상이 되지 않는 것이다.

"아뇨. 친척 중에 10대 아이가 있어요."

"스키를 잘 타나요?"

"그러기를 바라야죠. 그리고 검은색 스키 마스크 열다섯 개 주세요."

"열다섯 개요?"

"그만큼 있으면요. 파티에 쓰려고요."

재고는 여덟 개뿐이지만 월멋 몰의 마크스 워크 웨어하우스에서 틀림없이 나머지를 구할 수 있을 것이다. 스트레치 검정 장갑 열다섯 켤레도. 도깨비가 몇 명이나 필요할지 아직은 알 수 없지만 미리 준비해 두는 것이 최선이다.

구석진 곳의 우산과 핸드백을 파는 장신구점에서 무당벌레, 벌, 나비 무늬가 유쾌하게 그려진 청록색의 반투명 여성용 비옷을 한 벌 고른다. "제일 큰 걸로 주세요." 점원에게 부탁한다. 여성용 대 사이즈이지만 그래도 8핸즈에게는 꽉 낄지 모른다. 등 쪽을 자르고 셔츠에 반쪽씩 고정시켜도 된다. 앞쪽만 보여 주면 되니까.

캐나디안 타이어 아웃렛에서 파란 샤워 커튼, 스테이플러, 빨랫줄, 플라스틱 빨래집게를 산다. 빨랫줄과 빨래집게는 스테파노와 트린큘로가 옷을 훔치는 장면에서 쓸 것이다. 잔칫상을 차렸다가 걷어치우는 장면에 쓸 녹색 플라스틱 그릇도 산다.

다음으로 근처의 스테이플스로 가서 여러 가지 색의 큰 대공용 판지 한 팩과 갈색 포장지 한 롤, 펠트 마커 몇 개, 섬의 무대배경에 쓸 선인장과 야자수 등 몇 가지를 산다. 두어 개 아이템만 있으면 된다. 그것만으로도 뇌가 알아서 환상을 완성해 준다.

그가 마지막으로 들른 곳은 여성용 수영복 상점이다. "수영모를 사고 싶은데요." 그는 가게를 보는 우아한 중년 여성에게 말한다. "파란색이 있으면 그걸로요."

"아내분께 드릴 건가요?" 여자가 웃으며 묻는다. "크루즈 여행을 가시나 보지요?" 필릭스는 감옥에 있는, 하늘을 나는 푸른 외계인 역할을 할 범죄자한테 줄 거라고 말하고 싶지만 참는다.

"네, 3월에요. 카리브해로 갑니다." 그가 대답한다.

"정말 근사하네요." 여자가 다소 부러워하는 투로 말한다. 크루즈 여행에 필요한 것들을 대 주지만 가 보지는 못하는 팔자를 타고난 사람이다.

그는 데이지 무늬가 있는 것, 청록색에 분홍 장미 무늬가 있는 것, 방수 리본이 달린 것 등 수영모 여러 개를 살펴보고 퇴짜를 놓는다. "아내가 아주 단순한 것을 좋아해서요." 제일 나은 것이 위에 겹쳐진 고무로 된 비늘 모양 장식이 달린 장난스러운 캡이다. "더 큰 사이즈는 없나요? 제일 큰 것으로요. 머리가 크고 숱이 많거든요." 설명을 해야만 할 것 같다.

"부인이 키가 아주 크신가 봐요." 점원이 말한다.

"동상 같답니다."

모자를 늘릴 방법이 있기를 간절히 바란다. 8핸즈가 버섯처럼 머리 위에 조그만 푸른색 캡 모자를 얹은 우스꽝스러운 몰골로 보여서는 곤란하다.

27장
그대가 어떤 존재인지도 모른 채

같은 날

필릭스는 기차를 타고 메이크시웨그로 돌아와 커다란 여행 가방을 끌고서 역 주차장에 세워 둔 자기 차로 간다. 눈이 더 많이 오고 있다. 그의 판잣집으로 향하는 좁은 길에 일단 들어서면 갓 쌓인 눈을 헤치고 문까지 여행 가방을 끌고 가는 것이 보통 일이 아니다.

눈보라가 몰아쳐도 해는 남서쪽으로 멀리 살구빛 구름 속에서 지고 있다. 눈 쌓인 들판 끝에 나무들이 드리운 그림자가 푸르스름하다. 얼마 선까지만 해도 이 시간이면 미란다가 밖에 나와서 해가 완전히 지기 전 마지막 빛을 받으며 공중에 눈 한 줌을 뿌리거나, 눈 속에서 팔다리를 휘저어 천사 모양을 만들며 놀았을 것이다. 그는 발자국을 찾아본다. 아니, 요즘 미란다는 밖에 나가지 않는다. 하지만 그는 그녀가 발자국을 남기지 않는다고, 너무 가볍게 걸어서 그런 거라고 스스로에게 일깨운다.

집 안에서는 불이 꺼진 후에 흔히 나는 흙냄새, 재 냄새가 난다. 히터를 켠다. 윙 하는 소리가 나고 곧이어 금속이 데워지는 핑 소리가 난다. "미란다?"

처음에는 미란다가 집에 없나 보다 하다가 이내 가슴이 쿵 내려앉는다. 그녀를 찾는다. 딸은 짙어지는 그림자 속에서 테이블 옆에 있다. 체스 판을 옆에 두고 수업을 다시 시작할 준비를 하고 기다리고 있다. 그는 딸에게 중급 게임 기술을 가르치고 있었다. 하지만 그가 새 여행 가방을 열자 그녀는 테이블 앞을 떠나 다가와서 아빠가 가져온 것을 신기한 듯 구경한다.

금색 천, 파란 고무 수영모, 작은 배, 이렇게 화려한 것들이 다 있다니! 번쩍거리는 옷차림의 디즈니 공주도 셋이나 있다. 그녀의 눈에는 그것들이 황홀하리만치 멋지게 보인다.

이것들은 다 뭘까? 그녀는 궁금해한다. 이런 것들이 다 어디에서 났나? 뭐에 쓸 것인가? 수영모? 스키 고글? 수영은 뭐고, 스키는 또 뭘까? 물론 그런 물건들은 그녀가 알지 못하는 것들이다. 미란다는 바깥세상에 대해 너무나 아는 것이 없다.

"놀이에 쓰는 것들이란다." 필릭스가 말해 준다. 그런 다음 놀이가 무엇인지, 연기가 무엇인지, 왜 사람들은 자기 아닌 다른 누군가인 척하는지 설명해 준다. 그는 딸에게 극장에 대해 이야기해 준 적이 한 번도 없다. 사실 그녀는 지금껏 그가 두 개의 초라한 방에 있지 않을 때에는 어디에 가는지 거의 관심을 보인 적이 없었지만, 지금은 열심히 귀를 기울이고 있다.

월요일에 플레처 교도소에서 여섯 시간 동안 2막을 한 장씩 해치우고 기진맥진한 채로 돌아와 보니, 미란다가 〈템페스트〉 대본을 읽고 있다. 그렇게 부주의하게 여분의 대본을 두고 가지 말아야 했는데. 그녀는 거기 홀딱 빠져 버렸다. 이럴 줄 알았어야 했는데.

그는 미란다가 연극에 관심 갖는 것을 조금도 원치 않았다. 너무 힘든 데다 정신적으로도 부담이 크다. 너무 많은 거절, 너무 많은 실망, 너무 많은 실패를 감수해야 한다. 무쇠 같은 심장, 강철 같은 피부, 호랑이의 의지력을 다 갖추어야 한다. 여자라면 그 이상이 필요하다. 미란다처럼 마음이 곱고 예민한 아이에게는 특히나 힘든 직업일 것이다. 그녀는 인간 본성에서 최악의 것으로부터 보호받아 왔다. 그런 아이가 최악의 것과 대면하게 된다면 어떻게 감당할 수 있겠는가? 의료 쪽, 치과 일 같은 더 안전한 직업을 택해야 한다. 그리고 당연히 안정되고 다정다감한 남자와 결혼해야 한다. 사라지는 무지개, 터져 버리는 거품, 구름 속에 솟은 탑과 같은 환상의 세계 따위에 자신을 허비해서는 안 된다. 그가 해 온 것이 그런 짓이다.

하지만 지금 굳게 마음먹은 딸의 모습을 보니 연극이 그녀의 핏속에 흐르는 것이 틀림없다. 그녀는 제작에 참여하겠다고 고집을 부린다. 게다가 곤란하게도 미란다 역을 하고 싶어 한다. 그역이 자신에게 딱 맞는다고 말한다. 생각만 해도 그렇게 행복할수가 없다! 페르디난드 역을 맡을 상대를 만나고 싶어서 참을 수가 없다. 둘이 함께 있으면 틀림없이 볼만할 것이다.

"넌 미란다 역을 할 수 없어." 그가 최대한 단호하게 말한다. "그건 불가능해." 딸에게 어떤 일이든 이렇게 대놓고 안 된다는 말을 하기는 처음이다. 자기 말고는 누구에게도 그녀가 보이지 않을 거라는 말을 어떻게 하겠는가? 그녀는 아예 그 말을 믿지도 않을 것이다. 그리고 설령 믿는다 해도, 믿지 않을 수 없다 해도, 그때 그녀는 어떻게 될 것인가?

왜 안 돼요? 그녀는 물러서지 않는다. 왜 내가 미란다가 될 수 없다는 거지? 아빠는 너무하다! 이해를 못 한다! 나를 대하는 아빠의 방식은……

"뭐, 변덕스럽다고?" 그가 딸에게 말한다.

저건 삐친 건가? 반항하느라 팔짱을 꼈나? 하지만 왜? 그녀는 알고 싶다. 왜 저는 안 돼요?

"왜냐하면 벌써 미란다 역을 할 여배우가 정해져 있거든. 미안하구나."

그녀는 그 말에 슬퍼하고, 그 역시 슬퍼진다. 딸의 마음을 다치게 하는 것이 싫다. 그의 마음이 찢어진다.

딸이 사라진다. 밖으로 나가서 어둠 속을, 눈 속을 걸어가고 있나? 10대 소녀들이 흔히 그러듯 골이 나서 제 방 침대에 박혀 있나?

　그러나 딸에게는 자기 방이 없다는 사실을 새삼 떠올린다. 그녀에게는 침대도 없다. 아예 잠을 자지 않는다.

28장

마녀의 씨

2013년 2월 25일 월요일

의상을 갖춰 입고 나니 배우들은 한층 활기가 넘쳤다. 그들에게 연극이 진짜가 되어 가고 있다. 그들은 이제는 배우 휴게실로 이름을 바꾼 2번 방의 거울 앞에서 여러 각도로 자기 모습을 비추어 보고, 오만상을 쓰기도 하고, 대사를 연습해 보면서 많은 시간을 보낸다. 그가 가르쳐 준 대로 워밍업을 하는 것이다.

강낭콩 옆 빈 콩깍지는 완두콩 깐 빈 콩깍지이고, 완두콩 옆 빈 콩깍지는 강낭콩 깐 빈 콩깍지이다. 그들의 목소리가 들려온다. **회, 회, 회, 회개하라! 프, 프, 프, 피해! 평화! 스, 스, 스, 사랑스러운 정령들이여! 오, 오, 오, 완벽해!** 노래를 맡은 사람들은 앤마리에게 배운 대로 노래를 부르며 목청을 가다듬고 있다. **옴 옴 옴!**

뼈들이여! 사라져라! 종을 울려라!

키보드가 도착한다. 잠시 언쟁이 오간 끝에 보안 검색대를 통과하도록 허락을 받는다. 필릭스는 4번 방을 음악실로 지정한다. 앤마리가 무용수들과 작업 중이다. 매 세션 전마다 워밍업을 한다. 그녀는 팔굽혀펴기와 마루운동을 시킨다. 필릭스가 자신의 작은 왕국에 난 복도를 따라 순찰하며 이런저런 소리를 엿듣고 있는데 그녀의 목소리가 들린다.

"박자 맞추고! 하나, 둘, '둘'에 쳐요! 흔들어! 흔들어! 부서지도록 흔들어! 중심에서부터! 박자 세요! 골반을 움직여! 좋아요!"

8핸즈는 하루는 케이블 작업을 하느라 분주하다. 그다음에는 작은 마이크와 무선 스피커를 설치한다. 벽에 드릴로 구멍을 뚫는 것은 안 될 것이다.

필릭스는 메인 룸의 구석에 접이식 가리개를 설치했다. 비디오를 볼 때 쓰려는 것이다. 가리개 뒤에는 컴퓨터 모니터와 키보드가 놓인 책상이 있고 의자 두 개가 있다. 한쪽에는 8핸즈, 다른 쪽에는 필릭스가 앉을 것이다. 이제 필릭스는 자기 영역 안의 어느 곳이든 훔쳐볼 수 있다.

"배우 대기실." 8핸즈가 화면에 불러낸다. "음악실. 관찰용 감방, 옛날 방. 이제 다른 방이에요. 여기에 꼬리표를 붙여 놓았어요, 아시겠죠? 음성과 영상이 있고, 녹음과 녹화도 할 수 있어요."

"내가 원하던 그대로군. 나의 훌륭한 정령이여!" 필릭스가 칭찬한다.

"진짜로 이거 다 허가받으신 거 맞죠?" 8핸즈가 조금 걱정스러운 듯 묻는다. 그는 처벌을 받을 짓은 하고 싶지 않다. 그랬다가는 가석방이 연기될 수도 있다.

"자네한테는 아무 영향 없을 테니 걱정 마. 모든 게 다 연극의 일부야. 내가 모든 책임을 질 걸세. 교도소 당국에 다 설명했고, 우리가 이러고 있는 거 다 알아." 반은 진실이고, 반은 아직 아니다. "궁금한 게 있으면 다 나한테 물어보라고 해."

"알겠어요." 8핸즈가 대답한다.

앤마리와 원더보이는 자기들의 장을 꽤 열심히 연습해 왔다. 그녀는 처녀답고 자연스러우며, 그는 그녀에게서 강아지 같은 눈을 떼지 못한다. 그는 무대 뒤에서도 강아지 같은 눈을 떼지 못하지만, 앤마리는 모른 척한다. 그녀는 동료들 사이에 욕정보다는 유대감과 헌신을 불러일으키고자 하는 컵스카우트 리더 같은 존재로 자리 잡았다. 이를 위해 그녀는 빵을 굽기 시작했다. 캐러멜 브라우니, 초콜릿칩 쿠키, 시나몬 번 등을 가져와서 휴식 시간에 나누어 준다. 딜런과 매디슨은 빵을 받고 속에 마약이 들었다고 농담한다. 그러니까 극단 사람들이 정신 못 차리는 게 아니겠는가? 미친 듯이, 열광적으로 흥청대는 파티 아닌가? 앤마리는 영악한 아홉 살짜리 아이들을 보듯 그들을 향해 너그럽게 웃어 준다.

놀랍군. 필릭스는 생각한다. 저렇게 가냘프고 소녀 같은 사람이 저렇게 푸근한 아줌마처럼 굴 수 있다니. 오래전부터 그녀를 보아 온 그의 눈은 틀리지 않았다. 그녀는 훌륭한 여배우이다.

또한 그녀는 여신을 도맡았다. 백설 공주는 사자使者인 이리스로 정해졌고, 포카혼타스는 풍요의 여신인 케레스, 재스민은 결혼의 수호신인 유노가 될 것이다. "하지만 이런 거지 같은 건 입힐 수 없어요." 그가 인형들을 건네자 그녀가 말한다. 그녀는 인형의 옷을 벗기기 시작했다.

"나도 알아. 하지만 어디에서……."

"저랑 뜨개질하는 동아리에서 프로젝트로 하면 돼요."

"아직도 네가 뜨개질 모임을 한다는 게 상상이 안 된다." 뜨개질 모임은 선교 봉사를 하는 아줌마들이나 참호 속의 남자애들을 위해 양말을 뜨는 제1차 세계대전 때의 부인네들이나 할 일이지, 세련된 젊은 여배우에게는 어울리지 않는다.

"마음을 가라앉혀 줘요. 뜨개질 말예요. 선생님도 한번 해 보세요. 남자들도 해요."

"난 사양하마. 네 모임이 이런 일을 맡아 줄 거라고? 인형 옷 만들기를?"

"뜨개질을 끝내주게 해요. 아주 좋아할 거예요. 이리스한테는 무지개색이 어울려요. 케레스는 과일과 토마토, 밀짚 단 같은 게 필요하고요. 유노는 공작 깃털 디자인으로 해 줄 거예요."

"털옷을 입은 여신들이라고? 뚱뚱해 보이지 않을까?" 필릭스가 묻는다. 본심을 숨기고 변죽을 울리는 것은 악취미지만, 좋아서 그러는 것은 아니다.

"깜짝 놀라실걸요. 뚱뚱해 보이지 않을 거예요. 장담해요."

"문제는 이 여신들이 자기네 할 일을 하고 난 직후에 극 전체를 통틀어 나의 최고의 대사가 나온다는 거야. '우리의 반란은 이제 끝났도다.'" 그는 낭송을 하지 않을 수가 없다.

> 여기 우리의 배우들은
> 내가 예고했던 대로, 모두 정령들이었다
> 공기 속으로, 옅은 대기 속으로 녹아 버린다
> 그리고 이 기초 없는 허깨비 건물처럼
> 구름 위로 솟은 탑들, 화려한 궁전들,
> 엄숙한 사원들, 위대한 지구 자체도,
> 그렇다, 그 모든 것이 다 녹아 없어질 것이다,
> 그리고 이 실체 없는 가장행렬이 희미해지듯
> 잔해 하나 뒤에 남지 않을 것이다. 우리는 다 그런 존재들
> 꿈이 이어지듯이, 우리의 보잘것없는 삶은
> 잠으로 둘러싸여 있다.

"와, 아직도 대사를 외우실 수 있군요." 그가 대사를 끝내자 앤 마리가 말한다. "그래서 제가 늘 선생님이랑 일하고 싶었던 거예요. 선생님은 거장이세요. 선생님 때문에 울 뻔했어요."

"고맙구나." 필릭스가 살짝 고개 숙여 답례를 한다. "그럭저럭 괜찮았지?"

"그럭저럭이라고요? 젠장." 앤마리가 눈가를 훔친다.

"좋아, 그럭저럭은 빼자. 하지만 털옷 입은 디즈니 공주들은 좀……." 어떤 표현을 쓰면 좋을까? "좀 효과를 반감시키지 않을까? 연설에 말이다. 우스꽝스러워지지 않겠니?"

"제가 인터넷으로 검색해 봤어요. 공연도 세 개 봤는데요, 여신은 사람이 할 때조차도 항상 우스꽝스러워 보일 위험은 있어요. 백스크린 프로젝션을 쓴 것도 있고, 공기를 넣어서 부풀리기도 하고, 몇 년 전에는 죽마를 타고 나오기도 했어요. 하지만 우리 것은 일단 해 보면 디즈니 공주들처럼 보이지 않을 거예요. 인형들 얼굴에 그림을 그릴 거예요. '글로 인 더 다크' 같은 것으로요. 반짝이는 펜 말이에요. 가면 얼굴처럼 보이게 할 거예요. 그리고 그것들은 어쨌거나 아리엘의 꼭두각시니까, 일본 분라쿠 기술을 쓰면 어떨까요? 아니면 검은 조명 아래서 스키 마스크를 쓰고 검은 장갑을 낀 사람들이 인형들을 움직이면 어때요? 하여간 그런 재료들이 다 있잖아요. 그리고 음성 변조 장치로 목소리를 바꾸는 거예요. 괴상한 정령의 목소리처럼요."

"해 볼 만하겠구나." 필릭스가 말했다.

2013년 2월 27일 수요일

행성들이 한데 모이고 폭풍우가 몰아치는 날이 오기 2주 전.

이제 그들은 배가 가라앉고 8핸즈가 수영모와 고글을 쓰고 나오는 폭풍우 장면 앞부분을 녹화했다. 촬영은 놀랄 정도로 잘되었다. 필릭스는 다음 주에 아리엘과 자신의 첫 장면을 연기할 것이다. 8핸즈는 그동안 기술 일로 너무 바쁘게 보내서 대사를 연습할 시간이 좀 더 필요하다.

오늘은 칼리반을 찍고 있다. 그가 대사를 외우는 장면을 클로즈업으로 찍고, 나중에 멀리서 찍은 컷을 추가할 것이다. 레그스가 무대의상을 다 갖추어 입는 첫날이다. 눈과 이를 지우고, 가장자리가 얼굴 주위에 너덜너덜하게 늘어진, 비늘 돋은 고질라 머리 장식을 쓴다. 얼굴은 흙투성이로 분장을 한다. 다리에 도마뱀 가죽 무늬를 그리고, 팔은 거미와 전갈 모양의 가짜 문신으로 뒤덮는다. 필릭스가 여태껏 본 다른 칼리반 분장에 못지않고, 어떤 것들보다는 더 낫기까지 하다.

"준비됐나?" 필릭스가 묻는다.

"네, 음, 뭘 좀 추가했어요. 앤마리가 도와줬어요." 레그스가 대답한다.

필릭스가 앤마리 쪽을 본다. "도움이 될까? 노닥거릴 틈이 없어. 시간이 없다고. 웬만하면 있는 것으로 해야 해." 각자 다른 재료를 더 쓰라고 부추긴 장본인이 그였으니, 까다롭게 굴 자격이 없다.

"3분 30초면 돼요. 제가 시간 쟀어요. 그리고, 네, 굉장해요! 제가 선생님께 거짓말을 하겠어요?" 그녀가 대답한다.

"그 말엔 대답하지 않으마." 필릭스가 대꾸한다.

"테이크 원, 마녀의 자식. 칼리반과 마녀의 자식. 먼저 내레이터가 나오고, 나중에 찍을 수 있어요. '칼리반이 온다, 돌로 된 감옥에서, 노예의 몸으로, 신음을 흘리며, 그러나 무슨 일이 닥치더라도 그는 제 할 말은 해야 한다!' 이런 식으로요." 티메즈가 말한다.

필릭스가 고개를 끄덕인다. "좋아."

"호흡하는 거 잊지 마요." 앤마리가 레그스에게 이른다. "횡경막에서부터요. 분노에 대해 내가 한 말 기억해요. 분노는 연료 같은 거예요. 찾아내서, 써먹어요! 이거야말로 당신이 울부짖을 수 있는 기회라고요! 로켓처럼 쏘아 올려요! 하나, 둘, 셋!"

레그스는 벌떡 일어나 몸을 웅크리고 주먹을 부들부들 떤다. 티메즈, 포드, 배무스, 레드 코요테는 옆으로 비켜서서 레그스가 자신의 노래, 자신의 포효를 쏟아 내는 동안 손뼉을 치며 박자를 맞추고 당김음으로 나직이 우오, 우오 소리를 보탠다.

내 이름은 칼리반, 비늘과 긴 손톱 있다네

나한테서는 생선 비린내가 진동하고 사람 같지 않지─

하지만 내 다른 이름은 마녀의 씨, 그가 부르는 이름이기도 하지.

그가 나를 부르는 이름은 한둘이 아니야, 수많은 이름으로 놀려.

나를 독, 오물, 노예라 부르네

나를 길들인다고 감옥에 가두네
하지만 나는 마녀의 씨!

내 어미 이름은 시코락스, 다들 마녀라 하네
푸른 눈의 노파에 진짜 못된 년.
내 아비는 악마였네, 그것도 사람들이 하는 이야기
그래서 나는 두 배로 사악하지만 전혀 유감 없다네
나는 마녀의 씨이니!

사람들은 어머니를 섬에 버렸네, 애를 뱄다고,
거기서 죽게 내버렸다네, 농담이 아니었지
내가 태어나고, 어머니는 죽었네, 그러니까 섬은 '나의' 땅.
이곳이 나의 왕국이었네! 그리고 내가 왕이었네!
나는 만물의 왕이었네.
마녀의 씨 왕!
그러다 프로스페로가 왔네, 어린 아기를 데리고,
그는 제가 뭐라도 되는 줄 아네, 한때는 잘나갔다는 이유로.
처음에는 괜찮았지
그에게 먹을 것이 있는 곳을 다 보여 주었어
그는 나를 애완동물로 만들었네, 이제 내가 가진 건 그것뿐
내가 그 계집애한테 뛰어들려 했으니까, 나 말고는 그 짓을
할 남자가 없잖아,

잘해 주려고 한 짓인데, 온 섬 가득 씨를 퍼뜨리려고
마녀의 씨들만 사는, 섬나라!

그래서 그는 나를 시커멓게 멍이 들도록 시퍼렇게 멍이 들도
록 꼬집는다네
그가 코를 골며 자는 동안 나는 일을 해야 하네
아니면 제 마법 얘기를 해, 지겨워 죽겠네
그에게 욕을 퍼부어 주지만 그럼 나를 더 심하게 꼬집는다네
나는 심한 복통 같은 존재, 종기 같은 자,
그러나 나는 마녀의 씨!

그러니까 기회만 오면 그의 책을 찢어발길 거야
마법 지팡이를 부러뜨려 웃음거리로 만들 거야
그의 골통을 깨부수어 내 고통을 갚아 줄 거야
그 계집애를 내 마녀의 씨 여왕으로 만들겠네
그녀가 아무리 소리 질러 대도
소리 지르면 지를수록, 더 요구하는 셈이지
그녀가 무릎을 꿇고, 애원하게 만들 거야
그녀가 아무리 징징대도, 올라타 주지,
나는 마녀의 씨이니까!

기억해 둬.

나는 마녀의 씨!

끝이 났다. 그는 거칠게 숨을 몰아쉬고 있다.

"와, 끝내줬어요!" 앤마리가 외친다. 그녀와 함께 지원 팀도 박수를 친다. 필릭스도 박수를 친다.

"네, 겨우 안 까먹고 끝까지 했네요." 레그스가 겸손하게 말한다.

"그 정도가 아니에요! 최고의 리허설이었어요." 앤마리가 칭찬한다. "당신이 볼 수 있도록 스크린에 찍은 것을 띄울게요. 그러고서 마지막 연습을 하고 나면, 그다음이 촬영일이에요! 지원 팀의상이 필요해요. 어울리게 그 도마뱀 모자를 써야 해요." 그녀가필릭스에게 말한다. "하지만 이런 건 선생님도 생전 처음 보실 거예요!"

필릭스가 대꾸한다. "맞아. 처음이야." 그는 약간 숨이 막히는 기분이다. 레그스가 그를 위해서 해냈다. 아니, 그를 위해서는 아니다. 레그스는 앤마리를 위해 해낸 것이다. 그리고 물론 연극을 위해서이기도 하다. 레그스는 연극을 위해서 해냈다. "오 멋진 신세계여, 이런 이들이 여기 있도다!"[+]

그녀가 웃음을 터뜨린다. "그대에게는 새로운 것일 터, 불쌍한 늙은 필릭스! 이래도 우리가 선생님 연극을 망치고 있다고 하시겠어요?"

[+] 『템페스트』 5막에서 안토니오, 알론소 등 일행들을 다 만나게 되자 미란다가 감탄하며 한 대사.

"이건 내 연극이 아니야." 필릭스가 대답한다. "우리의 연극이지." 그가 정말 그렇게 믿고 있을까? 그렇다. 아니다. 실은 아니다.

그렇다.

29장
접근

2013년 3월 2일 토요일

토요일 정오에 눈을 뜬 필릭스는 심한 숙취를 느낀다. 술을 마시지도 않았는데 이상한 일이다. 머리를 너무 많이 쓰고, 에너지를 다 소진했다. 너무 많이 생각하고, 너무 많이 지도하고, 너무 많이 본 탓이다. 너무 많은 아웃풋을 쏟아 내고, 너무 많은 말을 뱉고, 너무 많이 밖으로 나돌았다. 그는 열네 시간을 잤지만 그 정도로는 재충전을 시작도 못 했다.

오래 입은 탓에 닳아서 남부끄러울 만큼 얇아진 잠옷 바람으로 비틀거리며 거실로 나간다. 창문을 통해 바깥의 눈이 반사되어 배로 밝아진 빛이 쏟아져 들어온다. 뱀파이어처럼 눈을 껌벅이며 뒷걸음질한다. 왜 커튼이 없지? 커튼이 필요하다고 느껴 본 적이 없었다. 누가 들여다보려 하겠는가?

그가 잘 있는지 확인하려고 미란다가 밖에서 유리창 안으로 들여다볼 때를 제외하면. 미란다는 어디 있을까? 아침은 그녀에게 잘 맞지 않는다. 해가 제일 높이 떠 있는 12시 정오는 특히 그렇다. 너무 밝으면 그녀는 희미해진다. 그녀가 빛이 나려면 황혼이라야 한다.

바보 같으니. 그는 스스로를 나무란다. 언제까지 이런 링거주사로 버틸 셈인가? 딱 삶을 유지시켜 줄 만큼의 환상. 플러그를 뽑아 보지 그래? 네 번쩍이는 스티커, 종이를 오려 낸 그림, 크레용을 포기해. 진짜 삶의 단순한, 있는 그대로의 더러움을 마주하라고.

그러나 진짜 삶은 눈이 부시도록 다채롭다고 그의 머릿속 한 구석에서 말한다. 그것은 우리 눈에 보이지 않는 것들까지 포함하여 온갖 빛깔들로 이루어져 있다. 모든 자연은 불꽃이다. 모든 것이 형태를 이루고, 모든 것이 만개하고, 모든 것이 희미해진다. 우리는 느린 구름이다.

그는 몸을 부르르 떨고 머리를 긁적인다. 두개골 속에서 오그라드는 호두 같은 뇌를 되살리기 위해 피를 흐르게 해야 한다. 커피가 필요하다. 그는 전기 주전자에 물을 끓이고, 간 커피 원두에 물을 붓고, 커피를 우려낸 다음 알칼리성 럼주처럼 꿀꺽꿀꺽 들이켠다. 뉴런에 불꽃이 튀기 시작한다.

청바지와 스웨터를 입는다. 세 박스 바닥에 남은 시리얼을 긁

어모아 죽처럼 만든다. 먹거리를 사다가 찬장을 채워야 할 때가 되었다. 강렬한 환상에 사로잡힌 나머지 먹는 것조차 잊고 굶어 죽은 후에 몇 달이 지나서야 바싹 마른 시신으로 발견되는 그런 은둔자가 되어서는 안 된다.

그렇다. 이제 그는 회복되었다. 이제 준비가 되었다.

그는 컴퓨터를 켜고 토니와 샐을 검색한다. 거기 그들이, 그들과 그들이 한 말들이 300마일 밖에 있다. 자신들과 동류인 인물 하나를 같이 데리고 다닌다. 아주 예전부터 줏대 없는 예스맨이었던 국가보훈처장 시버트 스탠리다. 그들은 항상 스탠리 같은 인물을 택한다.

이제 곧 그들이 여기 올 것이다. 필릭스에게 얼마나 달콤한 순간이 될까! 그를 알아볼까? 아마 처음에는 알아보지 못할 것이다. 도깨비들이 제 몫을 하는 동안 그는 시야를 벗어난 곳에 있을 테니까. 자기들의 목숨이 위태로워졌다고 생각하게 되면 어떻게 나올까? 괴로워할까? 그렇다, 괴로워할 것이다. 갑절로 뒤틀린 고통. 틀림없이 그럴 것이다.

달력에서 다음 주를 찾아본다. 연극 중 그가 나오는 장들을 찍게 될 것이다. 비디오카메라로는 딱 한 번이나 많아야 두 번밖에는 찍을 시간이 없다. 첫 번째에 가능한 한 잘 해내야 할 것이다. 대사는 완벽하게 숙지하고 있었다. 두말할 필요 없이 이제는 뼈에 새겨지다시피 했다. 하지만 그게 현명한 짓일까? 자세, 몸짓,

얼굴 표정은 어떤가? 힘, 정확성. 연습을 해야 한다. **강낭콩 옆 빈 콩깍지는 완두콩 깐 빈 콩깍지이고, 완두콩 옆 빈 콩깍지는 강낭콩 깐 빈 콩깍지이다.**

큰 옷장을 열어 본다. 수많은 눈알들이 빛을 받아 반짝이는, 그의 마법 의상이 있다. 옷을 꺼내어 먼지와 얇은 막 같은 거미줄을 털어 낸다. 12년 만에 처음으로 그 옷을 걸쳐 본다.

벗어 버린 껍질을 다시 입는 것 같다. 그가 망토를 걸치는 것이 아니라, 망토가 그를 걸치는 것 같다. 작은 거울 앞에서 자세를 잡아 본다. 어깨를 뒤로 젖히고, 가슴을 올리고, 아랫배에 힘을 주고, 폐 한가득 숨을 들이마신다. **미미미, 모모모, 무무무. 총명한. 터무니없는. 광포한.**

심술궂은 정령. 침은 뱉지 말아 다오.

다음은 그의 지팡이다. 은빛의 여우 머리 달린 지팡이를 손에 쥔다. 지팡이를 허공에 쳐든다. 손목에 전기가 통하는 듯하다.

"이리 오라, 나의 아리엘. 오너라." 그가 읊조린다.

사기꾼의 목소리처럼 들린다. 진정성 있는 어조, 진실한 목소리는 어디 있나? 어째서 그가 이런 불가능한 역을 할 수 있다고 생각했던 것일까? 프로스페로에 어울리지 않는 점이 한두 가지가 아닌데! 그가 귀족적이고 겸허한 은자를 연기할 자격이 있나? 현명한 늙은 마법시, 복수심에 찬 늙은 바보를? 성미가 급하고 무분별하면서 다정하고 인정 많은 인물을? 사디스트적이면서 너그러운 인물을? 너무나 의심이 많으면서 또 너무 잘 믿는 인물을? 의미와 의도들의 미세한 결을 하나하나 어떻게 전달해야 하나? 도저히 불가능한 일이다.

이 연극을 공연하면서 수백 년 동안 사람들은 여러 가지 속임수를 썼다. 대사를 끊고, 문장들을 편집하여 계산된 범위 안에 프로스페로를 한정 지으려 했다. 그를 이것 아니면 저것 한 가지로 만들려 했다. 딱 맞게 만들려 했다.

여기서 그만두면 안 돼, 하고 그는 스스로에게 다짐한다. 너무 많은 것을 걸었다.

그는 다시 대사를 연습할 것이다. 명령처럼 들려야 할까, 초대처럼 들려야 할까? 이 대사를 할 때 아리엘이 얼마나 멀리 떨어져 있다고 여겨야 할까? 아니면 말한다기보다 부르는 것처럼? 첫 소리를 내야 하나, 고함을 쳐야 하나? 그 장면에 등장하는 자기 모습을 너무 많이 상상했더니 어떻게 연기해야 할지 도무지 알 수 없게 되었다. 아무리 애를 써도 한껏 높아진 자신의 기대에 미치지 못한다.

"이리 오라, 나의 아리엘." 그는 귀를 기울이듯 몸을 앞으로 내민다. "오너라!"

그는 귓가에서 미란다의 목소리를 듣는다. 속삭이듯 작은 소리지만 그에게는 들린다.

만세, 위대한 주인이시여, 근엄하신 분이여, 만세! 제가 왔나니 그대의 가장 큰 기쁨에 답하고저, 날아가나이다,

헤엄쳐 가나이다, 불속에도 뛰어드나이다,

뭉게구름을 타고 가나이다, 주인님의 거센 부르심에,

아리엘에게 가진 힘을 모두 다하도록 명령을 내리소서.

필릭스는 마치 그것이 자신을 태우는 듯 지팡이를 내던진다. 그런 일이 정말로 일어났을까? 그럼, 일어났다! 그가 분명히 들었다!

미란다는 결심을 했다. 아리엘의 대역을 하려는 것이다. 물론 그는 전혀 반대할 수 없다.

얼마나 영리한지, 얼마나 흠잡을 데 없이 완벽한 아이인지! 미란다는 연습에 자연스럽게 녹아들 역을 찾아낸 것이다. 때때로 오직 그에게만 그녀의 모습이 보일 것이다. 그에게만 그녀의 목소리가 들릴 것이다. 다른 이의 눈에는 보이지 않을 것이다.

그가 외친다. "나의 멋진 정령이여!" 미란다를 안아 주고 싶지만 그럴 수가 없다. 프로스페로와 아리엘은 절대 서로를 만지지 않는다. 정령을 어떻게 만질 수 있겠는가? 이제 그녀를 볼 수조차 없다. 목소리만으로 만족해야 할 것이다.

제4부

거친 마법

30장
나의 예술의 덧없음

2013년 3월 4일 월요일

　월요일 아침 필릭스는 여전히 꿈속에서 완전히 헤어나지 못한 채 일찍 눈을 뜬다. 그건 뭐였을까? 음악이 나왔고, 누군가가 그를 피해 숲속으로 사라졌다. 소리 내어 부르고 싶었다. 그들에게 기다리라고 하고 싶었지만, 말을 할 수도, 움직일 수도 없었다.

　꿈, 그는 화이트보드에 이렇게 썼어야 했다. 당연히 그것이 핵심이었다. 나의 정령들은 꿈속에서처럼 모두 얽매여 있다. 연극에서 얼마나 많은 사람들이 갑자기 잠에 빠지거나 꿈 얘기를 하는가? **우리는 모두 꿈과 같은 것으로 이루어진 존재다.** 그러나 꿈은 무엇으로 만들어졌을까? **잠으로 둘러싸여 있다.** 둘러싸여 있다. 그 말은 '훌륭한 지구 자체'와 너무나도 정확하게 맞아떨어진다. 셰익스피어는 항상 자신이 무엇을 하고 있는지 알고 있었던 걸까, 아니면 때로는 몽유병 상태로 돌아다녔을까? 흐름 속에서? 꿈을 꾸는 듯한 상태에서 글을 썼을까? 스스로에게 마법을 걸고서? 아리엘은 뮤즈일까? 필릭스는 전혀 다른 〈템페스트〉를 그려 볼 수 있다. 거기에서는……

입 닥쳐. 그는 스스로를 꾸짖는다. 편집에 아무것도 덧붙이지 마. 배우들은 지금도 충분히 벅차다고.

첫 번째 커피를 마시면서 창밖을 내다본다. 흐리고 몹시 춥다. 그의 싸늘한 숨결이 창틀에 소용돌이무늬를 그린다. 기상 전선이 지나가고 있는 게 틀림없다. 밤새 진눈깨비가 내렸다. 전기가 끊어질지도 모른다. 땅 위에는 눈에 잘 띄지 않아서 위험한, 얇은 얼음도 단단히 얼 것이다. 하지만 모래 뿌리는 기계들이 길을 지나갔을 것이다. 그러니까 천천히 운전하면 괜찮을 것이다.

오늘은 의상을 다 갖추고 아리엘과의 첫 번째 1막 장면을 촬영할 것이다. 그는 동물 달린 망토를 초록색 쓰레기봉투에 쑤셔 넣고 여우 머리 지팡이도 넣는다. 그런 다음 누빈 외투, 플리스 천을 덧댄 부츠, 두꺼운 장갑, 위에 털 방울이 달린 빨간색과 흰색의 털모자, 메이크시웨그의 중고품 할인 매장에서 산 가죽 구두 등 겉옷을 꺼입는다. 털모자는 머리가 시리지 않게 해 주겠다며 앤마리가 선물한 것이다. 그녀는 이렇게 말했다. "우리한테는 선생님 머릿속에 든 쓰레기가 필요해요." 그녀는 그런 식으로 거칠게 표현하곤 했다. 감상적인 것은 경멸한다.

"원더보이랑은 별일 없니? 그놈이 아직도 괴롭혀?" 그가 목소리에 감정을 싣지 않고 물었다.

"저랑 편지를 주고받고 싶어 해요. 연극이 끝나면 저한테 편지를 쓰겠대요." 그녀가 대답했다.

"끔찍한 생각이군!" 그가 지나치게 강한 어조로 외쳤다. "그럼 네 주소를 알게 될 거 아니냐. 출옥하고 나서 그놈이……. 당연히 거절했겠지."

"일단 눈앞의 일부터 잘 끝내고 보자고 했어요."

"그 녀석이 희망을 품을 여지를 주고 있구나. 심하지 않니?"

"아직 중요한 러브신을 안 찍었단 말이에요. 선생님은 연출자이시잖아요. 잘되기를 바라세요, 망하기를 바라세요? 제가 딱 잘라 거절했다가는 보나마나 망할 텐데."

"인정머리가 없구나! 그건 비윤리적이야."

"설교는 그만두세요, 저도 알 만큼은 다 알아요. 다 연극을 위해서예요, 안 그런가요? 12년 전에 선생님이 바로 그렇게 하셨잖아요. 제가 기억하기로는요."

그건 그때 얘기고. 필릭스는 생각했다. 내가 지금도 그렇게 말하겠는가? 필릭스가 말했다. "그 녀석에게 내가 말해야겠다. 오해하지 않도록 말이야."

"선생님은 제 진짜 아빠가 아니에요. 제가 알아서 할게요. 괜찮을 거예요. 저를 믿어 주세요."

그녀는 촬영을 위해 옷을 입고, 묶었던 머리를 풀어 바람에 휘날린 듯이 다듬고, 종이꽃 몇 송이를 달았다. 그녀는 옷을 직접 만들었다. 흰색이지만 가장자리를 갈기갈기 올을 푼 대신, 꼰 털실로 만든 띠를 달았다. 피부를 과하지 않게 약간 그을린 듯이 칠하고 볼터치도 살짝 했다. 전체적으로 청순해 보였다.

필릭스로서는 그 장면이 더 바랄 것 없을 만큼 만족스러웠다. 앤마리로 말하자면 황홀한 매력을 지닌, 초롱초롱한 눈망울의 순진한 처녀였다. 원더보이도 나무랄 데가 없었다. 예의 바르면서도 애원하는 듯한, 동경에 찬 욕망의 화신이었다. 그가 "오 놀라운 이여!"라고 말하며 그녀에게 닿을 듯 손을 뻗으면서도 유리에 가로막힌 듯 더 내뻗지 못하고 주저할 때에는 쇠라도 녹일 듯했다. 더할 나위 없이 그럴듯해 보였다.

앤마리가 저 녀석을 망쳐 놓지는 말아야 할 텐데. 필릭스는 생각했다. 그러나 그가 사기꾼이라는 것을 잊지 말아야 한다. 배우 역을 맡은 사기꾼. 이중의 비현실.

그는 거울을 보며 마지막으로 확인을 한다. 지난 몇 주간 살이 빠져서 약간 수척해 보인다. 그의 눈빛은 새장에 갇힌 매의 눈처럼 형형하다. 그 시선, 그 눈빛으로 그가 맡은 장면에서 자신을 위해 해낼 것이다. 먹잇감을 굽어보고 있지만 그러면서도 머릿속은 복잡하고 잡생각으로 가득하다. 그는 옆으로 고개를 돌리고 자기 옆모습을 곁눈질로 본다. 드라큘라처럼 으스스한 느낌을 약간 더해 볼까? 아니다, 그러지 않는 게 낫겠다.

그는 목에 스카프를 두르고 입에서 하얗게 김을 내뿜으며 차로
향한다. 기적적으로 차에 시동이 걸린다. 좋은 징조다. 그는 좋은
징조를 좋아한다.

미란다는 자신의 결심을 잊지 않았다. 연극에 참여하기로 마음
먹었다. 그와 함께 차를 탄다. 그는 자기 왼쪽 어깨 뒤, 그녀의 존
재를 느낄 수 있다. 하지만 미란다는 처음에는 차에 타지 않으려
한다. 차를 무서워하는 걸까? 세 살 때 고열을 앓으며 담요에 싸
여 병원으로 가느라고 마지막으로 차를 탔던 기억을 잊지 않고
있는 걸까? 그건 아니기를 바란다.

너무 늦었다, 너무 늦었다. 왜 진작 붉게 달아오른 뺨, 가빠진
호흡, 졸음에 겨워하는 모습을 알아차리지 못했을까? 그가 곁에
없었기 때문에, 혹은 곁에 있었어도 뭔가 비밀스러운 계획에 푹
빠져 있었기 때문에. 〈심벨린〉, 그가 자리를 비웠던 게 그 프로젝
트 때문이었을까? 사랑하는 자식보다 더 소중히 여겼단 말인가?
그의 잘못이다. 그의 가장 고통스러운 잘못이다.

그는 딸에게 천천히 신중하게 차에 대해 설명해 준다. 날아가
는 마법의 기계라고, 바퀴를 달고 땅 위를 굴러간다는 점만 빼면
배와 비슷한 거라고 이야기해 준다. 차에서 나오는 연기는 불이
났다는 뜻이 아니라 엔진에서 나오는 것이다. 엔진이 차를 움직

이게 한다. 그가 차를 마음대로 다룰 수 있으니까 두려워할 필요 없다. 그녀는 그의 바로 뒤에 앉아 있으면 된다. 연극에 나가고 싶으면 차를 타야 거기까지 갈 수 있다. 공중을 나는 것과 흡사할 것이다.

다행히 주위에는 아무도 없어서, 그가 소리 내어 이야기하고 아무도 없는데 차 뒷문을 여는 모습을 보는 사람은 없다.

차가 출발하자 그녀는 이 경험을 즐기는 것 같다. 나무, 농가, 헛간들이 휙휙 지나간다. 그녀는 모든 것이 다 궁금하다. 저 집에 사람들이 사는지? 그렇다, 사람들이다. 그렇게 사람들이 많다니! 나무가 이렇게나 많다니! "저것도 마음에 드니, 우리 딸?" 그가 묻는다. 그렇다, 아주 마음에 든다. 하지만 연극은 어디에서 하나?

"이제 곧 도착할 거다."

그들은 주유소를 지나쳐 플레처 교도소 근처 몰까지 온다. 아직도 명절 장식을 해 놓아서 너무나 화려하다! 날아가는 기계들이 이렇게 많다니! 그들은 언덕을 올라 문들을 통과한다. 그는 담장이 사람들을 안에 가두기 위한 것인 동시에 다른 사람들이 안으로 들어가지 못하게 하기 위한 것이라고 설명해 준다. 경비들이 있다고 말해 준다. 그녀는 경비가 왜 있는지는 묻지 않지만 그들이 자기를 들어가지 못하게 하면 어떡하느냐고 묻는다. "그들은 너를 보지 못할 거야." 그녀는 그 말을 근사한 농담으로 받아들인다.

보안 검색대에서 그녀는 삑 소리 한번 없이 그와 함께 스캐너를 통과한다. 그것은 나의 장난꾸러기 정령이라. 그는 말없이 그녀를 보며 미소 짓는다. 그녀도 소리 없이 웃는다. 그녀가 이렇게 행복해하는 모습을 보니 얼마나 기쁜지!

"잘돼 가나요, 듀크 씨?" 딜런이 인사를 건넨다.

"아직 손봐야 할 부분이 좀 있네. 어쨌거나 수업은 없지만 내일도 올 걸세. 장비를 좀 가져오려고 말이야. 우리가 쓸 때까지 그걸 로커 같은 데에 좀 보관해 줄 수 있을까?"

"그럼요, 듀크 씨." 매디슨이 대답한다. 필릭스는 무엇을 가져오건 늘 용도를 설명해야 한다. 그러나 그가 혼자만 알고 있는 비밀스러운 용도는 말해 주지 않는다. 예를 들어 그들이 스웨터, 바지, 스키 마스크, 장갑 등 검은색 의상에 대해 질문한 적이 있었다. 그는 인형을 움직이는 데 쓸 거라고 말했다. 일본식 방법이다. 검은 조명과 함께. 그는 어떤 식으로 하는지 말해 주었다. 분라쿠와 비슷하다.

"죽이네." 매디슨이 감탄했다. 그들은 필릭스가 극장 일이라면 모르는 것이 없다고 생각한다.

이번에는 딜런이 묻는다. "가방 속에 이건 뭔가요? 덫이라도 놓으셨어요, 듀크 씨?"

"내 의상이라네. 마법의 망토지. 마법 지팡이랑."

"『해리 포터』 같아요. 근사하네." 딜런이 말한다.

그들이 지팡이는 가져가지 못하게 막을지도 모른다고 생각했지만, 그들은 막지 않는다. 행운은 여전히 필릭스의 편이다.

   모두 벌써 메인 룸에 모여 지시를 기다리고 있다. 앤마리는 새 털실 의상을 입은 세 여신을 커다란 자주색 태피스트리 뜨개 바구니에 넣어 가지고 왔다. "이것들 어때요?" 그녀가 필릭스에게 묻는다.

   "여러분이 보기에는 어떻습니까?" 필릭스가 그 자리에 모인 배우들에게 묻는다. 그는 길게 꼰 털실과, 같은 길이의 구슬 끈으로 만든 무지갯빛 드레스를 입은 이리스를 쳐든다. 이리스는 얼굴을 오렌지색으로 칠했고, 솜 구름으로 만든 머리 장식을 했다.

   "개 같은, 레인보우 네이션이네." 레그스의 말에 다들 껄껄 웃는다.

   "좋아요라는 의미인 것 같군요." 필릭스가 말한다. 다음은 포도나무 잎으로 된 드레스에, 그가 짐작하기로는 아마도 털실로 짠 사과와 배인 듯한 혹 모양이 달린 머리 장식을 한 케레스다. 케레스는 초록색 얼굴에 이마에는 꿀벌 스티커를 붙였다.

   "예전에 저런 스트리퍼 본 적 있는데." 이번에도 레그스다. "벗어 던져!" 같은 고함 소리와 함께 더 큰 웃음이 터져 나온다.

   "이건 결혼의 수호 여신인 유노입니다." 필릭스가 말한다. 유노는 털실로 짠 간호사 제복을 입고 실로 짠 작은 피가 든 병을 안고 있다. 잔뜩 찌푸린 얼굴에 입에는 작은 엄니를 달았다. 해골로 된 목걸이를 걸었다.

배우들은 유노에게는 그리 호의적이지 않다. "염병할, 우리 마누라같이 생겼네." 시브의 말에 여기저기서 나지막이 맞장구치는 소리가 들린다.

"빌어먹게 추하네." 레그스가 말한다.

"저건 다시 해야겠는데." 스네이크아이도 한마디 보탠다.

"닥쳐, 병신." 앤마리가 쏘아붙인다. "아니면 당신들이 빌어먹을 여신들을 직접 만들어 보든가. 쿠키까지도."

쿡쿡대는 웃음소리. "욕했다! 욕했어! 감점이야!" 레그스가 외친다.

"난 점수 모으지도 않는걸 뭐, 어쩔 건데!" 앤마리가 받아친다. 다들 웃음을 터뜨린다.

"어떤 염병할 쿠키 말인데? 그것도 빨아도 돼요?" 포드가 소리친다.

필릭스가 나선다. "좋아요, 조용! 인형 움직이는 담당들은 연습하러 연습실로 이동할 것! 마녀의 씨 칼리반, 더 나은 앵글을 잡을 수 있을지 오늘 자네 파트를 다시 찍기로 하지. 먼저 1막 2장, 내가 아리엘과 나오는 장면이야. 지금 그걸 찍자고."

8핸즈가 아리엘 복장을 입는다. 얼굴은 벌써 파랗게 칠했다. 비옷을 바로잡고, 비늘 달린 수영모를 고쳐 쓰고, 고글을 아래로 내리고, 파란색 고무장갑을 낀다. 그들은 "만세, 위대한 주인이시여"부터 그 장면을 한 번 쭉 찍는다. 8핸즈는 대사를 완벽하게 해내지만 뭔가 불안한 모습이다.

278

"다시 하면 안 될까요? 뭔가 기묘한 되먹임 소리가 들렸어요. 누군가가 저랑 동시에 대사를 외우고 있는 것 같아요. 좀 방해가 돼요. 녹음 마이크 때문일지도 몰라요." 그가 말한다.

필릭스의 가슴이 쿵 내려앉는다. 그의 미란다가 뒤에서 대사를 일러 주고 있다. "남자 목소리인가, 여자 목소리인가?"

"그냥 목소리예요. 어쩌면 제 목소리만 들리는 건지도 모르고요. 마이크를 체크해 볼게요."

"그럴 수도 있지. 자기 목소리를 듣는 배우들도 있기는 하니까. 목소리를 높일 때 그런다고. 긴장 풀고 심호흡을 해 봐. 다시 한 번 찍지."

미란다에게 방백으로 귀띔한다. "너무 크게 말하지는 말고. 저 사람이 대사를 까먹을 때만 해 줘."

"뭐라고 하셨어요? 다시 해 볼까요?" 8핸즈가 묻는다.

"아니, 아니야. 미안하네. 혼잣말한 거야."

31장
이번에는 내 편이 된, 관대한 행운의 여신

2013년 3월 7일 목요일

시계는 재깍재깍 무정하게 간다. 행성들이 한데 모인다.

어린이용 안전 가위로 종이를 오려 야자수와 선인장을 만들었다. 플라스틱으로 된 노 젓는 배와 돛단배는 샤워 커튼으로 만든 바다를 항해하느라 물에 젖어 망가졌다. 노래를 부르고, 버리고, 다시 쓰고, 다시 불렀다. 다른 이들의 노래하는 목소리를 두고 설전이 오갔다.

노래를 부르고 발을 굴렀다. 무용수들은 오랫동안 쓰지 않던 근육을 쓰느라고 작은 부상들을 입었다. 자신감에 위기가 찾아오고, 적의가 일고, 다친 감정들을 달랬다. 필릭스는 이렇게 가망없는 시도에 착수하다니 제정신이 아니었다고 스스로를 나무라다가 또 자신의 판단에 스스로 기뻐하기도 했다. 그의 정신 상태는 바닥으로 곤두박질쳤다가, 솟아올랐다가, 다시 곤두박질친다.

사는 게 다 그렇다.

이제 연극 촬영도 거의 다 마치고 몇 장면만 남았다. 편집을 좀 더 하고 특수 효과를 더하고 잘 안 찍힌 부분만 재촬영을 좀 하고 해설을 입히면 된다. 비디오상으로 세 여신은 아주 볼만하게 나왔다. 검은 옷을 입은 인형 조종꾼들도 한 차원을 더했다. 그것으로 여신들은 다른 누군가의 대본에 따라 연기하는 환영에 불과하다는 사실이 명백해졌다. 포드는 으스스한 휘파람 소리 같은 소음에 차임벨과 플루트 소리를 섞어 그들을 위한 배경음악을 만들었다. 그들이 혼란에 빠져 사라지는 장면에서는 8핸즈가 확대 효과를 사용하여 이미지를 몇 배로 키우고 속도를 느리게 만들어서, 마치 여신들이 공기 속으로 분해되어 사라지는 듯 보인다. 대체로 좋은 효과였다. 필릭스는 8핸즈의 노고를 치하한다.

결전의 날까지는 일주일이 채 남지 않았다. 평소 같으면 그가 긴장을 풀고 한숨 돌릴 때이다. 앞으로 다듬을 시간은 충분히 남았다. 그러나 지금으로서는 할 일이 더 있다.

필릭스는 다시 기차를 타고 토론토로 갔다. 주정뱅이 집사 스테파노와 광대 트린큘로가 입을 의상을 구해야 했다. 스테파노의 것으로는 낡아 빠진 연미복 재킷, 트린큘로에게는 빨간 내복과

중산모를 입히고 얼굴은 둘 다 하얗게 분장할 것이다. 그는 남성용 속옷 가게인 위너스에서 트린큘로의 빨간 내복을 찾았고, 옥스팜에서는 스테파노의 연미복 재킷을 구했다. 또한 마녀의 씨를 위해 고질라 머리 장식도 좀 더 골랐다.

그것으로 쇼핑을 마치고 유니언 스테이션의 눈에 잘 안 띄는 구석진 곳에서 한국인인 듯한 안경 쓴 순한 인상의 마흔 살쯤 된 남자를 만났다. 위험한 짓이었다. 이 남자한테 미행이라도 붙었으면 어떡한단 말인가? 그러나 통근자들의 인파 속에서 그들이 눈에 띌 리 없었다. 연락책은 8핸즈와 아는 사이였다. 8핸즈는 필릭스가 몰래 들여온 메모리 스틱에 녹음된 메시지를 통해 서로 형제처럼 믿을 수 있는 사이라고 연락책을 보증했다.

필릭스는 돈을 건네고 젤라틴 캡슐로 된 알약 한 꾸러미, 가루 한 포, 피하주사기 한 개와 함께 아주 귀중한 지시 사항 몇 가지를 전해 받았다.

연락책이 말했다. "사람을 죽이거나 완전히 미쳐 버리게 만들 생각이 아니라면 절대 과용하지 마십시오. 이 젤라틴 캡슐은 미스터 샌드먼스라 합니다. 캡슐을 열어서 컵에 넣고 진저에일을 부으면 금방 녹아요. 반만 마셔도 바로 맛이 갑니다. 오래가지는 않을 거예요. 한 10분쯤. 그 정도면 충분한가요?"

"한번 보지요." 필릭스가 대답했다.

"또 하나는 마법의 가루예요. 물 한 스푼에 찻숟갈로 4분의 1입니다. 절대 양을 넘기지 마세요."

"조심하겠소. 그 약을 쓰면 어떻게 됩니까?"

"말씀하신 대로 봐야지요. 하지만 정신을 잃게 돼요."

"그래도 영구적인 해는 없지요?" 필릭스가 물었다. 그는 불안했다. 이런 것을 지니고 있다가 잡히면 어떻게 될까? 이 약은 정확히 어떤 것일까? 그가 무모한 짓을 하는 걸까? 맞다. 하지만 애초에 계획 전체가 다 무모했다.

"설령 무슨 일이 생긴다 해도, 그런 일만큼은 절대 없습니다." 연락책이 부드럽지만 확신에 찬 목소리로 말했다.

오늘 필릭스는 집에서 일하고 있다. 아침으로 삶은 계란을 먹고 컴퓨터를 켠다. 그는 산골 구석 작은 마을들을 하나씩 돌며 정치자금 모금 행사를 하고, 은혜를 베풀 것을 약속하고, 기부금을 모으고, 선동가와 반대파들을 나중에 쫓아내 버리겠다고 비난하고 다니는 토니와 샐의 행차를 추적한다. 벽에 지도를 걸고 빨간 압정을 꽂아 그들의 동선을 표시한다. 그가 만들어 낸 소용돌이 속으로 적들이 빨려들 듯 점점 더 가까이 끌려오는 모습을 보고 있노라면 기분이 좋아진다.

그러나 매일 하는 구글 검색 전에 이메일을 확인한다. 여전히 세금 납부를 위한 필릭스 필립스 계정과 다른 기능을 위한 F. 듀크 계정 두 개를 사용하고 있다. 플레처 교도소 사무실에 급한 일이 있을 때 연락하도록 준 이메일 주소도 두 번째 것이다. 지금까지는 연락이 없었다. 에스텔은 그의 본명을 알고 있지만 그녀에게도 두 번째 주소를 주었다.

그녀는 그에게 꾸준히 연락을 했다. 그는 그녀를 진정한 별, 나의 행운의 여신 등으로 부른다. 그녀는 이런 찬사를 아주 좋아한다. 그와 프로그램 둘 다 자신을 절실히 필요로 한다는 걸 느끼고 싶어 한다. 그녀는 보이지 않지만 연극적 행위의 핵심 역할로 있는 데 짜릿한 흥분을 느낀다.

오늘은 에스텔에게서 메시지가 와 있다. 선생님을 되도록 빨리 뵈어야겠어요. **갑작스러운 일이 좀 생겼어요. 점심 어떠세요?**

기꺼이 나가겠습니다. 그는 답장을 보낸다.

그들은 늘 그랬듯이 월멋의 제니스에서 만난다. 에스텔은 그를 위해 평소보다 훨씬 더 차려입고 나왔다. 하지만 그게 정말로 그를 위한 것일까? 매일 그렇게 차려입는 것일 수도 있다. 머리를 새로 하고 손톱도 다듬었다. 미니어처 디스코 볼같이 생긴 구 모양에 모조 다이아를 박은, 튀는 분홍색 귀걸이를 달았다. 옷도 똑같이 분홍색이다. 경주마와 카드 패 무늬가 디자인된 에르메스 스카프를 두르고 풍요의 뿔 무늬의 금 핀으로 고정했다. 마스카라를 너무 많이 바른 것 같기도 하다. 필릭스는 그녀가 앉을 수 있도록 의자를 빼 준다.

그가 입을 연다. "자, 마티니로?" 그들은 만나면 마티니로 시작하곤 했다. 그녀는 절제된 화려함을 좋아한다.

"아이, 저를 유혹하지 마세요. 나쁜 사람 같으니!" 그녀가 장난꾸러기처럼 말한다.

"기꺼이 당신을 유혹하고 싶군요." 필릭스가 과감히 말한다. 나쁜 사람이란 에스텔 자신이라는 것을 알기에, 그녀를 부추겨 준다. "그리고 당신도 기꺼이 유혹당하고 싶어 하고요. 전해 주실 소식은 뭡니까?"

그녀는 음모를 꾸미는 사람처럼 몸을 앞으로 숙인다. 꽃향기와 과일 향기 가득한 향수 냄새가 풍겨 온다. 그녀가 오른손을 그의 손목 위에 얹는다. "화내지 말고 들어 주세요."

"아. 나쁜 소식입니까?"

"내부의 소식통들한테 들은 얘기인데, 문화유산부 장관 프라이스와 법무부 장관 오닐리가 플레처 교도소 문학 프로그램을 중단시키려 한대요. 두 사람 모두 그에 대해 같은 의견이에요. 그들은 그 프로그램이 과도한 특혜이고, 납세자들의 지갑을 터는 짓이고, 자유주의적 엘리트층에 영합하는 것이고, 범죄에 보상을 해 주는 셈이라고 발표할 거라는군요."

"알겠습니다. 심각하군요. 그래도 플레처에 오기는 하겠지요? 올해의 공연을 보러요. 이미 정해진 거니까." 필릭스가 대답한다.

"그야 물론이죠. 진행하는 것을 보았고 기회는 충분히 주었지만 모든 것을 감안할 때 유지할 만한 가치는 없다고 말할 거예요. 또 그들의 방문은 형사 사법제도에 좋은 효과를 낼 거고요. 그들이 교도관들에게 관심을 쏟고 있다는 것을 보여 줄 수 있으니까요. 그리고 그 사람들이 사진 찍힐 기회를 놓칠 리가 없지요."

"잘됐군요. 그들이 오기만 한다면야."

"실망스럽지 않으세요? 프로그램이 폐지된다는데?"

사실 필릭스는 그 사실에 고무되었다. 그것이야말로 군대를 결집시키는 데 요긴한 정보다. 도깨비들에게 그들의 극단이 머잖아 없어질 거라고 말해 봐라! 엄청난 동기부여가 될 것이다.

"전 너무 화가 나서 침이라도 뱉어 주고 싶은 심정이에요. 우리가 얼마나 애썼는데!" 에스텔이 말한다.

"구할 방법이 있을지도 몰라요. 생각해 보지요. 당신이 저를 좀 도와줘야겠어요."

"뭐든 말만 하세요. 제가 할 수 있는 일이라면 다 할게요."

"정확히 누가 옵니까? 그들 두 사람 외에요. 아시나요?"

"왜 그걸 안 물어보시나 했어요." 그녀가 은색 천으로 된 날렵한 디자인의 지갑에 손을 넣는다. "어쩌다 명단을 손에 넣었어요. 원래는 제가 얻을 수 없는 거지만 특별히 부탁을 좀 했지요. 다른 사람한테는 말씀하시면 안 돼요!" 그녀는 속눈썹 두께를 감안한다면 할 수 있는 한 교활하게 윙크를 한다.

필릭스는 어떤 부탁이었는지 묻지 않는다. 그녀가 그에게 호의적인 시선을 보내는 한 다 괜찮다. 그는 탐욕스러운 눈길로 페이지를 훑어본다. 샐 오낼리, 체크. 토니 프라이스, 체크. 이건 또 누구야, 늙은 로니 고든이 아직도 메이크시웨그 축제 회장으로 있지만 컨설팅 업체를 운영하면서 지역 정당 기금 모금 계획을 주도하고 있는 것 같다. 그가 말한다. "시버트 스탠리가 여기 끼었군요. 왜 굳이 이들 틈에 끼려고 할까요?"

"소문에 의하면요—실은 소문 정도가 아니지만—당 대표에 입후보하려고 한대요. 6월에 있을 전당대회에서요. 신뢰할 만한 이력을 가진 데다 돈도 많으니까요."

"샐도 나갈 겁니다. 그는 항상 야심가였으니까. 학창 시절부터 그와 알고 지냈지요. 그때도 멍청이였지만. 그러니까 그들 둘이 경쟁 관계가 됐다?" 필릭스가 말한다.

"바로 그거예요. 내부에서는 시버트를 '비실이'라는 별명으로 부르고 있기는 하지만요. 막후 세력가들은 그 사람을, 음, 밸도 없는 놈이라고 해요." 그녀는 짓궂은 표현을 쓰고 쿡쿡 웃는다. "반면 샐 오닐리는 적을 너무 많이 만들었어요. 그에 대해서는 쓸모가 없어진 사람들은 바로 내친다는 평이 있어요."

"나도 진작 알았지요."

"하지만 그가 깔아뭉갠 사람들 중에는 당에 친구들이 있는 사람들도 많거든요. 그들은 그런 짓거리에 분개하고 있죠. 그러니까 어느 쪽이든 약점이 있어요. 제가 보기에는 둘이 막상막하예요."

"그러면 위선자에 거짓말쟁이 토니는요? 해결사 토니. 그자는 누구를 지지하고 있습니까?" 당연히 토니는 자기에게 제일 이익이 될 쪽을 찾고 있을 테니까. 그는 경쟁자들 중 어느 한쪽은 가라앉고 한쪽은 떠오르도록 영향력을 행사한 다음 떠오른 쪽에게서 보상을 받아 낼 것이다.

"아직은 확실치가 않아요. 지금까지는 양쪽 신발을 다 핥고 있죠. 제 소식통들에 의하면요."

"핥는 거 하나는 타고났지." 필릭스는 손가락으로 페이지를 훑어 내려간다. "이 프레더릭 오널리라는 자는 누굽니까? 장관의 친척인가요?"

에스텔이 대답해 준다. "샐의 아들이에요. 실망스러운 아들이죠. 국립연극원 대학원생인데 최근에 메이크시웨그에 인턴으로 들어갔어요. 샐이 로니를 움직여서 그를 받아 주도록 했지요. 로니로서는 거절하기가 어려우니까요. 그 애는 연극 일을 평생 하고 싶어 하는데, 문화유산부에 있는 제 소식통들 상당수는 그 애 아빠가 그렇게 예술을 혐오하는 것을 고려하면 진짜 웃기는 일이라고 생각해요. 샐이 치를 떨면서 싫어한대요. 펄펄 뛰고 있다더군요."

"그 애는 자기가 연기를 할 수 있다고 생각합니까?" 필릭스가 묻는다. 말도 안 된다! 아빠 옷자락에만 매달리면 연극계로 들어갈 수 있을 거라 생각하는 건방진 금수저 새끼 같으니. 별에 대고 빌어서 푸른 요정에게 진짜 배우로 만들어 달라고 해 보라지. 그런 녀석한테 재능이 퍽도 있겠다.

"연출가가 되는 게 꿈이라네요. 이번 방문이 성사되도록 적극적으로 추진했어요. 어쨌거나 선생님이 찍으신 예전 비디오들을 보았으니까요. 공개 목적으로 찍으신 게 아닌 줄은 알지만, 그에게만 은밀히 보여 주었지요. 그가 쓴 표현을 그대로 옮기자면, 진짜 천재의 작품이라고 감탄하더군요. 이곳 프로그램이 엄청나게 혁신적이고, 최첨단이고, 연극의 뛰어난 모범 사례라고 해요."

그 젊은이에 대한 필릭스의 평가가 조금 나아진다. "하지만 내가 누군지는 모르지요? 내가 필릭스 필립스라는 건 모르겠지요?" 그는 '그' 필릭스 필립스라고 말하고 싶지만 이제는 '그'라는 말을 쓸 자격이 없는 것 같다.

에스텔이 미소 짓는다. "저 입 꼭 다물고 있었어요. 그동안 내내요. 선생님의 비밀을 지켜 드렸고, 심지어 선생님을 위해 몇 가지 위장을 더하기까지 했지요. 우리의 저명한 방문객들에 관한 한, 선생님은 쇠잔한 실패자, 늙은 선생 듀크 씨일 뿐이에요. 제가 그 이야기에 양념을 좀 쳤더니 믿더군요. 쇠잔한 늙은 실패자인 선생이 아니고서야 누가 플레처처럼 아무 희망도 없는 곳에서 연극을 하려고 들겠어요? 저랑 마티니 한 잔 더 하실래요?"

"좋다마다요! 오징어 튀김도 먹읍시다." 필릭스가 맞장구를 친다. "신나게 마셔 봅시다!" 마티니를 몇 잔이나 마셨지? 필릭스는 아주 짜릿한 기분이다. 샐의 아들의 존재로 인해 상황이 아주 만족스럽게 돌아가고 있다. 적어도 그렇게 되기를 간절히 바란다. 그가 에스텔을 한껏 치켜세운다. "당신은 최고예요." 어쩌다 보니 둘은 손을 잡고 있다. 그가 취한 걸까? "당신은 내가 만나 본 사람들 중에서 최고의 행운의 여신이에요."

"전 선생님 곁을 떠나지 않을 거예요. 흔히 하는 말로, 선생님 이야말로 제 마음에 두었던 바로 그분이세요. 메이크시웨그에서 정말 멋진 〈아가씨와 건달들〉 공연이 있었죠. 15년 전이던가. 기억하세요?"

"내가 있기 전이군. 하지만 젊을 때 한 번 한 적 있지요." 필릭스가 대답한다.

"선생님은 아직 젊으세요." 그녀가 속삭이듯 말한다. "마음은 청춘이세요."

"하지만 당신은 더 젊어요. 봄날보다도 더 젊어." 그렇다, 그는 취했다. "아가씨, 당신이 얼마나 근사해질 수 있는지 신사분에게 보여 줘 봐요." 그는 〈아가씨와 건달들〉 중 한 소절을 부른다. 그들은 잔을 부딪친다.

"선생님이 제 곁에 머물러 주신다면 아주 근사한 아가씨가 될 수 있죠." 그녀가 자기 마티니를 한 모금 마신다. 한 모금 이상이다. "선생님이 무슨 일을 꾸미고 계신지는 모르겠지만, 선생님 표정이 악한같이 보여요. 극단을 구하는 일이라면 전 언제나 선생님 편이에요."

32장
필릭스가 도깨비들을 부르다

2013년 3월 13일 수요일

드디어 그날이다. 절벽 끝에 섰다. 이제 곧 폭풍우가 몰아칠 시간이다. 하지만 먼저 출정 연설을 해야 한다.

분장실에서 그는 봉제 인형을 매단 마법 의상을 매만진다. 처음 생각했던 것과 꼭 같지는 않지만 그래도 금빛 스프레이 페인트를 뿌리니 제법 생기가 되살아났다. 그는 왼손에 여우 머리 지팡이를 쥐었다가 오른손으로 바꿔 쥔다. 거울에 비친 자기 모습을 유심히 들여다본다. 나쁘지 않다. 호의적인 관객이라면 '위엄 있다'라는 표현을 떠올릴 법하다. 그는 턱수염을 쓰다듬고 머리카락은 흐트러뜨리고, 옷을 이리저리 잡아당겨 보고 이가 깨끗한지 확인한다. 모든 것이 다 제자리에 잘 붙어 있다. "입을 풀어."

거울 속의 자신에게 말해 본다.

그런 다음 복도를 지나가며 출연자 대기실을 들여다보고 포도
가 다 준비되었는지 확인한다. 판잣집을 나서 플레처로 향하기
전 이른 아침에 그는 포도 한 알 한 알에 피하주사기로 조심스레
약을 주입했다. 포도알들은 무사히 보안 검색대를 통과했다. 어
쨌거나 금속성은 아니니까. 마찬가지로 수수께끼의 가루도 플라
스틱 진통제 병 속에 잘 넣어 두었다. 중요한 호주머니 속에 손을
넣어 확인해 본다. 모든 것이 다 제자리에 잘 있다.

메인 룸에 출연진이 전부 다 모여 있다. 앤마리는 미란다 복장
을 하고 있다. 맨발에 어깨를 드러낸 단순한 흰색 드레스를 입고,
머리카락에는 종이로 만든 데이지와 장미를 달았다. 포드, 시브,
티메즈, 레그스, 레드 코요테는 검은 스키 마스크를 모자처럼 머
리에 쓰고 선원 복장을 했다. 그 외에는 방 안의 다른 모든 이들
처럼 검은색 차림이다.

8핸즈는 컴퓨터 모니터, 조종반, 중앙 마이크, 각각 자신과 필
릭스가 쓸 헤드폰 두 세트를 감추어 둔 접이식 가리개 뒤에 있다.

수십 차례의 개막일 밤을 겪으면서 필릭스에게는 익숙해진 긴
장감이 흐른다. 벌써 첫발을 내디딜 자세를 취하고 무대 옆에서
기나리는 무용수들. 스프링보드 위에 서서 무릎을 구부리고 팔을
위로 쳐든 다이버들. 호루라기를 불기 직전의 축구 선수들. 총성
이 울리기 전의 경주마들. 그는 격려의 뜻을 담은 미소를 짓는다.

그가 입을 연다. "그날이 왔습니다. 우리는 완벽하게 준비를 마쳤습니다." 가벼운 박수 소리가 인다. 그가 말을 잇는다. "다시 한 번 상기시키자면, 그들은 우리 플레처 교도소 극단을 없애 버리고 싶어 하는 정치꾼들입니다." 나지막이 야유가 일어난다.

"부끄러운 줄 알아야지." 벤트 펜슬이 말한다.

"맞아요. 그들은 이게 다 시간 낭비라고 생각합니다. 여러분 자체가 시간 낭비라고 생각해요. 여러분의 교육에는 관심도 없고, 여러분들이 무지한 채로 있기를 바랍니다. 그들은 상상력의 삶에는 관심이 없습니다. 예술이 지닌 구원의 힘도 이해해 본 적이 없습니다. 그중에서도 가장 나쁜 것은, 셰익스피어가 시간 낭비라고 생각한다는 것입니다. 그들은 셰익스피어가 가르칠 만한 내용이 아무것도 없다고 생각해요." 필릭스가 대꾸한다.

"두 배로 부끄러워할 일이야." 필 더 필의 목소리다. 필릭스가 지난주 그들 모두와 연습해 온 비밀 지시 때문에 필은 긴장했다. 그는 그 일에 반대했다. 그건 불법 아닌가, 어떻게 그런 짓을 하겠는가? 하지만 반 다수가 찬성하는 쪽이었기 때문에 그 역시 함께하게 되었다. 필릭스는 필을 선두 도깨비들 무리에 넣지는 않았다. 그가 겁을 먹고 분위기를 망칠 수도 있다.

"하지만 우리가 다 함께 그들의 취소 계획을 중지시킬 수 있습니다. 우리가 상황을 바로잡을 수 있어요! 오늘 우리가 하려는 일로, 그들에게 마음을 바꿔야 할 훌륭한 이유를 주는 겁니다. 연극이 강력한 힘을 지닌 교육적 도구라는 것을 그들에게 보여 줍시다. 알겠지요?" 필릭스가 말한다.

동의하는 웅얼거림과 끄덕거림. "좋아, 얘들아, 준비해! 맛을 보여 주자!" 레그스가 외친다.

포드도 맞받아 소리친다. "우리가 공연을 마치고 나면 그놈들도 생각이 달라질걸."

"우리가 해낼 거야. 백치 같은 놈들, 저희가 뭐에 맞았는지도 모를걸." 레드 코요테가 말한다.

필릭스가 입을 연다. "고맙습니다. 좋아요, 시작해 볼까요. 첫 번째 부분, 그들이 선원들의 호위를 받으며 여기로 옵니다. 들어와서 앉으면 다과를 제공합니다. 파란색 컵, 초록색 컵이에요. 색깔이 섞이지 않도록 조심해요! 녹색은 오닐리 장관과 로니 고든 것입니다. 파란색은 토니 프라이스와 시버트 스탠리고요. 팝콘은 모두에게 줍니다. 기억하세요!"

"궁전과 성배는 독과 물약이나 같지." 벤트 펜슬이 말한다. 알아들은 사람은 아무도 없다.

"투명 컵은 우리와 프레디 것이고요. 다들 검은 장갑 꼈지요?" 필릭스가 묻는다. "좋아요. 귀마개는? 그것들은 다 보이지 않게 숨겨 두세요. 스크린이 어두워지면 귀마개를 귀에 꽂고 스키 마스크를 내리고 장갑을 껴요. 그러면 사실상 보이지 않게 될 겁니다. 바다의 표시가 보이기를 기다리세요. 8핸즈가 검은 조명을 켜자마자 보일 겁니다. 티메즈, 자네가 그들의 경보기를 빼 놓아야 해."

"걱정 마세요, 그 정도는 식은 죽 먹기니까요." 티메즈가 대꾸한다.

"우리가 연습한 대로 될 겁니다. 나는 8핸즈와 함께 스크린 뒤에 있을게요. 우리가 보내는 신호를 잘 들으세요. 우리도 여러분의 소리를 들을 수 있습니다. 그래서 여러분에게 문제가 생기면 지원 팀을 보낼 겁니다. 문제가 생겼다는 암호는 '추잡한 괴물'입니다. 아시겠지요?"

다들 고개를 끄덕인다. "다치는 사람이 아무도 없기를 바라요." 벤트 펜슬이 말한다. 그는 그 문제를 놓고 몹시 걱정했다. '와락 움켜쥐고 놓지 마라'는 그의 행동 지침이 아니다.

"털끝 하나 다치는 일 없을 겁니다. 그들이 싸우려 들지 않는다면요. 그리고 그러지는 않을 겁니다. 하지만 포드와 레그스, 레드 코요테는 필요하다면 그들을 제압할 준비를 하고 있도록 해요. 주먹을 쓸 필요까지는 없고, 움직이지 못하게 꽉 붙잡는 정도면 충분합니다. 아무리 주먹이 근질거려도 필요 이상으로 힘을 써서는 안 됩니다. 약속할 수 있지요?"

"알겠습니다." 포드가 대답한다.

"그럴게요." 레드 코요테가 대답한다.

"자, 각자 위치로." 필릭스가 지시를 내린다. "이제 30분 후면 분장실은 더는 분장실이 아닌 프로스페로의 동굴입니다. 1950년대 관찰용 감방은 페르디난드가 시련을 겪는 바위와 통나무로 지은 집이 되고요. 그러니까 젊은 오닐리를 거기 가두어 둘 겁니다. 낡은 변기가 있는 곳이에요. 앤마리가 우리를 위해 그를 봐 줄 겁니다. 아주 잘 할 수 있을 겁니다."

앤마리가 묻는다. "정말로 윤리적인 문제가 없다고 생각하세요? 선생님한테 갚아 줘야 할 빚이 있다는 건 알아요. 다 이해한다고요. 하지만 오닐리의 아들은 선생님한테 아무 짓도 안 했는걸요."

"그 문제에 대해서는 충분히 얘기했어. 그는 해치지 않을 거다. 잊지 마, 12년 전 네 경력을 망쳐 놓은 책임이 어느 정도는 그의 아버지에게도 있다고. 야자나무는 이미 제자리에 놓았겠지?" 필릭스가 말한다.

"네, 인어도요." 원더보이가 대답한다. 그는 부루퉁한 얼굴이다. 앤마리가 문을 잠근 방 안에 다른 남자와 함께 있게 된다니 마음이 영 편치 않은 것이다.

"다른 관찰용 감방, 1990년대 것은 알론소와 곤잘로가 낮잠을 자는 곳이 될 겁니다. 미안, 오닐리와 로니 고든이지요." 필릭스가 말한다. "선인장이 있는 방이에요. 사람들을 각 방에 맞게 넣는 게 중요해요. 모두 주 시사회실에 모이면 시작 버튼을 누르기 직전에 시브가 방 밖으로 나가서 문마다 표지판을 붙여 놓을 겁니다. 야자수, 선인장, 이런 식으로요."

"알았어요." 포드가 대답한다.

"훌륭해요. 제일 중요한 것은 타이밍입니다. 도깨비들, 여러분에게 달렸어요. 이 연극에서는 도깨비들 없이는 아무것도 제대로 돌아가지 않습니다."

"우리가 무사히 넘어갈 수 있을까요? 경비는 어떡하고요?" 티메즈가 묻는다.

"걱정 말아요. 그들은 전혀 모를 테니까. 우리 건물에 그 명사들이 호위하는 사람 없이 있게 만들기만 하면 됩니다. 큰 영향력을 갖고 있는 한 친구가 우리를 위해 손을 써 주었어요. 우리가 여기에서 그 정치꾼들과 관객 참여형 연극을 하고 있을 동안, 그 자리의 다른 이들은 모두 평소 하던 대로 우리 공연을 보고 있도록 비디오를 틀어 줄 겁니다. 그럴 일은 없겠지만 그들이 설령 비명 소리를 듣는다 해도 연극의 일부로 여길 겁니다."

"머리 한번 기똥차게 잘 썼네." 레그스가 감탄한다. 욕을 썼어도 아무도 그에게 뭐라 하지 않는다.

필릭스가 다시 말한다. "아리엘이 없었더라면 도저히 할 수 없었을 겁니다. 8핸즈 덕분이에요. 정말 대단했어요. 여러분도 모두 대단했고요." 그가 시간을 확인한다. "자, 이제 갑시다. 막 올려요. 욕보시오, 다들."

"욕봐라, 욕봐, 욕보자고." 다들 서로 인사를 나눈다. "욕보게, 형제, 욕봐라, 자식." 서로 주먹을 맞부딪친다.

"〈템페스트〉1막 1장. 처음부터." 필릭스가 선언한다.

33장

이제 때가 왔도다

같은 날

방문객들은 플레처라는 이름이 또렷이 보이는 주 출입구 앞에 있다. 두 연방 지도자 후보들은 가슴을 쭉 편 채로 이를 활짝 드러내고 웃으며 사진에 제일 잘 찍힐 자리를 차지하려고 서로를 밀쳐 낸다. 나머지 사람들은 그들 주변에 모여 있다.

고귀하신 법무부 장관님 샐 오닐리, 고귀하신 문화유산부 장관님 앤서니 프라이스, 고귀하신 국가보훈처장 시버트 스탠리, 그리고 메이크시웨그 축제 이사회장이자 '고든 스트래터지'의 로니 고든 씨. 오닐리 장관의 아드님 프레더릭 오닐리도 동행.

샐은 해가 갈수록 배가 나왔다. 토니는 양복을 몸에 꼭 맞도록 매끈하게 차려입었고 여전히 머리숱이 풍성하다. 시버트 스탠리는 작은 머리, 거의 보이지도 않는 귀, 작은 눈, 배 모양의 몸 때문에 언제 보아도 물개 같았는데, 여전히 그렇다. 검은 머리카락에 하얀 잇몸을 드러내고 웃는 모습이 제법 미남인 아들 프레디 오넬리는 옆으로 시선을 돌리고 있다. 마치 아무리 일행 중에 자기 아버지가 있다 해도 같이 있고 싶지 않다는 듯한 태도이다.

중심 그룹 옆으로는 정부 하위직과 급사들, 플레처의 높으신 분들 몇몇이 있다. 이런 장관급을 맞이하는 일은 흔치 않아서 거의 오줌을 지릴 지경이다. 실은 한 번도 없었던 일이다.

에스텔이 뒤쪽에 반쯤 가려진 채로 있다. 그녀는 이런 행사에서 너무 눈에 띄는 것을 좋아하지 않는다고 필릭스에게 말한 바 있다. 그러나 그를 위해서 귀찮은 일도 마다하지 않겠노라고 약속했다. 교도소장 그룹이 긴장할 경우에는 안심시키고 주의를 딴데로 돌려 주기로 한 것이다. 그녀는 자기 시계의 시간을 맞추고 두 개의 비디오가 동시에 상영되도록 해 놓았다. 그녀는 이렇게 말했다. "저를 윤활유로 생각하세요. 일이 매끄럽게, 확실하게 돌아가도록 만들게요."

"이 은혜를 어떻게 갚지요?" 필릭스가 말했다.

"그건 차차 생각해 보기로 해요." 그녀가 미소 지었다.

현관문들이 열린다. 사람들이 들어온다. 현관문들이 닫힌다.

시사회실에서 필릭스는 접이식 가리개 뒤에 자리를 잡는다. "우리를 포드의 마이크에 연결해 줘." 그는 헤드폰을 쓴다.

웅얼거리는 목소리들이 들린다. 장관 일행은 딜런과 매디슨이 정중히 설명한 대로 예외 없이 다른 이들과 마찬가지로 한 명씩 보안 검색대를 통과한다. 아주 좋아요. 샐 오닐리의 목소리가 들린다. 여러분이 맡은 일을 충실히 하고 있다니 기쁘군요. 하하.

유쾌한 분위기이다. 필릭스가 에스텔한테서 들었듯이, 그들은 지역 정치 행사에 막 들렀다 오는 길이다. 틀림없이 융숭한 대접을 받았을 것이고, 술도 몇 잔 걸친 것 같다. 이 밑바닥 인생의 사회 부적응자들을 가둬 두는 우리에 잠깐 들렀다가 다시 떠날 것이다. 눈이 올 거라니 빨리 뜰수록 좋다. 눈보라가 몰아칠지도 모른다. 이런 사소한 일들을 처리하는 임무를 맡은 아랫것들 중에는 벌써 초조하게 시계를 들여다보는 이들도 있을 것이다.

샐은 느긋한 기분이다. 그들은 이 연극인지 뭔지를 보는 척해 줄 것이다. 프레디가 꼭 보고 싶다고 고집을 부린 것이 가장 큰 이유이다. 샐은 비록 아들이 정신 나간 배우 따위보다 변호사가 되기를 바라지만, 아들의 엉덩이에서 태양이 비친다고 믿는 사람이다. 그러나 그는 아들의 비위를 맞춰 주고 나면 오타와로 돌아간 뒤 이 쓸데없는 겉치레에 불과한 문학 독해 수업인지 뭔지를 폐지한다고 발표할 것이다. 감옥은 사람을 가두어 놓고 벌주기 위한 곳이지, 타고난 본성상 교화될 수 없는 자들을 교화한다는 그럴싸한 시도를 하기 위한 곳이 아니다. 어디에 나온 말이더라? 자연 대 교육, 말하자면 그렇다. 연극에서 나온 말인가? 샐은 마음속에 새겨 둔다. 토니에게 물어봐야지, 그는 연극이라면 훤하니까.

프레디에게 물어보면 더 좋겠다. 샐이 그에게 지금까지 놀았으니 로스쿨에 가든가 그렇지 않으면 매달 주는 용돈을 끊겠다고 하면 실망할 것이다. 좀 가혹할지 모르지만 샐은 최고만을 원한다. 아들이 예술에 인생을 허비하게 놔둘 수는 없다. 그것만 해도 끝장인데 샐이 우연히 알게 되었듯이 토니 밑으로 들어가게 된다면 더 끔찍한 일이 될 것이다.

딜런이 샐에게 말한다. "휴대전화는 가지고 들어가실 수 없습니다. 죄송합니다. 여기에 보관해 두겠습니다."

"오, 그렇겠지." 샐이 말하려 한다. "내가 장관인데⋯⋯." 그러나 그는 자신을 쳐다보는 프레디의 시선을 의식한다. 아들은 그가 지위를 남용하는 것을 못마땅해한다. 써먹을 수 없다면 지위를 갖는다 한들 무슨 소용이란 말인가? 하지만 그는 전화기를 건네준다.

토니는 속으로 딴생각을 품고 있다. 그는 여기에 두 명의 잠재적인 당수 후보 샐과 시버트와 함께 있고, 그들 둘 다 자신의 지지를 필요로 한다. 샐은 토니가 지금의 지위를 얻도록 도와주었으니 자기에게 빚을 졌다고 생각한다. 필릭스 필립스의 자리에 대신 앉혀 준 것은 첫 단계일 뿐이었다. 토니는 그 이후로 열기구 풍선처럼 솟아올랐다. 연극인으로 살다가 인생이 연극이 되었다고 해도 좋을 것이다. 그리고 샐이 그의 사다리였다. 그러나 일단 사다리를 오르고 나면 그게 무슨 쓸모가 있는가? 다시 내려갈 생각이 아니라면 걷어차 버려야 한다. 당연히 토니로서는 그가 갚아야 할 빚이 없고, 그에게 빚이 있는 후보자를 지원해 주는 쪽이 더 유리할 것이다. 어떻게 하면 샐을 떨어내고 시버트 쪽으로 유리한 상황을 만들 수 있을까?

휴대전화를 내놓고 나서 샐은 호주머니 속에 든 것을 다 끄집어낸다. 레더먼 주머니칼과 손톱 다듬는 줄도 내놓는다. "아기처럼 깨끗합니다." 그가 두 경비원에게 말한다. 그들도 웃음으로 화답한다. 그의 허리띠에 경보기를 채워 준다. 딜런은 딱히 쓸 일이 있어서가 아니라, 누구나 예외 없이 받아야 하는 거라고 설명해 준다.

토니는 손을 쳐들고 싹싹하게 익살을 부리며 엑스레이를 통과한다. 시버트는 무표정한 얼굴로 스캐너를 통과한 후 조그만 머리통의 머리카락을 매만진다. 로니는 감옥 같은 곳에 이런 보안 검색대 같은 것이 있어야만 한다니 유감이라는 듯 시무룩한 얼굴로 통과한다. 프레디는 눈을 휘둥그레 뜬 채 어색해한다. 이곳은 전혀 다른 세계, 그가 한 번도 깊이 생각해 본 적 없는 세계이다.

이제 다들 통과했다. 마침 타이밍을 맞추기라도 한 듯이 한 무리의 남자들이 모퉁이를 돌아 나타난다. 저 차림새는 뭐지? 해적인가?

선두에 선 남자가 말한다. "환영합니다, 여러분. 멋진 배 '템페스트'에 잘 오셨습니다. 이제 승선합니다. 저는 갑판장이고 이 사람들은 제 선원들입니다. 우리는 여러분을 바다 건너 외딴섬까지 태워다 드릴 겁니다. 이상한 소리가 들리더라도 극의 일부이니 걱정하실 것 없습니다. 그리고 이 연극은 실험적인 성격이 강한 관객 참여형 연극입니다. 그 점을 미리 알려 드립니다." 그는 환심을 사려는 듯한 미소를 지어 보인다. "이쪽입니다."

"앞장서시오." 샐이 말한다. 좋은 녀석일지도 모르겠군. 이자들이 수감자들이라는 생각을 떨칠 수가 없지만, 교도소장과 경비들 여럿이 바로 뒤에 버티고 서서 미소를 짓고 있다. 교도소장이 말한다. "공연 끝나고 뵙겠습니다. 즐거운 관람 되십시오. 저희도 위층에서 보고 있을 겁니다." "재미있게 보세요." 에스텔인가 뭔가 하는 여자가 말한다. 그녀의 할아버지가 상원 의원이었다. 파티에서 자주 보았던 얼굴이다. 위원회인가 어딘가에 속해 있다. 지금 그녀가 활짝 웃으며 마치 배에 오르는 그들을 배웅하듯 손을 흔들어 준다. 분위기가 좋다. 그는 갑판장을 따라 왼쪽으로 복도를 돌아간다.

토니와 시버트가 그의 바로 뒤를 따라오고, 로니와 프레디가 그들 바로 뒤에 있다. 로니와 프레디 뒤에서는 선원들 셋이—저건 뭐지?—양손 가득 반짝이는 파란색 색종이 조각을 쥐고 뿌린다. "물방울입니다." 갑판장이 말한다. "폭풍우가 치는군요, 그렇지요?"

"아, 그렇군요." 샐이 대답한다. 감옥 안에서 이건 또 무슨 개수작이람? 이놈들 아주 살판났군.

일행의 등 뒤에서 문이 미끄러져 닫히더니 철컥하고 잠기는 소리가 난다. 예상했던 대로군. 샐은 생각한다. 당연하겠지. 보안을 위해서지. 그는 더 안전해진 기분이 든다.

멀리서 우르릉거리는 천둥소리가 들려온다.

갑판장이 말한다. "여기입니다, 여러분." 그는 문을 지나 주 시사회실로 그들을 안내한다.

"잘 했어, 포드." 필릭스가 마이크에 대고 속삭인다. 그는 다시 시계를 확인한다.

방 앞쪽에 대형 평면 스크린이 있다. 더 많은 검은 옷의 선원들이 방문객들에게 절을 하고 과장된 몸짓으로 앉을 자리를 가리키면서 안내해 준다. 선원들 중 네 명이 파란색과 초록색 플라스틱 컵에 든 탄산음료와 작은 팝콘 봉지를 돌린다. 장관 세 명과 로니가 앞줄에 앉는다. 그들 뒤로는 선원들이 줄지어 선다.

필릭스는 스크린을 보면서 티메즈가 두 번째 줄 가운데 선 것을 확인한다. 그는 달덩이같이 둥그런 얼굴에 공허한 미소를 띠고 날렵한 손가락은 소매 속에 감춘 채 불이 꺼지기만 하면 바로 경보기를 슬쩍할 태세를 취하고 있다.

나머지 사람들은 어디 있지? 샐은 궁금하다. 아, 맞다. 교도소장과 나머지 떨거지들은 위층에 있다. 그 예쁘장한 여자 에스텔도. 치장이 약간 과하지만 연줄이 든든한 게 분명하다 언제 한번 점심 식사를 함께 해야겠다. 그는 의자에 몸을 깊숙이 파묻는다. 아까 방문한 행사에서 마신 술기운이 올라온다.

"공연 시작합시다." 그가 토니에게 말한다. 시간을 확인한다. "적어도 내 시계는 가져가지 않았군." 그가 씩 웃는다. 팝콘 봉지 속에 손을 넣는다. 짭짤해서 마음에 든다. 초록색 플라스틱 컵에 담긴 진저에일을 한 모금 더 마신다. 목이 마르다. 진저에일이라니, 좋은 생각이야. 여기에는 술이 없다니 참 딱한 일이다.

세 번째 줄 프레디의 옆에는 앤마리가 있다. "안녕하세요." 그가 인사를 건넨다. "저는 프레드 오닐리라고 합니다. 당신이 이번 연극에서 미란다죠?"

"네. 앤마리 그린랜드예요."

"정말요? 당신이 '그' 앤마리라고요? 키드 피벗과 춤추지 않으셨어요?"

"아시는군요."

"정말 끝내줬어요! 당신 동영상을 백 번은 봤을 거예요! 연출자로서, 저라면 더 많은 동작을 섞고 싶어요. 크로스오버도⋯⋯."

"연출을 하세요?" 앤마리가 묻는다. "멋지네요!"

"저기, 정확히는 아니고요. 제 말은, 아직 제가 혼자 온전히 연출한 작품은 없어요. 아직 수습생에 더 가깝지요. 하지만 연출가가 목표예요."

"목표를 이루시기 바라요." 앤마리가 투명 플라스틱 컵을 들어 보이며 말한다. 프레디도 자기 컵을 들어 올린다. 그는 그녀의 커다란 파란 눈을 뚫어져라 들여다본다.

"멋진 드레스군요. 옷이 딱……." 그의 시선이 그녀의 드러난 한쪽 어깨로 향한다.

"고마워요." 그녀는 소매를 약간 끌어 올리지만 어깨를 숨길 정도는 아니다. "제가 직접 만들었답니다."

방 앞쪽의 접이식 가리개 뒤에서 날카롭게 쿵쿵 두드리는 소리가 세 차례 들린다. 필릭스가 여우 머리 지팡이로 바닥을 내리친 것이다. 8핸즈가 집게손가락을 플레이 버튼 위로 가져간다. 컴퓨터에서 비치는 빛 속에서 그의 야윈 얼굴이 장난꾸러기 꼬마 도깨비 같다.

필릭스는 어두운 공간을 불안스레 둘러본다. 그의 미란다는 어디 있을까? 저기, 8핸즈의 왼쪽 어깨 뒤에서 어슴푸레 빛나고 있다.

때가 되었어요. 그녀가 그에게 속삭인다.

34장
템페스트

객석의 조명이 어두워진다. 관객들은 조용해진다.

대형 평면 스크린: 검은색 바탕에 삐쭉빼쭉한 노란색 글씨로 다음과 같이 적혀 있다.

윌리엄 셰익스피어의

템페스트

플레처 교도소 극단

스크린: 짧은 자주색 벨벳 망토를 입은 내레이터가 손 글씨로 쓴 팻 말을 카메라 앞으로 들어 올린다. 다른 손에는 깃펜을 들 었다.

팻말: 갑작스러운 태풍

내레이터: 여러분의 눈에 보이는 것, 그것은 바로 폭풍우 치는 바다라네.

바람은 울부짖고, 선원들은 부르짖네.

승객들은 그들에게 저주를 퍼붓네, 상황이 더 나빠지고만 있으니.

악몽 같은 비명 소리 들려오네.

그러나 여기 보이는 것이 다는 아니지,

그저 말일 뿐.

씩 웃는다.

이제 연극이 시작된다네.

그가 깃펜을 들어 손짓한다. 다음 장면으로 넘어간다. 토네이도 채널에서 가져온, 깔때기 모양의 구름 속에 천둥과 번개가 치는 광경. 파도치는 바다의 스토크 숏. 비의 스토크 숏. 몰아치는 바람 소리.

물고기가 그려진 파란 비닐 샤워 커튼 위에서 올라갔다 내려갔다하는 목욕 장난감을 카메라가 줌인으로 잡는다. 밑에서 손으로 흔들어 파도를 일으키고 있다.

검은색 털모자를 쓴 갑판징이 클로즈업된다. 스크린 밖에서 그에게 물을 뿌린다. 그는 흠뻑 젖어 있다.

갑판장: 서둘러서 움직여, 안 그러면 좌초한다!

힘을 내, 힘을!

서둘러! 서둘러! 조심해라! 조심!

잘 해 보자,

힘을 내야 해,

돛을 조정해라,

돌풍과 싸워라,

고래들과 함께 헤엄치고 싶지 않다면!

밖에서 목소리들: 다 물에 빠져 죽겠다!

갑판장: 비켜! 꾸물거릴 시간 없다!

물 한 바가지가 그의 얼굴을 때린다.

밖에서 목소리들: 내 말 좀 들어 봐! 내 말 들으라고!

우리가 왕족인 거 모르나?

갑판장: 빨리! 빨리! 파도가 봐줄 줄 아나!

바람이 몰아친다, 비가 쏟아진다,

눈 부릅뜨고 버티는 수밖에 없어!

밖에서 목소리들: 취했군!

갑판장: 이런 바보 천치!

밖에서 목소리들: 우린 끝이야!

밖에서 목소리들: 침몰한다!

파란색 수영모와 무지갯빛 스키 고글을 쓰고 얼굴 아래쪽 절반은 파란색으로 화장한 아리엘의 얼굴이 클로즈업된다. 무당벌레, 벌, 나비가 그려진 투명한 비닐 우비를 입고 있다. 왼쪽 어깨 뒤로 이상한 그림자가 보인다. 그는 소리 없이 웃으며 파란 고무장갑을 낀 오른손으로 위쪽을 가리킨다. 번개가 번쩍이고 천둥이 울린다.

밖에서 목소리들: 기도합시다!

갑판장: 무슨 소리야?

밖에서 목소리들: 가라앉는다! 빠져 죽을 거야!

다시는 왕을 보지 못하겠네!

배에서 뛰어내려, 해변으로 헤엄쳐 가!

아리엘이 고개를 뒤로 젖히고 신나게 웃어 댄다. 파란 고무장갑을 낀 손에 고출력 손전등을 들고 껐다 켰다 한다.

스크린이 확 꺼진다.

관객들 속에서 목소리: 뭐야?

또 다른 목소리: 정전이네.

또 다른 목소리: 눈보라가 치나 보군. 어딘가 전력선이 끊어진 거야.

완전한 어둠. 방 바깥에서 어지러운 소음. 고함. 총성이 울린다.

관객들 속에서 목소리: 무슨 일이야?

방 밖에서 목소리들: 감방 폐쇄! 감방 폐쇄!

관객들 속에서 목소리: 여기 책임자 누구야?

총성 세 발 더.

방 안에서 목소리: 움직이지 마! 조용히! 고개 숙여! 움직이지 말고
그대로 있어.

35장
값지고 신비한

검은 털장갑을 낀 손이 프레디의 눈을 가리더니 머리 위로 후드를 씌우고 그를 의자에서 들어 올린다. "뭐야?" 그가 고함을 지른다. "이거 놔!"

누군가의 목소리가 말한다. "배에 오르는 거야. 지옥은 텅 비었고, 악마들은 여기 다 모여 있지!"

토니의 목소리. "이건 죄수들의 폭동이에요. 침착해요. 그들을 자극하면 안 돼. 경보기 버튼을 눌러요. 잠깐만……."

"경보기라니?" 시버트의 목소리. "없어졌어!"

"잠깐! 잠깐만!" 프레디가 외친다. "놓으라고! 왜 꼬집어? 아야!" 그의 목소리가 방 뒤편으로 멀어져 간다.

"프레디!" 샐의 고함 소리. "무슨 짓이야? 내 아들이야! 다 죽여버리겠다! 그 애를 도로 데려와!"

"닥쳐." 어둠 속에서 들려오는 목소리. "소리 지르면 재미없을 줄 알아! 책상에 머리 박고, 손은 뒤로 깍지 껴! 지금 당장!"

문이 열렸다가 닫힌다.

"그 애를 인질로 잡았어! 프레디!" 샐이 외친다.

총성. "그 애를 죽였어!" 샐이 울부짖는다.

누군가의 목소리. "넌 우리와 함께 간다. 네 발로 걸어서. 자. 너도."

실랑이를 벌이는 소리. "안 보여!" 공포에 질린 샐.

"네놈들 두고 보자!" 토니의 차갑고 침착한 목소리.

몰아치는 파도와 바람 소리가 점점 더 커져 간다. 목소리들을 집어삼킨다. 우렁찬 천둥소리. 혼란스러운 외침.

"배가 쪼개진다!" "아이고!" "배가 쪼개진다, 쪼개져, 쪼개져!"

프레디는 어둠 속에서 팔을 강제로 등 뒤에 붙잡힌 채 휘청거리며 걸어간다. 양쪽으로 사람이 붙어서 그를 몰아간다. 그가 입을 연다. "당신들 실수하는 거예요. 얘기 좀 할 수 없나요? 우리 아빠는 장관……" 누군가의 손이 후드 밖으로 나온 그의 입을 막는다.

"그래, 우리도 네 애비가 누군지 다 알아. 법무부 장관이지. 염병할 놈! 벼락이나 맞아 뒈져라! 지금쯤은 끝장이 났을걸."

"뒈져서 쭉 뻗었지."

"맞아. 완전히 끝났어."

프레디는 말을 하려 하지만 입이 천으로 막혀 있다.

문 열리는 소리. 프레디는 안으로 떠밀려 들어간다. 그의 양어깨를 떠밀어 앉힌다.

문 닫히는 소리. 후드를 벗어도 되나? 그럴 수 있다. 양손은 자유롭다. 머리에 쓴 것을 벗는다.

그는 전구 한 개만 켜진 감방에 있다. 거친 회색 모포가 깔린 침상에 앉아 있다. 벽은 아마추어의 솜씨로 야자수, 조개껍질, 오징어를 그려 놓은 마분지로 장식되어 있다. 구석에는 플라스틱 레고 블록이 한 상자 있다. 끔찍한 인어가 있는 해변을 서툴게 그려 놓았다. 엄청나게 큰 젖통에 머리카락은 초록색 해초로 된 인어는 핀업 사진에 나올 법한 포즈를 취하고 있다. **바다의 님프**라는 글씨가 그 밑에 적혀 있다.

이건 뭐지? 폭동인가? 진짜로 아버지를 죽이고 그는 협상 카드로 잡아 두는 건가? 종이 야자수와 레고가 가득한 방에? 뭐지?

더 중요한 것은, 오줌을 지렸던가? 고맙게도 그러지는 않았다. 다행히도 변기가 있다. 변기에 막 소변을 보고 나자 작은 스피커를 통해 선곡된 음악이 흘러나오기 시작한다. 천장의 스프링클러 가까이 스피커가 있다. 둘, 아니 셋이 부르는 건가?

바닷속 깊이 그대 아버지 누워 계시네
아버지의 뼈는 산호가 되었고,
눈은 진주 되었다네.

아버지는 전혀 퇴색하지 않고
바다의 변화를 겪어
값지고 신비한 것이 되었다네.
누워, 누워, 누워, 누워,
겪어, 겪어, 겪어, 겪어,
값져, 값져, 값져, 값져,
신비, 신비, 신비, 신비……

드럼 소리, 플루트 소리. 이크, 프레디는 생각한다. 『템페스트』
에 나오는 노래다. 이건 기묘한 농담 같은 건가? 끝없이 돌아가
는 테이프로 이런 것을 틀어 주어 그를 미치게 만들 셈인가? 그
노래를 듣고 있자니 가슴이 무너진다. 그의 사기를 꺾으려는 수
작인가? 하지만 어째서?

음악 소리가 희미해지고 문이 열리더니 앤마리 그린랜드가 여
전히 한쪽 어깨를 드러낸 섹시한 미란다의 드레스 차림을 하고
서 방 안으로 살며시 들어온다. 그녀는 구석으로 오라고 그에게
손짓하더니 몸을 숙이도록 하고는 그의 귀에 대고 속삭인다.

"미안해요. 괜찮아요?"

"네, 하지만……"

"쉿! 여기는 도청이 돼요." 그녀가 속삭인다. "전구 옆에 마이크
가 달려 있어요. 내 말대로만 하면 다치지 않을 거예요."

"이게 무슨 일인가요? 폭동이에요? 우리 아빠는 어디 계세요?

저들이 아빠를 죽였나요?" 프레디가 묻는다.

"저도 몰라요. 여기에 미친 사람이 있어요. 보름달이 뜬 날의 개처럼 미쳤지요. 자기를 프로스페로라고 생각해요. 아니, 제 말은 진짜로요. 그는 〈템페스트〉를 다시 공연하고 있고, 당신은 페르디난드예요."

"세상에. 이런 망할……."

"쉿! 당신은 대본에 있는 대로만 해야 해요. 제가 당신의 대사를 가져왔어요. 대본에 하이라이트 표시를 해 두었어요. 여기, 그가 들을 수 있도록 조명 옆에서 이 대사를 하세요. 그러지 않으면 그는 가만있지 않을 거예요. 그는 성질을 잘 내요."

"당신도 한패인가요? 왜……."

"전 당신을 도와주려는 것뿐이에요."

"그럼, 그 사람이 누군가요? 오, 어쨌든 고마워요. 당신을 곤란하게 만들고 싶지는 않아요."

"평소처럼 해야 해요. 그는 미치광이예요. 지금 중요한 건 그거예요. 그 사람 비위를 맞춰 주어야 해요. 여기부터 시작하세요."

프레디가 대사를 읽는다.

내 정신은 꿈속에서처럼 모두 묶여 있다
아버지를 잃고, 니는 힘을 잃었고,
내 벗들은 모두 난파했어도 나에게는 별일 아니다
하루에 한 번 내 감옥 너머로

이 처녀를 볼 수만 있다면. 그 밖의 지상의 모든 공간은 자유로운 사람들이나 이용하라지, 나는 이 감방만으로도 충분하니까.

"나쁘지 않군요. 감정을 조금 담으면요. 저한테 반한 척해 보세요." 앤마리가 말한다.

"하지만 어쩌면 정말로 당신한테 반했는지도 몰라요. 오 놀라운 이여!" 프레디가 대답한다.

"잘 했어요. 계속 그렇게만 하세요."

"아니, 진심이에요. 저기, 남자 친구 있으세요?"

앤마리가 킥킥 웃는다. "그런 식으로 내가 처녀인지 물어보는 건가요? 연극에서 페르디난드는 어떤 식으로 할까요?"

"이건 연극이 아니에요. 그러니까, 남자 친구 있어요, 없어요?"

"없어요." 그녀가 대답한다. 침착한 눈빛. "진짜로 없어요."

"그럼 제가 당신을 좋아해도 괜찮나요?"

"그건 안 될걸요."

"전 진심인데요!" 그가 그녀의 양팔을 잡는다.

"조심해요." 그녀가 속삭인다. 그의 손을 뺀다. "이제 대사로 다시 돌아가야 해요." 그녀는 대본을 전구 쪽으로 가져가서 두 손에 꼭 쥐고 그를 사랑스럽다는 듯이 바라보며 목소리를 낸다. "자연계에서 이렇게 고상한 존재는 일찍이 본 적이 없어요!"

"어리석은 것 같으니라고!" 스피커에서 목소리가 울린다. "대다

수 인간들에 비하면 저자는 칼리반이야!"

 "제가 뭐랬어요?" 앤마리가 속삭인다. "완전히 제정신이 아니라니까요! 그건 그렇고, 체스 둘 줄 알아요?"

36장
미로를 헤매다

법무부 장관 오닐리, 문화유산부 장관 프라이스, 보훈처장 스탠리, 고든 스트래터지의 로니 고든은 팔을 비틀린 굴욕적인 모습으로 복도인 듯한 곳을 끌려가고 있다. 어디로 가는지 볼 수가 없다. 바닥의 흰색 표시만 희미하게 빛날 뿐, 칠흑같이 어둡다.

누가 그들을 끌고 가는 걸까? 알 수 없다. 온통 검은색 일색이다. 그들 주위로 바람 소리가 들리고 파도가 울부짖고, 천둥이 울려서 자기 목소리도 들리지 않을 지경이다. 들을 수 있다면 무슨 말을 했을까? 욕하고, 애원하고, 신세 한탄을 했을까? 셋 다겠지. 필릭스는 헤드폰을 통해 들려오는 소음에 귀를 기울이며 생각한다.

행렬은 모퉁이를 돈다. 또 다른 모퉁이가 나타난다. 이제 세 번째 모퉁이다. 왔던 길로 되돌아가는 건가?

폭풍우 소리가 점점 더 거세진다. 그러더니 갑자기 고요해진다.

문 열리는 소리가 들린다. 그들은 문 안으로 떠밀려 들어간다. 어디인지는 몰라도 그곳 역시 어두컴컴하다. 머리 위의 등이 켜진다. 그들은 이층 침대 두 개가 있는 감방 안에 있다. 벽에는 갈색 포장지에서 오려 낸 선인장의 실루엣이 장식되어 있다.

그들은 서로를 마주 본다. 얼굴이 하얗게 질려 벌벌 떨고 있다. 로니가 입을 연다. "적어도 살아는 있군. 그 점에는 감사해야겠지!"

"맞아요." 토니가 눈을 굴리며 대답한다. 시버트 스탠리는 문을 열려고 해 보지만 잠겨 있다. 그는 작은 머리를 쓰다듬고는 복도로 면한 창살이 쳐진 창문을 통해 밖을 내다본다.

"저기도 컴컴하군." 그가 말한다.

"총소리를 들었어. 그놈들이 프레디를 죽인 거야." 샐이 말한다. 그는 절망에 빠져 침대에 주저앉는다. "분명히 들었어. 총소리였다고. 이제 내 인생도 끝이야!" 그는 두 팔로 제 몸을 감싸고 상체를 양옆으로 흔든다.

"아, 절대 그랬을 리 없어요. 왜 그런 짓을 하겠소?" 로니가 위로한다.

"그놈들은 짐승이니까!" 샐의 목소리는 거의 고함에 가깝다. "그런 놈들은 다 감옥에 처넣어야 해! 다 죽여 버려야 한다고!"

"문학 프로그램 띠위나 즐기고 있을 것이 아니라요." 토니가 싸늘한 목소리로 맞받는다. "예를 들자면요."

"그들이 프레디 아닌 다른 사람을 쏘았을 수도 있어요." 로니가 말한다. "아니면 공포를 쏜 것일 수도 있고요. 긍정적으로 생각해야 해요. 확실히 알기 전까지는."

"왜 그래야 하는데?" 샐이 따지듯 말한다. "긍정적인 게 어디 있다고! 난 프레디를 잃었어! 내 아들을 잃었다고!" 그는 두 손으로 머리를 감싸 쥔다. 흐느낌 같은 숨죽인 소리가 들려온다.

"다음엔 어떻게 될까요?" 시버트가 목소리를 낮추어 토니에게 묻는다.

"기다려 봐야죠. 우리로서는 할 수 있는 일이 별로 없으니." 토니가 대답한다.

"샐도 기운을 좀 내야 해요. 부끄러운 일이오." 시버트가 일침을 가한다. "곧 관계 당국이 오겠지요." 그는 벽에 기대어 자기 손가락을 들여다본다.

"그게 누가 될지는 몰라도요." 토니가 대꾸한다. 그는 방을 한쪽으로 열 걸음, 반대쪽으로 열 걸음 걸어 본다. "그들이 진짜로 샐의 아들을 쏘았다면, 다 목을 날려 버리겠어."

"기운 내요, 오낼리 장관." 로니가 샐을 격려한다. "이만하길 다행이지! 우리 사지 멀쩡하고, 따뜻하고 좋은 방에 있고, 또……."

"몇 시간은 저 상태일 겁니다." 토니가 목소리를 낮추어 시버트에게 속삭인다. "우리를 죽고 싶을 정도로 지루하게 만들 거예요. 늘 그랬듯이."

로니가 말을 계속한다. "내가 감옥 시스템을 다시 설계한다면, 수감자들에게 더 많은 자유를 주도록 할 거요. 그들이 투표를 할 수 있게 하고, 스스로 결정을 내릴 수 있게 해 주고요. 예를 들자면 식단도 직접 짜는 겁니다. 그러면 쓸모 있는 기술을 배울 수가 있겠지요."

"꿈같은 소리. 그놈들은 기회만 보이면 수프에 독을 넣을 거요." 토니가 반박한다.

"제발. 이런 때에! 입 좀 다물어요!" 샐이 애원한다.

"잠시 마음을 다른 데로 돌리라고 해 본 얘기지." 로니가 억울하다는 투로 대꾸한다.

"피곤하군." 샐이 탄식한다. 목소리는 잠겨 있다. 그는 침대 위에 몸을 쭉 뻗고 눕는다.

로니가 또 입을 연다. "재미있군. 나도 졸린데. 시간이 있을 때 좀 쉬는 게 좋겠어요." 그는 아래층 다른 침대에 눕는다. 이제 그들 둘은 잠이 든다.

"좀 이상하군. 난 전혀 피곤하지 않은데." 시버트가 말한다.

"저도요." 토니가 말한다. 그는 잠든 두 사람을 살펴본다. "완전히 기절했어. 사정이 이렇게 되었으니 말인데—그가 목소리를 낮춘다—현재 선거 전망을 어떻게 보십니까?"

"여론조사에서는 샐이 앞서고 있어요. 격차를 어떻게 따라잡을 수 있을지 모르겠군요." 시버트가 대답한다.

"제가 당신 편인 거 아시지요?" 토니가 말한다.

"네. 고맙습니다. 정말 고마워요."

"그리고 샐이 경선에 나가지 않는다면, 당신이 되겠지요?"

"그렇죠. 무슨 얘기를 하고 싶으신 겁니까?"

"저는 제가 가는 길에 걸리적거리는 자가 있으면 제거해 버립니다. 그런 식으로 상황을 장악하지요. 예전에 메이크시웨그 축제에 있을 때도 그런 식으로 필릭스 필립스를 치워 버렸습니다. 그렇게 해서 첫 번째로 성공의 발판을 만들 수 있었지요."

"좋아요, 알겠습니다. 하지만 샐을 그냥 제거해 버릴 수는 없어요. 그에게는 딱히 흠잡을 게 없어요. 은밀한 추문도 없고, 영향력을 남용하지도 않았고요. 내 말이 사실이라니까요. 이 잡듯 샅샅이 뒤졌소. 찾아보지 않은 데가 없다고. 하여튼 입증할 수 있는 것은 아무것도 없었어요. 그리고 지금 이 폭동으로 그 사람 아들이 살해당했다면 동정표까지 몰릴 텐데!"

"바로 그겁니다. 폭동이요." 토니가 지적한다.

"무슨 말입니까?"

"폭동이 일어나면 어떻게 됩니까? 사람들이 죽지요. 어떻게 죽었는지 누가 압니까?"

"무슨 소리인지 원, 당신 말은 당최……." 시버트는 조그만 귓불을 만지작거리며 이리저리 비튼다.

"탁 까놓고 말씀드리지요. 200년 전이라면 혼란을 틈타 샐을 없애 버리고 폭도들에게 책임을 돌리면 됩니다. 아, 그리고 로니도 제거해 버려야겠지요. 목격자도 없어요. 하지만 오늘날에는 인신공격이 효과가 더 좋습니다."

"예를 들자면?"

"지도자한테서 바라는 것이 뭡니까?" 토니가 질문을 던진다. "바로 리더십이지요. 물론 내키지 않는 일이지만, 우리는 샐이 위기 상황에서 얼마나 갈팡질팡하는 모습을 보였는지 진술할 수 있습니다. 그가 죽기 전에요. 그들이 그를 변기 물에 익사시켰어요. 범죄에 엄정하게 대처한다는 법무부 장관이 그들 앞에서는 속수무책이었던 거죠."

"하지만 그는 그러지 않았습니다." 시버트가 반박한다. "갈팡질팡하지는 않았어요. 적어도 완전히 그렇지는 않았지. 게다가 그들이 그를 변기 물에 익사시키지도 않았고."

"생존자는 우리뿐이라고 생각해 보세요. 누가 알겠습니까?" 토니가 대답한다.

"진심으로 하는 말입니까?" 시버트가 깜짝 놀라 묻는다.

"가설로 생각해 보세요." 토니가 시버트를 똑바로 쳐다보며 말한다. "사고 실험으로요."

"좋아요, 알겠소, 사고 실험이라. 사고 실험에서 로니는 어떻게 됩니까?" 그는 흔들리고 있다. "우리가 그냥……."

"사고 실험에서, 로니는 심장마비를 일으킬 겁니다. 처치를 하기에는 이미 늦었어요. 예를 들자면, 우리는 이 사고 실험에서 베개를 이용할 수도 있지요. 질식한 거 아니냐는 의문이 제기되면 폭도들 짓이라고 하면 됩니다. 부끄러운 일이지요. 하지만 그들이 어떤 자들인지 생각해 보면 충분히 있을 법한 일 아니겠습니까? 충동적이고, 분노를 전혀 다스릴 줄 몰라요. 그런 짓을 하는 게 천성인 자들입니다."

"그럴듯한 사고 실험이군요." 시버트가 대꾸한다.

"저거 다 녹음했지?" 필릭스가 메인 룸 접이식 가리개 뒤에서 묻는다. "기대했던 것 이상인데!" 과연 토니가 늘 해 온 대로다. 그는 얼마 전부터 이미 이런 배신을 생각하고 있었던 게 틀림없고, 때마침 기회가 온 것이다. 이건 치명적일 수도 있겠다.

"깨끗이 잘 해 놨습니다. 동영상과 오디오 둘 다요." 8핸즈가 대답한다.

"훌륭해. 이제 저 녀석들이 늙은 로니를 베개로 눌러 죽이기 전에 행동에 나서야 할 때로군. 버튼을 눌러서 기상벨을 울려. 자네가 뭘 골랐지?" 미리 선곡한 MP3를 주기는 했지만, 마법의 섬을 위한 음악 선곡은 8핸즈에게 맡겨 두었다. 프로스페로도 아마 아리엘에게 그렇게 했을 것이다.

"메탈리카의 〈번개에 올라타〉예요. 진짜 고막 터져요."

"역시 영리한 나의 정령이야!" 필릭스가 칭찬해 준다.

"아이고!" 샐이 잠에서 확 깨어 벌떡 일어나 앉는다. "저 끔찍한 소음은 뭐야?"

"무슨 일이야?" 로니도 눈을 비비며 일어난다.

토니가 대답한다. "굉음이 들렸어요. 그 폭도들이 다시 소란을 일으키는 게 틀림없어요! 정신 차려요! 베개 들고, 총을 쏠지 모르니 그걸로 앞을 가려요!"

"머리가 좀 이상하군. 숙취처럼 말이야. 난 아무 소리 못 들었는데." 샐이 말한다.

"난 윙윙거리는 소리밖에 못 들었어." 로니도 말한다.

37장
깨지지 않는 마법

문이 활짝 열린다. 바깥의 복도에 불이 켜져 있다.

"이번에는 또 뭐지?" 토니가 말한다.

"덫이야." 샐이 경계한다.

로니가 살그머니 문가로 가서 밖을 내다본다. "아무도 없어."

"이제 엄숙한 음악을 틀어." 필릭스가 8핸즈에게 말한다. "출연자 대기실에서 빛이 비치게 하고. 거기 아직 포도 담은 과일 그릇 있지?"

"그럴 거예요. 확인하겠습니다." 8핸즈가 스크린을 들여다본다. "네, 있어요."

"좋아, 도깨비들, 그 밑의 뚜껑 문이 제대로 작동해야 할 텐데."

"우리가 두 번 확인했어요. 이번 것으로는 레너드 코헨 곡을 골랐어요. 〈전선 위의 새〉요. 원곡보다 반 박자 느리게 만들었어요. 키보드로 제가 직접 녹음했어요."8핸즈가 말한다.

"딱 좋군." 필릭스가 칭찬한다.

"첼로를 썼고요, 테레민⁺을 좀 넣었지요. 우우 소리가 나게요."

"우우, 소리라 좋군. 기대하겠네. 버튼 눌러."

"복도 쪽에서 나는데." 시버트가 말한다.

"저거 〈전선 위의 새〉인가?" 토니가 말한다.

"저놈들이 우리를 가지고 노는군." 샐이 분개한다.

"'난 내 나름대로 자유로워지려 애썼네.'" 로니가 가사를 따라한다. "어쩌면 저건 누군가 우리를 도와주려는 사람이 보내는 메시지인지도 모르겠군. 한번 가 봅시다. 여기 앉아만 있을 수도 없으니."

"그러지요." 시버트가 집게손가락을 물어뜯으며 대답한다.

"저들이 앞장서게 해요." 토니가 그에게 속삭인다. "총알이 날아올지도 모르니까."

8핸즈가 알린다. "저들이 문밖으로 나옵니다. 모두 넷이에요. 복도의 비디오는 성능이 썩 좋지 않지만, 그들의 모습이 보입니다. 복도를 따라서 가고 있어요. 출연자 대기실로요."

⁺ 두 개의 진공관으로 맥놀이를 일으켜 소리를 내는 전자악기의 일종.

"로니가 저런 꼴을 겪게 하다니 죄책감이 드는군." 필릭스가 말한다. "하지만 별수 없지. 하여간 나쁜 친구들과 어울렸으니. 그에게 작은 스피커를 달아 놓았나?"

"네, 옷깃에요. 잘 작동합니다. 스피커를 켜시려면 여기로 스크롤을 내려서 리턴을 누르시면 됩니다."

그들은 스크린을 통해 출연자 대기실로 다가가는 네 사람의 모습을 지켜본다. 문 양쪽에 테이프로 붙여 둔 종이 인형―티라노사우르스와 우주 생물―이 그들이 안으로 들어가도록 이끄는 것 같다.

"훌륭한 무언의 이야기."✦ 필릭스가 혼잣말로 중얼거린다.

"이게 다 뭐야, 유치원인가?" 시버트가 말한다. "처음에는 야자수더니, 이번엔 이거 봐!"

"누가 이런 곳을 운영하는 거지?" 샐도 불평한다. "좀 바꿔야겠는데!" 그는 이마를 짚는다. "저건 공룡이잖아? 기분이 이상하군. 열이 좀 있는 것 같은데." 그러나 다들 문을 지나 방 안으로 들어간다.

"이건 뭐야! 극장 출연자 대기실 같네! 망할 과일 그릇까지 있어! 포도뿐이지만. 접시에 크래커랑 치즈 정도는 갖다 놔야지." 토니가 소리친다.

"음악이 정말 아름답군! 〈마술피리〉에서 나오는 건가?" 로니가

✦『템페스트』 3막 3장 중 알론소의 대사.

감탄한다.

"뭐 어쨌건. 배가 고프군." 샐이 말한다. 그는 휘청거리고 있다.

"안 먹는 것보다야 좀 먹는 게 낫겠지. 포도 먹자고." 시버트도 거든다.

"포도는 건드리지 말아요." 로니의 귀 가까이에서 작은 목소리가 말한다. 남자의 목소리, 간신히 알아들을 수 있을 정도의 목소리다.

"뭐?" 로니가 화들짝 놀란다. "누구야?" 옷깃을 만져 보니 작은 스피커가 만져진다. 다른 세 명이 먹고 있는 동안 그는 뒤로 물러선다.

"맛이 이상한데. 먹지 말아야 할 것 같아." 샐이 말한다.

"벌써 먹었는데." 시버트가 말한다.

"기분이 이상해요. 좀 앉아야겠어." 토니의 말이다.

"저 정도 포도면 충분해. 곧 효과가 나타날 것 같군. 저 속에 뭐가 들었는지 알고 있나? 내가 주사한 것 속에 말이야." 필릭스가 말한다.

"이것저것 조금씩이죠." 8핸즈가 대답한다. "영원의 눈. 케타민.✦ 샐비어. 버섯. 제대로 잘 섞으면 근사한 게 되지요. 눈 깜짝할 사이에 뿅 간답니다. 효과는 빠르지만 오래가지는 않아요. 저도 지

___

✦ 마취성 물질.

금 당장 한 방 맞고 싶네요."

"천둥 신호 줘." 필릭스가 대꾸한다.

우르릉 꽝음이 울리고 전기가 나간다. 곧 등이 켜진다. 과일 그
릇이 사라지고 없다. 벽에 날개를 펄럭이는 거대한 새의 무시무
시한 그림자가 나타난다.

"멋지군." 필릭스가 8핸즈에게 말한다.

"네, 선생님이 근사한 날개를 고르셨어요."

음정이 좀 맞지 않는 노랫소리가 들린다.

너희는 죄 많은 세 남자

어디에서부터 시작할까?

못된 짓 많이도 했네

나를 슬프게 하네

결국 너희는 미쳐 버릴 거야!

너희가 필릭스를 망쳤어

멀리 쫓아내 버렸어.

샐은 아들을 잃었지,

웃을 일이 아니야,

그리고 너희의 슬픔도 이제 시작이야!

뉘우치고 사과해야 해

이 이야기가 잘 끝나기를 바란다면.

바로…… 너희가…… 끝나야 해!

"어디로 갔지? 저 날개 달린 거! 저 악마! 저기 있다!" 토니가 외친다.

"내가 무슨 짓을 한 거지?" 샐이 묻는다. 그는 울먹이기 시작한다. "죽는 게 낫겠어! 저거 들었지! 그놈들이 프레디를 죽였고 다 내 잘못이야! 우리가 필릭스에게 한 짓 때문에!"

"끔찍하군." 시버트가 말한다. "우리한테 독을 먹였어! 내 몸이 어디 있지? 내가 증발해 버렸어!"

"당신들 모두 어떻게 된 거야?" 로니가 외친다.

필릭스가 말한다. "좀 무시무시한 시로군. 포도도 그렇고."

8핸즈가 말을 받는다. "와, 굉장하죠. 저놈들 완전히 기가 질린 것 같아요! 저 속에 또 뭐가 들었는지 어디 한번 찾아보라지!"

"저놈들은 괴로운 여행이나 하게 놔두고 페르디난드와 미란다를 보자고. 둘을 녹화한 동영상 돌려 봐. 그동안 뭘 했지?"

"돌려 보겠습니다." 8핸즈가 대답한다. "좋아요, 그러니까 선생님이 지시하신 대로 레고로 말뚝을 만들었군요. 그리고 서로 닭살 돋는 대사들을 주고받고요. 지금은 체스를 두고 있어요. 미란다기 말하기를……."

"좋아. 대본대로 잘 하고 있군. 같이 있으니 아주 보기 좋네." 필릭스가 말한다.

"마치 진심으로 하는 것처럼 보여요. 진짜 사랑이니 뭐 그런 거요. 우아하네요. 아주 선명하게 보이지는 않지만." 8핸즈가 대꾸한다.

"저 정도면 충분해. 출연자 대기실로 다시 돌려 보자고." 필릭스가 말한다.

38장

너는 적의를 품지 않는다✦

출연자 대기실의 분위기는 혼란스럽기 짝이 없다.

샐은 무릎을 감싸 안고 방구석에 웅크리고 있다. 얼굴이 온통 눈물에 젖어 비통함 그 자체이다. 마룻바닥과 대화를 나누고 있는 것 같다. 그가 중얼거린다. "어두워, 거기는 온통 어두워. 왜 그렇게 어둡지? 거기 가야 하는데. 거기는 온통 어두워. 그 애를 찾아야 해!"

토니는 허공에 주먹질을 하고 있다. "물러서! 물러서!" 그가 고함을 지른다. "저리 가!"

시버트는 곤충이나 뭔가 다리 여러 개 달린 생명체가 자기 몸을 온통 뒤덮고 있다고 믿는 것 같다. "나한테서 떨어져!" 그가 횡

✦ 『템페스트』 5막 1장 중 프로스페로의 대사.

설수설한다. "거미다!"

제정신인 로니는 테이블 뒤에 몸을 숨기고 그들을 피해 있다.

8핸즈가 묻는다. "정말 이 정도는 괜찮다고 보세요? 그 포도 말이에요. 이건 좀 지나쳐요."

"난 지시대로 따랐을 뿐이야." 필릭스가 대꾸한다. 그는 고뇌를 바랐고, 그것을 얻었다. 하지만 약물로 끌어낸 고뇌가 정말로 믿을 만한 것일까? 그리고 부작용은 없을까? 약효가 얼마 동안이나 지속될까? "우리 공식 비디오는 몇 분이나 남았지?" 그가 묻는다. "감방들하고 교도소장 일행에게 틀어 주고 있는 것 말이야."

8핸즈가 시간을 따져 본다. "3분의 2쯤 나갔을 겁니다."

"빨리 진행해야겠군. 스테파노와 트린큘로에게 신호를 줘."

"준비하고 대기 중입니다." 8핸즈가 대답한다.

출연자 대기실 문이 열리고 의상을 다 차려입은 레드 코요테와 티메즈가 으쓱대며 걸어 들어온다. 얼굴은 하얗게 칠하고 광대 입을 그렸다. 코요테는 옥스팜에서 구한 추레한 연미복 재킷을 입었고, 티메즈는 붉은 플란넬 속옷을 입고 중산모를 삐딱하게 썼다.

"제 의견을 말하자면 기진맥진한 상태에서 보고 싶은 꼴은 아니네요." 8핸즈가 말한다.

"저 명사분들도 그리 좋아하지는 않는걸." 필릭스가 말을 받는다. 과연 샐과 토니, 시버트는 벽에 붙어 서서 휘둥그레진 눈으로 쳐다보고 있다.

"와, 이것 좀 봐." 티메즈가 그들을 가리키며 말한다. "말도 안 돼! 말도 안 된다고! 으, 생선 비린내!"

"물고기 괴물들이야. 냄새가…… 썩은 내가 진동해!" 레드 코요테가 맞장구를 친다.

"공연에 세워도 되겠다. 횡설수설하는 미치광이들. 거리의 노숙자. 약물중독자. 사회의 쓰레기. 언제나 웃음거리로 딱이야." 티메즈가 말한다.

레드 코요테도 이렇게 말한다. "사람들이 저 꼴을 구경하려고 기꺼이 지갑을 열 거야. '마약에 취해 녹아내린 법무부 장관.' 헤드라인 죽이네!"

"마녀의 씨 무용수들한테 신호 줘." 필릭스가 지시한다.

"알겠습니다." 8핸즈가 대답한다.

잠시 틈을 두었다가 칼리반이 지원 팀 두 명을 데리고 고질라 머리 장식에 어울리게 입장한다. 그들은 특별히 이 순서를 위해 곡을 새로 썼다. 8핸즈가 버튼을 눌러 반주를 넣자 북소리가 방 안을 가득 채운다. 칼리반이 노래를 부르기 시작한다.

너희는 나를 보고 괴물이라 하지.

하지만 너희보다 더 괴물 같은 지가 어디 있다고?

도둑질에, 사기에, 뇌물에, 거짓말까지.

누구든 상관없이 내팽개쳤지.

너희는 나를 더럽다 하지, 인간쓰레기라 하지
나를 죄인이라고, 쓸모없는 놈이라고 하지,
하지만 너희는 화이트칼라 사기꾼, 장부 조작질이나 해 먹었네
납세자들의 주머니를 우려냈지, 너희가 뭘 뜯어 갔는지 다 알아
그러니 누가 더 괴물이겠어
누가 더 괴물이겠어,
너희보다 누가 더 괴물이겠어?

괴물, 괴물, 너희를 공연에 세울 거야
괴물, 괴물, 머리부터 발끝까지
괴물, 괴물, 그러니 온 세상이 다 알아야 해
너희가 얼마나 끔찍한 괴물인지!

너희가 뭘 뜯어 갔는지 다 알아! 화이트칼라 사기꾼!
화이트칼라 사기꾼! 너희가 뭘 뜯어 갔는지 다 **알아**!

"악마들이다!" 토니가 비명을 지른다.

"나는 괴물이야!" 샐이 울부짖는다. 두 손으로 얼굴을 가린다.

"저놈들이 뭘 알고 있지?" 시버트가 정신없이 주위를 둘러보며 외친다. "누가 저놈들한테 흘린 거야? 그건 적법한 비용이었다

고!"

"여러분, 여러분! 정신 좀 차려요!" 로니가 테이블 뒤에서 애원한다.

"저들이 재수 없는 놈들이고 우리 배우들을 없애려 한다는 걸 알고 있는데도, 이건 저조차 역겹네요." 8핸즈가 말한다. "이건 악몽 같은 환각 정도가 아니에요. 저놈들 완전 혼이 나갔어요."

"그것도 계획의 일부야. 어쨌든 자업자득이지." 필릭스가 대꾸한다.

"안됐다는 생각은 안 드세요?" 8핸즈가 묻는다.

말은 한마디도 하지 않았지만 미란다는 줄곧 그림자나 흔들리는 빛처럼 그의 뒤에 있었다. 그녀가 불러 줘야 할 대사는 아직 없었다. 하지만 지금 그녀가 속삭인다. 저 같으면 안됐다고 여길 거예요. 제가 인간이라면. 그 애는 너무 마음씨가 곱다.

8핸즈도 그 애의 말을 들었을까? 아니다, 그러나 필릭스는 들었다. 그가 말한다. "공기에 불과한 네가 그들의 고통을 아프게 느끼는데, 너보다는 내가 더 동정을 느끼지 않겠느냐?"[+]

8핸즈가 묻는다. "다시 연극으로 돌아가나요? 제가 이 대사를 해야 하나요? '저 같으면 안됐다고 여길 거예요. 제가 인간이라면.'[++]"

[+] 『템페스트』 5막 1장 중 프로스페로의 대사.
[++] 『템페스트』 5막 1장 중 아리엘의 대사.

"아니, 괜찮아. 그냥 혼잣말해 본 거야. 하지만 자네 말이 맞아. 복수는 이 정도면 충분해. 더 이상 얼굴 찌푸릴 필요 없지. 이제 저들을 감아올릴 때로군. 도깨비들한테 신호를 줘."

제가 저들을 데려오겠습니다, 주인님. 미란다가 속삭인다. 저를 사랑하시나요, 주인님?

39장
흥겹게, 흥겹게

검은 옷을 입은 도깨비 무리가 포로들을 에워싸고 복도를 따라 메인 룸으로 데려간다. 메인 룸은 푸른빛으로 은은히 빛나고 있다. 그들은 이제 어느 정도 진정이 되었다. 더는 소리 내어 흐느끼거나, 악을 쓰거나, 고함을 지르거나, 신음 소리를 내지 않는다. 포도 속에 든 것이 무엇이었는지 몰라도 효과가 다한 것이 분명하다.

앤마리와 8핸즈만 빼고 나머지 출연진들이 벌써 다 모여 있다. 그녀는 아직도 프레디와 단둘이 자기네 감방에 있고, 8핸즈는 접이식 가리개 뒤의 컴퓨터 앞에 앉아 있다. 필릭스도 거기에서 그가 들어오기를 기다린다.

명사들 네 명이 앞줄의 자리로 정중히 안내되어 앉고, 그들이 이성을 잃고 도망치려 할 경우를 대비하여 도깨비들이 에워싸고 나자, 8핸즈가 드럼 소리와 트럼펫 소리를 깔고, 조명을 끄고, 금빛 스포트라이트를 타닥 켠다.

필릭스가 봉제 인형이 주렁주렁 달린 마법 의상을 과시하며 접이식 가리개 뒤에서 걸어 나온다. 그는 여우 머리 지팡이를 허공에 높이 쳐들어 더 단순한 음악을 틀도록 신호를 보낸다. 8핸즈는 베이스 색소폰 두 대와 첼로를 주축으로 삼아 느린 단조로 연주하는 〈무지개 너머 어디엔가〉를 튼다.

"심란한 사람에게는 제일가는 위안인 장엄한 음악이 지금 그 두개골 속에서 끓고 있는 무용지물인 그대의 뇌수를 치유해 주기를."[*] 필릭스가 엄숙하게 대사를 읊는다. 조명이 전부 환히 켜진다. "자네가 베풀어 준 친절에 감사하네, 로니. 자네는 과거에 적어도 샐이나, 특히 이 자리에 있는 토니처럼 나에게 무례하게 굴지는 않았지."

그들 넷은 미친 사람 보듯이, 혹은 자기들이 미쳐 버린 듯이 그를 뚫어져라 쳐다본다. 샐이 입을 연다. "필릭스 필립스? 이건 꿈인가? 어디에서 나온 거지?"

필릭스가 대답한다. "바로 그렇다네. 여기에서 내 이름은 듀크 씨이지만."

"자네가 하도 완벽하게 종적을 감추어서 죽은 줄 알았어." 로니가 말한다.

---

[*] 『템페스트』 5막 1장 중 안토니오 일행을 대면한 프로스페로의 대사.

"어떻게 된 거야? 프레디한테 무슨 짓을 했어? 당신 진짜야?"

필릭스가 대답한다. "좋은 질문이군. 어쩌면 나는 이 마법의 섬에서 생겨난 마법에 걸린 환상일지도 모르지. 곧 알게 되겠지. 환영하네, 나의 벗들!"

토니는 기분이 좋지 않다. "당신 짓이군." 그의 목소리는 많이 가셨지만 아직 남은 약 기운으로 탁하다. "늘 이상한 수작을 부려서 갈채를 받고 싶어 한다니까. 난 항상 당신이 과대망상증 환자라고 생각했어! 이제 당신의 그 소중한 문학 독해 수업에 작별 키스나 하시지." 그는 잠시 말을 끊고 평소의 태도를 되찾으려 애쓴다. "당신이 그 포도에 약물을 넣었지. 그건 불법이야."

"프레디를 다치게 했다면 대가를 단단히 치르게 해 주겠어. 내가 너를……."

"그렇게는 안 될걸. 샐, 자네는 법무부 장관이야. 그러니까 자네가 정의를 행해 주기를 바라네. 우선, 메이크시웨그의 내 예전 자리를 돌려줘. 토니가 내 자리를 차지하려고 나를 부당하게 쫓아냈어. 잘 알고 있겠지만 자네들 둘이 은밀히 꾸며 낸 부정한 음모였지."

"미쳤군." 토니가 소리친다.

"천만에. 하여간, 당신들이 지금 막 겪은 경험을 일컬어 '예술적 몰입'이라고 하지. 샐, 자네는 플레치 교도소 극단이 관객 참여형 연극의 아주 창조적인 사례를 보여 주었고, 자네 역시 그 이점을 음미했다고 말해. 포도는 말할 것도 없고 말이야. 그래서 교육적 효과를 충분히 이해했으므로, 앞으로 최대한 지원하겠다고 발표해. 토니는 문화유산부 장관으로서 5년 더 자금 지원을 약속한다고 발표하고, 강조하는데 더 확대된 자금 지원이야. 그런 다음 토니는 사임해. 가족과 더 많은 시간을 보내려 한다고 말하면 되겠지. 시버트, 당신은 당 대표 경선에서 물러나."

"제정신이 아니군! 어떻게 그런 생각을……" 토니가 분개한다.

"비디오로 다 찍어 뒀어. 전부 다 말이야. 샐은 약에 취해 정신이 몽롱해져서 한쪽 구석에서 훌쩍거리고 있었지. 시버트는 정신이 나가서 횡설수설 연설을 했고, 토니 자네는 눈에 보이지 않는 악마들을 향해 고함을 지르면서 난리를 쳤지. 당신들 모두 이런 장면이 인터넷에 퍼지는 것은 원치 않겠지. 당신들이 충분히 보상을 하고 요구한 대로 따르지 않으면 그렇게 될 거야."

"이건 부당해." 토니가 항의한다.

"균형을 맞추는 거라고 해 두지." 필릭스가 대꾸한다. 그는 목소리를 낮추어 토니에게만 말한다. "그리고 어쨌거나 샐과 로니가 잠들어 있는 동안 자네가 시버트와 나누었던 대단히 흥미로운 대화도 다 녹음해 두었네. 충성심에 대해 많은 생각을 하게 해 주는 대화더군."

"여기를 다 수색할 거야, 녹화한 것을 찾아내서 파기해 버릴……" 토니가 말을 시작한다.

"괜히 기운 빼지 말게. 비디오는 벌써 클라우드에 올려 뒀어." 이건 그냥 해 본 소리다. 아직 업로드를 하지 못해서 파일은 그의 호주머니 속 메모리 스틱에 저장되어 있다. 그러나 그의 자신 있는 말투에 토니는 기가 죽는다. "그렇다면 별수 없군."

"시버트?" 필릭스가 말한다.

"유도한 거야. 우리를 함정에 빠뜨렸어." 시버트가 말한다.

"난 당신들에게 시간과 공간을 마련해 주었고, 당신들이 나름 대로 그걸 써먹은 거야." 필릭스는 샐에게로 돌아선다. "추가로, 내 특수 효과 담당 기사를 조기 가석방해 주었으면 좋겠군. 어쨌든 이런 조건이라면 당신들을 모두 용서해 주지. 지난 일은 다 묻어 두기로 하고."

잠시 침묵이 흐른다. "좋아." 이 협상의 최대 수혜자인 샐이 말한다. 토니와 시버트는 아무 말 않지만, 필릭스는 표정만으로 사람을 죽일 수 있다면 자기가 열 번은 죽었으리라 생각한다.

"좋아. 다들 동의해 주니 기쁘군. 그리고 예방 차원에서 방금 우리가 한 거래도 다 찍어 두었네."

"그러니까 그 폭동, 감금은…… 그리고 그들은 다 연극이었나?" 로니가 말한다.

"그럼 프레디는 어디 있지? 진짜로 죽었나? 아들의 비명 소리를 들었어. 총성이 들렸다고!" 샐이 묻는다.

"어떤 심정인지 아네. 나도 이 늦은 폭풍으로 딸을 잃었으니까. 무엇으로도 회복이 안 되지." 필릭스가 말했다.

로니가 말한다. "하지만 그건 적어도 12년 전……."

"나를 따라와." 필릭스가 샐에게 말한다. 샐이 일어서자 필릭스가 팔짱을 낀다. "보여 줄 것이 있네."

"그들이 와요. 필릭스 선생님하고 당신 아버지요. 놀란 척하세요." 앤마리가 속삭인다. 그녀와 프레디는 체스 판을 가운데 놓고 책상다리를 한 채 감방 바닥에 앉아 있다. "곧 그들이 창문으로 들여다볼 거예요. 대사 기억하죠?"

"그럼요." 프레디도 속삭임으로 대답한다.

"다정하신 임이여, 저에게 속임수를 쓰시는군요." 앤마리가 최대한 매력적인 목소리로 달콤하게 말한다.

"아니에요, 사랑스러운 분, 맹세코 그런 짓은 안 합니다." 프레디가 대답한다.

감방 문이 벌컥 열린다. "프레디!" 샐이 외친다. "살아 있었구나!"

"아버지! 아버지도 무사하셨군요!" 프레디도 화답한다.

"하느님 감사합니다!" 그들은 서로를 얼싸안는다.

시인은 이런 순간에 더 감동적인 웅변을 내놓았는데. 필릭스는 생각한다. 하지만 뭐 요점은 비슷하지.

기쁨의 탄성을 지르며 서로 얼싸안고 등을 두드려 주고 나서 프레디가 말한다. "아버지, 제 새로운 파트너인 앤마리 그린랜드와 인사하세요. 무용수 키드 피벗과 함께 작업했고요, 미란다를 연기했어요."

앤마리가 허둥지둥 일어난다. 드레스는 어깨에서 한참 밑으로 흘러내렸고 종이꽃은 비뚤어졌다. 그녀는 장난스러운 미소를 지으며 악수하려고 손을 내민다. 그러나 상대가 화답하지 않는다. 그는 눈을 홉뜨고 그녀를 노려본다. "비즈니스인가 로맨스인가?"

프레디가 냉큼 대답한다. "둘 다요. 적어도, 제 말은……."

앤마리가 그의 말을 자른다. "잠깐만요. 아직 진짜로 얘기해 보지는 않았어요! 생각 좀 해 보고요!"

"오늘 저녁 식사 어때요?" 프레디가 제안한다.

"생각해 보고요." 앤마리가 대답한다. 그녀는 소매를 끌어 올린다. 얼굴이 붉어진다.

필릭스가 샐에게 말한다. "진짜 로맨스로군. 자네가 반대해도 소용없어. 하여튼 최상의 결과로군."

출연진과 작별 인사를 나눈 뒤 명사들은 다시 안내를 받아서 복도를 따라 절대 안전한 문들을 통해 리셉션 장소로 나간다. 그들의 경보기가 어느 틈에 기적같이 허리띠에 되돌아와 있다.

그들은 특별 리셉션에서 교도소장과 몇몇 다른 고위 인사들과 다과를 하고 사진 촬영을 할 예정이다. 포도만큼 유독하지는 않은, 이쑤시개에 끼운 소시지가 나올 것이다. 크림치즈를 얹은 크래커도 나올 것이다. 알코올음료도 두어 가지 있을 것이다. 에스텔도 참석해서 하나도 빠짐없이 다 들을 것이다. 그녀가 필릭스에게 나중에 어떻게 진행되었는지 알려 줄 것이다.

그들 입에서 모두가 어떻게 철저히 속아 넘어갔는지에 대해 뭔

가 얘기가 나올까? 필릭스는 아닐 거라고 생각한다. 소위 폭동이
나 감금에 대한 얘기는 한마디도 나오지 않을 것이다. 이상한 환
각 체험에 대해서도 입을 봉할 것이다. 듀크 씨에 대한 뒷이야기
도 꺼내지 않을 것이다. 방문객들의 명예에 해가 될 만한 이야기
는 하나도 나오지 않을 것이다.

대신 교도소장은 플레처 교도소 극단이 높은 수준의 훌륭한 성
취를 이룬 데 대해 찬사를 늘을 것이다. 곧 프로그램을 존속시키
고 기금 지원을 확대한다는 발표를 하겠다고 약속할 것이다. 악
수와 건배가 이어질 것이다. 온통 축하 분위기일 것이다.

샐은 입술에 침도 안 바르고 거짓말을 할 수 있다. 그는 노련한
정치인이다. 토니와 시버트로 말하자면, 그들은 입을 다물고 있
을 것이다. 적어도 그런 동영상이 퍼져서 그들의 평판이 더럽혀
지는 일이 없게 할 것이다. 그래야 정계를 은퇴한 후 여러 법인의
이사회에 자리를 얻어 볼 희망이라도 있을 테니까. 어쩌면 그때
쯤에는 상원 의원직에도 오를 수 있을지 모른다. 제공한 서비스
에 대한 대가로.

프레디와 앤마리는 교도소장의 리셉션에 갔지만, 그 전에 앤마
리는 필릭스의 수염 난 뺨에 입맞춤을 해 주었다. "선생님은 최고
예요. 진짜 제 아버지였으면 좋겠어요. 그랬더라면 더 좋았을 텐
데."

"너도 아주 훌륭했어." 그가 칭찬해 준다.

"감사합니다. 하지만 프레디가 도와준 덕분이에요. 그 사람은

바로 이해했고, 정말로 흥미를 갖고 해 주었어요." 그녀가 환히 웃는다.

젊은이의 사랑이라. 필릭스는 부러움을 느낀다. 얼굴이 확 피는군.

필릭스는 뒤에 남아 장비를 정리하는 8핸즈를 돕는다. 작은 마이크는 한데 모으고 스피커들도 떼어 낸다. 특수 조명도 내려야 한다. 다 포장한 다음 대여 업체에 반환해야 한다.

필릭스가 분주히 분류하는 동안, 8핸즈는 마지막으로 녹화한 영상의 음질과 화질을 확인한다. 샐이 메인 룸에서 조건을 받아들이는 장면을 찍은 부분이다. 무슨 일이 생길지 모르니 언젠가 그것이 꼭 필요하게 될 수도 있다.

"라디오 방송국 전파가 잡히나 봐요. 제 헤드폰으로요. 노랫소리 같은 게 들려요." 8핸즈가 말한다.

"어떤 노래인데?" 필릭스가 묻는다.

"희미하지만, 잠시만요. 좋아요. '흥겹게, 흥겹게' 이래요."

"'흥겹게, 흥겹게, 내가 아직 살아 있다면, 가지 위에 활짝 핀 꽃 구름 아래' 말인가?" 필릭스가 묻는다. 미란다가 다시 대사를 불러 주고 있는 게 분명하다. 아리엘의 헤드폰 속으로 스며들다니, 영리하기도 하지! 하지만 대본을 헷갈린 모양이다. "그 부분은 벌써 했잖아. 비디오에 있어." 그가 딸을 위해 그렇게 말해 준다. 그들은 빤다는 말을 빼느라고 약간만 바꾸었을 뿐 아리엘의 원래 노래를 그대로 썼다. **벌이 꿀을 빠는 곳에서, 나도 빠네.**

8핸즈가 말한다. "아녜요, 그게 아니에요. '흥겹게, 흥겹게, 흥겹게, 흥겹게, 인생은 꿈일 뿐이라네'예요."

필릭스는 소름이 쫙 끼쳤다. 목덜미의 털이 곤두섰다. "딸애한테 불러 주던 노래인데." 그는 혼잣말로 중얼거렸다. "그 애가 세 살 때." 딸이 아직까지도 기억하고 있는 것일까? 세 살 때 일을 기억하고 있을까? 네 살 때도 아닌 것을 기억한단 말인가? 만약 그렇다면……."

필릭스가 말한다. "기막힌 우연의 일치로군. 배경 설명에 넣을까 하다가 넣지 않았거든." 그는 대충 꾸며 내고 있다. "미란다와 프로스페로가 물이 새는 배에 타고 있을 때 어린 미란다에게 불러 주는 노래일지도 몰라. 아이들이 무서워하면 노래를 불러 주곤 하지 않나."

병실에서 아이의 열 오른 손을 잡아 주고 이마를 쓰다듬어 주면서 노래를 불러 준다. 하지만 결국 아이들은 어느 샌가 곁을 떠나 뒤편의 어둠과 시간의 심연 속으로 사라진다.

8핸즈가 말한다. "그 노래 저도 알아요. 넣었어도 좋았을 뻔했네요. 그리고 제 가석방 성사시켜 주신 거 진심으로 감사드려요. 천재적이었어요."

"도움이 되었다니 기쁘군. 자네가 아니었으면 이 모든 일을 도저히 해낼 수 없었을 거야. 그 음악 아직도 나오나?"

8핸즈가 귀를 기울인다. "아뇨, 이제 안 나옵니다."

"자네 헤드폰 좀 줘 보겠나?"

8핸즈가 헤드폰을 건넨다. 필릭스는 귀를 기울인다. 지금은 아무 소리도, 노랫소리도 들리지 않는다. 침묵뿐이다. 그의 미란다는 어디에 있나? 무엇을 전하려 하는 것일까?

밖은 어스름이 깔렸다. 필릭스는 자기 차를 향해 터덜터덜 걸어간다. 예상했던 눈보라는 벌써 쏠고 지나갔다. 심하지는 않았고 포장도로 위에 흰 눈이 약간 쌓인 정도이다.

그는 말없이 차를 몰고 언덕을 내려간다. 이것이 진짜 개막일 밤이라면 출연진과 스태프들이 다 함께 어딘가에서 식사를 하고 리뷰를 기다리며 서로를 격려할 것이다. 그러나 지금 필릭스가 먹을 저녁은 계란 한 개가 전부다. 그의 미란다가 같이해 주지 않는다면 그나마도 혼자 먹어야 한다. 전혀 기척을 내지 않지만 그녀는 분명 차 안 어딘가에 있을 것이다.

그가 혼잣말을 한다. "어쨌든 해냈어. 적어도 실패하지는 않았어." 어째서 이렇게 허탈한 기분이 들까?

더 희귀한 행동은/ 복수보다는 미덕에 있네. 그의 머릿속에서 들려오는 말이다.

미란다다. 그녀가 그에게 대사를 불러 주고 있다.

제5부

이 어둠의 존재

40장
마지막 과제

2013년 3월 15일 금요일

　마지막 수업이 열리기 전날 저녁에 필릭스는 미스 비키 포테이토칩 소금 맛을 스무 봉지 산다. 면도칼로 봉지 뒤 아래쪽에 조그맣게 금을 긋는다. 금 안쪽으로 한 번에 하나씩, 담배 열다섯 개비를 넣는다. 말보로를 골랐다. 그게 인기 있는 것 같다. 담배에 포테이토칩 맛이 배기 때문에, 이 작업을 너무 일찍 해 둘 수가 없다. 포테이토칩에도 역시 담배 맛이 밴다.

　그런 다음 소형 비닐 접착기로 금을 다시 잘 봉한다. 그는 플레처에서 공연한 연극의 출연진 파티를 위해 매번 이렇게 포테이토칩 봉지를 손보았다.

　그는 칩을 마크스 워크 웨어하우스 쇼핑백 두 개에 포장해 넣고 무사히 통과하기를 바란다.

다음 날 주차장에서 앤마리와 만난다. 마지막 세션에 참석해 달라고 특별히 부탁했다. 어떤 면에서 이 시간은 쫑파티이고, 레그스가 지적했듯 그녀도 출연진이니 빼놓을 수는 없다.

"와 줘서 고맙구나." 필릭스가 그녀에게 말한다.

"당연히 와야죠. 프레디도 같이 오고 싶어 했지만 제가 이번에는 참으라고 했어요. 그 사람들을 위해서요." 그 말로 필릭스는 프레디가 아직도 그녀에게 걸려든 상태라고 결론지었다. 아니면 둘이 서로에게 걸려들었거나. 그는 미소를 짓는다.

"프레디가 원더보이를 질투하지는 않나?" 그가 짓궂게 묻는다. "그 장면 꽤 진했는데."

"뜨거웠다는 말씀이세요? 네, 그랬죠. 하지만 프레디는 저랑 체스 두느라 보지 못했어요. 어쨌거나 원더보이는 물러났어요. 그는 그걸로 만족해요."

"뭘로 만족해?"

"그게 그저 연극일 뿐이라는 데요."

칩 봉지들이 보안 검색대를 통과한다. 그 속에 밀반입품이 들었다고 누가 짐작이나 하겠는가? 어쩌면 딜런과 매디슨은 이미 짐작하고 있을지도 모르지만, 그렇다면 눈감아 준 것이리라. 어쩌면 배우들이 지금껏 수고한 만큼 보답을 좀 받아도 괜찮다고 생각했을지도 모른다.

"정말 훌륭했어요, 듀크 씨! 그 〈템페스트〉 말이에요." 딜런이 필릭스에게 경보기를 건네며 말한다. "전투 장면 하나 없는데 그렇게 마음에 들 줄은 몰랐어요. 진짜 푹 빠져서 봤지 뭡니까."

"네, 다들 푹 빠졌어요. 정말 신기했어요!" 매디슨도 맞장구를 친다.

"선생님 말씀이 맞아요, 요정은 없던데요. 그 파란 외계인인지 뭔지랑 마녀의 씨 랩 말이에요, 정말 죽여줬어요! 그린랜드 양도 정말 근사했어요. 그 미란다, 얼마나 섹시하던지!"

"고마워요." 앤마리가 약간 딱딱하게 대답한다.

"가방 안에 든 건 뭔가요?" 딜런이 묻는다.

"날카로운 건 없어요. 사람들한테 주려고 구운 초콜릿 쿠키랑 인형들을 가져왔어요. 벌써 보셨지요."

"쿠키 속에 이상한 건 안 들었겠죠?" 딜런이 씩 웃으며 묻는다.

"자, 하나 드셔 보세요." 앤마리가 대꾸한다. 그녀는 둘에게 쿠키를 조금씩 나눠 준다.

"파티에서 인형을 어디에 써요?" 매디슨이 묻는다.

"이건 출연진을 위한 파티잖아요. 인형들도 출연했어요. 비디오에요. 보셨지요."

"오 맞아요. 하여간," 매디슨이 대답한다. 그가 딜런에게 힐끗 시선을 던진다. 정신 나간 예술가 족속들. "나오실 때 꼭 가지고 나오셔야 해요. 인형들이 성추행이라도 당하기를 바라지 않으신다면요."

"인형들도 제 앞가림은 다 할 수 있어요." 앤마리가 딱딱한 표정으로 대꾸한다. 저 인형들로 무엇을 하려는 걸까? 필릭스는 의아하다.

"내년에는 어떤 연극을 하실 건가요, 듀크 씨?" 딜런이 필릭스에게 묻는다.

"아직 정하지 않았네."

"흠, 뭐가 되었건, 욕보세요." 매디슨이 말한다.

"아주 훌륭한 공연이었어요." 필릭스는 한자리에 모인 출연진에게 칭찬을 건넨다. "완벽했어요! 더 바랄 것이 없을 정도였어요! 관객 참여형 연극의 힘을 보여 준 완벽한 모범 사례이고, 어떻게 하면 연극 예술을 실용적으로 이용할 수 있는지 보여 준 훌륭한 예시였습니다." 그는 마음에서 우러난 미소를 활짝 짓는다. "그리고 가장 좋은 것은, 여기 있는 여러분들 덕분에 문학 독해 수업이 앞으로 5년간 유지될 수 있게 되었다는 점입니다. 플레처 교도소 극단은 안전해요." 박수갈채가 터져 나오고 저마다 주먹을 맞부딪친다.

"빌어먹게 근사해!" 레그스가 환호한다.

필릭스가 말을 잇는다. "여러분 스스로에게 별 다섯 개를 주어도 좋습니다. 이제 미래 세대에서 싹틀 배우들이 특권을 누리고 여러분들이 했던 것처럼 적극적으로 연극에 필요한 기술들을 습득할 수 있게 될 것입니다. 하나 덧붙이자면, 이번 공연은 제가 여태껏 무대에 올린 〈템페스트〉 공연 중에서 가장 훌륭했습니다." 그들은 그가 〈템페스트〉를 올린 것이 이번 한 번뿐인 줄은 모른다. "이보다 더 나은 연극이 나올 수는 없을 것이므로, 이 연극은 다시는 시도하지 않을 겁니다. 벌써 출연진 가운데 주요 멤버들에게는 따로 축하 인사를 전했지만, 모두의 앞에서 이 말은 꼭 하고 싶습니다. 도깨비들을 능가하는 기량을 갖춘 스태프는 누구도 바랄 수 없을 것입니다. 우리 모두에게 성원을 보냅시다!"

절제된 환호와 함께 더 신나게 주먹을 맞부딪친다.

"그리고 용기 있는 우리의 미란다, 앤마리 그린랜드 양을 위해서도 특별히 박수를 부탁드립니다. 여느 여배우들 같으면 거절했을 조건임에도 불구하고 미란다 역을 맡아 주었습니다. 정말로 용감한 아가씨입니다!" 이번에는 더 큰 환호와 박수갈채. "와!" "근사해!" 하는 외침들이 들린다.

레그스가 손을 들자 필릭스가 고개를 끄덕인다. "저희도 드리고 싶은 말씀이 있어요. 감사합니다, 듀크 선생님. 선생님은 정말 최고예요. 그러니까……." 그의 주근깨 가득한 얼굴이 정말로 붉어진다.

"죽여주게 근사했어요!" 8핸즈가 외친다. 더 요란한 박수갈채가 쏟아진다.

필릭스가 가볍게 고개 숙여 인사를 한다. "천만에요. 그리고 이제 총점의 15퍼센트를 차지하는 마지막 과제가 남아 있습니다.

여러분이 맡은 인물들이 연극 이후 어떤 삶을 살았을지에 대해 발표하는 겁니다. 그런 다음 포테이토칩 같은 다과로 쫑파티를 마무리합시다. 모든 것이 완벽해요." 진짜로 무사히 담배를 숨겨 들어왔다고 그들을 안심시켜 주기 위해 한 말이다. "우선 첫 순서로 아리엘 팀." 8핸즈에게 앞으로 나오라고 손짓하고는 앤마리 옆의 빈 책상에 앉는다.

41장
아리엘 팀

8핸즈는 안절부절못하는 모습이다. 발로 몸의 무게중심을 이쪽 저쪽 번갈아 옮기며 헛기침을 한다. 그는 전에 없이 젊어 보인다.

그가 입을 연다. "아리엘 팀 리포트입니다. 팀원은 저와 원더보이, 시브, 포드, 핫와이어입니다. 저희가 다 함께 했습니다. 모두 아이디어를 냈습니다. 다들 잘 해줬어." 그가 팀원들에게 말한다.

"선생님께서 극이 끝난 후 팀의 주요 인물에게 어떤 일이 일어날지를 생각해 보라고 하셨습니다. 저희 팀의 인물은 아리엘입니다. 아시다시피 처음에는 모두 그를 외계에서 온 외계인이라고 했지만, 생각을 바꾸었습니다. 선생님께서 말씀하셨듯이 이 연극은 생각을 바꾸는 것에 관한 이야기입니다. 그리고 프로스페로의 마음을 복수심에서 용서로 바꾼 인물이 바로 아리엘입니다. 나쁜 놈들이 별의별 쓰레기 짓을 다 했는데도 이만하면 그들이 충분히 고통을 겪었다 싶을 즈음 아리엘은 그들과 그들이 겪고 있는 상황에 동정심을 느끼거든요. 그래서 우리는 마음을 바꾸기를 잘했다고 생각합니다."

그는 방을 둘러본다. 사람들이 고개를 끄덕이고 두엇은 엄지손가락을 치켜든다.

"좋아요. 우리는 그가 우주에서 온 외계인이 아니라고 결론지었습니다. 만약 그가 외계인 같은 거라면 우주선을 타거나, 〈스타트렉〉에서처럼 전송 장치로 전송되거나 해야겠죠. 그래서 우리는 다른 아이디어를 냈습니다.

우리는 그가 뭐랄까, 홀로그래픽 프로젝션 같은 거라고 생각합니다. 그래서 그렇게 빨리 움직이고, 자기 모습을 감추고, 자기를 여럿으로 쪼갤 수 있는 거죠. 그럴듯하지 않습니까?" 그가 미소 짓는다. "그럼 홀로그래픽 프로젝션이 뭔지를 알아야겠지요? 음, 좀 더 설명해도 될까요?" 그가 필릭스에게 묻는다.

"짧게."

"좋습니다. 그건 3D 같은 거예요. 안경이 필요 없다는 점만 다르지요. 하지만 그가 프로젝션이라면, 누가 그를 투사할까요? 프로스페로일까요? 아리엘이 프로스페로의 머릿속에서 나오는 걸까요? 저희가 생각하기로 그건 불가능합니다. 왜냐하면 프로스페로가 '너는 이제 해방이다'라고 말하고 아리엘을 보내 주면 바로 사라져 버리거든요. 소멸되어 버려요. 프로스페로를 위해 그렇게 훌륭하게 일해 주었던 것을 생각하면 어쨌든 좀 심할지도 모르지만요.

　그래서 저희는 4대 원소의 정령들에 대해 열심히 읽어 봤습니다. 듀크 선생님이 주신 주석이 큰 도움이 되었지요. 저희는 그가, 그러니까 기상 시스템의 홀로그래픽 프로젝션이라고 생각합니다. 그는 공기의 정령이고, 거기다 불과 물도 쓸 수 있어요. 그러니까 그런 것들을 다룰 수 있지요. 기상 통신망에서처럼, 모래 구름이나 용오름이며, 구름이 어떻게 전기를 만들어 내는지를 볼 수가 있어요. 바로 거기에서 에너지가 나오고, 아리엘은 그 에너지를 써서 프로스페로를 위해 이런저런 일들을 하는 거지요. 그런 일을 하려면 에너지, 특히 번개가 많이 필요하거든요.

　그래서 극이 끝난 후에도 우주선이 아리엘을 태우러 온다든가, 머나먼 은하계에서 꽃들 사이를 날아다닌다든가 하는 일은 없어요. 아마 그는 앵초꽃과 함께 짧은 휴가를 즐기겠죠. 그가 앵초꽃을 받은 거 맞지요? 하지만 그 후에는 지상에 남아서 기후변화를 해결하러 떠나요. 눈알이 하얗지 않고 여자가 아니라는 점만 빼면 〈엑스맨〉에 나오는 스톰이랑 비슷하죠. 그는 그런 일을 하는 데 아주 만족해요. 도와주는 것을 좋아하고, 항상 남들에게 도움이 되는 일을 해 왔으니까요. 또 내내 이래라저래라 명령을 듣는 게 싫었거든요. 자기 프로젝트를 하고 싶었어요. 그는 프로스페로가 생각했던 것보다 영혼과 감정이 더 풍부한 인물이에요. 연극에서 보면 딱 그렇거든요.

　저희가 생각하기에는 저희 아이디어가 그럴듯하고 말이 되는 것 같습니다.

8핸즈, 원더보이, 포드, 시브입니다."

8핸즈는 초조한 얼굴로 반응을 기다린다. 방 안에 끄덕거림과 웅성거림이 퍼진다.

필릭스가 말한다. "대단하군! 아주 독창적이야! 내가 그런 생각을 해냈으면 좋았을 텐데." 그 말은 거짓이 아니다. 그는 어느 정도는 정말로 부럽다. 셰익스피어 극에서 기후변화 얘기가 나온적 없다고 해도 상관없다. 필릭스는 자신들만의 해석을 하라고 그들을 독려했고, 그들은 해냈다. "이의 있습니까?" 없다. 마지막 날이고 다들 기분이 좋은 상태다. "만점입니다." 필릭스가 말한다.

아리엘 팀이 행복한 얼굴로 활짝 웃는다. 8핸즈가 자기 책상으로 돌아가자 팀원들이 그의 어깨를 두드려 준다. 필릭스가 말한다. "다음은 사악한 형제 안토니오 팀. 안토니오의 운명이 어떻게 펼쳐지는지 한번 봅시다."

42장
사악한 형제 안토니오 팀

스네이크아이가 마치 외투를 걸치고 깃을 세우고 페도라를 깊숙이 눌러쓴 듯한 모습을 하고서 건들거리며 앞으로 나온다. 이 그림 어딘가, 그의 겨드랑이에 보이지 않는 총이 있다. 그는 턱을 쑥 내밀고 눈을 내리깔고 입꼬리를 실룩거린다. 아직도 인물 속에 빠져 있나? 필릭스로서는 알아내기가 어렵다. 스네이크아이는 여러 연극에서 수년 동안 항상 악랄하게 나왔고, 좀 지나칠 정도였다. 살짝 우스워 보일 수도 있었지만, 절대 코미디로 빠진 적은 없었다. 그는 방 안 모든 사람들의 어두운 더블이었고, 그런 만큼 섬뜩하다. 분위기가 조용해진다.

그가 입을 연다. "그러니까, 안토니오 팀은 우선 나지, 당연히. 거기에 알론소왕, 그러니까 크램퍼스랑 필 더 필이 맡은 세바스티안, 그리고 내 대역이지만 나보다도 그 역을 잘 익힌 배무스입니다. 다들 안토니오를 개인적으로 낱낱이 알게 되어서, 그의 배가 모든 이들과 함께 나폴리로 출항한 뒤 무엇을 했을지에 대해 각자 좋은 의견을 많이 냈어요. 다들 그것을 썼고, 어쩌다 보니 내가 그걸 읽게 되었을 뿐이지요. 고마워, 필, 철자 쓰는 법 도와줘서. 네 글씨체는 의사들이 흘려 쓴 것처럼 거지 같아서 읽기가 아주 힘들었지만 말이야." 긴장이 풀리고 폭소가 터진다.

"자, 그럼 시작할게요. 사악한 형제 안토니오 팀 리포트입니다.

우선, 안토니오는 연극에서 가장 극단적인 악당이에요. 그가 하는 일 중에서 못된 짓이 아닌 건 단 한 가지도 떠올리기 힘들 겁니다. 항상 자기가 최고여야 하죠. 왕과 곤잘로를 죽여서 세바스티안을 왕으로 만든다는 그의 계획조차도 세바스티안이 아닌 자기 자신을 위한 거예요. 그들의 거래는 밀라노, 즉 안토니오가 공물을 바치지 않아도 된다는 거거든요. 공물은 세금 같은 거죠. 그러니까 말하자면 탈세예요. 살인을 해야 한다는 점만 다를 뿐이지.

하지만 안토니오 쪽에서 보자면, 프로스페로한테도 잘못이 전혀 없다고는 할 수 없어요. 그는 마법에만 빠져서 다른 것에는 전혀 관심을 두지 않았거든요. 차 문을 잠그지 않은 채로 두는 것과 마찬가지예요. 안토니오가 범죄를 저지르기 쉬운 상황을 만들어준 거나 다름없어요. 그러면 어떤 일이 일어날지 뻔하잖아요. 프로스페로는 멍청했어요. 자업자득이었다고요. 안토니오가 못돼먹어서 일을 시작한 건 틀림없지만요. 그러지 않았다면 득을 보지 못했겠죠.

하지만 그는 나쁜 짓을 할수록 점점 더 사악해져요. 맥베스랑 비슷해요. 그 연극을 해 본 사람들은 알 거예요. 피에 대한 대사 부분이랑 비슷하죠? '핏속에 잠겨 있다/ 너무 깊이 걸어 들어와 서 더는 헤치고 나아가지 못하네/ 계속 가는 거나 되돌아가는 거 나 진저리 나기는 마찬가지.' 여러분 중에는 그걸 경험으로 아는 사람도 있을 거예요. 일단 뭔가를 시작한 뒤엔 물러서면 겁쟁이 가 될 것 같아서 끝까지 밀고 가게 되잖아요. 끝내 버려야 한단 말이죠. 그게 뭐가 됐건 간에요." 출연진들, 혹은 그중 일부가 잘 안다는 듯이 고개를 끄덕인다.

"하여간, 안토니오가 첫 번째 악행을 저지르는 동안에는 아무 런 위험이 없었어요. 프로스페로는 눈치채지도 못했으니까요. 그 는 어찌나 멍청한지 대가리를 제 똥구멍에 처박고 있었거든요. 이런 표현 미안합니다, 앤마리. 그는 타조처럼 마법의 모래 속에 고개를 처박고 있어서 아무것도 보지 못했어요. 그저 도깨비인지 뭔지한테 대장 노릇이나 하고 무덤에서 시체를 끌어내 오느라고 바빴죠. 근데 그런 짓은 왜 한 거래요? 그러느라 정작 제 몸이 어 찌 되는지 무심했단 말이에요. 시작 부분에서 본인도 인정하죠. 차라리 안토니오처럼 행동했으면 더 좋았을 뻔했다고요. 아무도 믿지 말았어야죠. 아무도.

그러니까 안토니오라는 놈은 좋아하거나 미워하거나 둘 중 하 나일 수밖에 없는 놈이에요. 아마 대개는 미워하겠지요. 하지만 그 녀석한테도 나름대로 자기 생각이 있는 거죠. 누구나 다 그렇 잖아요. 그래서 나폴리로 가는 배에 오릅니다. 그리고 무엇을 할 까요?

기억해야 할 것은요, 프로스페로가 그를 어느 정도는 용서했다 는 거예요. 프로스페로가 이번에는 왕을 살해하려는 계획에 대해 입 다물어 주겠다고 한 것으로 봐서 '어느 정도'라고 썼어요. '이 번에는 아무 말 않기로 하지.' 이렇게 말하거든요. 그 뜻은 나중 에 다 불어 버릴 수도 있다는 얘기지요. 그러면 안토니오는 망하 는 거예요.

알론소왕은 프로스페로에게 자기가 잘못했다고 사과하지만, 안토니오는 그 말을 안 해요. 화가 잔뜩 난 상태일 공산이 커요. 걸렸기 때문에 진짜로 화가 난 거죠. 그래서 이제 대공 자리에서 도 떨려 나게 됐지요. 반역자 취급을 받았다면 평생 감옥에서 썩 거나 목이 잘릴 수도 있었단 말이죠.

그래서 출항할 때만 기다리는 거지요. 나폴리까지 거의 다 와 서는 세바스티안이랑 또 음모를 꾸미기 시작하는 거예요. 알론소 왕의 선실에 몰래 숨어들어 그를 목 졸라 죽여요. 그런 다음 페르 디난드와 칼싸움을 벌이지요. 그 짓을 하고 있는 그들을 페르디 난드가 봤거든요. 그들이 싸움에서 이겨서 그를 죽여요. 2대 1이 니 뭐 싸움이 되나. 게다가 그놈들은 속임수까지 쓰는데 말이죠.

그런 다음 프로스페로도 찔러 죽여요. 이 멍청한 얼뜨기는 그 무렵 아리엘도 자유의 몸으로 만들어 준 뒤잖아요. 바보 천치 같으니. 그래서 프로스페로는 이제 마법도 못 써요. 그들은 곤잘로를 처리하러 가요. 그는 겁을 먹고 넋이 나간 상태이지만, 그들이 죽이러 오기 전에 뇌졸중을 일으켜서 뻗어 버려요. 다음으로 그들은 미란다를 겁탈해요. 미안해요, 앤마리. 하지만 일이 그렇게 될 수밖에 없다고요. 괴물한테 겁탈당하도록 해서 미란다에게 더 가혹한 벌을 줄 의도로 칼리반도 동참시켜요. 그러니까 칼리반은 결국 원하는 걸 얻게 되는 셈이지요.

하지만 그들이 여자를 배 밖으로 내던지려 해요. 그러면 밀라노에는 후계자가 없어지게 되니까. 그런데 칼리반은 그게 마음에 안 드는 거예요. 그는 미란다를 곁에 두고 좀 더 즐기고 싶거든. 그래서 그들을 막으려고 하다가 결국 살해당하지요. 스테파노와 트린큘로는 겁쟁이인 데다 궁정이든 어디든 자기네 일자리만 계속 있으면 되니까 끼어들지 않아요. 그 사람들한테 뭐라 할 수야 없죠 뭐. 그들이라고 뭐 별다른가.

자. 이게 우리 리포트예요. 안토니오는 뻔히 예상할 수 있는 대로 행동하지만, 프로스페로는 처음에 그런 것을 결코 보지 못했기 때문에 결국 끝까지 보지 못해요. 물론 이 연극에서 많은 사람들에게 좋은 결말은 아니지요. 하지만 우리는 현실적인 방식으로 진실을 말하고 싶었어요. 뭘 기대해요?" 그는 팀원들을 향해 이렇게 말한다. "다들 고마워. 보기 좋게 포장하지 않고 끝까지 현실을 있는 그대로 볼 수 있게 해 주어서." 그는 여전히 거만하게 거들먹거리며 자기 자리로 돌아간다. 다들 말이 없다.

필릭스가 입을 연다. "훌륭해요. 아주 제대로 해냈군요. 여러분의 결론이 유쾌하지는 않지만 토를 달 수는 없을 것 같네요." 안토니오에게 자비란 없는 걸까? 그는 궁금하다. 그런 것 같다. 셰익스피어 또한 자비롭지 않다. 프로스페로가 용서해 준 후 안토니오는 연극 속에서 더는 대사 한 줄 없다.

"너무 가혹해요." 앤마리가 의견을 낸다.

"맞아요. 인생이 가혹하지 뭐." 스네이크아이의 말이다.

"나는 안토니오 팀이 만점을 받을 만하다고 생각합니다. 여러분 생각은 어때요?" 필릭스가 사람들에게 묻는다.

끄덕거림과 웅성거림. 어떤 이들은 이 이야기를 못마땅해한다. 해피 엔딩도 아니고 속죄도 없다. 하지만 모든 사정을 고려해 본다면 동의하지 않을 수 없다.

"프로스페로와 미란다를 구해 줄 사람이 있을까요?" 필릭스가 질문한다. "그리고 칼리반도"라고 덧붙인다.

포드가 손을 든다. "선원들이요. 그들이 도와줄지도 몰라요. 갑판장이요. 그가 나설 수도 있겠지요."

"아마 그럴 수도 있을 겁니다." 필릭스가 대답한다.

사람들의 긴장이 풀어진다. 희망의 문이 열렸다. 그들은 희망의 문을 좋아한다. 누군들 그렇지 않겠는가?

43장

미란다 팀

필릭스가 명단을 들여다본다. "다음은 곤잘로 팀이군요. 벤트 펜슬?"

그러나 벤트 펜슬이 종이를 정리하는 동안 앤마리가 앞으로 걸어 나온다. "괜찮으시다면 제가 좀 덧붙이고 싶어요. 저는 점수를 받지도 않고 담배 같은 것도 없지만, 저도 이 공연의 일부였어요. 여러분과 함께 일할 수 있어서 정말 즐거웠어요. 하지만 여기에서 그냥 빠질 수는 없겠어요. 필릭스 선생님? 듀크 씨?"

그녀는 허락을 구하고 있지만 그건 어디까지나 형식적인 것일 뿐이다. 그녀는 자기 성미에 안 맞는 것은 무엇이든 참지 못하는 게 분명하다. "빨리 해 봐요." 필릭스가 너그럽게 웃으며 말한다.

"여러분은 미란다가 마치 헝겊 인형이나 되는 듯이 말하고 있어요. 미란다가 그냥 다리를 벌리고 누워서, 저를 겁탈해 주세요라고 써 붙이고 젖은 스파게티 가락처럼 가구 위에 척 붙어 있을 거라는 식으로요. 하지만 그렇지 않을 거예요.

우선, 미란다는 강한 여자예요. 코르셋으로 몸을 꽁꽁 감싸고 궁정이나 뭐 그런 데서 유리 구두를 신고 살아온 여자가 아니란 말이에요. 그녀는 왈가닥이에요. 세 살 때부터 온 섬을 다 기어올랐어요. 둘째, 그녀가 열두 살 때쯤 칼리반이 겁탈하려고 시도한 후로, 프로스페로는 자신이 곁에 없을 때 또다시 그런 일이 일어날 경우를 대비해서 그녀가 제 힘으로 자기 몸을 지킬 수 있도록 훈련을 시켜야 했어요. 나폴리로 가는 배에 탔을 때에는 제법 몸놀림이 날래졌을 테고, 더구나 자만심에 가득한 신사분들은 그녀가 그런 식으로 반격해 오리라고는 예상치 못했을 거예요. 미란다는 근육도 제법 있어요. 미란다가 그 통나무들을 번쩍 들어 올려서 페르디난드를 도와준 것을 보세요.

하지만 그게 다가 아니에요. 프로스페로는 앞서 미란다를 여느 소녀들 이상으로 교육시켰다고 말했어요. 하지만 체스 두는 법이랑, 자궁이 뭔지도 안다는 것 말고는 무엇을 가르쳤는지 말해 주지 않았어요. 제가 보기엔 마법을 약간 가르쳤을 거예요. 틀림없이 정령들에 대해서도 들었을 테고 어쩌면 보았을 수도 있어요. 처음에 페르디난드도 정령이라고 생각하잖아요. 또 칼리반이 명령을 따르도록 만든다거나 하는 식으로 프로스페로가 마법사의 힘을 이용해서 할 수 있는 다른 일들에 대해서도 알고 있고요. 프로스페로가 오후에 낮잠을 자면 미란다가 뭘 했을 것 같으세요?

책을 읽은 거예요, 아버지의 책을요! 그 아버지에 그 딸이지요. 미란다는 재능이 있었고, 기술을 익혔어요.

하지만 이번에도 거기서 끝이 아니에요. 미란다는 아리엘하고 몰래 거래를 해요. 이런 식으로요. 다들 정말 바보 같다고 생각한 그 노래 알죠? '벌이 꿀을 빠는 곳에서 나도 빠네, 앵초의 종 속에 누워…….' 맞아요. 멍청하죠. 하지만 앵초며 꿀 등은 바로 아리엘이 자유로운 몸이라면 갖고 싶다고 말한 거예요. 그래서 미란다가 그 노래를 듣고, 온 섬의 앵초란 앵초는 죄다 파내어 배에 가지고 타요. 자기 선실을 온통 앵초꽃으로 가득 채우는 거예요! 그리고 아리엘이 벌에 꽂혔으니까, 미란다는 자기 팔에 있는 마법에 걸린 벌을 이용했죠." 앤마리가 소매를 걷어 올려 자기 팔에 있는 벌 문신을 그들에게 보여 준다. "미란다는 프로스페로의 책에서 익힌 마법을 약간 써서 벌집의 환상을 만들어 내요. 그건 아리엘에게는 엄청난 매혹이에요. 중독 같은 거예요. 마약이나 다름없다고요! 아리엘은 미란다를 따라가서 도와주지 않을 수가 없게 돼요. 그렇게 필요한 것을 얻는 거죠. 앵초꽃과 벌을요."

영리한 아이야, 하고 필릭스는 생각한다. 그녀는 더 멀리까지 갈 것이다. 하지만 무엇으로부터? 그가 말한다. "그것들은 환상의 벌일 뿐이지. 벌의 환상."

"그럼 어때요? 아리엘은 신경쓰지 않아요. 그에게는 이러나저러나 다 마찬가지예요. 환상이 곧 현실이라고요." 앤마리가 대답한다.

"이게 말이 된다고 보나, 아리엘?" 필릭스가 8핸즈에게 묻는다. "자네 생각에는 이런 식으로 고쳐도 괜찮을 것 같나?"

8핸즈가 대답한다. "그건 미처 생각해 보지 않았어요. 하지만 말이 되는데요. 안 될 게 뭐가 있나요? 근사해요."

앤마리가 말한다. "그러니까 안토니오랑도 실은 이렇게 되는 거예요. 그가 행동에 나설 때 말이에요." 그녀는 셔츠를 벗고, 부츠도 벗고, 청바지를 벗는다. 그녀는 춤출 때 입는, 몸에 착 달라붙는 상의에 녹색 공단 반바지를 입고 있다. 발끝으로 서서 몸을 쭉 펴고 손을 아래쪽으로 뻗는다. 자세를 바로하더니 한쪽 발을 디디고 다른 쪽 발은 뒤로 뻗고 한쪽 팔을 죽 편다. 활쏘기 자세이다. 그녀는 방 안의 모든 남자들을 사로잡았다.

이제 다시 두 발로 바닥을 디디고 몸을 앞으로 기울여 한쪽 귀에 두 손을 모아서 갖다 대고 귀를 기울인다. "두 악한이 사람을 죽이려고 알론소의 선실로 다가가요. 하지만 아리엘이 그들의 모습을 보고 미란다에게 경고해요. 미란다는 자기가 갈 때까지 번개로 선실을 지키라고 그에게 명령해요. 현장에 와 보니 페르디난드가 그들을 막으려 하고 있지만 역부족이에요. 그래서 미란다가 뛰어들어 하이킥 한 번으로 세바스티안의 팔목을 부러뜨리죠." 앤마리가 시범을 보인다. 그녀는 피루엣을 세 번 돌고 재빠르게 아라베스크 자세를 취한 다음, 오른쪽 발을 위로 쳐들었다가 내뻗는다.

강의실에서 억누른 환호가 터져 나온다. 다들 몸을 앞으로 쑥 내민다. 당연하지. 필릭스는 생각한다. 저들 또래였다면 그 역시 같은 반응을 보였을 것이다. 실은 그도 이미 몸을 앞으로 내밀고 있다.

"그건 세바스티안의 오른손이에요. 하지만 그는 왼쪽 손에 단검을 쥐고 있어요. 그리고 안토니오도 칼과 단검을 들고 있어요. 이제 칼리반이 발톱을 세우고 있어요. 그러니까 3대 2죠. 페르디난드는 피를 흘리고 있고요. 그래서 미란다는 비장의 무기를 불러내요. 여신들의 힘 말예요!" 앤마리가 말한다.

그녀는 빙글빙글 돌면서 방을 가로질러 자신의 커다란 태피스트리 가방으로 가서 그것을 휙 열어젖힌다. 털옷을 입은 이리스, 케레스, 유노가 나온다. 이제 눈알이 불투명한 흰색으로 칠해져 있다는 점만 다르다. 그녀는 그들을 멜빵에 연결하고 길고 가느다란 가죽끈을 매단다. "먼저, 이리스! 공격!" 이리스를 큰 칼처럼 머리 위로 휘두른다. "쿵! 어떠냐, 안토니오! 그녀가 그의 칼을 빼앗아 날아가요! 이번에는 케레스! 이제 유노!" 그들을 '8' 자 모양으로 빙빙 돌린다. "해치워, 여신들아! 너희 둘이 할 수 있어! 여신의 힘으로, 전력을 다해서! 쾅! 건포도같이 쪼그라들었다! 너희의 한심한 강간 계획 따위 오늘은 그만 접으시지!"

"엿이나 먹어라, 토니오!" 포드가 소리치자 나머지 사람들도 환호성을 올린다.

"하지만 아직 칼리반을 해치워야 해요. 그가 음흉한 미소를 띠고 침을 질질 흘리면서 덤벼들어요. 조심해, 괴물!" 앤마리가 편물 가방 속에 여신들을 도로 던져 넣고 필릭스의 책상 위로 펄쩍 뛰어올라 끄트머리에 포즈를 취하고 선다. 그런 다음 무릎을 굽히고 양손을 머리 위로 올렸다가 360도 몸을 틀어 회전하며 뒤로 공중제비를 넘어 착지한다. 이제 그녀는 바닥에 등을 대고 누워서 양다리를 가위처럼 번갈아 들었다 내렸다 한 다음 몸을 굴려 일어나 앉는다. 모든 동작이 매끄럽다. 키드 피벗과 함께 했던 무용의 기본 동작이다.

"비늘 돈은 칼리반의 양팔을 다 탈구시켰어요." 그녀가 선언조로 말한다. "엄청 아플걸요."

그녀는 벌떡 일어나 두 주먹을 들어 올리더니 양손에 가득 움켜쥔 반짝이는 색종이 조각들을 허공에 뿌린다. "마에스트로" 그녀가 필릭스에게 말한다. 그러고는 구경꾼들에게 절을 한다. 이 정도 적은 숫자의 남자들이 낼 수 있는 소리라기엔 우레와 같은 갈채가 쏟아졌다.

"미란다 팀과 여신들이 감사드려요." 앤마리가 답례한다. 그녀는 무대에서의 관례대로 인사를 한다. 이마가 약간 젖었을 뿐이지만, 숨은 거칠게 몰아쉬고 있다. 그녀는 다시 자기 자리에 앉아 셔츠를 입기 시작한다.

필릭스가 입을 연다. "자, 신선한 해석이었어요. 잠시 휴식 시간을 가질까요."

44장
곤잘로 팀

그들은 필릭스의 프리미엄 커피가 담긴 종이컵을 들고 서 있고, 앤마리가 초콜릿 쿠키를 돌린다. 다행히도 모두에게 다 돌아갈 만큼 양이 충분하다.

"이거 개좋아." 레그스가 말한다.

"앤마리 양은 쿠키 하나는 빌어먹게 잘 구워." 스네이크아이도 맞장구를 친다.

"쿠키 속에 마리화나가 들었으면 좋겠다." 8핸즈가 엉뚱한 소리를 한다. 다들 쿡쿡거리며 웃는다.

필릭스가 앤마리에게 말한다. "고도의 기교를 보여 준 연기였어. 하지만 여신들에게 진싸로 그만한 힘이 있을까? 그들은 아리엘이 내세운 구경거리에 불과해. 진짜 여신이 아니야."

"지금은 진짜 여신이에요." 앤마리가 대답한다.

필릭스가 시간을 확인한다. "좋아요, 계속합시다. 아직 리포트 가 두 개 더 남았어요." 종이컵을 모아서 쓰레기통에 버린다. 쿠 키는 다 먹어 치웠다. "다음은 벤트 펜슬."

벤트 펜슬이 말한다. "저 때문에 용두사미가 될까 걱정이에요. 하필 앤마리 다음이라니. 저는 춤 같은 거 잘 못 춘다고요." 아무 도 그의 말에 이의를 제기하지 않는다. 웃는 사람도 없다. 그는 용감하게 앞으로 나온다.

"저에게 이런 기회를 주셔서 고맙습니다. 곤잘로처럼 중요한 인물을 연기할 기회가 제게 와서 정말 유익했어요. 생색은 안 나 도 중요한 인물들이 그런 경우가 많잖아요. 어, 또 이런 혁신적인 관객 참여형 연극에 참여할 수 있었던 것도요. 듀크 씨가 우리를 잘 이끌어 주신 덕분에 이번 주에 이렇게 멋진 결과를 낼 수 있 었어요. 얼떨결에 함께하게 되었던 VIP들도 눈이 번쩍 뜨일 만큼 놀랍다고 생각했을 거고요." 그는 기억을 떠올리며 쿡쿡 웃는다.

"백번 옳은 말씀. 그놈들한테 우리가 한 수 제대로 가르쳐 줬 지!" 레그스가 끼어든다.

벤트 펜슬이 그를 향해 미소를 날린다. "곤잘로 팀 리포트입니 다. 곤잘로는 연극에서 아리엘과 프로스페로 말고는 동맹이나 공 모자가 아무도 없어요. 아리엘은 그의 살인을 막고, 프로스페로 는 배후에서 움직이지요. 하지만 콜로넬 데스Colonel.Deth와 티메즈, 라이스볼이 고맙게도 제가 이 리포트를 엮도록 도와주었어요." 그는 그들을 향해 너그러운 미소를 보낸다.

"리포트 제목. '연극이 끝난 이후 곤잘로의 삶.' 곤잘로 팀.

〈템페스트〉에 나오는 인물들은 낙관적인 인물과 비관적인 인물로 나눌 수 있습니다. 낙관적인 인물은 인간 본성에서 더 긍정적인 면에 기대를 거는 사람들이고요, 비관적인 인물은 부정적인 쪽을 더 믿죠. 그래서 아리엘과 미란다, 페르디난드는 낙관주의자입니다. 알론소와 안토니오, 세바스티안은 비관주의자이고요. 스테파노와 트린큘로, 칼리반은 스스로는 미래의 희망을 믿으면서도 다른 사람들한테는 서슴없이 폭력을 쓰거나 죽이거나 노예로 삼으려는 식으로 왔다 갔다 합니다.

그런 스펙트럼에서 본다면 곤잘로는 긍정적인 쪽의 맨 끝에 있는 사람이에요. 부정적인 인간들, 기회주의자들, 연줄로 자리를 얻은 자들이 넘쳐 나는 알론소왕의 궁정에서 대신으로 어떻게 살아남은 걸까 의아할 정도이지요. 그가 살아남은 것으로 보아 알론소가 진심으로 뉘우쳤고, 그가 한 말도 모두 진심이고, 그러니까 행복하게 나라를 다스릴 권한을 넘겨받도록 페르디난드와 미란다를 힘닿는 데까지 도와주었을 거라고 믿어 봐도 좋을 겁니다. 알론소가 프로스페로한테 무정하게 굴기는 했어도 그에게 처음부터 선한 면이 전혀 없었더라면 곤잘로를 대신으로 쓰지도 않았을 거예요.

하지만 곤잘로는 힘이 거의 없어요. 프로스페로를 제외하면 미란다나 페르디난드, 아리엘, 곤잘로를 비롯해 긍정적인 인물들은 다들 힘을 쓸 만한 위치에 있지 않아요. 프로스페로의 힘조차 평범한 종류의 것이라고는 할 수 없지요. 칼리반이 말했듯이 마법의 책이 없으면 그는 아무것도 아니에요.

아주 선한 것은 항상 약한 걸까요? 힘이 없어야만 착해질 수 있는 걸까요? 〈템페스트〉가 우리에게 던지는 질문은 바로 이런 거예요. 물론 다른 종류의 힘도 있지요. 악에 맞서는 선의 힘 말이에요. 셰익스피어의 관객들이라면 잘 이해했을 힘이지요. 하지만 그런 종류의 힘은 〈템페스트〉에서는 그리 많이 나오지 않아요. 곤잘로는 유혹을 받지 않았을 뿐이에요. 맛있지만 몸에 나쁜 디저트를 그의 앞에 내민 사람이 없었으니까 굳이 거절할 필요가 없었을 뿐이라고요.

우리 곤잘로 팀은 곤잘로의 이후 삶이 이럴 거라고 생각해요.

우리의 비관주의자 친구들이 틀렸다고 가정해 봅시다. 안토니오는 이기지 못하고요, 프로스페로는 바다로 내던져지지 않아요. 사실 모든 것이 연극의 말미에서 얘기한 대로 진행돼요. 또 앤마리의 퍼포먼스에서 미란다와 여신 친구들이 방금 전 우리를 위해 열정적으로 보여 준 즐거운 판타지도 잠시 미루어 두고요. 덧붙여 말하자면 곤잘로 팀은 그런 막간 공연에 대해서는 미리 알지 못했어요." 그는 앤마리를 향해 유감 섞인 미소를 짓는다. "다시 우리 리포트로 돌아가서요. 〈템페스트〉 연극은 두 번째 기회가 있다고 주장해요. 우리 생각도 그렇고요.

모두 프로스페로를 통해 아리엘이 보내 준 순풍을 타고서 다시 나폴리로 배를 타고 돌아갑니다. 페르디난드와 미란다는 결혼식을 올려요. 프로스페로는 그들에게 작별 인사를 하고 밀라노로 돌아가서 다시 대공의 지위를 되찾고 당연히 안토니오를 감옥에 집어넣거나 그의 힘을 다 빼앗아 버립니다. 프로스페로는 이제 자기 죽음이나 가끔 생각할 것이라고 말하지만, 밀라노를 다스릴 생각도 아주 버린 것은 아니에요. 이번에는 그가 예전 같지 않기를 바라야지요.

나폴리 궁정에서 프로스페로는 세바스티안이 왕인 형에게 반역할 뜻을 품고 있다는 것을 알고 그를 저지해요. 프로스페로가 그런 내용을 써서 필요하다면 세바스티안을 물리치는 데 이용하도록 미란다에게 주는 거예요. 곤잘로로 말하자면, 페르디난드와 미란다, 알론소왕은 그동안 그가 보여 준 선량한 행동에 너무나 감사하고 있어서 그가 원하는 것은 뭐든 들어주지요.

우리 곤잘로 팀은 곤잘로가 정말로 선량한지 시험해 보기로 했어요. 그는 자기처럼 선한 사람들을 데리고 다시 그 섬으로 돌아가기로 해요. 그곳에 공화국 혹은 왕국을 세우고 자기가 직접 다스려요. 그 나라에는 계급제도도, 중노동도 없고, 성적 문란도, 전쟁도, 범죄도, 감옥도 없어요.

여기까지가 우리 리포트입니다.

벤트 펜슬, 라이스볼, 티메즈, 콜로넬 데스." 그가 다시 활짝 웃으며 방 안을 둘러본다.

"고마워요. 그러면 그 후로는 어떻게 되죠?" 필릭스가 말한다.

"뭐가 어떻게 돼요?" 벤트 펜슬이 천진하게 되묻는다.

"곤잘로의 이상적인 공화국 말이에요."

"곤잘로 팀은 그 부분을 여러분의 상상에 맡길게요. 곤잘로는 마법사가 아니에요. 도깨비들을 부릴 수도 없고, 죽은 자를 살리지도 못해요. 또 군대도 없어요. 다른 사람들의 좋은 성품을 믿는 수밖에 없어요. 하지만 어쩌면 행운의 여신이 도와줄지도 모르지요. 혹은 상서로운 별 같은 것이 그에게 호의를 베풀어 줄 수도 있고요. 상서로운 별 역시 극 중 등장인물이지요. 그 별이 아니었으면 프로스페로는 결코 기회를 잡지 못했을 거예요. 상서로운 별은 아주 중요해요."

필릭스가 말한다. "옳은 말이에요. 정말 그래요. 잘 했어요! 곤잘로 팀에게 만점 주겠습니다. 우리 삼촌이 늘 말씀하셨지요. 부자는 운 좋은 사람을 못 따라간다고요."

"저는 아니에요." 벤트 펜슬이 부드럽게 말한다. 그가 껄껄 웃자 필릭스도 기쁘다.

필릭스가 이렇게 말한다. "당신한테도 아직 운이 오지 않았을지 몰라요. 하지만 언제 운이 돌아올지는 모르는 거지요. 다음, 마지막 팀은 누구지요? 아, 마녀의 씨 팀이군."

45장
마녀의 씨 팀

레그스가 새빨개져서 전에 없이 주근깨가 도드라져 보이는 얼굴로 앞에 나온다. 그는 한쪽 다리는 앞으로 뻗고 발은 비스듬히 바깥쪽으로 내밀고, 골반을 젖히고 다른 쪽 다리는 무릎에 용접해 붙인 듯이 건들거리는 식으로 최대한 위압적인 자세를 취한다. 그는 모여 있는 출연진과 스태프들을 칼리반의 노려보는 눈길로 훑는다. 그런 다음 천천히 소매를 걷어 올린다.

멋진 극적 효과로군, 하고 필릭스는 생각한다. 사람들을 기다리게 만들고 있어.

"마녀의 씨 리포트 여기 있습니다, 선생님." 그가 필릭스에게 말한다. 군대식 같으면서도 동시에 살짝 소풍조이다.

그가 시작한다. "진짜 확실한 진실을 알려 드리죠. 마녀의 씨, 그러니까 칼리반 팀은 아무도 없어요. 소위 그의 친구이자 동맹이라는 그 주정뱅이 얼간이들 둘조차도 그를 따르지 않아요. 그들은 칼리반을 비웃고 욕하고 그를 이용해 먹으려고 눈이 벌게요. 그러니까 극 중의 그에게는 팀이 없는 셈이죠. 그가 가져 본 팀이라고는 죽은 어머니뿐이에요. 다른 이들은 마녀라고 불렀지만, 최소한 그를 새끼 고양이처럼 물에 빠뜨려 죽이지는 않은 것으로 보아 그에게 애정이 아주 없지는 않았나 봐요. 생존에 필요한 최소한의 것들은 해 주어서 살려 두었으니 말이죠. 그 점에 있어서는 인정해 줘야 해요. 그의 어머니는 섬에서 아무도 없이 혼자 아기를 낳았단 말이죠. 뭐, 완벽하지는 않았을지라도 아들을 위해 할 수 있는 건 했어요. 강했다고요."

관객들이 고개를 끄덕인다. 비록 흠은 많았지만 강인했던 어머니들을 기억에서 떠올린다.

"그러고서 어머니는 죽고 칼리반은 혼자 자랐어요. 처음에 그는 프로스페로를 반겼지만, 프로스페로는 온종일 누워만 있고 아리엘도 어찌 보면 그와 같은 노예 처지이면서도 그를 도와주려 하지 않아요. 둘 다 고문당할까 무서워서 하라는 대로 하고 있잖아요. 차이가 있다면 아리엘은 알랑거리고 칼리반은 맞서서 버틴다는 거죠. 그러다 보니 꼬집히고 괴롭힘을 당하는 건 칼리반뿐이에요.

하지만 저한테는 다행히도 이 리포트를 도와줄 팀이 있어요. 마녀의 씨 지원 팀과 우리가 입었던 옷들을 만들어 준 의상 디자이너들, 포드, 티메즈, 배무스, 레드 코요테예요. 너희는 최고였어. 너희가 아니었으면 해내지 못했을 거야. 우리 진짜로 잘 해냈어. 평생 좋은 기억으로 간직할 거야." 그가 잠시 말을 쉰다. 세심하게 계획된 것일까, 아니면 목이 메어서인가? 필릭스는 생각한다. 내가 너무 잘 가르쳤군. 나조차도 어느 쪽인지 분간을 못 하겠는데.

레그스가 다시 말을 잇는다. "그러니까 이게 우리 리포트입니다. 마녀의 씨 팀 리포트요. 다 끝나고 나서 칼리반은 어떻게 되었을까요? 연극이 그가 어떻게 되었는지 알려 주지 않은 채로 끝나 버리니까 우리로서는 정말로 알 수가 없어요. 그는 프로스페로의 착한 하인이 될까요? 아니라면 어떻게 될까요?

좋아요, 우리는 다양한 경우의 수를 생각해 봤어요. 첫째, 칼리반은 섬에 남고 나머지 사람들은 배를 타고 떠난다. 그는 섬을 차지하고 원하던 대로 왕이 되지만 섬에는 이제 그 말고는 아무도 없는데 그게 무슨 소용이겠어요? 밑에 아무도 없는데 어떻게 왕이 돼요?"

출연진들이 고개를 끄덕인다. 그들은 집중해서 듣고 있다. 칼리반이 어떻게 되었는지 진짜로 궁금하다.

"좋아요, 그래서 그 가능성은 제외했어요. 다음으로 두 번째죠. 다른 이들과 함께 나폴리로 가는 배에 올라요. 안토니오 팀이 말한 대로 프로스페로는 살해당하고 미란다는 강간당했다면요, 미안해요, 앤마리. 하지만 현실에서는 여신 같은 건 없을 테니까 그렇게 일이 흘러갈 공산이 더 커요. 그녀가 마녀의 씨한테 강간당하지 않았다는 것만 빼면요. 그 짓은 안토니오 혼자서 해요. 자기 말마따나 그는 너무나 사악하거든요. 그리고 나서 그녀를 죽여 버려요. 자기가 대공이 되고 싶고, 경쟁자 따위를 살려 둘 수는 없으니까요. 그러니까 미란다는 죽어야 말이 돼요. 칼리반은 그 걸 보고 열 받지만 스테파노와 트린큘로가 배 밑바닥에 그를 사슬로 묶어 가둬 놓았기 때문에 전혀 손쓸 수가 없어요.

나폴리에 도착하자 그들은 전에 그러겠다고 말했던 대로 그를 구경거리로 만들어서 돈벌이를 해요. 사람들한테 칼리반은 정글 에서 온 야만인이고, 반은 물고기인 괴물이라고 말해요. 또 사람을 잡아먹는다고 하고요. 다들 우리 속의 고릴라처럼 그에게 물건을 던지고 프로스페로와 미란다와 스테파노와 트린큘로가 그랬던 것처럼 더러운 욕을 해요. 그가 으르렁거리며 욕하는 모습을 보려고 막대기로 쿡쿡 찌르고는 그를 비웃어요. 게다가 그에게 쓰레기 같은 음식을 줘요. 그래서 얼마 되지 않아 그는 온갖 병에 걸려요. 예방접종 같은 것도 한 적 없으니까요. 그렇죠? 어느 날 부스럼이 생기고 열이 나더니 쓰러져서 죽고 말아요."

방 안이 조용하다. 너무 그럴듯한 얘기다.

레그스가 말을 잇는다. "하지만 그건 너무 우울한 얘기였어요. 연극에서 다른 사람들은 다 두 번째 기회를 얻는데, 왜 그에게만 기회가 없단 말이에요? 어째서 그렇게 태어났다는 이유만으로 그토록 고통받아야 하나요? 알다시피 그는 흑인이나 원주민 같은 존재예요. 처음부터 그에게는 모든 것이 너무 가혹해요. 그가 세상에 태어나게 해 달라고 한 것도 아닌데."

더 많은 이들이 고개를 끄덕인다. 레그스는 관객의 마음을 사로잡았다. 그들을 어디로 데려가려는 걸까? 필릭스는 궁금하다. 어딘가 낯선 곳일 것이다. 그의 눈을 보면 알 수 있다. 그는 사람들을 깜짝 놀라게 할 것이다. "그래서 저희 생각은 이래요. 프로스페로가 말한 그 대사를 생각하고 있어요. '이 어둠의 존재를 나의 것으로 인정하겠소.' 무슨 뜻으로 한 말일까요? 칼리반이 그를 위해서, 음 그러니까, 노예로 일해 준다, 그냥 그 정도 뜻일까요? 그 이상의 의미가 있을 거예요." 그가 몸을 앞으로 내밀어 눈을 맞춘다. "우리 생각은 이래요. 그 말은 사실 그대로예요. 바로 이거예요. **프로스페로가 바로 칼리반의 아버지예요.**"

웅성거림이 일고 사람들이 고개를 가볍게 절레절레 흔든다. 믿기 어렵다. 레그스가 말한다. "제 말을 더 들어 보세요. 끝까지 죽가 보자고요. 그의 엄마는 여자 마법사였죠, 그렇죠? 시코락스요. 그녀는 사악해요! 프로스페로도 마법사예요. 그들은 마법을 쓰고, 주문을 외고, 날씨를 바꾸는 등 아주 똑같은 일들을 많이 해요. 아리엘을 비틀어 주는 것까지 포함해서요. 그 일은 프로스페로가 더 잘하기는 하지만. 그러니까 프로스페로는 마법을 좋은 일에 쓰지만 그녀는 마법을 못된 일에 쓴다고 생각해야 해요. 그들이 더 일찍 만났다고 가정해 보세요. 마법사 집회 같은 데서요. 그러다 눈이 맞은 거예요. 하룻밤 불장난이죠. 프로스페로는 그녀를 임신시켜 놓고는 밀라노로 휭하니 돌아가 버려요. 시코락스

는 인생 말아먹은 거죠. 사람들이 그녀를 붙잡아서 섬에 처박아
버리거든요.

그러다 프로스페로가 섬으로 떠밀려 올라와요. 그때 시코락스
는 이미 죽고 없지만 그는 칼리반을 보자마자 누구 아이인지 알
아차려요. 그는 죽은 어미한테 욕을 퍼부어요. 당연한 일이겠죠.
칼리반에게 사실대로 털어놓지는 않지만, 어쨌거나 그를 써먹
을 수는 있겠다고 생각해요. 절반은 자기 피를 받았으니 틀림없
이 뭔가 좋은 자질을 타고났겠죠. 처음에는 칼리반을 자랑스러워
해요. 독립적인 데다 섬을 잘 알고 있고, 땅콩이며 물고기며 먹을
것도 찾아내고, 자기한테 잘해 주려고 열성을 보이니까요. 그래
서 프로스페로도 칼리반한테 잘해 주고, 이것저것 가르쳐 주기도
해요. 말하는 법 따위를요.

그렇지만 그 녀석이 미란다를 넘봐요. 그럴 수도 있죠. 잘 한
짓은 아니라 해도요. 서로 뜻이 맞았다면요, 모르는 거잖아요, 그
가 어쨌다는 건 미란다 말이니까. 하지만 어쨌거나 미란다를 그
렇게 바로 눈앞에서 돌아다니게 했으니 그건 누구 잘못인가요?
프로스페로가 그런 일이 생길 거라고 미리 예측을 했어야죠. 프
로스페로는 그 점에 있어서는 욕을 먹어도 싸요.

하지만 프로스페로는 그런 사실을 인정하지 않아요. 그러기는
커녕 흥분해서 모욕을 주고 고문을 가하기 시작하고 음악적 재
능이라든가, 칼리반이 갖고 있는 장점들은 무시해 버리지요. 하
지만 결국 프로스페로는 모든 잘못이 다 한 사람 책임만은 아니

라는 사실을 이해하게 되지요. 게다가 그는 칼리반의 악한 면들이 실은 자신에게도 마찬가지로 있다는 것을 깨닫게 돼요. 둘 다화를 잘 내고, 욕도 잘하고, 복수심에 가득 차 있지요. 둘이 아주똑같다니까요. 칼리반은 그의 나쁜 반쪽 같은 존재예요. 그 아버지에 그 아들이랄까요. 그래서 프로스페로도 그런 속마음을 말한거죠. '이 어둠의 존재를 나의 것으로 인정하겠소.' 그가 한 말 그대로예요.

그래서 연극이 끝나고서 프로스페로는 자기가 저질렀던 잘못을 보상해 주려고 하지요. 칼리반을 배로 데려가서 몸을 씻겨 주고, 생선 비린내를 씻어 내 주고, 멋진 새 옷을 사 주고, 그를 그러니까 시종 비슷한 것으로 만들어 주어요. 그래서 칼리반은 접시에 밥을 담아 먹는 법도 배울 수 있게 되지요. 칼리반에게 미안하다고, 이제 새 출발을 하자고 말하고요. 아름다운 꿈이며 뭐 그런칼리반의 예술적인 면을 살려 주려고 하지요. 일단 칼리반이 깨끗이 씻고 옷도 잘 차려입고 예의범절을 배우게 되니까 사람들도 더는 그가 추하다고 생각하지 않게 돼요. 그들은 그가, 음, 다부지게 생겼다고 해요.

그래서 프로스페로는 그를 밀라노로 데려가 음악가로 만들어 주어요. 일단 뒤에서 좀 밀어주니까 칼리반은 진짜로 잘나가게돼요. 그는 음, 사람들한테서요, 어둠의 감정들을 끌어낼 수 있지만, 음악적인 식으로 그런단 말이에요. 술은 멀리해야 해요. 그건그에게 독이거든요. 확 돌게 만들어 버려요. 그래서 그는 노력을 하고 청결을 유지해요.

칼리반은 스타가 돼요. 프로스페로는 진심으로 그를 자랑스럽게 여겨요. 그 녀석은 대규모 콘서트에서 간판스타로 공연을 해요. 예명도 짓고, 밴드도 만들어요. **마녀의 씨와 어둠의 존재**라고요. 어, 그는 전 세계적으로 유명해지게 돼요.

저희 리포트는 여기까지예요. 여러분 마음에 들었으면 좋겠어요."

이번에는 반 전체의 의견이 완전히 하나로 모인다. "옳지" "잘했어" 하는 고함 소리가 합창처럼 터지고 쏟아지던 갈채가 박자를 맞춘 박수 소리로 바뀌면서 발까지 함께 구른다. "마녀의 씨! 마녀의 씨! 마녀의 씨 좋아!"

필릭스가 일어선다. 분위기가 걷잡을 수 없을 정도로 흘러가게 내버려 두어서는 안 된다. "훌륭했어요, 마녀의 씨. 만점입니다! 아주 독창적인 해석이에요! 게다가 이 수업의 공식적인 마무리로도 딱 어울리는군요. 이제 다음은 출연진 파티입니다! 준비되었나요?"

46장
우리들의 축하 파티

포테이토칩 봉지와 진저에일 캔을 모두에게 돌린다. 이야기를 나누고 진저에일 캔을 부딪치며 소리 죽여 축하를 나누는 분위기다. 곧 그들은 한 명씩 쭈뼛거리며 필릭스 곁으로 다가와 쑥스러워하면서 감사의 말을 던질 것이다. 이런 파티에서 늘 있는 일이다. 포테이토칩 봉지를 뜯고 누가 볼세라 담배를 잽싸게 호주머니에 쑤셔 넣은 다음이라면 더 말할 것도 없다.

봉지마다 똑같은 개수의 담배가 들어 있다. 당연하지 않겠는가? 다들 너무나 잘 해 주었다. 필릭스가 자리를 뜨면 흥정과 거래가 시작될 것이다. 담배는 뇌물로 써먹고 필요한 물건과 호의를 얻기에 딱 좋은 비공식 화폐이다.

"내가 원래 피우는 브랜드가 아니네." 밴드 펜슬이 밀힌다. 사람들이 쿡쿡 웃는다. 그가 담배를 피우지 않는다는 것은 다들 아는 사실이다.

"한쪽 끝에 구멍이 있고 다른 쪽 끝에 불이 붙기만 하면 피울 거야." 레드 코요테가 말을 받는다.

시브가 끼어든다. "너 내 여자 얘기 하는 거지." 웃음소리.

"맞아, 하지만 어느 쪽 끝이 어느 쪽인데?" 더 큰 웃음소리. "미안해요, 앤마리."

"조심해요. 잊지 말아요. 나한테는 여신의 힘이 있다고요." 앤마리가 일침을 가한다.

"그건 그렇고, 정말 잘 했어, 앤마리." 필릭스가 칭찬한다. "예상도 못 했어."

"선생님은 항상 마법은 예측할 수 없어야 한다고 하셨지요. 선생님을 깜짝 놀라게 해 드리고 싶었어요." 앤마리가 대답한다.

"그리고 해냈어." 필릭스가 말한다.

"선생님께 진심으로 감사드려요. 저와 프레디요. 그건……."

"감사할 필요 없어. 도움이 되었다니 기쁘구나." 필릭스가 대답한다.

"저희도 선생님을 깜짝 놀라게 해 드릴 게 있어요." 레그스가 말한다. 그는 천천히 다가와서 그들의 대화에 끼어들었다.

"오? 그게 뭔데?" 필릭스가 묻는다.

레그스가 대답한다. "저희가 추가로 곡을 하나 더 썼어요. 저랑 마녀의 씨 팀이요. 다 같이 썼어요. 음, 그러니까 뮤지컬로 만들었어요."

"뮤지컬이라고요? 칼리반에 대해서?" 앤마리가 되묻는다.

"네, 연극이 끝나고 어떻게 되었는지에 대한 거예요. 리포트를 쓰면서 생각을 해 보게 되었거든요. 칼리반이 혼자 공연을 하면 어떨까?"

"계속해 봐." 필릭스가 재촉한다.

"좋아요, 그러니까 스테파노와 트린큘로가 그를 우리에 넣어서 돈을 받고 구경시켜 주는 부분에서 시작해요. 하지만 뮤지컬에서는 칼리반이 우리 밖으로 나와요. 저희가 만든 노래는 이거예요. 그가 밖으로 나와서, 더는 노예로 일하거나 우리에 갇혀 살지 않겠다고 말하는 거예요."

붐 붐 붐, 마녀의 씨 팀이 박자를 맞추기 시작한다. 레그스가 노래를 부른다.

자유다, 이야호! 이야호, 자유다! 자유다, 이야, 호, 자유!
우리를 박차고 나가자, 이제 날뛰자
이제 물고기를 잡을 둑을 만들지 않아
불을 피울 땔나무도 가져오지 않아.
아무리 청해도,
굴 파기도, 설거지도 이젠 끝.
더는 당신 발바닥을 핥지 않아
길에서 당신 뒤를 졸졸 따라가지도 않고
버스 뒷문으로 타지도 않을 거야

그리고 당신은 우리 땅을 돌려줘야 할걸!

반-반, 카-칼리반,
주인은 필요 없지, 난 당신 똘마니가 아니야!
그러니까 네 앞가림이나 잘 해, 훔쳐 간 거나 도로 내놔,
이젠 늦었어, 난 머리끝까지 화가 났어,
다 뒤집어엎어 버릴 거야!
움막에서 살면서 쥐꼬리만 한 월급 받고 일하지 않을 거야
들통에 오줌 누고,
넌 나를 감옥에 처넣어서 돈을 벌지!

넌 내 머리를 발로 찼어, 눈 속으로 내쫓았어,
나를 거기에서 죽게 내버려 뒀어,
내가 너한테 아무것도 아니라고.
반-반, 카-칼리반,
넌 내가 짐승인 줄 알지, 인간도 아니라고!

이제 마녀의 씨는 검은색, 마녀의 씨는 갈색,
마녀의 씨는 붉은색, 네가 얼굴을 찌푸려도 상관없어
마녀의 씨는 노란색, 마녀의 씨는 백인 쓰레기,
그에게는 이름이 많아, 밤에 어슬렁거리고 다니지,
넌 그를 함부로 대했어, 이제 그는 아주 섬뜩한 자,

마녀의 씨!

반, 반, 카-칼리반,
주인은 필요 없지, 난 네 똘마니가 아니야!
야, 가 버려! 나가라고, 없어져 버려
안 된다고 해도 소용없어, 소용없어, 소용없다고! 이제 그만
됐어 됐어 됐어!

"정말 강렬하군." 필릭스가 감탄한다. "아주 강렬해."

"그 정도가 아니에요!" 앤마리가 맞장구를 친다. "이건 정말……. 하지만 우리에서 탈출한 후에는 어떻게 될까요?"

"자기한테 심한 짓을 했던 사람들은 다 쫓아갈지도 모르지요." 레그스가 대답한다. "복수하는 거예요. 람보처럼요. 하나씩 제거해 나가는 거죠. 스테파노와 트린큘로부터 시작해서."

"프로스페로는?" 필릭스가 묻는다.

"그리고 미란다는요?" 앤마리도 궁금해한다.

"그들은 뮤지컬에는 안 나올지도 몰라요. 나올 수도 있고요. 칼리반이 그들은 용서해 줄 수도 있지요. 안 할 수도 있고. 살금살금 그들의 뒤를 밟아 가서 덤벼들어 발톱으로 해치워 버릴지도 몰라요. 아직 작업 중이에요." 레그스가 대답한다.

필릭스는 흥미가 동한다. 칼리반은 연극에서 탈출했다. 그는 몸에서 떨어져 나가 저 혼자 숨어 버린 그림자처럼 프로스페로

로부터 탈출했다. 프로스페로는 용서받을까, 아니면 어느 캄캄한 밤에 천벌이 그의 창을 타고 넘어와 목을 베어 버릴까? 필릭스는 궁금하다. 그는 조심스레 제 목을 만져 본다.

"선생님이 연출을 맡아 주시면 안 될까요?" 레그스가 묻는다. "저희가 완성하면요. 누구보다도 선생님이 맡아 주시면 좋겠어요." 그가 수줍게 웃는다.

"내가 그때까지 살아 있다면." 필릭스가 대답한다. 그런 일은 결코 일어나지 않을 테지만 이상하게도 그 제안에 기쁘다. 아니, 일어날 수도 있을까? "그럴 수도 있지. 누가 알겠어."

47장
이제 끝입니다

필릭스가 진저에일을 마저 마시고 있는데 8핸즈와 레그스, 스네이크아이가 그에게 다가온다.

스네이크아이가 입을 연다. "한 가지 더 있어요. 수업에 관해서요."

"그게 뭔데?" 필릭스가 묻는다. 뭔가 잊은 게 있었나?

8핸즈가 대답한다. "아홉 번째 감옥이요. 저희가 센 것은 여덟 개뿐인데요. 기억하세요?"

"저희가 답을 못 찾으면 말씀해 주신다고 하셨어요." 레그스가 거든다.

"오, 맞아." 필릭스가 대답하며 기억을 더듬는다. "결국 프로스페로에게는 다 잘 끝난 것은 아니야. 그렇지 않나? 그는 공국을 되찾았지만 이제 공국에는 그다지 관심이 없어. 그러니까 그는 이겼지만 또 한편으로는 진 셈이지. 무엇보다도 그는 가장 사랑하는 두 사람을 잃었어. 미란다는 이제 페르디난드의 아내가 되어 멀리 나폴리에서 살게 되지. 아리엘은 뒤도 한번 안 돌아보고 프로스페로의 곁을 떠나가 버렸고. 프로스페로는 아리엘을 그리워하겠지만 아리엘은 전혀 그를 그리워할 것 같지 않아. 자유의 몸이 되어 그저 행복할 따름이지. 유일하게 프로스페로의 곁을 지킬지도 모를 한 사람은 칼리반이지만, 딱히 기쁠 것 같지는 않아. 섬을 떠난 마당에 왜 그가 필요하겠어? 밀라노에 돌아가면 다른 하인들이 있을 텐데. 어쩌면 책임감 때문에 그 어둠의 존재를 데려갈지도 모르지. 그건 다른 누구의 것도 아닌 그의 것이니까. 하지만 지금 프로스페로는 다른 것에 죄책감을 느끼고 있어."

"그런 건 다 어떻게 아세요? 그가 죄책감을 느낀다는 거요?" 레그스가 말한다.

"여기 있어." 필릭스가 그의 대본을 뒤적인다. "프로스페로가 이렇게 말하잖아. '내가 이 황량한 섬에서 여러분의 주문에 묶여／ 살게 하지는 말아 주오.' 프로스페로는 자기가 걸었던 마법을 풀었고, 마법 지팡이를 부러뜨리고 책도 바다에 던져 넣을 거야. 그러니까 더는 마법을 쓸 수 없지. 이제 마법은 관객들의 손에 달렸다고 그가 말하지. 그들이 박수와 환호로 연극이 성공했다고 해 주지 않는다면 프로스페로는 섬에 그대로 갇힌 채로 남게 되는 거야.

그리고 또 그는 관객들에게 자기를 위해 기도해 달라고 부탁하지. '그리고 나의 끝은 절망입니다/ 기도로 풀려나지 못한다면/ 기도는 뚫고 들어가 자비를 움직여서/ 온갖 잘못들을 용서합니다.' 다시 말해서 그는 신의 용서를 바라고 있어. 연극의 마지막 대사는 '여러분이 범죄를 용서받으시려거든/ 관대함으로 저를 풀어 주십시오'이지. 여기에는 이중의 의미가 있어."

"네, 주석에 있네요." 벤트 펜슬이 말한다.

"난 그 부분 깜박했네." 스네이크아이가 말한다.

"면죄부라고, 지옥에서 벗어날 수 있게 해 주는 카드가 있었지. 옛날에는 돈을 주고 살 수가 있었어."

"지금도 가능해요. 말하자면 벌금이지요." 스네이크아이가 대답한다.

"보석금이라고도 하고. 공짜가 아니라는 게 문제지." 레그스도 한마디 한다.

8핸즈가 말한다. "조기 가석방도 돼요. 그건 돈을 낼 필요가 없을 뿐이지. 자격이 되어야 얻어요."

"죄의식이라는 게 뭐였을까요? 프로스페로가 뭔가 무시무시한 짓을 한 건가요?" 앤마리가 묻는다.

"진짜로, 뭐였을까?" 필릭스가 수사적으로 되묻는다. 출연진들이 더 많이 모여든다. "그는 우리에게는 말해 주지 않아. 연극 속에는 수수께끼가 하나 더 있지. 하지만 〈템페스트〉는 연극을 만드는 사람에 관한 연극이야. 자기 머릿속, 자기 '공상들'에서 나온 연극이지. 그러니까 아마도 그가 용서받아야 할 잘못이란 연극 자체일 거야."

"우아하군요." 앤마리가 감탄한다.

"난 이해가 안 되네. 연극은 범죄가 아니잖아요." 스네이크아이가 말한다.

"법적으로 범죄는 아니라도 죄는 되지. 도덕적인 죄."

"그래도 모르겠는걸요." 스네이크아이가 말한다.

"그럼 복수심은? 분노는?" 필릭스가 묻는다. "다른 이들을 고통받게 만든 건?"

"흠, 네, 그럴 수도 있겠네요." 스네이크아이가 수긍한다.

"좋아요, 하지만 아홉 번째 감옥은요?" 8핸즈가 묻는다.

필릭스가 대답한다. "그건 에필로그에 있어. 프로스페로가 관객에게 하는 말은 사실상 이런 거야. 여러분이 내가 배를 타고 떠나도록 도와주지 않는다면, 난 이 섬에 남아 있는 수밖에 없습니다. 즉, 그는 마법에서 풀려나지 못할 거야. 자신의 복수심을 몇 번이고 거듭해서 다시 재연해야만 해. 그건 지옥이나 다름없을 거야."

8핸즈가 말한다. "그런 공포 영화를 본 적 있어요. 로튼 토마토에서요."

필릭스가 설명해 준다. "연극에서 '나를 자유롭게 풀어 주시오'라는 마지막 말을 생각해 봐. 자유로운 몸이라면 '나를 풀어 주시오'라고 말하지 않겠지. 프로스페로는 자신이 구성한 연극 속에서 죄수야. 바로 그거지. 아홉 번째 감옥은 바로 연극 자체야."

"바로 그거예요, 죽이네. 딱 맞는걸." 8핸즈가 외친다.

"교묘하군요." 앤마리도 감탄한다.

"난 납득이 잘 안 되는데." 벤트 펜슬이 갸우뚱한다.

"내년에 할 연극은 뭐예요? 또 와 주실 거죠? 우리가 프로그램을 살렸잖아요?" 시브가 말한다.

필릭스가 대답한다. "내년에도 틀림없이 연극은 계속될 거야. 우리 모두 그걸 위해서 애쓴 거잖나."

"저 울 것 같아요." 함께 복도를 걸어가며 앤마리가 말한다. "다 끝나서요. 이제 축하 파티도 끝나서요. 그리고 진짜 죽여주는 파티였어요!" 그녀가 필릭스의 팔을 잡는다. 경비 문이 그들 뒤에서 둔중한 소리를 내며 잠긴다.

"파티는 끝났어. 하지만 이 파티가 끝났을 뿐이지. 너에게는 또 다른 파티가 있을 거야. 프레디하고는 잘되어 가니?"

"아직까지는 나쁘지 않아요." 앤마리가 전에 없이 표현을 절제한다. 그는 그녀의 옆모습을 찬찬히 뜯어본다. 미소를 감추지 못하는 얼굴이다.

그들은 보안 검색대를 통과한다. 필릭스가 딜런과 매디슨에게 인사를 건넨다. "진짜 끝내줬어요." 딜런이 그에게 말한다. "쿠키 맛있었어요." 앤마리에게도 인사를 한다.

매디슨도 인사를 한다. "또 뵈어요, 듀크 씨. 내년에도 같은 시간에 오시죠?"

"세 배로 욕보세요, 네?" 딜런이 말한다.

"고대하고 있겠네." 필릭스가 화답한다.

주차장에서 그는 앤마리에게 다시 한 번 고맙다는 말을 하고 씩씩대는 차를 끌고 문을 지나 언덕을 내려간다. 지저분해진 눈더미가 길옆에 쌓여 있고 녹아내린 물이 뚝뚝 떨어진다. 갑작스레 봄이 찾아왔다. 플레처 교도소 안에 얼마 동안이나 있었나? 몇 년은 지나간 것 같다.

그의 미란다도 쫑파티에서 떠났나, 보안 검색대를 통과했나, 그와 함께 차에 타고 있나? 그렇다. 그녀는 뒷좌석, 구석에 앉아 있다. 그림자 속의 그림자로. 그녀는 그들의 멋진 신세계 안의 그 놀라운 사람들을 이제 더는 볼 수 없게 되어 슬프다.

"이것은 그대에게는 새로울 터."✦ 그가 그녀에게 말한다.

✦ 『템페스트』 5막에서 프로스페로가 미란다에게 하는 대사.

에필로그

나를 자유롭게 풀어 주시오

2013년 3월 31일 일요일

필릭스는 자기 판잣집에서 짐을 꾸리고 있다. 쌀 것이 그리 많지는 않다. 잡동사니들 약간이다. 유행에 뒤떨어진 몇몇 옷가지들을 단정히 개어서 검은색 바퀴 달린 여행 가방에 넣는다. 이제 진짜 봄이다. 밖에는 얼음이 녹고 있고 새들이 벌써 눈에 띈다. 햇살이 열린 문으로 쏟아져 들어온다. 전기가 끊어져서 오히려 다행이다.

어찌 된 일인지 물어보려고 녹아내리는 눈을 헤치고 주인집으로 가 보니 그 집은 이미 텅 비어 있었다. 모드네 가족은 짐작컨대 미처 내지 못한 정구서 다발만 남겨 놓고 떠나 버린 뒤였다. 그들은 말끔히 정리하고 갔다. 마치 아예 거기에서 산 적도 없는 것 같았다. 필릭스가 그들을 필요로 하는 동안만 모습을 드러냈다가 안개로 변해 들판과 숲속으로 사라져 버린 것 같았다. 그대호수와 덤불숲을 지키는 언덕과 시내의 요정들이여. 그는 혼잣말을 한다. 그러나 아마도 버트의 트럭을 타고 더 나은 살길을 찾아서쪽으로 떠난 것이 틀림없다.

그는 대단치는 않아도 복수를 끝냈다. 그의 적들은 고통을 받았고, 그것이 기쁨이었다. 그리고 나서 필릭스는 토니가 이를 악무는 소리에 귀를 기울이며 용서를 뿌려 주었고, 그것은 더 큰 기쁨이었다. 그리고 그가 클라우드에 안전하게 비디오 영상을 보관하고 있는 한, 토니가 그를 어쩌지는 못할 것이다. 그 교활한 자식은 마음은 굴뚝같아도 이제 직위에서 물러났으니 신용을 잃었다. 그에게는 이제 영향력이, 힘을 쓸 토대가 없다. 이제는 중요한 인물 축에 끼지 못한다. 토니는 물러났고 필릭스는 돌아왔다. 모든 일이 순리대로 풀렸다.

특히 필릭스는 메이크시웨그 연극 축제 예술 감독이라는 예전자리를 되찾았다. 그가 원한다면 12년 전 빼앗긴 〈템페스트〉를무대에 올릴 수 있게 되었다.

이상한 일이지만 그는 이제 더는 그 공연을 하고 싶은 마음이없어졌다. 플레처 교도소 버전이 그의 진짜 〈템페스트〉이다. 그보다 더 나은 것은 결코 내놓을 수 없을 것이다. 그렇게 근사하게해냈는데, 어째서 굳이 그보다 못한 것을 만들려고 애를 쓰겠는가?

 예술 감독 자리 얘기를 하자면, 그는 그 자리를 받아들였지만 어디까지나 명목상일 뿐이다. 그는 은밀하게 뒤에 숨어서 힘을 행사할 것이다. 지팡이를 부러뜨리고, 책을 물에 던져 버릴 것이다. 이제는 더 젊은 사람들에게 넘겨줘야 할 때다.

 그는 프레디가 일을 하면서 배우도록 그를 예술 감독으로 고용했다. 한동안은 필릭스가 도와주겠지만, 결국 프레디가 주도권을 쥐고 하게 될 것이다. 그는 벌써 그 일에 착수했다. 하나를 가르치면 열을 깨우친다. 프레디는 그에게 더없이 고마워하고 있다. 그 또한 기쁜 일이다. 이만큼 감사를 받아 본 적이 없다.

 앤마리는 프레디가 메이크시웨그의 공연 목록에 올리려고 하는 뮤지컬의 수석 안무가로 취직했다. 〈크레이지 포 유〉가 그들이 첫 번째로 올릴 작품이다. 앤마리의 재능을 맘껏 펼칠 수 있을 만큼 댄스곡들이 잔뜩 들어 있다. 그녀는 대성공을 거둘 수 있을 것이고, 그는 그녀가 해낼 거라 믿어 의심치 않는다.

 그들 둘은 함께 아주 멋지게 잘 해 나가고 있다. 마치 아이스 댄스 챔피언 페어 팀처럼 서로를 위해 만들어진 것 같다. 그들이 의상 스케치를 들여다보며 진지하게 자신들의 미학적 관점을 놓고 토론하고 디지털 세트 디자인을 스크린상에서 이리저리 만져 보는 모습을 보고 있노라면, 필릭스는 마치 결혼식장에 와 있는 듯이 자기도 모르게 목이 메어 온다. 과거에 대한 향수와 미래에 대한 기쁨, 다른 이들의 기쁨이 기묘하게 뒤섞인 느낌이다. 그 자신은 이제 마음속으로 쌀을 뿌려 주며 행운을 빌어 주는 구경꾼

일 뿐이다. 연극이 쉬웠던 적은 한 번도 없었으니 그들이 갈 길도 쉽지는 않을 테지만, 적어도 그들에게 출발할 기회는 주었다. 그 결과가 아무리 덧없는 것으로 드러날지라도, 그의 삶이 적어도 한 가지 좋은 결과는 낳은 셈이다.

하지만 모든 것이 덧없다고 그는 새삼 되새긴다. 모든 화려한 궁전들, 모든 구름 속에 솟은 탑들도. 그 사실을 그만큼 잘 아는 이가 또 누가 있겠는가?

그는 샐 오닐리가 애지중지하던 큰아들 프레디를 눈앞에서 낚아채어 그가 고이 모셔 놓으려 했던 법과 정치의 세계에서 데려가 앤마리 같은 말괄량이와 짝지어 주었으니, 한바탕 난리를 칠 줄 알았다. 하지만 샐은 오히려 다행으로 여기는 듯했다. 아들이 장래에 갈 길의 방향을 잡았고, 행복해하고, 무엇보다도 죽지 않았으니 그게 어디인가! 이런 아들 바보 아버지한테는 다 좋게만 보였다. 그러나 아들 바보 아버지라도 조만간 아들을 놓아주어야 할 것이다. 이제부터 아들은 남들이 다 하는 대로 제 운명을 개척해 나갈 것이다.

필릭스는 짐 싸던 것을 잠시 멈추고 확인한다. 생각해 보면 허름하다는 표현은 그의 옷장에도, 그 자신에게도 어울리는 말이라 할 수 없다. 그는 머리를 자를 것이고 결국은 틀니도 더 좋은 것으로 바꿀 것이다. 곧 쇼핑하러 갈 것이다. 유람선을 타려면 새

옷이 필요하다.

에스텔이 그를 위해 자리를 마련해 주었다. 그녀의 화려한 인맥 속에는 유람선 회사 운영진도 있다. 기회를 잡아요! 그녀가 말했다. 운명의 여신의 앞머리를 움켜잡으라고요. 힘든 시간을 보냈으니, 이제 느긋하게 휴식을 취해 보는 것도 좋은 생각 아니에요? 햇살을 받으며 갑판 의자에 드러누워 있는 것도 좋지 않아요? 소금기 밴 공기로 재충전을 좀 해 보면 어때요?

그는 전혀 비용을 낼 필요가 없다. 플레처 교도소에서 한 멋진 연극 실험에 관해 두어 번 강의만 해 주면 된다. 그럴 필요가 있다고 생각하면 비디오를 보여 주어도 된다. 사람들은 홀딱 반할 것이다. 그의 접근 방식은 너무나 새로웠으니까! 혹 배우들의 프라이버시 문제 때문에 보여 주기 어렵다면, 적어도 그의 방식에 대해서 얘기는 해 줄 수 있다. 그리고 카리브해는 1년 중 이맘때에 정말 아름답다. 그녀도 유람선을 탈 것이다. 라인댄스도 추고 이것저것 함께 할 수 있다. 얼마나 재미있겠는가!

처음에 필릭스는 주저했다. 갑판 의자에서 졸고 라인댄스를 추는, 자기보다도 훨씬 더 나이 먹은 노인네들이 득시글거리는 유람선이라니. 지옥까지는 아니더라도 림보는 되겠다는 생각을 했다. 죽음으로 가는 길 위 어디쯤에선가 잠시 멈춰 선 상태. 하지만 다시 생각해 보면, 그가 손해 볼 것도 없지 않나? 어차피 그 역시 죽음으로 가는 길 위에 있는 셈인데, 여행 중에 좀 잘 먹는다고 나쁠 게 뭐 있겠는가?

그래서 그는 조건을 하나 달아 수락했다. 8핸즈가 조기 가석방을 받았는데, 그 젊은이를 하는 일 없이 빈둥거리게 놔두자니 양심이 허락하지 않는다고 에스텔에게 말했다. 그가 듣기로는 감옥에서 나온 다음 날이 처음 감옥에 들어간 다음 날보다 훨씬 더 끔찍하다고 한다. 그러니 8핸즈도 유람선에 데리고 가야 한다. 필릭스가 강연할 때 그가 아리엘의 대사 일부를 낭송해 줄 수 있을 것이다. 그는 그 대사들을 완벽하게 이해하고 있고, 타고난 연기자이다. 그리고 이런 유람선에서라면 젊은이의 폭넓은 재능을 알아봐 주고 자기가 필요로 하는 창의적인 능력을 발휘할 기회를 줄, 디지털 기술 쪽의 영향력 있는 사업가를 만나게 될지도 모를 일이다. 그 젊은이는 필릭스를 위해 온갖 궂은일을 마다하지 않고 해 주었으니 휴식을 취할 자격이 충분하다.

에스텔이 그의 팔을 잡자 그녀의 손목에서 팔찌가 찰랑거렸다. 그들은 이제 서로의 손을 꼭 잡을 만큼 가까운 사이가 되었다. 그에게 환한 미소를 보내며 그 정도야 아무 문제 없다고 말했다. 그녀가 다 알아서 해 줄 것이다. 그녀도 젊은 8핸즈가 행운을 누릴 자격이 있고, 바닷바람이 그에게 해방된 기분을 선사해 줄 거라고 생각했다.

필릭스는 봉제 인형을 단 의상을 갠다. 이걸 가져갈까, 버릴까? 순간적인 변덕으로 그것을 여행 가방에 넣는다. 유람선에 가지고 갈 셈이다. 그의 강연이 더 화려해지고 그럴듯하게 보일 것이다.

한때 그 옷이 그에게 지녔던 힘은 휴일 정오의 빛처럼 희미해져 가고 있다. 곧 기념품에 불과하게 될 것이다. 그의 여우 머리 지 팡이도. 그것은 더는 마법의 지팡이가 아니다. 나무 지팡이일 뿐 이다. 부러진 지팡이. 땅속 깊이 묻어 버릴까? 그건 좀 신파조다. 어쨌거나 누가 관객이 되겠는가?

필릭스가 지팡이에 안녕을 고한다. "안녕히, 나의 강력한 예술 이여."

감회가 파도처럼 밀려온다. 그는 그의 〈템페스트〉에 있어서 틀 렸다. 12년 동안 틀렸다. 집착은 결국 그의 미란다를 되살아나게 해 주지는 못했다. 그 집착의 결말은 뭔가 전혀 다른 것이었다.

그는 그네를 타며 행복하게 웃고 있는 미란다의 사진이 담긴 은색 액자를 집어 든다. 그녀는 과거 속에서 길을 잃고 세 살짜 리로 남아 있다. 하지만 그렇지 않다. 그녀는 또한 여기에서 그 가 함께 갇혀 있었던 누추한 쪽방을 떠날 준비를 하는 모습을 지 켜보고 있다. 이미 그녀는 실체를 잃고 희미해져 가고 있다. 이제 그녀를 거의 느낄 수가 없다. 미란다가 그에게 질문을 던지고 있 다. 남은 여행도 그녀가 함께해 주어야만 하느냐고.

내내 그녀를 자신에게 묶어 두고서, 자기가 시키는 대로 따르 도록 하면서, 그는 무슨 생각을 하고 있었을까? 얼마나 이기적이 었던가! 그렇다, 그는 미란다를 사랑한다. 그의 소중한 아이, 하 나뿐인 자식. 하지만 그녀가 정말로 원하는 것이 무엇인지, 자신 이 그녀에게 어떤 빚을 졌는지 잘 알고 있다.

"바람 속으로 자유로워지거라."✦ 그가 미란다에게 말한다.

그리고, 마침내, 그녀는 자유롭다.

✦ 『템페스트』 5막에서 프로스페로가 섬을 떠나며 아리엘에게 하는 대사.

『템페스트』 줄거리

폭풍우가 몰아치는 바다에 배 한 척이 흔들리고 있다. 나폴리 왕 알론소와 그의 동생 세바스티안, 그의 대신 곤잘로, 아들 페르디난드, 밀라노 대공 안토니오가 배에 타고 있다. 하인장 스테파노와 어릿광대 트린쿨로도 있다. 번개가 치고, 갑판장과 선원들의 노력도 보람 없이 배가 가라앉기 시작하자 모두 죽음의 공포에 사로잡힌다. 이 장면은 대개 삭구에서 보이는 정령 아리엘이 연기한다.

근처 섬의 해안가에서 열다섯 살 처녀 미란다가 물에 빠진 사람들을 보며 안타까워하지만, 그녀의 아버지인 마법사 프로스페로는 아무도 다치지 않았고 다 그녀를 위한 일이라고 말한다. 그러고는 왜 태풍을 일으켰는지 설명해 준다. 안토니오가 아니라 바로 자신이 밀라노의 정당한 대공이라는 것이다. 프로스페로는 마법 연구에 빠져서 공국의 실무를 동생에게 위임했다. 동생은 프로스페로의 정적인 알론소와 작당하여 그 상황을 이용했다. 알론소가 밀라노를 침략하고, 프로스페로는 세 살짜리 딸 미란다와 함께 선량한 대신 곤잘로가 넣어 준 약간의 옷가지와 책만 가지고 물이 새는 배에 태워 보내졌다. 그들은 섬에 표류하여 12년을 동굴 같은 "방"에서 살았다.

이제 상서로운 별과 운명의 여신이 프로스페로의 적들을 그의 손아귀로 데려온다. 그는 태풍의 환상에게 명하여 그들을 해변에 오르게 만들었다. 그의 목적은 복수, 미란다에게 더 나은 미래를 만들어 주는 것, 두 가지이다.

프로스페로는 미란다를 잠재운 다음 마법의 옷을 입고 그의 주종 정령인 아리엘을 불러낸다. 아리엘은 마녀 시코락스의 혐오스러운 명령을 따르지 않았다는 이유로 소나무 틈새에 갇혔다가 프로스페로의 힘으로 풀려난 후 보답으로 그를 섬기고 있으나, 자유를 얻고 싶어 한다. 프로스페로는 배은망덕하다고 그를 꾸짖지만, 적들에게 복수하려는 계획이 아리엘의 도움으로 성공하면 자유의 몸으로 만들어 주겠노라고 약속한다. 아리엘은 어떤 "태풍"을 만들어 냈는지 설명한다. 여행자들은 두 무리로 나뉘어 해변의 각기 다른 곳에 상륙했다. 페르디난드는 혼자, 스테파노와 트린큘로 둘, 궁정 무리들은 다 함께이다.

아리엘이 다음으로 받은 명령은 바다 님프로 가장하고 프로스페로 이외의 다른 사람에게는 모습을 감춘 채 페르디난드를 찾아내라는 것이다. 그는 아버지가 물에 빠져 죽었다고 믿고 있다. 아리엘은 그를 음악으로 유인하여 미란다를 볼 수 있는 곳까지 끌어낸다.

프로스페로가 미란다를 잠에서 깨우고, 그들은 프로스페로를 억지로 섬기는 또 다른 하인이자 시코락스의 추하고 야수 같은 아들인 칼리반을 찾으러 간다. 칼리반과 프로스페로, 미란다까지 욕설과 비난을 주고받는다. 칼리반은 자기 것인 섬을 훔쳐 갔다고 프로스페로를 비난하고, 프로스페로는 칼리반이 미란다를 겁탈하려 했다고 나무란다. 칼리반은 그렇게 했더라면 칼리반들로 섬을 가득 채울 수 있었을 것이라고 아쉬워한다. 그는 프로스페로의 정령들에게 꼬집히면서 땔감을 모으러 자리를 뜬다.

아리엘이 페르디난드를 유인해 온다. 그는 미란다를 보고 한눈에 반한다. 일이 너무 쉽게 이루어지면 값어치가 떨어지기 때문에, 프로스페로는 그가 고난을 겪게 만든다. 마법으로 페르디난드를 무력하게 만들고, 왕위를 노리는 반역자라고 그를 비난하며 감옥에 가두겠다고 협박한다. 페르디난드는 미란다를 하루에 한번 잠깐이라도 볼 수만 있다면 다 견딜 수 있다고 공언한다.

아리엘은 알론소, 세바스티안, 곤잘로, 안토니오, 그 밖의 다른 귀족들을 비롯한 궁정의 무리들을 살피러 간다. 알론소는 아들이 물에 빠져 죽었다고 굳게 믿고 크게 상심한다. 곤잘로는 섬을 칭찬하고 자기가 섬을 다스리게 된다면 유토피아 사회를 세우겠다고 설명하며 그의 기운을 북돋우려 애쓴다. 안토니오와 세바스티안은 곤잘로를 비웃는다. 아리엘이 나타나 알론소와 곤잘로를 잠재우자, 안토니오는 세바스티안에게 그들을 살해하고 나폴리 왕이 될 것을 제안한다. 그러나 아리엘이 잠들었던 이들을 때맞춰 깨우고 일의 진행 상황을 프로스페로에게 보고하러 서둘러 간다.

그러는 동안 칼리반은 땔감을 모으다가 어릿광대 트린큘로가 다가오는 것을 본다. 그가 자신을 괴롭히는 정령인 줄 알고 겁을 먹고 망토 아래에 숨는다. 폭풍이 다가오자 트린큘로도 망토 아래 숨지만 생선 비린내가 진동하고 망토 밑에는 괴물이 있다. 하인장 스테파노가 술에 취해 비틀거리며 다가온다. 그는 칼리반도 술에 취하게 만들고, 칼리반은 급기야 스테파노를 신처럼 떠받들며 프로스페로가 아니라 그를 주인으로 모시겠노라고 한다. 그는 그런 뜻의 노래를 부른다.

그동안 페르디난드는 통나무를 끌어오는 일을 했다. 미란다가 나타나 그에게 제발 좀 쉬라고 애원한다. 그녀가 그를 위해 일하겠다고 한다. 그들은 사랑을 맹세하고 결혼하기로 약속한다. 프로스페로는 모습을 감춘 채 기뻐한다.

칼리반과 스테파노, 트린큘로는 이제 더 심하게 취했다. 아리엘의 농간으로 한바탕 싸움을 벌이고 나서 칼리반은 그들에게 프로스페로를 죽이고, 스테파노를 섬의 왕으로 미란다를 여왕으로 추대하자고 제안한다. 아리엘이 그들을 음악으로 홀려 엉뚱한 방향으로 유인하고, 칼리반은 기막히게 아름다운 소리들이 섬에 울려 퍼지는 일이 자주 있으니 두려워할 필요 없다고 그들을 달

랜다.

알론소, 곤잘로, 세바스티안, 안토니오가 페르디난드를 찾다가 잠시 휴식을 취할 때, 기묘한 모습의 정령들이 그들 앞에 잔칫상을 차려 놓는다. 프로스페로는 자신의 모습을 보이지 않게 하고서 그들이 이를 먹으려고 다가가는 모습을 지켜본다. 그러나 잔칫상은 사라져 버리고 아리엘은 하피의 모습을 하고 나타나 프로스페로에게 못할 짓을 했다며 알론소와 안토니오, 세바스티안을 호되게 꾸짖고 페르디난드를 잃은 것도 알론소에 대한 벌이라는 암시를 흘린다. 죄인 셋은 이성을 잃고 미쳐 날뛰는 지경에 이르고, 알론소의 경우는 자살까지 생각하게 된다.

프로스페로는 페르디난드를 찾아가 그를 속박에서 풀어 주고, 장래의 사위로 맞아 주면서도 혼전 관계는 안 된다고 경고한다. 그는 아리엘에게 명령해 세 여신의 가면극이라는 또 다른 환상을 불러내게 하여, 젊은 연인에게 축복을 내려 준다.

프로스페로가 자신을 살해하려는 칼리반의 음모를 떠올리면서 공연이 중단된다. 그는 페르디난드에게 그가 본 존재는 정령들이며, 근본적으로 실체 없고 꿈같은 것들은 결국 다 그렇게 되고 말 듯이 사라져 버렸다고 설명해 준다.

아리엘은 프로스페로에게 칼리반과 두 명의 공모자들을 속여 길을 잃게 만든 경위를 설명한다. 그와 프로스페로는 그들을 유인하여 시간을 끌게 만들 셈으로 화려한 옷들을 걸어 놓는다. 칼리반이 살인이 먼저라고 재촉하는데도 스테파노와 트린큘로는 그 옷들을 훔치고 싶어 한다. 그러나 아리엘과 프로스페로가 한 무리의도깨비 개들을 풀어놓아 죄인들을 쫓도록 하는 바람에 뜻을 이루지 못한다.

프로스페로의 명령으로 아리엘은 궁정 무리들을 데려온다. 아리엘이 프로스페로에게 그들이 얼마나 고생했는지 설명하고 자기가 보기에도 안쓰러울 지경이라고 말하자, 프로스페로는 공기의 정령조차도 동정심을 느낄 수 있다는 데 감동하여 아리엘을 본보기로 삼기로 마음먹는다. 그는 아리엘에게 그들을 광기에서 풀어 주도록 명령한다. 그런 다음 이제 "거친 마법"을 버리고 지팡이를 부러뜨리고 마법의 주문이 담긴 책들을 물속에 처넣을 때가 되었다고 말한다.

궁정 무리들이 아리엘에게 이끌려 들어온다. 프로스페로는 알론소와 안토니오, 그들의 공모자 세바스티안 앞에서 그들의 반역 행위를 추궁하나 그들을 용서해 준다. 그는 방백으로 안토니오와 세바스티안에게 알론소를 살해하려던 그들의 계획을 알고 있으나 아직은 발설하지 않겠다고 경고한다.

알론소는 아직도 페르디난드를 잃은 것을 슬퍼하고 있다. 프로스페로는 자기도 딸을 잃었다고 말하지만 그를 자기 "방"으로 데려가서 페르디난드와 미란다가 체스를 두고 있는 모습을 보여 준다. 알론소는 놀랍고도 감사한 마음에 페르디난드와 미란다의 결혼을 받아들인다. 미란다는 이렇게 멋진 사람들이 가득한 신세계가 갑자기 펼쳐진 것에 놀라움을 금치 못한다. 프로스페로는 그들이 그녀에게는 새로울 거라고 말한다. (그 자신은 그들의 본성을 잘 알고 있다.)

갑판장이 아리엘을 따라 들어와서 자신과 선원들이 정신을 잃고 있다가 깨어나 보니 배가 무사히 정박해 있더라고 설명한다. 칼리반과 스테파노, 트린큘로가 진흙투성이에 상처투성이 몰골로 들어온다. 그들은 혼이 나고 회개한다. 프로스페로는 "이 어둠의 존재"인 칼리반이 어떤 의미에서는 자신의 것이라고 인정한다.

이탈리아로 귀환하여 곧 결혼식을 치를 계획이 세워진다. 프로스페로는 공국을 되찾게 될 것이다. 미란다와 페르디난드는 결국 나폴리의 왕과 왕비가 될 것이다. 아리엘은 무사히 항해하도록 바다를 잔잔하게 해 줄 것이다.

프로스페로는 에필로그로 연극을 마무리하면서 관객을 향해 이제 마법의 주문을 버렸으니, 관객이 그를 용서해 주고 박수갈채를 보내어 관객들의 마법으로 자신을 자유롭게 해 주지 않는다면 섬에 갇힌 몸으로 남아야 한다고 말한다.

감사의 말

이 책을 쓰게 되어 매우 기쁘다. 덕분에 셰익스피어와 『템페스트』, 그리고 감옥 안에서 탄생한 귀한 문학 작품과 드라마들에 관해 많이 읽어 볼 수 있었다.

특히 다음의 책과 영화들이 큰 도움을 주었다.

헬렌 미렌이 프로스페라Prospera 역을 맡은 줄리 테이머의 영화 〈템페스트〉.

로저 앨럼이 프로스페로 역을 맡은 글로브 극장의 영화판 〈템페스트〉.

그리고 크리스토퍼 플러머가 프로스페로 역을 맡은―그리고 나도 직접 출연한 바 있는―스트랫퍼드 페스티벌의 〈템페스트〉.

『셰익스피어가 모욕 발생기Shakespeare Insult Generator』.

데이비드 톰슨의 도발적인 책, 『왜 연기가 문제인가Why Acting

Matters』.

노스럽 프라이의 『셰익스피어에 대하여*On Shakespeare*』 중 『템페스트』에 관한 에세이.

훌륭하고 대단히 유용한 옥스퍼드 월드 클래식 시리즈의 『템페스트』. 스티븐 오걸이 편집을 맡았다.

이자크 디네센의 『운명의 일화들*Anecdotes of Destiny*』 모음집에서 "템페스트들" 이야기.

여러 시대와 나라에 걸쳐 펼쳐진 다양한 셰익스피어 공연을 연구한, 앤드루 딕슨의 책 『어딘가 다른 세상들*Worlds Elsewhere*』.

감옥 문학은 아주 긴 전통을 자랑한다. 나는 내 소설 『그레이스*Alias Grace*』를 쓰면서, 그리고 더 최근에는 『마녀의 씨』를 집필하면서 이런저런 감옥 문학을 읽어 보았다. 『오렌지는 새로운 검정이다*Orange Is the New Black*』 같은 유명한 현대 작품들 외에도, 감옥 안에서 배우거나 경험한 문학과 드라마를 다룬 책들이 특히 흥미로웠다. 스티븐 레이드의 에세이 모음집 『절 안뜰의 쇠 지렛대*A Crowbat in the Buddhist Garden*』는 러네이 덴펠드의 놀라운 소설 『매혹당한 사람들*The Enchanted*』 못지않게 대체로 도발적이었다. 애비 스타인버그의 감옥 사서 경험담인 『책을 다루며*Running the Books*』도 안드레아스 슈뢰더의 『거칠게 흔들며*Shaking It Rough*』와 함께 도움이 되었다. 특히 로라 베이츠의 회고록 『내 삶을 구한 셰익스피어*Shakespeare Saved My Life*』가 고무적이었다. 이 책 덕분에 바드 대학에서 운영하는 감옥 대학 과정에 대해 알게 되었고, 이를 통해 다른 것도 많이 알게 되었다.

그럼에도 플레처 교도소는 허구라는 점을 밝혀 둔다. 혹여 비슷한 점이 많다 해도 꼭 닮은 곳이 실제로 있지는 않을 것이다.

필릭스 필립스의 성은 캐나다 온타리오의 스트랫퍼드 페스티벌에서 오랫동안 감독을 맡아 온 고故 로빈 필립스에게서 가져왔다. 그가 펼치는 마법이 궁금하다면 훌륭한 다큐멘터리 〈로빈과 마크와 리처드 3세*Robin and Mark and Richard III*〉를 보면 된다. 거기에서 그는 영 아닌 것 같은 배우를 바로 눈앞에서 사악한 리처드로 바꾸어 놓는다.

앤마리 그린랜드는 고문 희생자 보호를 위한 의료 재단에서 운영하는 경매 덕분에 미란다 역을 맡는다.

그리고 사랑하는 죽은 이들과 대화를 나눈다거나 그 밖의 이상한 경험들에 관해서는 존 가이거의 〈제3자 요소*The Third Man Factor*〉를 보면 된다.

오랫동안 고생한 편집자들, 호가스 출판사의 베키 하디와 캐나다 크노프 출판사의 루이스 데니스에게 감사를 전한다. 그들은 내가 더 많이 이야기하도록 채근해 주었다. 교열 담당자인 헤더 생스터에게도 감사한다. 또한 매클랜드 앤드 스튜어트에서 26년을 일한 나의 편집자 엘런 셀리그먼에게도 감사한다. 그녀는 이 책을 보지 못하고 2016년 3월 세상을 떠났다.

나의 첫 번째 독자인 제스 애트우드 깁슨, 엘리너 쿡, 샌드라

빙리, 비비언 슈스터, 나의 영국 에이전트인 커티스 브라운의 캐롤리나 서턴에게도 감사를 전한다. 오랫동안 북미 지역에서 내 대리인 역할을 해 준 피비 라모어, 루스 애트우드와 랠프 시퍼드에게도 감사한다.

그리고 루이스 코트, 애슐리 던, 펭귄 랜덤하우스의 레이철 로키키에게도 감사한다. 그들 덕분에 출판 기간 동안 진행을 서두를 수 있었다.

감옥에 대한 기초 조사를 도와준 데번 잭슨에게도 감사한다. 조수인 수재너 포터, 페니 카바너, 나의 웹사이트를 디자인해 준 V. J. 바우어에게 감사한다. 셸던 쇼이브와 마이크 스토얀에게도 감사한다. 마이클 브래들리, 세라 쿠퍼, 짐 우더, 콜린 퀸, 샤오란 자오, 에벌린 헤스킨, 테리 카먼, 계속 불을 밝혀 준 쇼크 닥터스에게도 감사한다. 마지막으로, 다행히도 이 책 속의 한 명은 아니지만 늙은 마법사인 그레임 깁슨에게 특별한 감사를 전한다.

옮긴이의 말

　『마녀의 씨』는 『시녀 이야기』, 『눈먼 암살자』, 『그레이스』 등으로 국내에도 잘 알려진 작가 마거릿 애트우드가 셰익스피어의 희곡 『템페스트』를 바탕으로 쓴 작품이다. 애트우드는 여성 문제나 환경 문제 등 현대인의 삶에서 핵심적인 주제들을 도발적으로 제기해 온 작가이다. 현대적이고 참신한 애트우드의 문학과 셰익스피어라는 고전의 만남은 흥미를 끌 만한 조합이다.

　셰익스피어의 일생에 대해서는 공식적인 기록이 거의 남아 있지 않아 자세히 알기 어렵지만, 『템페스트』는 대략 1610년에서 1611년 무렵 집필된 것으로 추정된다. "이 위대한 지구globe 자체도 녹아 사라진다"라는 4막 1장 프로스페로의 대사가 평생을 몸담은 글로브 극장을 떠나는 셰익스피어 자신의 심경을 반영한 것이라는 추측도 있듯이, 이 작품을 셰익스피어의 극작 인생에서 마지막 작품으로 보는 이들도 있다. 그러나 셰익스피어는 『템페스트』 이후 적어도 두 편 이상의 극을 더 공동 집필한 것으로 보인다. 그렇다 해도 『템페스트』는 셰익스피어가 은퇴를 앞두고 쓴 후기 작품임이 분명하며, 그 속에서는 삶의 온갖 풍파와 희로애락, 선악이 뒤섞인 다양한 인간 군상을 관조하는 대가의 원숙한 시선을 느낄 수 있다. 『템페스트』는 음모와 배신, 복수와 증오라는 어두운 주제들을 다루면서도 악한 자들을 끝까지 벌하기보다는 그들의 어리석음과 탐욕조차 어쩔 수 없는 인간의 한계로 보고 너그러이 포용하는 자세를 보여 준다. 프로스페로는 자신을 밀라노 대공 자리에서 몰아내고 죽이려 했던 동생 안토니오와 알론소 일행을 용서하고 고향으로 돌려보내 주며, 다음 세대가 희망찬 새 출발을 할 수 있게 만들어 준 데 만족한다. 프로스페로는 외딴섬을 차지하고 원주민인 칼리반을 노예로 부리면서 식민 지배자의 원형으로 비판받기도 했다. 그러나 칼리반이라는 "어둠의 존재"를 자신의 일부로 인정한다는 점에서는 악과 어두움, 추함을 타자의 것으로 전가하기보다 자신을 포함한 모든 인간의 내면 깊숙이 숨겨진 본성으로 받아들이는 자기 성찰의 능력을 보여 준다.

애트우드의 『마녀의 씨』는 믿었던 측근으로부터 배신당해 모든 것을 잃고 변방으로 밀려난 주인공이 긴 세월 절치부심한 끝에 복수에 성공하여 악인들을 벌하고 잃었던 것을 되찾는다는 『템페스트』의 기본 구도를 그대로 따르면서 이를 현대적으로 재

탄생시켰다. 그리하여 『마녀의 씨』는 연극 축제의 총감독이며 유명 연출자인 필릭스 필립스의 12년에 걸친 복수극이 되었다. 애트우드는 셰익스피어 원작의 뼈대를 가져오면서도 몇 가지 새로운 요소를 추가하여 원작이 지닌 함의를 더욱 풍부하게 살렸다. 우선 『마녀의 씨』에서 복수극이 펼쳐지는 무대는 원작의 섬 대신 교도소로 바뀌었다. 원작의 섬이 한 발짝도 나갈 수 없는 절해고도라는 점에서, 현대의 고립된 공간인 감옥이 같은 역할을 한다고 할 수 있다. 또한 교도소가 무대가 됨으로써 자연스럽게 죄수들이 배우 역할을 맡게 된다. 셰익스피어와 제대로 교육받지 못한 거친 죄수들의 조합은 잘 맞지 않는 듯 보일 수도 있지만, 셰익스피어 시대에는 죄수와 다름없는 사회 밑바닥 불한당들이 배우를 했다는 필릭스의 말처럼 셰익스피어를 현대화하는 시도에 오히려 적절하게 어울린다. 글도 제대로 읽지 못하는 죄수들이 셰익스피어 작품을 읽고 각자가 살아온 삶에 비추어 이해하고 인물을 만들어 가는 과정 또한 셰익스피어의 진가를 되새기게 해 준다. 엘리자베스 시대에 극장은 계층이나 지식 유무와 상관없이 누구나 모여서 공연을 즐길 수 있는 장소였다. 셰익스피어 연극은 말하자면 그 시대의 대중오락이었지, 귀족이나 지식인만이 즐길 수 있는 고급문화가 아니었다. 애트우드는 필릭스의 문학 독해 수업을 통해 셰익스피어 작품의 본래 의의를 현대적으로 되살리면서 어째서 셰익스피어가 시공을 초월하여 그토록 사랑받을 수 있었는가를 보여 준다.

음침한 교도소가 극장이 되고, 죄수들은 배우가 되고, 교도소에 시찰을 나온 고위 정치인들은 망신을 당하는 『마녀의 씨』의 스토리는 현실의 질서가 모두 뒤집히는 연극의 마법 같은 힘을 보여 준다. 우리나라 마당극에서도 천대받는 광대들이 양반의 위선과 부패를 마음껏 비웃고 풍자했듯, 연극 무대는 언제나 그러한 전복이 허용되는 예외적 공간이다. 그곳에서는 초라한 것들, 잊혀진 것들이 스포트라이트를 받으며 화려하게 부활한다. 외로운 노인이자 실패자인 필릭스가 유일하게 힘과 권위를 가지고 자신을 핍박한 자들 앞에 당당히 설 수 있는 곳도 바로 연극이 펼쳐지는 교도소 안이다. 현실의 질서와 권력이 통하지 않는 이 공간에서 힘을 가진 자들은 추한 민낯을 가감 없이 드러낸다. 필릭스의 배우들과 정치인들 중 과연 진짜 죄인은 누구일까?

『마녀의 씨』에서 무대는 기존 질서가 전복되는 공간이면서, 또한 필릭스를 오래 사로잡은 회한과 집착을 풀어내는 씻김굿이 이루어지는 해원解寃의 공간이다. 필릭스는 자신의 미란다가 죽은 딸에 대한 지독한 그리움이 만들어 낸 환영에 불과하다는 것을 잘 알면서도 차마 그녀를 놓지 못한다. 미란다는 순전히 필릭스의 머릿속에서 만들어 낸 공상이라고만 보기 어려운 부분도 있다. 8핸즈가 미란다의 목소리를 듣는 장면 등은 그녀의 존재에 미스터리한 분위기를 부여하며 머릿속 공상 이상의 존재로 만든다. 필릭스는 성공적으로 복수를 마무리하고서야 딸을 보내 줄 수 있게 된다. 필릭스가 12년 전 〈템페스트〉를 무대에 올리려던 것은 죽은 딸을 되살려 내려는 절망에서 나온 필사적 시도였지만, 플레처 교도소의 〈템페스트〉 공연을 통해 그는 오래 놓지 못했던 죽은 딸을 놓아주게 되는 것이다.

필릭스는 연출자이자 배우로서, 프로스페로 역을 현실의 안팎에서 해낸다. 그는 환상을 창조하는 인물이지만 자신이 창조한 환상 속에서 살 수는 없으며, 그 안에 갇혀서는 안 된다는 것을 알고 있다. 그의 『템페스트』 공연의 일차적인 목표는 자신을 파멸시킨 자들에게 복수하는 것이지만, 또 다른, 어쩌면 더 중요한 목표는 오랜 세월 자신을 갉아먹은 복수심으로부터 해방되어 자유의 몸이 되는 것이다. 필릭스의 연극 수업을 거쳐 간 플레처 교도소의 많은 죄수들이 연극을 통해 자신을 재발견하고 과거로부터 자유로워지는 경험을 하듯, 필릭스는 연극을 통해 묵은 원한과 슬픔을 씻고 자신을 해방시킨다. 복수와 증오는 칼끝이 향하는 대상뿐 아니라 이를 행하는 사람 또한 망가뜨리는 법이지만, 예술은 복수와 증오를 이해와 용서로 승화시키는 힘을 갖는다. 그런 점에서 『마녀의 씨』는 시간이 흘러도 바래지 않는 셰익스피어의 위대함에 대한 찬사이면서 예술의 힘에 바치는 찬사가 될 것이다.

2017년 11월
송은주

『마녀의 씨』는 희곡이라는 예술의 깊이와 넓이를 제대로 조명한다. 애트우드가 흥미진진한 주제를 하나씩 던질 때마다 문학을 대하는 작중 인물들의 자세는 더욱 진지해지고 이해는 깊어진다. 셰익스피어 서거 400주년을 기념하는 데 이 소설보다 더 훌륭한 공물이 있을까?

《선데이 타임스》

애트우드가 셰익스피어의 원작을 충실히 따르면서도 소설 속 죄수들이 랩을 하는 장면처럼 자신만의 독특한 매력을 얼마나 유감없이 발휘하는지 확인하고 나면 엄청난 흥분과 전율을 느끼게 된다. 셰익스피어의 세계와 애트우드의 세계가 절묘하게 균형을 이루고 있는 『마녀의 씨』는 셰익스피어 시대의 우아함을 간직한 괴물 같은 작품이다.

《보스턴 글로브》

이 소설은 복수와 용서라는 『템페스트』의 테마에 황홀한 새 빛을 비추어 준다. 그뿐만 아니라 우리가 스스로를 이해하고 진정으로 자유로워지는 데 예술이 얼마나 큰 역할을 할 수 있는지 증명해 주는 강력한 사례를 제공한다.

《선데이 텔레그래프》

두말할 필요도 없이 가장 완성도 높은 신新 셰익스피어 소설이다. 재치와 개성, 흥미로운 인물 묘사, 교묘히 비튼 구성에다 원작에 대한 분석을 최대한 가볍게 덧입혀 놀랍도록 독창적인 이야기를 만들어 냈다.

《타임스》

셰익스피어의 원작을 이해해야만 이 작품을 온전히 즐길 수 있는 것은 아니다. 『마녀의 씨』는 그 자체로도 충분히 흥미진진한 이야기이며, 무엇보다 주인공인 필릭스가 안내자 역할을 맡아 독자를 소설 속으로 친절하게 이끌어 줄 테니까.

《NPR 뉴스》

읽는 내내 가슴 저리게 하면서도 유머를 간직한 이야기. 셰익스피어의 원작과 딱 맞아떨어지면서도 애트우드만의 독특함을 잃지 않은 구성. 『마녀의 씨』는 간결하지만 아름답고 경이로운 작품이다.

《뉴욕 타임스 북 리뷰》

애트우드의 이 영리한 소설은 셰익스피어의 『템페스트』를 변형하고, 새롭게 하고, 등장인물이 겪게 되는 불행과 복수, 마법, 쇼맨십과 같은 작중 요소들을 원작과 평행하듯 배치함으로써 복합적인 즐거움을 선사한다.

《퍼블리셔스 위클리》

애트우드는 『템페스트』의 구성을 이중으로 설계하는 데 멋지게 성공했다. 예술 감독이라는 권좌에서 밀려난 소설 속 필릭스는 때때로 작위를 빼앗긴 밀라노 대공 프로스페로의 현실 버전 역할을 맡기도 한다. 원작을 잘 아는 독자라면 필릭스가 적들에게 복수하기 위해 새로운 〈템페스트〉를 만들기로 결심했을 때 더욱 큰 울림을 느끼게 될 것이다.

《워싱턴 포스트》

셰익스피어의 최고 걸작을 오늘날 가장 사랑받는 작가들이 재해석해 다시 쓰는 '호가스 셰익스피어 프로젝트'의 최신작. 복수와 구원에 관한 흥미롭고 가슴 따뜻한 이야기를 들려준다.

《버슬》

누구라도 재미있게 읽을 수 있는 훌륭한 소설이다. 특히 셰익스피어를 사랑하는 이들과 복수를 원하는 이들에게 추천한다.

《시애틀 리뷰》

HOGARTH
SHAKESPEARE

'그는 어떤 한 시대의 작가가 아니라 모든 시대의 작가이다.'

벤 존슨

지난 400여 년 동안 셰익스피어의 작품은 전 세계적으로 공연되고, 읽히고, 사랑받아 왔다. 그의 작품들은 새로운 세대마다 10대 영화, 뮤지컬, SF 영화, 일본 무사武士 이야기, 문학적 변형 등 다양한 방식으로 재해석되었다.

호가스 출판사는 1917년에 버지니아 울프와 레너드 울프가 설립했는데 당대의 가장 좋은 새로운 책들만 출판한다는 목표를 가지고 있었다. 2012년에 호가스는 그 전통을 계속 이어 가기 위해 런던과 뉴욕에 설립되었다. 호가스 셰익스피어 프로젝트는 셰익스피어의 작품들을 오늘날의 가장 인기 많은 베스트셀러 작가들이 다시 쓰도록 후원하는 계획이다.

마거릿 애트우드,『템페스트』
트레이시 슈발리에,『오셀로』
길리언 플린,『햄릿』
하워드 제이컵슨,『베니스의 상인』
에드워드 세인트오빈,『리어왕』
요 네스뵈,『맥베스』
앤 타일러,『말괄량이 길들이기』
지넷 윈터슨,『겨울 이야기』

옮긴이 **송은주**

이화여자대학교 영문학과를 졸업하고 동 대학원에서 박사 학위를 받았다. 이화여자대학교 HK 연구교수를 거쳐 현재 건국대학교 글로컬문화전략연구소 연구원으로 재직 중이다. 옮긴 책으로는 줄리언 반스의 『시대의 소음』, 시어도어 드라이저의 『시스터 캐리』, 폴 오스터의 『내면 보고서』『디어 존, 디어 폴』『겨울 일기』『선셋 파크』, 토니 모리슨의 『술라』『자비』, 그레고리 머과이어의 『위키드』(전 6권), 조너선 사프란 포어의 『동물을 먹는다는 것에 대하여』『모든 것이 밝혀졌다』『엄청나게 시끄럽고 믿을 수 없게 가까운』 등이 있다. 『선셋 파크』로 제8회 유영 번역상을 수상했다.

마녀의 씨

초판 1쇄 펴낸날 2017년 11월 30일

지은이 마거릿 애트우드
옮긴이 송은주
펴낸이 김영정

펴낸곳 (주)**현대문학**
등록번호 제1-452호
주소 06532 서울시 서초구 신반포로 321(잠원동, 미래엔)
전화 02-2017-0280
팩스 02-516-5433
홈페이지 www.hdmh.co.kr

ISBN 978-89-7275-848-8 04840
      978-89-7275-768-9 (세트)

* 책값은 뒤표지에 있습니다.